Orion

HEYNE

SCIENCE FICTION

Das Buch

Während einer Tournee durch Japan verliebt sich der US-Rockstar Rez in seine schöne Kollegin Rei Toei. Daran ist eigentlich nichts ungewöhnliches – außer daß Rei eine »Idoru« ist, ein virtueller Popstar, geboren in den Tiefen eines Computers und von zahllosen Imageberatern perfekt modelliert. Sie wurde dafür geschaffen, rund um die Welt Millionen von Fans zu begeistern, doch die Verbindung mit Rez löst etwas aus, was sich ihre Schöpfer nicht im Traum hätten vorstellen können: Rei agiert plötzlich nach ihrem eigenen Willen, und nichts wünscht sie sich so sehr, als ihr Gefängnis aus Bits und Bytes endlich zu verlassen …

»Der genaueste und wahrscheinlich hellseherischste Science-Fiction-Roman der Gegenwart.«

– *Publisher's Weekly*

»Ohne William Gibson wäre die Welt eine andere.«

– *The Guardian*

Der Autor

William Gibson wurde 1948 in Conway/South Carolina geboren und studierte englische Sprache und Literatur an der University of British Columbia. Sein erster Roman »Neuromancer«, 1984 veröffentlicht und Auftakt zur gleichnamigen Trilogie, wurde mit dem Hugo-Gernsback-, dem Nebula- und dem Philip-K.-Dick-Award ausgezeichnet. Mit den Romanen »Virtuelles Licht«, »Idoru« und »Futurematic« legte er zuletzt seine zweite große SF-Trilogie vor. Gibson lebt mit seiner Familie in der Nähe von Vancouver.

Eine Liste der im WILHELM HEYNE VERLAG erschienenen Bücher von William Gibson finden Sie am Ende des Bandes.

William Gibson

Idoru

Roman

WILHELM HEYNE VERLAG
MÜNCHEN

HEYNE SCIENCE FICTION & FANTASY
Band 06/6436

Titel der amerikanischen Originalausgabe
IDORU
Deutsche Übersetzung von Peter Robert

Umwelthinweis:
Dieses Buch wurde auf
chlor- und säurefreiem Papier gedruckt

Redaktion: Wolfgang Jeschke und Sascha Mamczak

http://www.heyne.de
Printed in Germany 9/02
Umschlaggestaltung: Nele Schütz Design, München
Technische Betreuung: M. Spinola
Satz: Schaber Satz- und Datentechnik, Wels
Druck und Bindung: Ebner & Spiegel, Ulm

ISBN 3-453-86328-3

für Claire

1 Todeswürfel K

Nach Slitscan erfuhr Laney durch Rydell, den Wachmann, der im Chateau Nachtdienst hatte, von einem anderen Job. Rydell war ein großer, ruhiger Bursche aus Tennessee mit einem traurigen, schüchternen Grinsen, einer billigen Sonnenbrille und einem Walkietalkie, das ihm fest ins Ohr geschraubt war.

»Paragon-Asia Dataflow«, sagte Rydell gegen vier Uhr morgens, als sie in zwei riesigen alten Lehnsesseln saßen. Die Betonträger über ihren Köpfen waren handbemalt, so daß sie vage Ähnlichkeit mit Balken aus heller Eiche hatten. Die Sessel waren wie die übrigen Möbel im Foyer des Chateau derart überdimensional, daß jedermann in ihnen kleiner wirkte.

»Tatsächlich?« Laney tat weiterhin so, als wüßte einer wie Rydell, wo er noch Arbeit finden konnte.

»Tokio, Japan«, sagte Rydell und saugte geeisten Latte durch einen Plastikstrohhalm. »'n Typ, den ich letztes Jahr in San Francisco kennengelernt habe. Yamasaki. Der ist bei denen. Sagt, sie brauchen 'nen zuverlässigen Netzläufer.«

Netzläufer. Laney, der sich eher als Forscher oder Rechercheur betrachtete, unterdrückte ein Seufzen. »Zeitvertrag?«

»Nehm ich an. Hat er nicht gesagt.«

»Ich glaube, ich hätte keine Lust, in Tokio zu leben.«

Rydell rührte mit dem Strohhalm in den Schaum- und Eisresten am Boden seines hohen Plastikbechers, als hoffte er, eine kleine Beigabe dadrin zu finden.

»Davon war nicht die Rede.« Er blickte auf »Schon mal in Tokio gewesen?«

»Nein.«

»Muß interessant sein da, nach dem Beben und so.« Das Walkie-talkie tickte und wisperte. »Ich muß jetzt raus und das Tor bei den Bungalows checken. Wollen Sie mitkommen?«

»Nein«, sagte Laney. »Danke.«

Rydell stand auf und zog automatisch die Falten seiner khakibraunen Uniformhose gerade. Er trug einen schwarzen Gürtel aus Nylongewebe, an dem Halfter mit diversen schwarzen Gerätschaften hingen, ein kurzärmeliges weißes Hemd und eine merkwürdig unbewegliche schwarze Krawatte. »Ich leg Ihnen die Nummer ins Fach«, sagte er.

Laney sah dem Wachmann nach, als er das Terrakotta und die diversen Teppiche überquerte und dann hinter dem dunkel polierten Paneel der Rezeption verschwand. Er hatte mal was im Kabelfernsehen laufen gehabt, soweit Laney mitbekommen hatte. Netter Kerl. Verlierer.

Laney blieb sitzen, bis die Morgendämmerung durch die hohen Rundbogenfenster hereinfiel und aus der abgedunkelten Höhle des Frühstücksraums das leise Klappern von rostfreiem taiwanesischem Besteck an sein Ohr drang. Immigrantenstimmen, irgendein Hochsteppendialekt, den die mongolischen Herrscher durchaus noch verstanden haben mochten. Echos erwachten aus dem gefliesten Boden und den Deckenträgern, die noch aus einer Zeit stammten, die einst die Ankunft von Leuten wie Laney oder seinen Vorgängern, ihrer Ökologie der Prominenz und der schrecklichen und unverletzlichen Ordnung dieser Nahrungskette erlebt haben mußte.

Rydell hatte ein gefaltetes Blatt Chateau-Briefpapier in Laneys Fach gelegt. Eine Nummer in Tokio. Laney fand es dort am nächsten Nachmittag, zusammen mit einer aktualisierten, ungefähren Endabrechnung der Anwälte.

Er nahm beides mit in das Zimmer, das er sich nicht mehr leisten konnte; er konnte nicht mal mehr vorgeben, es sich leisten zu können.

Eine Woche später war er in Tokio, wo der goldgeäderte Spiegel eines Fahrstuhls im aufdringlich unscheinbaren O My Golly-Building sein Gesicht reflektierte, während er in den dritten Stock hinauffuhr. Dort wurde er in den Todeswürfel K eingelassen, offenbar eine Franz-Kafka-Themenbar.

Er trat aus dem Fahrstuhl in einen langgestreckten Raum, dessen Name – Die Metamorphose – mit Säure in Metall geätzt war. Angestellte in weißen Hemden, die ihre Anzugjacken ausgezogen und die dunklen Krawatten gelockert hatten, saßen an einer Bar aus kunstvoll korrodiertem Stahl und tranken. Die hohen Lehnen ihrer Stühle waren aus einem braunen, chitinösen Harz geformt. Insektenartige Mandibeln bogen sich wie Sicheln über den Köpfen der Trinker.

Er ging weiter, hinein in braunes Licht und leises Stimmengewirr. Er verstand kein Japanisch. An den ungleichmäßig transparenten Wänden wiederholte sich in regelmäßigen Abständen ein Motiv aus Deckflügeln, geschwollenen Hinterleibern und stacheligen, gefalteten braunen Gliedmaßen. Er beschleunigte seine Schritte und lenkte sie zu einer geschwungenen Treppe, deren Stufen glänzenden braunen Schalen ähneln sollten.

Die Augen russischer Prostituierter an Tischen gegenüber der Bar folgten ihm, stumpf und puppenartig in dem schabenfarbenen Licht. Die Nataschas – vom Kombinat aus Wladiwostok importierte Strichmädchen – waren überall. Eine plastische Routineoperation verlieh ihnen eine strenge Fließbandschönheit. Slawische Barbies. Bei einer einfacheren Operation wurde ihnen ein Peilsender für ihre Luden eingesetzt.

Die Treppe führte in die Strafkolonie, eine Disko, die um diese Zeit leer war. Lautlose, pulsierende rote Blitze untermalten Laneys Schritte über die Tanzfläche. Eine Maschine hing von der Decke. Jeder ihrer gegliederten Arme, die an uralte Zahnarztgeräte denken ließen, hatte eine scharfe Stahlspitze. Nadeln, dachte er, und erinnerte sich undeutlich an Kafkas Geschichte. Der Schuldspruch, der in den Rücken des Verurteilten eingraviert wurde. Die Erinnerung an nach oben gewandte, blicklose Augen ließ ihn zusammenzucken. Er verdrängte sie. Ging weiter.

Eine zweite Treppe, eng und steiler, und er betrat den Prozeß, einen dunklen Raum mit niedriger Decke. Anthrazitfarbene Wände. Kleine Flammen zitterten hinter blauem Glas. Er zögerte, nachtblind und vom Jetlag durcheinander.

»Colin Laney, hab ich recht?«

Ein Australier. Riesengroß. Er stand hinter einem kleinen Tisch, und seine Schultern hingen wie bei einem Bären herab. Die Form seines rasierten Schädels war irgendwie merkwürdig. Und eine zweite, viel kleinere Gestalt, die dort saß. Ein Japaner in einem langärmeligen, buntkarierten Hemd, das bis zum übergroßen Kragen zugeknöpft war. Er blinzelte durch runde Brillengläser zu Laney hinauf

»Setzen Sie sich, Mr. Laney«, sagte der Riese.

Und Laney sah, daß diesem Mann das linke Ohr fehlte. Es war abrasiert; nur ein verknäuelter Stumpf war noch übrig.

Als Laney noch bei Slitscan gewesen war, hatte seine Vorgesetzte Kathy Torrance geheißen. Die blasseste aller blassen Blondinen. Eine Blässe, die an Durchsichtigkeit grenzte; wenn das Licht in bestimmten Winkeln einfiel, schien sie kein Blut, sondern eine Flüssigkeit in der Farbe von sommerlichem Stroh in den Adern zu haben. An ihrem linken Oberschenkel ein Bild von etwas Gewundenem mit vielen Stacheln in reinem Indigo, eine teure, brutale Piktoglyphe. Sichtbar jeden Freitag, wenn sie gewohnheitsmäßig in Shorts zur Arbeit kam.

Sie beklagte sich immer, daß Prominentsein ganz schön an Bedeutung verloren habe. Weil Generationen ihrer Kolleginnen und Kollegen Raubbau daran betrieben hatten, folgerte Laney.

Sie stellte die Füße auf den Rand eines Hotdesks. Sie trug exakte kleine Nachbildungen von Streckenwärterstiefeln mit einer Schnalle über dem Rist und fester Schnürung bis zu den Knöcheln. Er betrachtete ihre Beine, die straffe, geschwungene Linie vom den Wollsockenschäften bis zum glattgeschmirgelten Rand abgeschnittener Jeans. Das Tattoo sah aus wie ein Ding von einem anderen Stern, ein Zeichen oder eine Botschaft aus den Tiefen des Alls, dort eingebrannt, damit die Menschheit sie deutete.

Er fragte sie, was sie meinte. Sie schälte einen Zahnstocher mit Pfefferminzgeschmack aus seiner Hülle. Augen, die vermutlich grau waren, musterten ihn durch minzfarbene Kontaktlinsen.

»Richtig berühmt ist doch keiner mehr, Laney. Ist Ihnen das schon mal aufgefallen?«

»Nein.«

»Ich meine, *richtig* berühmt. Gibt nicht mehr viel Ruhm, nicht im früheren Sinn. Nicht genug für alle.«

»Im früheren Sinn?«

»Wir sind die Medien, Laney. Wir machen diese Arschlöcher erst zu Prominenten. Wir bringen sie hoch, und sie ziehen uns mit. Sie kommen zu uns, um *erschaffen* zu werden.« Vibram-Sohlenschützer stießen sich präzise vom Hotdesk ab. Sie zog die Stiefel zu sich heran, so daß die Hacken an Pobacken in Jeans zu liegen kamen – weiße Knie verbargen ihren Mund –, und balancierte auf dem Piedestal des schwedischen Drehkippstuhls hinter dem Hotdesk.

»Na ja«, sagte Laney und wandte sich wieder seinem Bildschirm zu, »Ruhm ist das aber trotzdem noch, oder?«

»Aber so *richtig?*«

Er schaute wieder zu ihr hin.

»Wir haben gelernt, aus diesem Stoff Geld zu drucken«, sagte sie. »Die Währung unseres Reichs. Jetzt ist zuviel auf dem Markt; das weiß sogar das Publikum. Man merkt's an den Quoten.« Laney nickte. Er wünschte, sie würde ihn weiterarbeiten lassen.

»Außer«, sagte sie und nahm die Knie auseinander, so daß er ihren Mund sehen konnte, »wenn wir beschließen, einen zu vernichten.«

Hinter ihr, draußen vor dem anodisierten Maschendrahtzaun des Käfigs und dem Rahmen eines Glasrechtecks, das auch den kleinsten Hauch von Umweltverschmutzung wegfilterte, war der Himmel über Burbank total leer, wie eine vom Baumeister des Universums vorgelegte himmelblaue Farbflocke.

Das linke Ohr des Mannes war von pinkfarbenem Gewebe eingefaßt, das glatt war wie Wachs. Laney fragte sich, warum man nicht versucht hatte, es zu rekonstruieren.

»Damit ich dran denke«, sagte der Mann, der Laneys Blick richtig interpretierte.

»Woran?«

»Es nicht zu vergessen. Setzen Sie sich.«

Laney nahm auf einer ausgedünnten Konstruktion aus schwarzen Metallstangen und laminiertem Hexcel Platz, die nur vage Ähnlichkeit mit einem Stuhl hatte. Der Tisch war rund und ungefähr so groß wie ein Lenkrad. Die Flamme einer Votivkerze züngelte hinter blauem Glas. Der Japaner mit dem karierten Hemd und der Nickelbrille zwinkerte heftig. Laney sah zu, wie der Koloß sich ebenfalls niederließ. Ein weiteres schlankes Stuhlding verschwand auf erschreckende Weise unter einem Sumoringerrumpf, der nur aus Muskeln zu bestehen schien.

»Jetlag ausgestanden?«

»Ich hab Tabletten genommen.« Er erinnerte sich an die Lautlosigkeit des SST, der sich scheinbar überhaupt nicht bewegt hatte.

»Tabletten«, sagte der Mann. »Zufrieden mit dem Hotel?«

»Ja«, sagte Laney. »Das Vorstellungsgespräch kann losgehen.«

»Also dann.« Er rieb sich mit schweren, vernarbten Händen energisch das Gesicht, ließ die Hände dann sinken und starrte Laney an, als sähe er ihn zum ersten Mal. Laney, der dem Blick dieser Augen auswich, betrachtete das Outfit des Mannes, eine Art Nanopor-Trainingsanzug, der für einen kleineren, aber immer noch kräftig gebauten Mann gedacht war, bei dem er lose gesessen hätte. Keine bestimmte Farbe in der Dunkelheit des Prozesses. Offen vom Kragen bis zum Brustbein. Gegen anomale Massen ankämpfend. Die bloßliegende Haut von einem Atlas kreuz und quer verlaufender Narben in verblüffend vielfältigen Formen und Strukturen überzogen. »Also?«

Laney blickte von den Narben auf. »Ich bin zu einem Vorstellungsgespräch hier.«

»So?«

»Sind Sie der Gesprächsleiter?«

»›Gesprächsleiter‹?« Die vieldeutige Grimasse enthüllte eine plumpe Zahnprothese.

Laney wandte sich an den Japaner mit den runden Gläsern. »Colin Laney.«

»Shinya Yamasaki«, sagte der Mann und streckte die Hand aus. Laney schüttelte sie. »Wir haben miteinander telefoniert.«

»Leiten Sie das Gespräch?«

Hektisches Gezwinker. »Leider nein«, sagte der Mann. Und dann: »Ich bin Student der existentiellen Soziologie.«

»Das kapier ich nicht«, sagte Laney. Die beiden gegenüber sagten nichts. Shinya Yamasaki schaute verlegen drein. Der Einohrige machte ein finsteres Gesicht.

»Sie sind Australier«, sagte Laney zu dem Einohrigen.

»Tassie«, verbesserte der Mann. »Hab im Bürgerkrieg auf Seiten des Südens gekämpft.«

»Fangen wir noch mal von vorn an«, schlug Laney vor. »›Paragon-Asia Dataflow.‹ Sind Sie das?«

»Penetranter Bursche.«

»Sind wir von Haus aus«, sagte Laney. »In meinem Beruf, meine ich.«

»Na gut.« Der Mann hob die Augenbrauen. Eine wurde von einem krummen, pinkfarbenen Narbengewebestrang in der Mitte geteilt. »Rez. Was halten Sie von *dem?*«

»Sie meinen den Rockstar?« fragte Laney, nachdem er mit einem grundsätzlichen Kontextproblem gekämpft hatte.

Ein Nicken. Der Mann musterte Laney mit tiefstem Ernst.

»Von Lo/Rez? Der Band?« Halb Ire, halb Chinese. Gebrochene Nase, nie gerichtet. Längliche grüne Augen.

Der Tasmanier nickte.

»Was ich von ihm *halte?*«

In Kathy Torrances Welt hatte dem Sänger eine besondere Verachtung gegolten. Für sie war er ein lebendes Fossil gewesen, ein lästiges Überbleibsel aus einer früheren, weniger entwickelten Ära. Er sei so ungeheuer und sinnlos berühmt, behauptete sie, wie er zugleich auch ungeheuer und sinnlos reich sei. Kathy betrachtete Prominenz als subtile Flüssigkeit, als universelles Element wie das Phlogiston der Menschen des Altertums, etwas, was bei der Schöpfung gleichmäßig im ganzen Universum verbreitet war, nun aber dazu neigte, sich unter spezifischen Bedingungen um gewisse Individuen und ihre Karrieren herum zu verdichten. Rez war in Kathys Augen einfach schon viel zu lange dabei. Abscheulich lange. Er störte die Geschlossenheit ihrer Theorie. Er trotzte der korrekten Ordnung der Nahrungskette. Vielleicht gab es nichts, das groß genug war, ihn zu fressen, nicht einmal Slitscan. Und während Lo/Rez, die Band, noch immer mit nervtötender Regelmäßigkeit in einer Vielzahl von Medien ihre Produkte ausstieß, weigerte ihr Sänger sich stur, sich zugrunde zu richten, jemanden zu ermorden, politisch aktiv zu werden, ein interessantes Drogenproblem oder eine obskure sexuelle Neigung zu gestehen – ja, überhaupt etwas zu tun, was eines Aufmachers bei Slitscan würdig gewesen wäre. Er schimmerte – vielleicht matt, aber stetig – knapp außerhalb Kathy Torrances Reichweite. Was Laneys Ansicht nach der eigentliche Grund für ihren Haß auf ihn war.

»Na ja«, sagte Laney nach einiger Überlegung und verspürte dabei den merkwürdigen Drang, eine wahrheitsgemäße Antwort zu geben, »ich weiß noch, daß ich ihr erstes Album gekauft habe. Als es rauskam.«

»Titel?« Der Einohrige wurde noch ernster.

»›Lo Rez Skyline‹«, sagte Laney, dankbar für das winzige synaptische Ereignis, das es ihm erlaubt hatte, sich daran zu erinnern. »Aber ich könnte Ihnen nicht sagen, wie viele sie seitdem rausgebracht haben.«

»Sechsundzwanzig, ohne ›Best of‹-Alben«, sagte Mr. Yamasaki und rückte seine Brille zurecht.

Laney spürte, wie die Tabletten, die er zur Dämpfung des Jetlags genommen hatte, wie ein verrottetes pharmazeutisches Gerüst unter ihm wegbrachen. Die Wände des Prozesses schienen näherzurücken.

»Wenn Sie mir nicht sagen wollen, worum es hier

geht«, erklärte er dem Einohrigen, »fahr ich ins Hotel zurück. Ich bin müde.«

»Keith Alan Blackwell.« Der Mann streckte die Hand aus. Laney erlaubte ihm, seine zu ergreifen und kurz zu schütteln. Die Handfläche des Mannes fühlte sich wie ein Sportgerät an. »›Keithy.‹ Lassen Sie uns was trinken und ein bißchen plaudern.«

»Erst sagen Sie mir mal, ob Sie von Paragon-Asia sind«, verlangte Laney.

»Das sind bloß 'n paar Codezeilen in einer Maschine in 'nem Hinterzimmer auf der Lygon Street«, sagte Blackwell. »Eine Fassade, aber man könnte sagen, es ist *unsere* Fassade, wenn Ihnen dabei wohler ist.«

»Kann ich nicht grade behaupten«, sagte Laney. »Sie holen mich zu einem Vorstellungsgespräch rüber, und jetzt erzählen Sie mir, daß die Firma, bei der ich mich vorstellen soll, gar nicht existiert.«

»Klar existiert sie«, sagte Keith Alan Blackwell. »Sie ist in der Maschine auf der Lygon Street.«

Eine Kellnerin kam herbei. Sie trug einen formlosen blauen Overall und kosmetische blaue Flecken.

»Ein großes Kirin vom Faß. Kalt. Und Sie, Laney?«

»Eiskaffee.«

»Coke Lite, bitte«, sagte derjenige, der sich als Yamasaki vorgestellt hatte.

»Schön«, sagte der ohrlose Blackwell mürrisch, als die Kellnerin im Dunkeln verschwand.

»Ich würde es begrüßen, wenn Sie mir erklären könnten, was wir hier machen.« Laney sah, daß Yamasaki wild auf dem Bildschirm eines kleinen Notebooks herumkritzelte. Der Lichtstift blinkte schwach im Dunkeln. »Schreiben Sie das mit?« fragte er.

»Verzeihung, nein. Mache Notizen über Kellnerinnenkostüm.«

»Warum?« fragte Laney.

»Verzeihung«, sagte Yamasaki, speicherte ab, was er geschrieben hatte, und schaltete das Notebook aus. Er steckte den Stift sorgfältig in eine Vertiefung an der Seite. »Ich studiere solche Dinge. Es ist meine Gewohnheit, ephemere Erscheinungen der Alltagskultur aufzuzeichnen. Ihr Kostüm wirft die Frage auf: Reflektiert es nur Thema dieses Clubs oder repräsentiert es tiefergehende Reaktion auf Trauma des Erdbebens und anschließenden Wiederaufbau?«

2 *Lo Rez Skyline*

Sie trafen sich auf einer Dschungellichtung. Kelsey hatte die Vegetation gemacht: große, leuchtende rousseausche Blätter und Comic-Orchideen, in Farben gesprenkelt, die sie für tropisch hielt (was Chia an die Parfümeriekette erinnerte, die in Einkaufszentren ›organische‹ kosmetische Produkte in Farben verkaufte, die der Natur völlig unbekannt waren). Der Ton war von Zona, der einzigen Telepräsenten, die je so was wie einen richtigen Dschungel gesehen hatte: Vogelgeschrei, unsichtbare, aber realistisch mit Dopplereffekt vorbeisurrende Käfer und gelegentlich ein Vegetationsgeraschel, das auf kunstvolle Weise nicht an Schlangen, sondern an ein scheues, aber neugieriges Pelzding mit Samtpfoten denken ließ.

Das Licht, soweit vorhanden, sickerte durch ein hohes, grünes Blätterdach herein und war Chia entschieden zu disneymäßig – obwohl man eigentlich kein ›Licht‹ brauchte an einem Ort, der aus nichts anderem bestand.

Zona, deren blauer, aztekischer Totenkopf körperlos leuchtete und deren blaue Geisterhände wie Tauben unter dem Stroboskop flatterten: »Gar keine Frage, diese schwanzlose, körperlose Hure hat es geschafft, seine Seele zu umgarnen.« Stilisierte Zickzackblitze zuckten in bewußter Betonung oben um den Neonschädel herum auf.

Chia fragte sich, was sie wirklich gesagt hatte. War ›schwanzlose Hure‹ eine Schöpfung simultaner Online-Übersetzung, oder konnte und würde man so was auf Mexikanisch wirklich sagen?

»Warten noch auf definitive Bestätigung der Ortsgruppe Tokio«, rief ihnen Kelsey in Erinnerung. Kelseys Vater war Steueranwalt in Houston, und sein spezieller beruflicher Jargon pflegte zum Zeitpunkt solcher Treffen auf seine Tochter überzuspringen; ebenso wie eine gewisse Fähigkeit zu warten, die Chia enervierend fand, besonders wenn sie sich bei einer Nymphe mit tellergroßen Augen aus einer alten Anime, einer Animation, zeigte. Wie Kelsey im wirklichen Leben – falls sie sich jemals auf diese Weise treffen sollten – garantiert nicht aussehen würde. (Chia präsentierte sich selbst momentan in einer ihrer Ansicht nach nur leicht aufgepeppten Version ihres wahren Äußeren, wie es der Spiegel ihr zeigte. Weniger Nase vielleicht. Ein bißchen vollere Lippen. Aber das war's auch schon. Beinahe.)

»Genau«, sagte Zona. Winzige Steinkalender wirbelten zornig in ihren Augenlöchern. »Wir *warten.* Während *er* seinem Schicksal entgegengeht. Wir warten. Wenn meine Girls und ich das täten, würden uns die Rats von den Straßen fegen.« Zona war die Anführerin einer messerbewehrten *chilanga*-Mädchenbande, wie sie behauptete. Vielleicht nicht gerade der heißesten in Mexico City, aber einer, die Dinge wie Revier und Tribut ziemlich ernst nahm. Chia wußte nicht recht, ob sie ihr das glaubte, aber bei den Treffen sorgte es für eine interessante Rotzigkeit.

»Wirklich?« Kelsey richtete ihr Nymphen-Ich mit elfenhafter Würde zu voller Größe auf und klapperte ungläubig mit Bambiwimpern wie aus einem Manga-Comic. »Wenn das *so* ist, Zona Rosa, warum gehst du dann nicht rüber nach Tokio und findest *raus,* was *wirklich* los ist? Hat Rez denn *gesagt,* daß er sie heiraten würde, oder was? Und wenn du schon dabei bist, finde raus, ob sie *existiert* oder nicht, okay?«

Die Kalender stoppten abrupt.

Die blauen Hände verschwanden.

Der Schädel schien in unendliche Ferne zurückzuweichen, dabei jedoch völlig scharf zu bleiben, klar in jedem strukturellen Detail.

Alter Trick, dachte Chia. Sie weicht aus.

»Du weißt, daß das nicht geht«, sagte Zona. »Ich hab hier meine Pflichten. Maria Conchita, die Kriegsherrin der Rats, hat behauptet, daß …«

»Als ob *uns* das interessieren würde, was?« Kelsey schoß senkrecht in die Höhe, ihr Nymphen-Ich ein heller, verschwommener Fleck vor dem aufsteigenden grünen Gewirr, bis sie unmittelbar unter dem Blätterdach schwebte. Ein Sonnenstrahl schmeichelte einem unmöglichen Wangenknochen. »Zona Rosa hat Scheiße im Hirn!« schrie sie überhaupt nicht nymphenhaft.

»Streitet euch nicht«, sagte Chia. »Das hier ist *wichtig*. Bitte.«

Kelsey kam sofort runter. »Dann gehst *du*«, sagte sie.

»Ich?«

»Du«, sagte Kelsey.

»Ich kann nicht«, sagte Chia. »Nach Tokio? Wie denn?«

»Mit dem Flugzeug.«

»Wir sind nicht so reich wie ihr, Kelsey.«

»Du hast einen Paß. Das wissen wir. Deine Mutter mußte dir einen besorgen, als sie das mit dem Sorgerecht geregelt hat. Und wir wissen, daß du, um es taktvoll zu formulieren, ›gerade die Schule wechselst‹, nicht wahr?«

»Ja …«

»Wo liegt dann das Problem?«

»Dein Vater ist ein großer Steueranwalt!«

»Ich weiß«, sagte Kelsey. »Und er fliegt in der ganzen Welt rum und scheffelt Kohle. Aber weißt du, was er noch scheffelt, Chia?«

»Was?«

»Vielfliegerpunkte. *Massenhaft* Vielfliegerpunkte. Bei der Air Magellan.«

»Interessant«, sagte der Aztekenschädel.

»Tokio«, sagte die fiese Nymphe.

Scheiße, dachte Chia.

Die Wand gegenüber von Chias Bett war mit einer knapp zwei mal zwei Meter großen Laser-Vergrößerung des Covers von *Lo Rez Skyline* geschmückt, dem ersten Album der Band. Es war nicht das Cover, das man bekam, wenn man es heute kaufte, sondern das Original, jenes Gruppenfoto, das sie für die entscheidende erste Veröffentlichung auf dem Indie-Label Dog Soup gemacht hatten. Sie hatte die Datei in der Woche, in der sie dem Club beigetreten war, im Site – dem virtuellen Treffpunkt des Clubs – abgezockt und einen Laden in der Nähe des Marktes aufgetan, der sie so groß ausdrucken konnte. Es war nach wie vor ihr Lieblingsposter, und nicht bloß deshalb, wie ihre Mutter zu häufig andeutete, weil sie alle so jung aussahen. Ihrer Mutter gefiel es nicht, daß die Mitglieder von Lo/Rez fast so alt waren wie sie selbst. Warum stand Chia nicht auf Musik von Leuten ihres Alters?

– Von wem denn bitte, Mutter?

– Diesen Chrome Koran, zum Beispiel.

– Würg.

Chia hegte den Verdacht, daß die Zeitwahrnehmung ihrer Mutter sich radikal und auf geheimnisvolle Weise von der ihren unterschied. Nicht nur, weil ein Monat für Chias Mutter keine sehr lange Zeit war, sondern auch, weil das ›Jetzt‹ ihrer Mutter etwas derart Enges und Buchstäbliches war. Von den Nachrichten regiert, wie Chia glaubte. Vom Kabel genährt. Eine Gegenwart, abgeschliffen auf den exakten Augenblick eines Verkehrsberichts aus dem Helikopter.

Chias ›Jetzt‹ war digital, auf unangestrengte Weise elastisch und dank globaler Systeme, mit deren Funktionsweise sie sich nie hatte beschäftigen müssen, jederzeit abrufbar.

Lo Rez Skyline war eine Woche (na ja, sechs Tage) vor Chias Geburt veröffentlicht worden, wenn man es so nennen konnte. Sie schätzte, daß bis zu dem freudigen Ereignis noch keine Exemplare des Albums nach Seattle gelangt waren, aber ihr gefiel der Gedanke, daß es hier schon damals Hörer gegeben hatte, weil Visionäre an der Pazifikküste neue Sounds sogar von so obskuren Indies wie East Teipeis Dog Soup ins Netz einspeisten. Jedenfalls hatten die Einleitungsakkorde von ›Positron Premonition‹ im schicksalhaften Augenblick ihrer Geburt irgendwo bei jemand im Keller Moleküle realer Seattle-Luft umhergeschoben. Das wußte sie irgendwie, wie sie auch wußte, daß ›Stuck Pixel‹ – eigentlich gar kein richtiger Song, sondern nur Los Gegniedel auf einer Pfandhaus-Gitarre – *irgendwo* gelaufen sein mußte, als ihre damals kaum Englisch sprechende Mutter Chias Namen einem öfters wiederholten Spot im Shopping Channel entnommen hatte, weil ihr die phonetische Zärtlichkeit dieser Silben in der postnatalen Erholungsphase wie eine optimal sanfte Kombination von italienischen und englischen Lauten erschienen war; ihr schon damals rothaariges Baby wurde in der Folge auf den Namen Chia Pet McKenzie getauft (zum nicht geringen Erstaunen ihres abwesenden kanadischen Vaters, wie Chia später erfuhr).

Diese Gedanken kamen in der Dunkelheit vor dem Wecken, kurz bevor der Infrarot-Blinker an ihrem Wecker der Halogen-Galerieleuchte ein lautloses Signal schickte und ihr befahl, Lo/Rez in all ihrer Dog-Soup-Pracht zu illuminieren. Rez mit seinem offenen Hemd (aber total ironisch) und Lo mit seinem Grinsen und einem prototypischen Schnurrbart, der noch ein bißchen mickrig war.

Hallo, Jungs. Sie tastete nach ihrer Fernbedienung.

Zappte Infrarot ins Dunkel. Zapp: Espressomatic. Zapp: Raumheizwürfel.

Unter ihrem Kissen die ungewohnte Form ihres Passes, wie eine alte Spielkassette, hartes, marineblaues Plastik mit Kunstlederstruktur und der goldenen Siegel-und-Adler-Prägung. Die Air-Magellan-Tickets in ihrer schlaffen, beigen Mappe vom Reisebüro im Einkaufszentrum.

Es war soweit.

Sie holte tief Luft. Das Haus ihrer Mutter schien ebenfalls Luft zu holen, aber verhaltener; seine hölzernen Knochen knarrten in der Kälte des Wintermorgens.

Das Taxi kam pünktlich, aber trotzdem wie durch Zauberei, und nein, es hupte nicht, genau wie sie es verlangt hatte. Kelsey hatte ihr erklärt, wie man so was machte. Wie sie Chia auch forsch über ihre Lebensumstände ausgefragt und sich die Tarnung für ihre bevorstehende Abwesenheit ausgedacht hatte: zehn Tage in den San Juan Mountains mit Hester Chen, deren betuchte, allen Maschinen abholde Mutter solche Angst vor elektromagnetischer Strahlung hatte, daß sie ohne Telefon und jedweden Strom in einer Treibholzburg mit Grasdach wohnte. »Sag ihr, du machst einen Medienschnellkurs, bevor sich das mit der neuen Schule klärt«, hatte Kelsey gesagt. »Das wird ihr gefallen.« Und so war es auch – Chias Mutter fand ohnehin, daß ihre Tochter entschieden zuviel Zeit in den Handschuhen und unter der Datenbrille verbrachte.

Eigentlich mochte Chia die sanfte Hester, die zu kapieren schien, worum es bei Lo/Rez ging, wenn sie auch irgendwie nicht so fundamental davon gepackt wurde, wie man es hätte erwarten können, und Chia hatte auch schon die Annehmlichkeiten von Mrs. Chens Inselzuflucht ausprobiert. Aber Hesters Mutter hatte sie beide gezwungen, spezielle Baseballkappen aus einem Stoff zu tragen, der vor elektromagnetischer

Strahlung schützte, damit ihre jungen Gehirne nicht immerfort in der unsichtbaren Suppe der schlimmen Medien gebadet wurden.

Chia hatte sich Hester gegenüber beschwert, daß sie mit den Dingern wie Netzkappen aussähen.

– Sei nicht so rassistisch, Chia.

– Bin ich nicht.

– Dann eben elitär.

– Hier geht's doch um *Ästhetik.*

Und jetzt, in dem überheizten Taxi, mit ihrer einen Tasche neben sich auf dem Sitz, verspürte sie Schuldgefühle wegen dieser Irreführung; dort hinter den dunklen, von Eis mattierten Fenstern schlief ihre Mutter unter der Last ihrer fünfunddreißig Jahre und der geblümten Steppdecke, die Chia bei Nordstrom's gekauft hatte. Als Chia noch klein gewesen war, hatte ihre Mutter die Haare in einem langen Zopf getragen, dessen Spitze wie der Zauberschwanz eines mythischen Tieres von Türkisen, Abaloneschalen und geschnitzten Knochenstücken durchbohrt war und hin und her tanzte, so daß Chia danach grabschen konnte. Und das Haus sah ebenfalls traurig aus, als bedauerte es, daß sie es verließ; weiße Farbe blätterte von dem darunterliegenden Grau neunzig Jahre alter Zedernschindeln ab. Chia erschauerte. Was, wenn sie nun nie mehr zurückkam?

»Wohin?« fragte der Fahrer, ein Schwarzer mit einer weiten Nylonjacke und einer schlichten Stoffmütze.

»SeaTac«, sagte Chia und drückte die Schultern in den Sitz.

Beim Wegfahren kamen sie an dem alten Lexus vorbei, den die Nachbarn auf Betonblöcken in der Auffahrt stehen hatten.

Flughäfen waren frühmorgens unheimlich. Sie hatten etwas Hohles, das sich auf einen herabsenken konnte, etwas Trauriges und Leeres. Korridore und Menschen, die in sie hineingingen. Chia stand in der Schlange hinter Leuten, die sie noch nie gesehen hatte und nie wiedersehen würde, Tasche über der Schulter, Paß und Ticket in der Hand. Sie hätte gern noch eine Tasse Kaffee getrunken. In ihrem Zimmer war eine, in der Espressomatic. Die hätte sie ausleeren und saubermachen sollen, denn jetzt würde es da drin schimmeln, während sie weg war.

»Ja?« Der Mann hinter dem Tresen trug ein gestreiftes Hemd, eine Krawatte, auf der sich in diagonalen Zeilen das Air-Magellan-Logo wiederholte, und einen grünen Jadeknopf in der Lippe. Chia fragte sich, wie seine Unterlippe aussah, wenn er ihn rausnahm. Würde sie nie tun, dachte sie, wenn sie so einen hätte. Sie gab ihm ihr Ticket. Er nahm es seufzend aus der Mappe und signalisierte ihr damit, daß das eigentlich ihre Aufgabe gewesen wäre.

Sie sah zu, wie er mit einem Scanner über das Ticket fuhr.

»Air Magellan Einsnullfünf nach Narita, Touristenklasse, mit Rückflug.«

»Stimmt«, sagte Chia in dem Versuch, ihm behilflich zu sein. Er wirkte nicht erfreut.

»Reisedokument.«

Chia gab ihm ihren Paß. Er sah ihn an, als hätte er noch nie einen gesehen, seufzte und steckte ihn in einen Schlitz auf seinem Tresen. Die Aluminiumränder des Schlitzes waren ramponiert, und jemand hatte sie mit transparentem Klebeband abgedeckt, das mittlerweile schmutzig war und sich ablöste. Der Mann schaute auf einen Monitor, den Chia nicht sehen konnte. Vielleicht würde er ihr mitteilen, daß sie nicht fliegen könne. Sie dachte an den Kaffee in ihrer Espressomatic. Er würde noch warm sein.

»Dreiundzwanzig D«, sagte er, während sich eine Bordkarte aus einem anderen Schlitz schob. Er zog ihren Paß heraus und gab ihn ihr zusammen mit dem

Ticket und der Bordkarte. »Flugsteig 53, Halle Blau. Irgendwas anzumelden?«

»Nein.«

»Flugreisenden kann nach dem Sicherheitscheck auf noninvasive Weise eine DNA-Probe entnommen werden«, sagte er, wobei die Worte alle miteinander verschmolzen, da er es nur sagte, weil das Gesetz es so verlangte.

Sie steckte Paß und Ticket in die Spezialtasche in ihrem Parka. Die Bordkarte behielt sie in der Hand. Sie machte sich auf die Suche nach der Halle Blau. Dazu mußte sie nach unten und einen der Züge nehmen, die Ähnlichkeit mit einem waagrecht fahrenden Aufzug hatten. Eine halbe Stunde später hatte sie eingecheckt und betrachtete die Siegel, mit denen man die Reißverschlüsse ihres Handgepäcks versehen hatte. Sie sahen wie gummiartige, rote Bonbonringe aus. Chia hatte nicht damit gerechnet, daß sie das tun würden; sie hatte gedacht, sie könnte eine Zahlstation in der Abflughalle finden, sich anschließen und dem Club ein Update verpassen. Ihr Handgepäck wurde nie versiegelt, wenn sie zu ihrem Onkel nach Vancouver flog, aber seit dem Abkommen war das ja kein richtiges Ausland mehr.

Sie fuhr auf einem Gummilaufband zum Flugsteig 53, als sie weiter vorn das Blaulicht blinken sah. Soldaten, und eine kleine Sperre. Die Soldaten ließen die Leute in einer Reihe Aufstellung nehmen, als sie vom Laufband traten. Sie trugen Kampfanzüge und wirkten nicht viel älter als die Jungs in ihrer letzten Schule. »Mist«, hörte sie die Frau vor ihr sagen, eine Blondine mit einem Wust von Haaren, in die offensichtlich Haarteile eingeflochten waren. Volle rote Lippen, mehrere Schichten Mascara, bis dorthinaus gepolsterte Schultern, winziges Röckchen, weiße Cowboystiefel. Wie diese Countrysängerin, die ihre Mutter mochte, Ashleigh Modine Carter. Irgendwie netzkappenmäßig, aber mit Kohle.

Chia trat vom Ende des Laufbands herunter und reihte sich hinter der Frau ein, die wie Ashleigh Modine Carter aussah.

Die Soldaten nahmen Haarproben und steckten die Pässe der Leute in einen Schlitz. Chia nahm an, daß sie auf diese Weise überprüfen wollten, ob man wirklich derjenige war, als der man sich ausgab, weil die DNA im Paß enthalten war, in eine Art Strichcode konvertiert.

Das Prüfgerät war ein kleiner silberner Stab, der die Spitzen von ein paar Strähnen einsaugte und abschnitt. Am Schluß würden sie die weltweit größte Sammlung gespaltener Haarspitzen haben, dachte Chia. Jetzt war die Blonde an der Reihe. Die jungen Soldaten waren zu zweit: Einer bediente das Prüfgerät, der andere rasselte den Spruch herunter, man habe sich ja bereits damit einverstanden erklärt, indem man bis hierher gekommen sei, und bitte zeigen Sie mir Ihren Paß.

Chia sah zu, wie die Frau ihren Paß abgab und irgendwie von einer Sekunde zur anderen betont sexy wurde, als wäre eine Glühbirne aufgeflammt, mit einem strahlenden Lächeln für den Soldaten, was dazu führte, daß er zwinkerte und schluckte und beinahe den Paß fallen ließ. Grinsend steckte er ihn in eine kleine Konsole, die an der Sperre angebracht war. Der andere Soldat hob seinen Stab. Chia sah, wie die Frau nach oben langte, eins ihrer Haarteile auswählte und ihm dessen Ende für die Probe hinhielt. Das Ganze dauerte vielleicht acht Sekunden, einschließlich der Rückgabe ihres Passes, und der erste Soldat lächelte immer noch, als Chia nun an die Reihe kam.

Die Frau ging weiter, nachdem sie – da war Chia ziemlich sicher – gerade eine mittelschwere Straftat begangen hatte. Sollte sie es dem Soldaten sagen?

Aber sie tat es nicht, und dann bekam sie ihren Paß zurück und war auf dem Weg zum Flugsteig 53. Wo sie nach der Frau Ausschau hielt, sie aber nicht entdeckte.

Sie sah sich die Werbung an, die über die Wände lief, bis sie aufgerufen wurden, sich hintereinander aufzustellen und an Bord zu gehen.

Platz 23 E blieb leer, während Chia auf den Start wartete und ein Pfefferminz lutschte, das ihr der Flugbegleiter gegeben hatte. Der einzige leere Platz im Flugzeug, schätzte sie. Wenn niemand kam, um sich dort hinzusetzen, dachte sie, dann konnte sie die Armlehne hochklappen und es sich gemütlich machen. Sie versuchte, ein negatives mentales Feld aufzubauen, eine Schwingung, die jeden davon abhalten würde, in letzter Minute einzusteigen und dort Platz zu nehmen. Zona Rosa machte so was, es gehörte zu dem ganzen Martial-Arts-Ding ihrer Mädchenbande. Chia verstand nicht, wie man ernsthaft glauben konnte, es würde funktionieren.

Und das tat es auch nicht, denn da kam diese Blondine den Gang entlang, und sah Chia nicht einen Funken des Wiedererkennens in ihren Augen?

3 Fast wie ein normaler Mensch

Laney hatte Kathy Torrance am Abend eines Wochentags – eines Mittwochs – zum letzten Mal zu Gesicht bekommen, und da war ihr Tattoo nicht zu sehen gewesen. Sie hatte im Käfig gestanden und geschrien, während er seinen Spind ausräumte. Sie trug einen Armani-Blazer aus metallgrauem Barchent, und der dazu passende Rock verbarg das Zeichen aus dem All. Im offenen Kragen ihrer weißen Bluse im Herrenhemdschnitt war eine einzelne Perlenkette zu sehen. Ihre Galauniform. Zusammengestaucht wegen der Abtrünnigkeit ihres Untergebenen.

Er wußte, daß sie schrie, weil ihr Mund offen war, aber die Worte ihres Zorns drangen nicht durch die nahtlose, zischende Brandung des Rauschgenerators, den er von seinen Anwälten bekommen hatte. Sie hatten ihm geraten, den Generator bei diesem letzten Besuch in den Räumen von Slitscan ununterbrochen zu tragen, und ihn instruiert, keine Erklärungen abzugeben. Hören würde er garantiert keine.

Und später fragte er sich manchmal, wie sie ihren Zorn wohl genau formuliert haben mochte. Eine neue Darstellung ihrer Theorie vom Ruhm und seinem Preis, von Slitscans Platz darin und von Laneys Unfähigkeit, entsprechend zu funktionieren? Oder hatte sie sich auf seinen Verrat konzentriert? Aber er hatte es nicht gehört; er hatte nur diese Sachen, die er eigentlich gar nicht haben wollte, in einen Karton aus Wellplastik gepackt, der noch leicht nach mexikanischen Orangen duftete. Das mittlerweile unbrauchbare Notebook mit dem zerbrochenen Bildschirm, das ihn durchs College begleitet hatte. Den Iso-Becher, von dem das Nissan-County-Logo abblätterte. Notizen, die er sich entgegen der Büropolitik auf Papier gemacht hatte. Ein kaffeefleckiges Fax von einer Frau, mit der er in Ixtapa geschlafen hatte, deren Initialen nun nicht mehr zu entziffern waren und deren Namen er vergessen hatte. Nutzlose Stücke seines Ichs, für einen Müllcontainer auf dem Parkplatz des Gebäudes bestimmt. Aber er würde nichts hierlassen, und Kathy schrie weiter.

Jetzt, im Todeswürfel K, stellte er sich vor, daß sie ihm erzählt hatte, er würde in dieser Stadt nie wieder Arbeit finden, und so schien es auch wirklich zu sein. Illoyalität dem Arbeitgeber gegenüber war generell ein besonders problematisches Loch in der Fahrkarte, und in dieser Stadt vielleicht erst recht, weil sie dem entsprungen war, was man, wie Laney sich erinnerte, früher einmal Skrupel genannt hatte.

Das Wort selbst erschien ihm jetzt über alle Maßen lächerlich.

»Sie haben gelächelt.« Blackwell starrte ihn von der anderen Seite des winzigen Tisches aus an.

»Serotoninarmut.«

»Essen«, sagte Blackwell.

»Ich hab eigentlich keinen Hunger.«

»Muß Karbos laden«, erklärte Blackwell und stand auf. Er nahm erstaunlich viel Raum ein.

Laney und Yamasaki erhoben sich ebenfalls, folgten Blackwell nach unten und verließen mit ihm den Todeswürfel K, um im O My Golly-Building nach unten zu fahren. Aus dem schabenfarbenen Licht in die Chrom- und Neonschlucht der Roppongi Dori. Der Gestank von fauligem Fisch und Obst, selbst in dieser kühlen, feuchten Nacht, wenn auch etwas gedämpft durch die Vanillezuckersüße des chinesischen Benzin-Alkohol-Gemischs aus den Autos, die auf der Schnellstraße vorbeizischten. Aber die stete Stimme des Verkehrs hatte etwas Beruhigendes, und Laney fand es besser, auf den Beinen und in Bewegung zu sein.

Wenn er in Bewegung blieb, fand er vielleicht heraus, was es mit Keith Alan Blackwell und Shinya Yamasaki auf sich hatte.

Blackwell führte sie über eine Fußgängerbrücke. Laneys Hand streifte eine Unregelmäßigkeit am Metallgeländer. Er sah, daß es eine zufällige Falte in einem kleinen, glänzenden Aufkleber war; ein barbusiges Mädchen lächelte von einem handtellergroßen, silbrigen Hologramm zu ihm auf. Als sein Blickwinkel sich änderte, schien sie auf die Telefonnummer über ihrem Kopf zu deuten. Das Geländer war von vorn bis hinten mit diesen kleinen Werbestickern bedeckt, obwohl es genau bemessene Lücken gab, wo ein paar zwecks späterer Benutzung abgezogen worden waren.

Blackwells massige Gestalt teilte die Menge auf dem Gehsteig drüben wie ein Frachter einen schaukelnden Strom von Hobbybooten. »Kohlehydrate«, sagte er über eine riesige Schulter hinweg. Er lotste sie in eine Gasse, einen engen Schlund aus buntem Licht, vorbei an einer die ganze Nacht hindurch geöffneten Tierklinik, hinter deren Fenster zwei weißbekittelte Chirurgen eine Operation ausführten – an einer Katze, wie Laney hoffte. Ein paar Fußgänger, die sich zu einem entspannten kleinen Tableau gruppierten, hatten hier eine Pause eingelegt und sahen vom Bürgersteig aus zu.

Blackwell schob sich seitwärts in eine hell erleuchtete Höhle, in der hinter einem Tresen aus Kunstgranit aus Kochtöpfen Dampf aufstieg.

Laney und Yamasaki folgten ihm. Der Mann hinter dem Tresen war schon dabei, auf die Bestellung des Australiers hin würzig riechende Portionen einer beigen, sämigen Masse in Schüsseln zu füllen.

Laney sah zu, wie Blackwell die Schüssel zum Mund

hob, den größten Teil seiner Nudeln einatmete, wie es schien, dann seine strahlend weißen Plastikzähne elegant zuschnappen ließ und den Rest so abtrennte. Muskeln am dicken Hals des Mannes arbeiteten schwer, als er schluckte.

Laney starrte ihn mit großen Augen an.

Blackwell wischte sich den Mund mit dem Rücken einer riesigen Hand ab, die aussah, als wäre sie mit pinkfarbenem Garn aus lauter Flicken zusammengenäht. Er rülpste. »Gib mal eins von diesen Babydöschen Dry ...« Er schüttete das ganze Bier mit einem einzigen Schluck hinunter und zerdrückte die stabile Stahldose geistesabwesend wie einen Pappbecher. »Das gleiche noch mal«, sagte er und klapperte mit seiner Schüssel, um dem Mann hinter dem Tresen zu zeigen, was er meinte.

Laney, der trotz oder gerade wegen dieser demonstrativen Gefräßigkeit auf einmal Heißhunger verspürte, wandte seine Aufmerksamkeit seiner eigenen Schüssel zu, in der pink gefärbte, papierdünne Scheiben eines geheimnisvollen Fleisches auf einem Sargassomeer aus Nudeln schwammen.

Laney aß schweigend, Yamasaki ebenfalls. Blackwell genehmigte sich drei weitere Biere, offenbar ohne irgendwelche Folgen. Als Laney die restliche Brühe austrank und seine Schüssel dann auf den Tresen stellte, fiel ihm dahinter ein Plakat ins Auge, das für Obstsäfte namens Apple Shires Authentic Fine Fruit Beverage warb. Zuerst las er fälschlicherweise Alison Shires, einst der Gegenstand seiner Skrupel.

»Genießen Sie das warme Naß des Lebens in Apple Shires«, riet die Werbung.

Alison Shires hatte er nach fünf Monaten bei Slitscan zuerst in Gestalt animierter Kopfbilder zu sehen bekommen. Sie war ein ziemlich durchschnittlich attraktives Mädchen gewesen, das mit leiser Stimme irgendeinen Bewerbungstext für imaginäre Casting-Direktoren, Agenten, jemanden, irgendwen von sich gegeben hatte.

Kathy Torrance hatte sein Gesicht beobachtet, während er auf den Bildschirm schaute. »Schon die Nase voll von süßen kleinen Dingern, Laney? Allergische Reaktion auf *niedlich?* Erste Symptome sind eine Art unterschwellige Gereiztheit, Ablehnung, das vage, aber hartnäckige Gefühl, daß sich jemand an einen ranschmeißt, daß man ausgenutzt wird ...«

»Die ist nicht mal so ›niedlich‹ wie die letzten beiden.«

»Genau. Sieht beinahe alltäglich aus. Fast wie ein normaler Mensch. Markier sie.«

Laney blickte auf »Wozu?«

»Markier sie. Er könnte sich damit rausreden, sie wäre 'ne Kellnerin oder so.«

»Glaubst du, sie ist diejenige, welche?«

»Davon hast du locker noch dreihundert andere drin, Laney. Wahrscheinliche Kandidaten rauszupikken, ist ein Anfang.«

»Aufs Geratewohl?«

»Bei uns heißt das ›Instinkt‹. Markier sie.«

Laney klickte sie mit dem Cursor an. Der hellblaue Pfeil blieb zufällig in einer verschatteten Augenhöhle des Mädchens stehen, das den Blick gesenkt hatte. Er markierte sie zwecks genauerer Nachforschungen darüber, ob sie vielleicht die einstmalige Partnerin eines Schauspielers sein könnte, der eine sehr öffentliche Ehe führte und auf eine Weise berühmt war, die Kathy Torrance verstand und guthieß. Jemand, der den Gesetzen der Nahrungskette gehorchen mußte. Kein zu großer Bissen für Slitscan. Doch er oder seine Hintermänner waren bisher sehr vorsichtig gewesen. Oder sie hatten großes Glück gehabt.

Aber jetzt nicht mehr. Kathy war über einen jener ›schwarzen Kanäle‹, auf die sie angewiesen war, ein

Gerücht zu Ohren gekommen, und nun verlangte die Nahrungskette ihr Recht.

»Wachen Sie auf«, sagte Blackwell. »Sie schlafen ja beim Essen ein. Wird Zeit, daß Sie uns erzählen, wie Sie Ihren letzten Job losgeworden sind, wenn wir Ihnen einen neuen anbieten sollen.«

»Kaffee«, sagte Laney.

Laney legte Wert auf die Feststellung, daß er kein Voyeur war. Er hatte ein eigentümliches Talent im Umgang mit Datensammlungsarchitekturen und litt unter einem ärztlich bescheinigten Konzentrationsmangel, aus dem er unter bestimmten Bedingungen in einen Zustand pathologischer Hyperkonzentration umschalten konnte. Das machte ihn, fuhr er bei mehreren Lattes in einer Roppongi-Filiale von Amos'n'Andes fort, zu einem hervorragenden Rechercheur. (Über das staatliche Waisenhaus in Gainesville verlor er kein Wort, ebensowenig über etwaige dort unternommene Versuche, seinen Konzentrationsmangel zu heilen – die 5-SB-Verfahren und dergleichen.)

Die relevanten Angaben bezüglich seiner gegenwärtigen Verwendbarkeit lauteten, daß er ein intuitiver Informationsmusterfischer war; er spürte jene Signatur auf, die ein bestimmtes Individuum unvermeidlich im Netz erzeugte, wenn es dem profanen und dennoch unendlich vielgestaltigen Geschäft des Lebens in einer digitalen Gesellschaft nachging. Laneys Konzentrationsmangel, zu geringfügig, um von irgendwelchen Meßgeräten registriert zu werden, machte ihn zu einem geborenen Zapper, der auf – nun ja – intuitive Art von Programm zu Programm, von Datenbasis zu Datenbasis, von Plattform zu Plattform wechselte.

Und das war im Grunde der Haken an der Sache, wenn es darum ging, einen Job zu finden. Laney war das Gegenstück zu einem Wassersucher: ein kybernetischer Wünschelrutengänger. Er konnte nicht erklären, wie er seine Arbeit machte. Er wußte es einfach nicht.

Zu Slitscan war er von DatAmerica gekommen, wo er wissenschaftlicher Assistent bei einem Projekt mit dem Codenamen TIDAL gewesen war. Es sagte einiges über die Unternehmenskultur bei DatAmerica, daß es Laney nie gelungen war, in Erfahrung zu bringen, ob TIDAL nun ein Akronym war oder worum es (auch nur in groben Zügen) bei TIDAL ging. Er hatte seine Zeit damit verbracht, gewaltige Ströme undifferenzierter Daten zu überfliegen und ›Knotenpunkte‹ zu suchen. Ein französisches Wissenschaftlerteam hatte ihn darin ausgebildet, sie zu erkennen. Sie waren alle eifrige Tennisspieler gewesen, aber keiner von ihnen hatte auch nur die geringste Lust gehabt, Laney diese Knotenpunkte zu erklären, so daß ihn allmählich das Gefühl beschlich, daß er als eine Art einheimischer Führer fungierte. Worauf sich das Interesse der Franzosen auch richtete, er war dazu da, es für sie aufzutreiben. Und es schlug Gainesville um Längen. Bis TIDAL, was immer es war, eingestellt wurde, und es für Laney bei DatAmerica offenbar nichts mehr zu tun gab. Die Franzosen waren weg, und als Laney mit anderen Forschern darüber zu sprechen versuchte, was sie machten, sahen sie ihn an, als hätte er nicht mehr alle Tassen im Schrank.

Als er zu dem Vorstellungsgespräch bei Slitscan gegangen war, hatte Kathy Torrance dieses Gespräch mit ihm geführt. Er hatte nicht wissen können, daß sie Abteilungsleiterin war oder daß sie bald seine Vorgesetzte sein würde. Er sagte ihr die Wahrheit über sich. Jedenfalls weitgehend.

Sie war die blasseste Frau, die Laney je gesehen hatte. Blaß bis zur Durchsichtigkeit. (Später erfuhr er, daß es viel mit Kosmetik zu tun hatte, insbesondere mit einer britischen Produktpalette, die sich spezieller, das Licht beugender Eigenschaften rühmte.)

»Tragen Sie immer malaysische Imitationen blauer Buttondown-Oxfordhemden von Brooks Brothers, Mr. Laney?«

Laney hatte auf sein Hemd hinuntergeschaut oder es zumindest versucht. »Malaysisch?«

»Die Stichlänge stimmt haargenau, aber das mit der Fadenspannung haben sie noch nicht raus.«

»Oh.«

»Schon gut. Ein bißchen prototypischer Spießer-Schick könnte bei uns hier doch für eine gewisse Reibung sorgen. Die Krawatte könnten Sie aber weglassen. Ja, unbedingt. Und stecken Sie sich einen Packen Filzstifte in die Tasche. Unzerkaut, bitte. Dazu einen von diesen dicken, flachen Markern in so einem richtig ekligen fluoreszierenden Farbton.«

»Machen Sie Witze?«

»Wahrscheinlich, Mr. Laney. Darf ich Sie Colin nennen?«

»Ja.«

Sie hatte ihn nie ›Colin‹ genannt, weder damals noch später. »Sie werden merken, daß Humor bei Slitscan sehr wichtig ist, Laney. Ein unentbehrliches Hilfsmittel zum Überleben. Und Sie werden feststellen, daß hier am besten zurechtkommt, wer ziemlich indirekt ist.«

»Wie meinen Sie das, Miss Torrance?«

»Kathy. Ich meine, daß man ihn kaum wirkungsvoll in einem Memo zitieren kann. Oder vor Gericht.«

Yamasaki war ein guter Zuhörer. Er zwinkerte, schluckte, nickte oder fummelte am Kragenknopf seines buntkarierten Hemds herum, was auch immer, und vermittelte mit all dem irgendwie, daß er begriff, worauf Laney hinauswollte.

Keith Alan Blackwell war da ganz anders. Er saß so unbeweglich da wie ein Klumpen Rindfleisch, ohne sich auch nur einmal zu rühren, außer wenn er die linke Hand hob und an dem verstümmelten Ohrläppchen herumdrückte und drehte, dem einzigen Überrest seines linken Ohrs. Er tat das, ohne zu zögern oder in Verlegenheit zu geraten, und Laney gewann den Eindruck, daß es ihm eine gewisse Erleichterung verschaffte. Das Narbengewebe rötete sich ein wenig unter Blackwells fürsorglichen Fingern.

Laney saß auf einer Polsterbank, mit dem Rücken an der Wand. Yamasaki und Blackwell saßen ihm an dem schmalen Tisch gegenüber. Hinter ihnen schwebten die holografischen Züge des Namensgebers der Kette über den einheitlich schwarzhaarigen Köpfen nächtlicher Roppongi-Kaffeetrinker vor einem knalligen Sonnenuntergangspanorama schneebedeckter Andengipfel. Die Lippen des Comic-Amos sahen aus wie aufgeblasene rote Gummiwürstchen, eine Rassenparodie, mit der sich der Laden im gesamten L.A.-Becken einen Brandbombenanschlag eingehandelt hätte. Er hielt eine dampfende weiße Kaffeetasse, die auf elegante Weise ikonisch wirkte, in einer großen, weiß behandschuhten, vierfingrigen Ur-Disney-Hand.

Yamasaki hüstelte dezent. »Sie erzählen uns über Ihre Erfahrungen bei Slitscan, bitte?«

Kathy Torrance gab Laney zunächst Gelegenheit zum Netzsurfen im Slitscan-Stil.

Sie holte sich zwei Computer aus dem Käfig, scheuchte vier Angestellte aus einer SBU, bat Laney herein und machte die Tür zu. Stühle, ein runder Tisch, eine große Pinnwand an der Wand. Er sah zu, wie sie die Computer in Dataports einsteckte und identische Bilder von einem langhaarigen, schmutzigblonden Burschen Mitte zwanzig aufrief. Spitzbart und goldener Ohrring. Das Gesicht sagte Laney nichts. Es hätte ein Gesicht sein können, an dem er vor einer Stunde auf der Straße vorbeigelaufen war, das Gesicht einer Randfigur in einer nachmittäglichen Seifenoper oder von jemandem, dessen Kühlschrank, wie man kurz davor entdeckt hatte, voll war mit den Fingern seiner Opfer.

»Clinton Hillman«, sagte Kathy Torrance. »Friseur, Sushi-Koch, Musikjournalist, Komparse bei Hardcore-Streifen mit mittlerem Budget. Dieser Kopf ist natürlich frisiert.« Sie tippte auf ein paar Tasten und korrigierte das Bild. Auf ihrem Bildschirm wurden Clinton Hillmans Augen und Kinn um etliche Klicks kleiner. »Hat er wahrscheinlich selber gemacht. Wenn da ein Profi am Werk gewesen wäre, gäbe es keinerlei Anhaltspunkte.«

»Der spielt in Pornos mit?« Laney empfand vages Mitleid mit Hillman, der ohne sein Kinn verloren und verwundbar aussah.

»Die sind nicht an der Größe seines Kinns interessiert«, sagte Kathy. »Bei Pornos geht's hauptsächlich darum, Bewegung einzufangen. In extremer Großaufnahme. Sind alles Body-Doubles. Bei der Post-Produktion legen sie bessere Gesichter drauf. Aber irgendwer muß trotzdem die Drecksarbeit machen und Sumpfrallen bumsen, stimmt's?«

Laney warf ihr einen Seitenblick zu. »Wenn Sie's sagen.«

Sie gab Laney einen professionellen Thomson-Datenhelm mit Gummibeschichtung. »Dann mal ran an ihn.«

»Ran?«

»An ihn. Suchen Sie diese Knotenpunkte, von denen Sie mir erzählt haben. Der Kopf ist der Zugang zu allem, was wir über ihn haben. Eimerweise pure Langeweile. Daten wie ein Tapiokameer, Laney. Eine endlose Vanilleebene. Er ist so langweilig, wie der Tag lang ist, und der Tag ist lang. Tun Sie's. Machen Sie mich glücklich. Tun Sie's, und Sie haben einen Job.«

Laney betrachtete den aufgemotzten Hillman auf seinem Bildschirm. »Sie haben mir noch nicht gesagt, wonach ich suche.«

»Nach allem, was für Slitscan von Interesse sein könnte, Laney. Das heißt, nach allem, was für Slitscans Publikum von Interesse sein könnte. Welches man sich am besten als bösartigen, faulen, zutiefst ignoranten, ewig hungrigen Organismus vorstellt, der sich nach dem warmen Gottesfleisch der Gesalbten sehnt. Ich persönliche stelle mir gern was in der Größe eines Nilpferdjungen vor, das die Farbe einer Woche alter gekochter Kartoffeln hat und ganz allein im Dunkeln in einem überbreiten Wohnwagen am Stadtrand von Topeka lebt. Es ist über und über mit Augen bedeckt und schwitzt permanent. Der Schweiß läuft in diese Augen, so daß sie brennen. Es hat weder Mund noch Genitalien, Laney, und kann seine stummen, extremen Gefühle rasenden Zorns und infantilen Begehrens nur ausdrücken, indem es mittels einer universellen Fernbedienung die Kanäle wechselt. Oder sich an Präsidentschaftswahlen beteiligt.«

»SBU?«

Yamasaki hatte sein Notebook draußen und den Lichtstift schreibbereit. Laney stellte fest, daß es ihn nicht störte. Man sah dem Mann an, daß er sich damit gleich viel wohler fühlte. »Strategic Business Unit«, sagte er. »Ein kleiner Konferenzraum. Slitscans Post-Büro.«

»Eine Post?«

»Kalifornischer Plan. Die Leute haben keinen eigenen Schreibtisch mehr. Man holt sich einen Computer und ein Telefon aus dem Käfig, wenn man reinkommt. Schließt sie an ein Hotdesk an, einen aufgerüsteten Schreibtisch, wenn man mehr Peripherie braucht. Die SBU sind für Meetings gedacht, aber es ist schwer, eine zu kriegen, wenn man sie braucht. Virtuelle Meetings sind bei denen groß in Mode – besser bei sensiblen Themen. Man kriegt einen Spind für seinen persönlichen Kram. Mit Printouts läßt man sich lieber nicht blicken. Und sie haben entschieden was gegen Post-its.«

»Weshalb?«

»Weil man was aus dem hausinternen Netz aufgeschrieben haben könnte, und das könnte möglicherweise nach draußen gelangen. Ihr Notebook da wäre nie im Leben aus dem Käfig rausgelassen worden. Weil es kein Papier gab, hatten sie eine Aufzeichnung von jedem Anruf, jedem aufgerufenen Bild und jedem Tastenanschlag.«

Jetzt nickte Blackwell. Sein stoppeliger Schädel fing das Rot von Amos' Schlauchlippen auf. »Sicherheit.«

»Und Sie waren erfolgreich, Mr. Laney?« fragte Yamasaki. »Sie haben die … Knotenpunkte gefunden?«

4 Venedig, dekomprimiert

Jetzt halt mal die Klappe«, sagte die Frau auf 23E, ohne daß Chia ein Sterbenswörtchen gesagt hätte. »Die Schwester wird dir 'ne Geschichte erzählen.«

Chia blickte von dem Bildschirm in der Rückenlehne auf, wo sie sich durch die elfte Ebene einer lobotomisierten Airline-Version von Skull Wars gekämpft hatte. Die Blonde schaute geradeaus; sie sah Chia nicht an. Ihr Bildschirm war herabgeklappt, so daß sie dessen Rückseite als Tablett benutzen konnte, und sie hatte ein weiteres Glas des eisgekühlten Tomatensafts ausgetrunken, den ihr der Flugbegleiter gegen Bezahlung unablässig brachte. Aus irgendeinem Grund standen immer rechteckige Selleriestückchen drin, wie Strohhalme oder Rührstäbchen, aber die schien die Blonde nicht zu mögen. Sie hatte fünf davon in einem Rechteck aufs Tablett geschichtet, wie ein Kind die Mauern eines kleinen Hauses oder einen Korral für Spielzeugtiere bauen würde.

Chia schaute auf ihre Daumen auf dem Air-Magellan-Wegwerf-Touchpad. Und wieder hinauf in die mit Mascara umrandeten Augen. Die sie jetzt ansahen.

»Es gibt einen Ort, wo's immer hell ist«, sagte die Frau. »Überall helles Licht. Nirgends Dunkelheit. Hell wie ein Nebel, wie etwas, das von oben runterkommt, andauernd, jede Sekunde. All die Farben. Türme, von denen du die Spitze nicht sehen kannst, und das Licht kommt runter. Unten stapeln sie Bars. Bars und Stripclubs und Diskos. Aufgestapelt wie kleine Schuhkartons, eine über der andern. Und ganz gleich, wie tief du dich reinzwängst, ganz gleich, wie viele Treppen du hochsteigst, wie viele Aufzüge du benutzt und wie klein der Raum ist, in dem du schließlich landest, das Licht findet dich trotzdem. Es ist ein Licht, das wie Pulver unter der Tür reinweht. Fein, so fein. Weht dir unter die Lider, wenn's dir doch mal irgendwie gelingt, einzuschlafen. Aber man *will* da ja gar nicht schlafen. Nicht in Shinjuku. Oder?«

Chia war sich auf einmal der schieren physischen Masse des Flugzeugs bewußt, der schrecklichen Unwahrscheinlichkeit seiner Passage durch den Raum, seiner Zelle, die irgendwo über dem Meer durch eisige Nacht vibrierte, jetzt gerade vor der Küste von Alaska – unmöglich, aber wahr. »Nein«, hörte Chia sich sagen, als Skull Wars ihre Unaufmerksamkeit registrierte und sie eine Ebene zurückwarf

»Nein«, pflichtete ihr die Frau bei, »das will man *nicht.* Ich weiß. Aber sie bringen dich dazu. Sie bringen dich dazu. Im Mittelpunkt der Welt.« Und dann legte sie den Kopf zurück, schloß die Augen und begann zu schnarchen.

Chia verließ Skull Wars und steckte das Touchpad in die Tasche an der Rückenlehne. Sie hätte am liebsten laut geschrien. Worum war es da eben gegangen?

Der Flugbegleiter kam vorbei, sammelte den Korral aus Selleriestückchen mit einer Serviette auf, nahm das Glas der Frau, wischte das Tablett ab und klappte es wieder in die Lehne zurück.

»Meine Tasche!« sagte Chia. »Im Gepäckfach!« Sie zeigte nach oben.

Er machte die Klappe über ihr auf, zog ihre Tasche heraus und legte sie ihr auf den Schoß.

»Wie kriegt man die ab?« Sie berührte die Schlaufen aus zähem roten Gelee, die die Reißverschlußlaschen zusammenhielten.

Er nahm ein kleines schwarzes Werkzeug aus einem schwarzen Halfter an seinem Gürtel. Mit so einem ähnlichen Ding hatte sie schon mal einen Tierarzt die Krallen eines Hundes beschneiden sehen. Er hielt die andere, hohle Hand darüber, um die kleinen Kugeln aufzufangen, in die sich die Schlaufen verwandelten, als er sie mit dem Gerät durchschnitt.

»Okay, wenn ich den hier benutze?« Sie zog einen Reißverschluß auf und zeigte ihm ihren Sandbenders, der zwischen vier zusammengerollte Strumpfhosen gestopft war.

»Dafür gibt's hier keinen Port; nur in der Business-Class oder der ersten«, sagte er, »aber an Ihre eigenen Daten kommen Sie ran. Ich bring Ihnen ein Verbindungskabel zum Rückenlehnendisplay, wenn Sie wollen.«

»Danke«, sagte sie, »ich hab 'ne Brille.« Er ging weiter.

Das Schnarchen der Blonden stockte, als sie über ein Luftloch mit Turbulenzen holperten. Chia klaubte die Brille und die Fingersets aus ihren Nestern aus sauberer Unterwäsche und legte sie neben sich, zwischen Hüfte und Armlehne. Sie zog den Sandbenders heraus, machte die Tasche zu und verkeilte sie mit der freien Hand und beiden Füßen unter dem Vordersitz. Sie konnte es kaum erwarten, hier rauszukommen.

Mit dem Sandbenders quer über den Schenkeln ließ sie einen Batteriecheck laufen. Acht Stunden im Sparmodus, wenn sie Glück hatte. Aber im Moment war ihr das egal. Sie rollte das Kabel vom Steg zwischen den Brillengläsern ab und steckte es ein. Die Fingersets hatten sich verheddert, wie immer. Laß dir Zeit, sagte sie sich. Ein zerrissenes Sensorband, und sie würde hier die ganze Nacht mit einem Ashleigh-Modine-Carter-Klon hocken. Kleine silberne Fingerhüte, biegsame Fingergeflechte; immer sachte … jeden einzelnen einstecken. Rein, und *rein* …

Die Blonde sagte irgendwas im Schlaf. Falls man es Schlaf nennen konnte.

Chia nahm ihre Brille, setzte sie auf und drückte auf das große Rot.

– Nichts wie *weg* hier.

Und weg war sie.

Sie saß auf dem Rand ihres Bettes und schaute auf das Poster von *Lo Rez Skyline*. Bis Lo es bemerkte. Er strich sich über seinen kümmerlichen Schnurrbart und grinste sie an.

»Hey, Chia.«

»Hey.« Sie sprach aus Erfahrung stimmlos. Schließlich war das privat.

»Was liegt denn an, Kleine?«

»Ich bin in einem Flugzeug. Auf dem Weg nach Japan.«

»Japan? Stark. Kennst du unsere Budokan-Scheibe?«

»Ich hab keine Lust, mich zu unterhalten, Lo.« Jedenfalls nicht mit einem Software-Agenten, so süß er auch sein mochte.

»Immer locker bleiben.« Er warf ihr sein katzenhaftes Grinsen zu, wobei sich seine Augen in den Winkeln fältelten, und erstarrte zum Standbild. Chia schaute sich mit einem Gefühl der Enttäuschung um. Die Dinge hatten irgendwie nicht die richtigen Dimensionen. Vielleicht hätte sie auch diese Fraktalpakete benutzen sollen, die für ein bißchen Unordnung sorgten, Staub in den Ecken und Schmutzflecken um den Lichtschalter herum plazierten. Zona Rosa schwor darauf. Wenn sie zu Hause war, fand Chia es gut, daß die Konstruktion immer sauberer war als ihr Zimmer. Jetzt bekam sie Heimweh davon; sie vermißte ihr echtes Zuhause.

Sie machte eine Geste zum Wohnzimmer hin und bewegte sich an der imaginären Tür zum Zimmer ihrer Mutter vorbei. Hier war alles nur als Drahtgittermodell vorhanden, und da gab es kein Dort, kein räumliches Innenleben. Das Wohnzimmer war teilweise auch nur skizzenhaft, mit Möbeln drin, die sie aus einem Playmobil-System importiert hatte, dem Vorläufer ihres Sandbenders. Wacklig geränderte Fische schwammen stumpfsinnig in einem gläsernen Couchtisch rum, den sie mit neun Jahren gebaut hatte. Die Bäume vor dem Fenster zur Straße waren noch älter: völlig zylindrische, buntstiftbraune Stämme, die alle einen giftgrünen Wattebausch aus undifferenziertem Blattwerk trugen. Wenn sie die Bäume lange genug anschaute, würde draußen der Mumphalumphagus erscheinen und spielen wollen; deshalb ließ sie es bleiben.

Sie setzte sich auf das Playmobil-Sofa und schaute sich die auf dem Couchtisch verstreuten Programme an. Die System-Software des Sandbenders war eine Art Feldflasche (sie hatte ›Was ist was?‹ zu Rate ziehen müssen, ihr Icon-Wörterbuch, um das rauszufinden), die wie ein altmodischer Wasserbeutel aus Segeltuch aussah. Er war abgenutzt und unglaublich organisch, und aus dem dichten Gewebe traten winzige Wassertropfen aus. Wenn man ganz nah ranging, sah man Dinge, die sich in den einzelnen Tröpfchen spiegelten: Schaltungsbauteile, die Ähnlichkeit mit einer Perlenstickerei oder der Haut am Hals einer Echse hatten, einen langen, leeren Strand unter einem grauen Himmel, Berge im Regen, das Wasser eines Bachs, das über verschiedenfarbige Steine plätscherte. Sie stand auf Sandbenders; das waren die besten. THE SANDBENDERS, OREGON, war kaum sichtbar auf das schwitzende Segeltuch projiziert, als ob es unter einer Wüstensonne nahezu ausgebleicht worden wäre. SYSTEM 5.9. (Sie besaß sämtliche Upgrades bis 6.3.; 6.4. war angeblich virenverseucht.)

Neben dem Wasserbeutel lagen ihre Schulsachen, repräsentiert von einem Ringheft (drei Ringe), das unter der Schmach künstlicher Bitfäule litt und dessen Drahtgitterumschlag von digitalem Modder angefressen war. Das würde sie neu formatieren müssen, bevor sie auf die neue Schule ging, ermahnte sie sich. Zu kindisch.

Ihre Lo/Rez-Sammlung – Alben, Best-of-Zusammenstellungen und Raubkopien – war als Disks in ihren ursprünglichen Hüllen dargestellt. Sie waren so beiläufig wie möglich neben dem Archivmaterial übereinandergestapelt, das sie seit ihrer Aufnahme in die Ortsgruppe Seattle gesammelt hatte. Dank eines zufälligen Dateientauschs mit einem Mitglied in Schweden sah es wie eine bunt bedruckte Lunchbox aus Blech aus; Lo und Rez blickten erstaunt und ein bißchen verschwommen von ihrem flachen, rechteckigen Deckel. Der schwedische Fan hatte das Bildmaterial der fünf bedruckten Flächen des Originals eingescannt und auf ein Drahtgittermodell gelegt. Das Original war wahrscheinlich nepalesisch und garantiert illegal, und Chia mochte dieses umgekehrte Gütesiegel besonders. Zona Rosa war scharf auf eine Kopie, aber bisher hatte sie nur eine Reihe schäbiger TV-Spots für das fünfte Konzert im Mexico Dome dafür geboten. Die waren jedoch auch nicht annähernd schäbig *genug*, und Chia war nicht bereit zu tauschen. Gerüchten zufolge gab es eine Dokumentation der Brasilientour, angeblich von einer Globo-Tochter, die im öffentlichen Netz sendete. Die wollte Chia haben, und Mexiko lag schließlich in der gleichen Richtung wie Brasilien.

Sie fuhr mit einem Finger über die aufgestapelten Scheiben, ihre Hand ein Drahtgitter, die Fingerspitze aus zitterndem Quecksilber, und dachte über das große Gerücht nach. Es hatte schon früher Gerüchte gegeben, es gab jetzt welche, und es würde immer welche geben. Zum Beispiel das Gerücht damals über Lo und das dänische Model, daß sie heiraten würden; das hatte wahrscheinlich gestimmt, auch wenn sie es nicht getan hatten. Und es gab immer Gerüchte um Rez und verschiedene Leute. Aber das waren eben irgendwelche Leute. Das dänische Model war irgendwer, auch wenn Chia sie für eine eingebildete Dummnudel hielt. Mit dem großen Gerücht war das was anderes.

Was genau, wollte sie in Tokio rausfinden. Deshalb war sie dorthin unterwegs.

Sie wählte *Lo/Rez Skyline.*

Das virtuelle Venedig, das ihr Vater ihr zum dreizehnten Geburtstag geschickt hatte, sah wie ein altes, staubiges Buch mit Ledereinband aus. Das glatte braune Leder war an einigen Stellen zu feinem Wildleder aufgerauht, das digitale Äquivalent von Jeans, die in einer Maschine voller Golfbälle gewaschen worden waren. Es lag neben einer nichtssagenden, strukturlosen grauen Datei, ihrer Kopie des Scheidungsurteils und der Sorgerechtsvereinbarung.

Sie zog das Venedig zu sich heran und öffnete es. Die Fische flimmerten phasenverschoben, und ihr System stürzte sich in eine Subroutine.

Venedig wurde dekomprimiert.

Die Piazza in winterlichem Schwarzweiß mit ihren Texture-Map-Fassaden – Marmor, Porphyr, polierter Granit, Jaspis und Alabaster (die wohlklingenden Namen der Mineralien liefen auf Wunsch durchs Menü am Blickfeldrand). Die Stadt der geflügelten Löwen und goldenen Pferde. Diese Default-Stunde grauer, ewiger Morgendämmerung.

Hier konnte sie allein sein oder mit dem Music Master schwatzen.

Ihr Vater, der aus Singapur angerufen hatte, um ihr zum Geburtstag zu gratulieren, hatte ihr erzählt, Hitler habe sich bei seinem ersten und einzigen Besuch weggestohlen, um in ebendiesen frühen Morgenstunden allein durch die Straßen zu streifen. Er sei wie ein Hund getrabt; vielleicht sei er verrückt gewesen.

Chia, die nur eine vage Vorstellung hatte, wer Hitler gewesen sein mochte, zudem noch in erster Linie aus Songs, in denen er erwähnt wurde, verstand diesen

Drang. Die Steine der Piazza strömten wie Seide unter ihr dahin, als sie einen silbrigen Finger hob und in das Labyrinth aus Brücken, Wasser, überwölbten Gängen und Mauern raste.

Sie hatte keine Ahnung, was dieser Ort bedeuten sollte, wußte nichts von seinem Wie und Warum, aber er war in einem solch vollkommenen Einklang mit sich selbst und paßte so perfekt in den Raum, den er einnahm; Wasser und Stein fügten sich nahtlos in das geheimnisvolle Ganze ein.

Die tollste Software aller Zeiten, und nun kamen die Einleitungsakkorde von ›Positron Premonition‹.

5 Knotenpunkte

Clinton Emory Hillman, fünfundzwanzig: Friseur, Sushi-Koch, Musikjournalist, Porno-Komparse, zuverlässiger Lieferant von verbotenen fötalen Gewebekulturen an drei der pyknischeren Mitglieder der entschieden netzkappigen Dukes of Nuke 'Em, deren ›Gulf War Baby‹ in den *Billboard*-Charts auf Platz achtzehn stand (Tendenz steigend), auf I (heart) America pausenlos gedudelt wurde und bereits zu diplomatischen Protesten etlicher islamischer Staaten geführt hatte.

Kathy Torrance sah aus, als könnte sie durchaus erfreut sein. »Und das fötale Gewebe, Laney?«

»Na ja«, sagte Laney und legte den Datenhelm neben den Computer, »ich glaube, das könnte das Gute daran sein.«

»Wieso?«

»Es muß aus dem Irak kommen. Da bestehen sie ausdrücklich drauf. Sie wollen sich nichts anderes spritzen.«

»Sie sind engagiert.«

»Wirklich?«

»Sie müssen die Anrufe in Ventura mit den Parkgebühren der Garage im Beverly Center korreliert haben. Obwohl dieser Dauerscherz mit den ›Gulf War Babys‹ ja nun wirklich kaum zu übersehen war.«

»Moment mal«, sagte Laney. »Sie wußten es schon.«

»Ist das Hauptthema der Mittwochssendung.« Sie klappte den Computer zu, ohne sich die Mühe zu machen, Clint Hillmans korrigiertes Kinn abzuschalten.

»Aber so hatte ich Gelegenheit, Ihnen beim Arbeiten zuzusehen, Laney. Sie sind ein Naturtalent. Ich wäre beinahe geneigt zu glauben, daß an diesem Knotenpunkt-Quatsch tatsächlich was dran sein könnte. Einiges, was Sie getan haben, war völlig unlogisch, aber ich hab gesehen, wie Sie mir nichts, dir nichts auf Sachen gestoßen sind, die drei erfahrene Rechercheure erst nach einem Monat harter Arbeit ausgegraben hatten. Sie haben's in einer knappen halben Stunde geschafft.«

»Teilweise war das illegal«, sagte Laney. »Sie haben die Finger in einigen Bereichen von DatAmerica drin, und das dürften Sie eigentlich gar nicht.«

»Wissen Sie, was eine Vereinbarung über die Wahrung von Betriebsgeheimnissen ist, Laney?«

Yamasaki blickte von seinem Notebook auf. »Sehr gut«, sagte er, wahrscheinlich zu Blackwell, »das ist sehr gut.«

Blackwell verlagerte sein Gewicht. Das Polykarbonatgestell des Stuhls protestierte mit leisem Knarren. »Aber lange geblieben ist er da nicht, oder?«

»Gutes halbes Jahr«, sagte Laney.

Bei Slitscan konnte ein halbes Jahr eine sehr lange Zeit sein.

Der größte Teil seines ersten Monatsgehalts ging für die Miete einer mikrokleinen Junggesellenbude in einem umgebauten Parkhaus auf der Broadway Avenue in Santa Monica drauf. Er kaufte sich Hemden, die seiner Ansicht nach eher denen entsprachen, die man bei Slitscan trug, und behielt seine malaysischen Buttondowns als Pyjamahemden. Er kaufte sich eine teure Sonnenbrille und achtete darauf, daß er nie auch nur einen einzigen Filzstift in der Hemdtasche hatte.

Das Leben bei Slitscan hatte gewissermaßen etwas Konzentriertes. Laneys Kollegen begrenzten sich auf eine spezielle Bandbreite von Emotionen. Ein gewisser Humor wurde sehr geschätzt, wie Kathy gesagt hatte, aber es wurde auffallend wenig gelacht. Die erwartete Reaktion war Blickkontakt, ein Nicken, ein angedeutetes Grinsen. Hier wurden Leben zerstört und manchmal wiedererschaffen, Karrieren vernichtet oder in surrealer, unerwarteter Gestalt neu gestartet. Slitscans Geschäft war nämlich der rituelle Aderlaß, und das Blut, das sie abzapften, war eine alchimistische Flüssigkeit: Ruhm in seiner rohesten, reinsten Form.

Laneys Fähigkeit, wichtige Daten in offenbar beliebigen Wüsten nebensächlicher Informationen ausfindig zu machen, trug ihm den Neid und die widerwillige Bewunderung erfahrenerer Rechercheure ein. Er wurde Kathys Liebling und freute sich beinahe, als er entdeckte, daß ein Gerücht im Umlauf war, demzufolge sie eine Affäre hatten.

Sie hatten keine – abgesehen von jenem einen Mal bei ihr zu Hause in Sherman Oaks, und das war keine gute Idee gewesen. Nichts, was einer von ihnen wiederholen wollte.

Doch Laney schärfte seinen Blick immer mehr, konzentrierte sich noch stärker, erweiterte die Grenzen dessen, was sich als sein Talent, sein Touch manifestierte. Und das gefiel Kathy. Wenn er seinen Datenhelm auf dem Kopf hatte und Slitscans Standleitung ihm die öden Regionen von DatAmerica einspeiste, fühlte er sich zunehmend zu Hause. Er ging, wohin Kathy ihm vorschlug. Er fand die Knotenpunkte.

Manchmal, wenn er in Santa Monica einschlief, fragte er sich vage, ob es vielleicht ein größeres System gab, ein Feld mit einer übergeordneten Perspektive. Vielleicht hatte DatAmerica als Ganzes seine eigenen Knotenpunkte, Info-Defekte, die möglicherweise zu einer anderen Art von Wahrheit, einer anderen Form des Wissens, tief in grauen Informationsschwärmen, führten. Aber nur, wenn es einen gab, der die richtige

Frage stellte. Er hatte nicht die geringste Ahnung, wie diese Frage lauten mochte, falls es sie tatsächlich gab, aber er bezweifelte irgendwie, daß sie jemals von einer SBU bei Slitscan gestellt werden würde.

Slitscan stammte von den ›Reality‹-Programmen und den Fernseh-Boulevardmagazinen des späten zwanzigsten Jahrhunderts ab, aber es ähnelte ihnen nicht mehr als ein großer, schneller, zweibeiniger Fleischfresser seinen phlegmatischen, im Seichten lebenden Vorfahren. Slitscan war die ausgereifte Form mit einem weltumspannenden Netz von Ablegern. Slitscans Einkünfte hatten komplette Satelliten und das Gebäude in Burbank finanziert, in dem er arbeitete.

Slitscan war eine so populäre Sendung, daß sie sich zu etwas entwickelt hatte, was mit der alten Idee eines Netzwerks verwandt war. Sie wurde flankiert und gepuffert von Folge- und Nebenprodukten, die den Zuschauer allesamt zum zentralen Punkt zurückführen sollten, dem vertrauten und zuverlässig blutigen Altar, den einer von Laneys mexikanischen Kollegen den ›rauchenden Spiegel‹ nannte.

Es war unmöglich, bei Slitscan zu arbeiten, ohne das Gefühl zu haben, die Geschichte mitzugestalten – oder das, was die Geschichte *ersetzt* hatte, wie Kathy Torrance behaupten würde. Laney hegte den Verdacht, daß Slitscan selbst einer dieser größeren Knotenpunkte sein könnte, die er sich manchmal auszumalen versuchte, eine informatorische Besonderheit, die zu einer unvorstellbar tiefgreifenderen Struktur führte.

Bei seiner Suche nach kleineren Knotenpunkten der Art, die er auf Kathys Anweisung hin bei DatAmerica lokalisieren sollte, hatte Laney bereits den Verlauf von Gemeindewahlen, den Markt für Termingeschäfte mit patentierten Genen, die Abtreibungsgesetze im Staat New Jersey und das Image einer ekstatischen Euthanasiebewegung (oder eines Selbstmordkults, je nachdem) namens ›Tod um Mitternacht‹ beeinflußt, ganz zu schweigen von dem Leben und der Karriere etlicher Dutzend Prominenter aus diversen Sparten.

Und nicht immer zu ihrem Nachteil, gemessen daran, was diejenigen, die in der Sendung vorkamen, sich davon erwartet haben mochten. Kathys Bericht über die Dukes of Nuke 'Em, der das exklusive Faible der Band für irakisches Fötalgewebe enthüllte, hatte bewirkt, daß ihre nächste Scheibe sofort Platin bekam (und zu Schauprozessen und öffentlichen Hinrichtungen durch Hängen in Bagdad geführt, aber vermutlich war das Leben dort ohnehin kein Zuckerschlecken).

Laney selbst hatte sich Slitscan nie angesehen, und er nahm an, daß dies bei seiner Bewerbung als Rechercheur für ihn gesprochen hatte. Er hatte so oder so keine ausgeprägte Meinung zu der Sendung. Er akzeptierte sie, insoweit er überhaupt über sie nachgedacht hatte, als eine feststehende Tatsache. Slitscan war eine bestimmte Art von Nachrichtensendung. Slitscan war sein Arbeitsplatz.

Da er dank Slitscan das einzige tun konnte, wozu er echtes Talent besaß, hatte er es erfolgreich vermieden, in Begriffen von Ursache und Wirkung zu denken. Selbst jetzt, als er sich dem aufmerksamen Mr. Yamasaki gegenüber zu rechtfertigen versuchte, fiel es ihm schwer, sich für irgend etwas eindeutig verantwortlich zu fühlen. Die Reichen und Berühmten, hatte Kathy mal gesagt, waren das meist nicht von ungefähr. Es war möglich, das eine oder das andere zu sein, aber nur sehr selten, und dann nur zufällig, beides zugleich.

Ein anderer Fall waren Prominente, die keins von beidem waren. Kathy betrachtete sie als das Kreuz, das sie zu tragen hatte; ein Massenmörder zum Beispiel, oder die Eltern seines jüngsten Opfers. Keine Starqualität (obwohl sie immer wieder Hoffnung auf die Mörder setzte, weil sie spürte, daß bei denen zumindest das Potential vorhanden war).

Es war die andere Sorte, die Kathy haben wollte,

und darum lenkte sie die Aufmerksamkeit Laneys und bis zu dreißig weiterer Rechercheure auf die eher privaten Aspekte des Lebens derjenigen, die aus eigenem Antrieb und zumindest in bescheidenem Maße berühmt waren.

Alison Shires war überhaupt nicht berühmt, wohl aber der Mann, mit dem sie eine (von Laney bestätigte) Affäre hatte.

Und dann wurde Laney etwas klar …

Alison Shires *wußte* irgendwie, daß er da war und sie beobachtete. Als ob sie spürte, wie er in den Teich der Daten hinabschaute, der ihr Leben widerspiegelte und dessen Oberfläche sich aus all den einzelnen Stücken, den Bits zusammensetzte, aus denen die tägliche Aufzeichnung ihres Lebens bestand, wie es im digitalen Gewebe der Welt registriert wurde.

Laney beobachtete, wie sich über Alison Shires' Spiegelbild ein Knotenpunkt zu bilden begann.

Sie würde sich umbringen.

6 Desh

Chia hatte ihren Music Master auf eine Affinität zu Brücken programmiert. Er tauchte immer dann in ihrem virtuellen Venedig auf, wenn sie in mäßigem Tempo eine überquerte: ein schlanker junger Mann mit blaßblauen Augen und einer Vorliebe für lange, wallende Mäntel.

Die optischen und sensorischen Qualitäten seiner Beta-Ausgabe waren einer eingehenden Prüfung unterzogen worden, nachdem die Anwälte eines altehrwürdigen britischen Sängers protestiert hatten, die Designer des Music Masters hätten Bilder ihres Klienten aus jüngeren Jahren eingescannt. Der Streit war außergerichtlich beigelegt worden, und bei allen späteren Versionen, einschließlich der von Chia, hatte man viel sorgfältiger auf eine genetische Ausführung geachtet. (Kelsey hatte ihr erzählt, es sei in erster Linie darum gegangen, eins seiner Augen auszuwechseln, aber warum nur das eine?)

Sie hatte ihn bei ihrem zweiten Besuch in Venedig eingespeist, damit er ihr Gesellschaft leistete und für abwechslungsreiche Musik sorgte, und es war ihr als eine gute Idee erschienen, ihn immer dann auftreten zu lassen, wenn sie eine Brücke überquerte. In Venedig gab es massenhaft Brücken; manche waren nur kleine Bogen aus steinernen Stufen, die einen winzigen Kanal überspannten. Da waren die Seufzerbrücke, die Chia mied, weil sie sie traurig und unheimlich fand, die Brücke der Fäuste, die sie vor allem ihres Namens wegen mochte, und so viele andere. Und da war die Rialtobrücke, groß und gewölbt und unwahrscheinlich alt, auf der man ihrem Vater zufolge das Bankwesen oder eine besondere Art des Bankwesens erfunden hatte. (Ihr Vater arbeitete bei einer Bank, was der Grund dafür war, daß er in Singapur leben mußte.)

Sie hatte ihre rasende Reise durch die Stadt jetzt verlangsamt und begab sich im Schrittempo die gestufte Steigung der Rialtobrücke hinauf. Der Music Master schritt elegant neben ihr einher. Sein kittfarbener Trenchcoat flatterte in der Brise.

»DESH«, sagte er auf ihren Blick hin, »die diatonische Entwicklung einer statischen Harmonie. Auch bekannt als der Durakkord mit der absteigenden Baßlinie. Bachs ›Air aus der 3. Orchestersuite‹ 1730. Procol Harums ›A Whiter Shade of Pale‹, 1967.« Wenn sie jetzt Blickkontakt mit ihm aufnahm, würde sie seine Beispiele hören, aus keiner bestimmten Richtung und genau mit der richtigen Lautstärke. Dann mehr über DESH, und weitere Beispiele. Sie hatte ihn aber bei sich, damit er ihr Gesellschaft leistete, und nicht, um sich einen Vortrag anzuhören. Doch mehr als Vorträge hatte er nicht zu bieten, abgesehen von seiner Optik; im wesentlichen war er blond und zartknochig und trug viel schönere Kleidung, als ein Mensch sie jemals tragen konnte. Er wußte alles über Musik, was es zu wissen gab, und sonst gar nichts.

Sie hatte keine Ahnung, wie lange sie sich bei diesem Besuch schon in Venedig aufhielt. Es war noch immer ihre Lieblingszeit, dieser Augenblick kurz vor Tagesanbruch, weil sie ihn nicht vergehen ließ.

»Weißt du was über japanische Musik?« fragte sie.

»Welcher Art genau?«

»Was die Leute so hören.«

»Popmusik?«

»Nehm ich an.«

Er blieb stehen und drehte sich um, die Hände in den Hosentaschen. Der Trenchcoat schwang auf und enthüllte sein Futter.

»Wir könnten mit einer Musik namens *Enka* anfangen«, sagte er, »obwohl ich bezweifle, daß du sie mögen würdest.« Bei Software-Agenten war das so, sie lernten, was man mochte. »Die Wurzeln des modernen japanischen Pops kamen später, mit der Kreation der sogenannten ›Gruppensounds‹, die sich auf breiter Front durchsetzten. Das war ein unverhohlen kommerzielles Nachahmungsphänomen. Extrem verwässerte Einflüsse westlicher Popmusik. Sehr fade und monoton.«

»Aber gibt's da wirklich Sänger, die nicht existieren?«

»Die Idol-Sänger«, sagte er und ging weiter die gewölbte Steigung der Brücke hinauf. »Die *Idoru.* Manche von ihnen sind ungeheuer populär.«

»Bringen sich die Leute ihretwegen um?«

»Das weiß ich nicht. Aber ich halte es durchaus für möglich.«

»Heiraten die Leute sie?«

»Nicht daß ich wüßte.«

»Was ist mit Rei Toei?« Ob man es wohl so aussprach?

»Die kenne ich leider nicht«, sagte er und zuckte leicht zusammen, wie immer, wenn man ihn nach Musik fragte, die später als er selbst auf den Markt gekommen war. Das hatte immer zur Folge, daß Chia Mitleid mit ihm empfand, obwohl sie wußte, daß es albern war.

»Mach dir nichts draus«, sagte sie und schloß die Augen.

Sie nahm die Brille ab.

Nach Venedig erschien ihr das Flugzeug noch niedriger und enger, eine Röhre voller Sitzplätze und Menschen, in der man Klaustrophobie bekam. Die Blonde war wach und beobachtete sie. Jetzt, wo sie ihr Make-up größtenteils entfernt hatte, sah sie Ashleigh Modine Carter weitaus weniger ähnlich. Ihr Gesicht war nur ein paar Zentimeter entfernt.

Dann lächelte sie. Es war ein langsames Lächeln, modular, als wäre es in Phasen unterteilt, die jeweils von einer gesonderten Scheu oder einem gesonderten Zögern beherrscht wurden.

»Dein Computer gefällt mir«, sagte sie. »Er sieht aus, als wäre er von Indianern oder so gemacht worden.«

Chia schaute auf ihren Sandbenders hinunter. Sie stellte den roten Schalter auf ›Aus‹. »Korallen«, sagte sie. »Das hier sind Türkise. Was wie Elfenbein aussieht, ist das Innere einer Art Nuß. Erneuerbar.«

»Der Rest ist aus Silber?«

»Aluminium«, sagte Chia. »Sie schmelzen alte Dosen ein, die sie am Strand ausgraben, und gießen es in Sandformen. Diese Tafeln sind aus Micarta. Das ist Leinen mit so einem Harz drin.«

»Ich wußte gar nicht, daß Indianer Computer bauen können«, sagte die Frau und streckte die Hand aus, um den gebogenen Rand des Sandbenders zu berühren. Ihre Stimme war zögernd und hell, wie die eines Kindes. Der Nagel des Fingers, der an dem Sandbenders lag, war knallrot, der Lack überall gesprungen und abgeblättert. Ein Zittern, dann wurde die Hand zurückgezogen.

»Ich hab zuviel getrunken. Und dann auch noch mit Tequila drin. ›Vitamin T‹ wie Eddie das nennt. Ich hab mich aber nicht danebenbenommen, oder?«

Chia schüttelte den Kopf

»Hinterher weiß ich's manchmal nicht mehr, wenn ich mich danebenbenehme.«

»Wissen Sie, wie lang es noch dauert bis Tokio?« fragte Chia. Ihr fiel nichts anderes ein.

»Locker neun Stunden«, sagte die Blonde und seufzte. »Unterschallflieger sind einfach *ätzend*, was?

Eddie hatte mich auf 'ne Überschallmaschine gebucht, aber dann hat er gesagt, mit dem Ticket wär irgendwas schiefgegangen. Eddie kriegt die ganzen Tickets von so 'nem Laden in Osaka. Mit der Air France sind wir mal erster Klasse geflogen, da wird der Sitz zum Bett, und sie decken dich mit einer kleinen Steppdecke zu. Und dann haben sie da auch eine geöffnete Bar, und sie lassen die Flaschen gleich draußen. Es gibt Champagner, und das Essen ist vom Feinsten.« Die Erinnerung daran schien sie nicht aufzuheitern. »Und man kriegt Parfüm und Make-up in einem Etui, von Hermès. Echtes Leder. Warum fliegst du nach Tokio?«

»Oh«, sagte Chia. »Ähm. Meine Freundin. Um meine Freundin zu besuchen.«

»Ist so merkwürdig da. Weißt du? Seit dem Erdbeben.«

»Aber sie haben doch alles wieder aufgebaut. Oder nicht?«

»Klar, aber sie haben's so schnell gemacht, hauptsächlich mit diesem nanotechnischen Zeug, das einfach wächst. Eddie war da, bevor sich der Staub gelegt hatte. Hat mir erzählt, nachts könnte man *sehen,* wie die Türme wachsen. Räume da oben wie Bienenwaben, und Wände, die sich selbsttätig schließen, eine nach der andern. Er sagt, es war, als sähe man eine Kerze schmelzen, nur umgekehrt. Da kriegt man echt Angst. Alles völlig geräuschlos. Maschinen, die so klein sind, daß man sie nicht sehen kann. Die können in deinen Körper reingehen, weißt du?«

Chia spürte eine leise unterschwellige Panik. »Eddie?« fragte sie in der Hoffnung, das Thema wechseln zu können.

»Eddie ist so 'ne Art Geschäftsmann. Er ist nach dem Erdbeben nach Japan gegangen, um Geld zu machen. Er sagt, die Infa-, Infa-, die *Struktur* war damals weit offen. Er sagt, es hätte sozusagen das Rückgrat rausgenommen, so daß man rasch reinkommen und rumwühlen konnte, bevor alles wieder verheilt und verhärtet ist. Und dann ist es *um Eddie rum* verheilt, als ob er 'n Implantat oder so was wäre, und jetzt gehört er zur Infa-, Infa- ...«

»Infrastruktur.«

»Zur Struktur. Jawoll. Jetzt mischt er also ganz oben mit. Er ist Wirt, ihm gehören so ein paar Clubs, und er hat die Finger im Musikgeschäft, in Videos und so.«

Chia beugte sich vor, zog ihre Tasche unter dem Vordersitz heraus und verstaute den Sandbenders darin. »Wohnen Sie da, in Tokio?«

»Teilweise.«

»Gefällt es Ihnen?«

»Es ist ... ich ... na ja ... *unheimlich,* hm? Wie sonst nirgends. Da ist dieses dicke Ding passiert, dann haben sie alles wieder mit was repariert, was vielleicht ein noch dickeres Ding war, eine noch größere Veränderung, und alle laufen rum und tun so, als wär's nie passiert, als wär gar nichts passiert. Aber weißt du was?«

»Was?«

»Schau dir mal 'nen Stadtplan an. Einen Stadtplan von früher. Vieles ist *nicht mal mehr da, wo es vorher gewesen ist.* Auch nicht annähernd. Na ja, ein paar Sachen schon, der Palast, die Schnellstraße und das große Rathaus-Dingsda in Shinjuku, aber ansonsten ist vieles so, als hätten sie's sich gerade eben erst ausgedacht. Sie haben den ganzen Erdbeben-Schrott ins Wasser geschoben, wie zur Landaufschüttung, und jetzt bauen sie da auch. Neue Inseln.«

»Wissen Sie«, sagte Chia, »ich bin wirklich müde. Ich glaube, ich versuche jetzt mal zu schlafen.«

»Ich heiße Maryalice. In einem Wort.«

»Ich heiße Chia.«

Chia machte die Augen zu und versuchte, ihre Lehne ein bißchen weiter zurückzustellen, aber sie war schon ganz hinten.

»Hübscher Name«, sagte Maryalice.

Chia glaubte, die DESH des Music Masters hinter dem Turbinengeräusch hören zu können, das jetzt nicht so sehr ein Geräusch als vielmehr ein Teil von ihr war. Dieses *whiter shade of* irgendwas, aber sie konnte es nicht so richtig erkennen.

7 Das warme Naß des Lebens in Alison Shires

»Sie wird versuchen, sich umzubringen«, sagte Laney.

»Warum?« Kathy Torrance trank einen Schluck Espresso. Ein Montagnachmittag im Käfig.

»Weil sie Bescheid weiß. Sie spürt, daß ich sie beobachte.«

»Das ist unmöglich, Laney.«

»Sie weiß es.«

»Du beobachtest sie nicht. Du siehst dir die Daten an, die sie hervorbringt, wie die Daten, die unser aller Leben hervorbringt. Das kann sie nicht wissen.«

»Tut sie aber.«

Die weiße Tasse kam klackend auf der Untertasse zu stehen. »Und woher willst du das wissen? Du schaust dir die Aufstellung ihrer Telefonate an, was sie sich wann im Fernsehen ansieht, die Musik, die sie abruft. Wie willst du denn daraus erkennen, daß sie sich deiner Aufmerksamkeit bewußt ist?«

Der Knotenpunkt, wollte er sagen. Tat es aber nicht.

»Ich glaube, du arbeitest zu hart, Laney. Fünf Tage Urlaub.«

»Nein, ich würde lieber …«

»Ich kann's mir nicht leisten, dich ausbrennen zu lassen. Ich kenne die Anzeichen, Laney. Erholungsurlaub, volles Gehalt, fünf Tage.«

Sie legte noch einen Reisebonus drauf. Laney wurde zu Slitscans hauseigenem Reisebüro geschickt und für eine Suite in einem ausgehöhlten Berggipfel über Ixtapa eingeschrieben, einem Hotel, in dessen verglastem Foyer riesige Steinkugeln auf dem polierten Beton lagen. Draußen vor den Glaswänden beobachteten Leguane das Personal am Empfang mit urtümlicher Ruhe. Ihre grünen Schuppen hoben sich hell gegen staubige braune Zweige ab.

Laney lernte eine Frau kennen, die sagte, sie sei bei einem Designhaus in San Francisco und bearbeite Leuchten. Dienstag abend. Seit drei Stunden in Mexiko. Drinks in der Bar im Foyer.

Er fragte sie, was ›Leuchten bearbeiten‹ bedeute. Laney hatte vor kurzem bemerkt, daß die einzigen Leute, deren Berufsbezeichnungen ihre Tätigkeit dezidiert beschrieben, eine Arbeit hatten, die er nicht gewollt hätte. Wenn er gefragt wurde, was er machte, sagte er, er sei quantitativer Analytiker. Er versuchte nicht, die Sache mit den Knotenpunkten oder Kathy Torrances Theorien über Prominenz zu erklären.

Die Frau antwortete, daß ihre Firma Modemöbel und Accessoires herstellte, insbesondere Leuchten. Die eigentliche Produktion fand an einer Reihe verschiedener Orte statt, hauptsächlich in Nordkalifornien. Heimindustrie. Ein Hersteller hatte vielleicht einen Vertrag für zweihundert Granitfüße, ein weiterer dafür, zweihundert Stahlrohre mit Schweißbrenner und Lack in einem ganz spezifischen Blau zu färben. Sie holte ein Notebook heraus und zeigte ihm animierte Skizzen. Alle Stücke hatten etwas Dünnes, Spitziges, was ihn an afrikanische Insekten erinnerte, die er im Nature Channel gesehen hatte.

Entwarf sie die Leuchten? Nein. Sie wurden in Rußland entworfen, in Moskau. Sie war die Bearbeiterin. Sie wählte die Lieferanten der Bauteile aus. Sie überwachte die Herstellung, den Transport nach San Francisco, die Montage in einer ehemaligen Konservenfabrik. Wenn in den Entwurfunterlagen etwas aufgeführt war, was nicht geliefert werden konnte, fand sie entweder einen neuen

Lieferanten oder handelte einen Kompromiß bezüglich des Materials oder der Arbeitsqualität aus.

Laney erkundigte sich, wer bei ihnen kaufte. Leute, die Sachen haben wollten, die andere Leute nicht hatten, sagte sie. Oder die andere Leute nicht mochten? Das auch, sagte sie. Ob es ihr Spaß machte? Ja. Weil sie die von Russen entworfenen Sachen generell mochte, und häufig auch die Leute, die die Bauteile herstellten. Am meisten mochte sie das Gefühl, etwas Neues in die Welt zu setzen, erzählte sie ihm, zu beobachten, wie aus den Moskauer Skizzen schließlich Objekte auf dem Boden der ehemaligen Konservenfabrik wurden.

Eines Tages ist es da, sagte sie, man kann es sich ansehen und es berühren, und dann weiß man, ob es gut ist oder nicht.

Laney dachte darüber nach. Sie wirkte sehr ruhig. Die Schatten auf dem glänzenden Betonboden wurden so schnell länger, daß man beinahe dabei zusehen konnte.

Er legte seine Hand auf ihre.

Und es berühren, und dann weiß man, ob es gut ist oder nicht.

Kurz vor dem Morgengrauen – die Leuchtenbearbeiterin lag schlafend in seinem Bett – schaute er vom Balkon der Suite auf die Krümmung der Bucht. Der Mond war ein milchiges Ding, durchsichtig, kaum noch vorhanden.

In der Nacht hatte es im Bundesdistrikt, irgendwo weiter östlich, Raketenangriffe gegeben – angeblich sollten auch chemische Wirkstoffe freigesetzt worden sein –, der bislang letzte Akt in einem jener undurchsichtigen und endlosen Kämpfe, die den Hintergrund seiner Welt bildeten.

In den Bäumen um ihn herum erwachten die Vögel, ein Geräusch, das er von Gainesville her kannte, vom Waisenhaus und anderen Tagesanbrüchen dort.

Kathy Torrance verkündete, Laney habe sich zufriedenstellend erholt. Er sehe ausgeruht aus, sagte sie.

Kommentarlos zog er sich auf die Meere von DatAmerica zurück. Ihm schwante, daß sich ein weiterer Urlaub als dauerhaft erweisen könnte. Sie beobachtete ihn, wie ein erfahrener Handwerker ein wertvolles Werkzeug betrachten mochte, das die ersten Anzeichen von Materialermüdung gezeigt hatte.

Der Knotenpunkt war jetzt anders, obwohl ihm die Worte fehlten, um die Veränderung zu beschreiben. Er sichtete die zahllosen Fragmente, die sich in seiner Abwesenheit um Alison Shires angesammelt hatten, tastete nach der Quelle seiner früheren Überzeugung. Er rief die Musik auf, die sie während seines Aufenthalts in Mexiko abgerufen hatte, und hörte sich sämtliche Songs der Reihe nach an. Er stellte fest, daß ihre Auswahl lebensbejahender geworden war; sie war zu einem neuen Provider gewechselt, Upful Groupvine, dessen gnadenlos positives Produkt das musikalische Äquivalent des Good News Channel war.

Indem er ihre Ausgaben anhand der Unterlagen ihrer Kreditkartenfirma und der Händler überprüfte, stellte er eine Liste mit allem zusammen, was sie in der letzten Woche gekauft hatte. Ein Sechserpack Klingen für einen Tokkai-Kartonöffner. Hatte sie einen Tokkai-Kartonöffner? Aber dann erinnerte er sich an Kathys Hinweis, daß es in diesem Bereich der Recherche am ehesten zu ernstzunehmenden Übertragungsphänomenen käme; gerade hierbei könne die intime Beziehung des Rechercheurs zu seinem Objekt zum Perspektivverlust führen. »Es fällt uns häufig am leichtesten, uns anhand dessen zu identifizieren, was wir einkaufen, Laney. Wir sind eine Shopping-Spezies. Wenn du merkst, daß du eine andere Sorte Tiefkühlerbsen kaufst, weil es dein Objekt tut, dann mußt du aufpassen.«

Der Boden von Laneys Apartment war abgestuft, um das ursprüngliche Gefälle des Parkhauses auszugleichen. Er schlief am unteren Ende, in einem aufblasbaren Gästebett, das er im Shopping Channel bestellt hatte. Fenster gab es nicht. Eine Lichtpumpe war Vorschrift, und manchmal fiel rekonstruiertes Sonnenlicht aus einem Feld in der Decke ein, aber tagsüber war er nur selten da.

Er saß auf dem rutschigen Rand des Aufblasbettes und stellte sich Alison Shires in ihrem Apartment auf der Fountain Avenue vor. Es war größer als dieses, das wußte er, aber nicht viel. Fenster. Die Miete zahlte ihr verheirateter Schauspieler, hatte Slitscan schließlich festgestellt. Über eine ziemlich komplizierte Reihe von Strohmännern, aber er bezahlte sie. »Sein Reptilienfonds«, nannte es Kathy.

Er konnte Alison Shires' Geschichte wie einen einzelnen Gegenstand vor sein geistiges Auge halten, wie ein absolut detail- und maßstabsgetreues Modell von etwas Normalem, aber Wunderbarem, das durch die Intensität seiner Aufmerksamkeit zum Leuchten gebracht wurde. Er war ihr nie begegnet und hatte auch nie mit ihr gesprochen, aber er glaubte, sie mittlerweile auf eine Weise zu kennen, wie sie sonst niemand kannte oder je kennen würde. Ehemänner kannten ihre Frauen nicht auf diese Art, ebensowenig wie Frauen ihre Männer. Spanner strebten vielleicht danach, die Objekte ihrer Obsession auf diese Weise kennenzulernen, aber es gelang ihnen nie.

Bis er eines Nachts mit pochendem Schädel aufwachte. Es war nach Mitternacht und zu heiß; die Klimaanlage hatte wieder mal eine Macke. Florida. Das blaue Hemd, in dem er schlief, klebte ihm am Rücken und an den Schultern. Was sie jetzt wohl machte?

Lag sie wach, schaute zu matten Streifen reflektierten Lichts an der Decke hinauf und hörte Upful Groupvine?

Kathy hegte den Verdacht, er könnte durchdrehen. Er schaute auf seine Hände. Es hätten x-beliebige sein können. Er sah sie an, als hätte er sie noch nie gesehen.

Er erinnerte sich an das 5-SB im Waisenhaus. Man schmeckte es schon, während es noch injiziert wurde. Verrottendes Metall. Das Placebo hatte überhaupt keinen Geschmack.

Er stand auf. Die Küchenecke bemerkte ihn und erwachte zum Leben. Die Kühlschranktür glitt beiseite. Ein einzelnes altes Salatblatt hing schlaff und schwärzlich durch die Plastikstangen eines weißen Bords. Eine halbvolle Flasche Evian auf einem anderen. Er hielt die hohle Hand über den Salat und konzentrierte sich mit allen Sinnen darauf, ob er von dessen Fäulnisprozeß eine Strahlung spürte, eine subtile Lebenskraft, Orgone, Partikel einer der Wissenschaft unbekannten Energie.

Alison Shires würde sich umbringen. Er wußte, daß er es gesehen hatte. Irgendwie, in den Daten, die sie bei ihrer manierlichen Reise durch die Welt der Dinge nebenbei erzeugt hatte.

»He«, sagte der Kühlschrank, »du hast mich offen gelassen.«

Laney sagte nichts.

»Also, was ist, *soll* die Tür offen bleiben, Partner? Du weißt, das gibt Probleme mit dem automatischen Abtauen ...«

»Sei still.« Seine Hände fühlten sich besser an. Kühler.

Er blieb dort stehen, bis seine Hände ganz kalt waren, dann zog er sie heraus und drückte die Fingerspitzen an die Schläfen. Der Kühlschrank nutzte die Gelegenheit und schloß sich ohne weiteren Kommentar.

Zwanzig Minuten später saß er in der Metro Richtung Hollywood, ein Jackett über seinem vom Schlaf zerknitterten malaysischen Oxford-Hemd. Vereinzelte

Gestalten auf Bahnsteigen, die im Luftzug des vorbeifahrenden Zuges perspektivisch zur Seite weggerissen wurden.

»Und das war keine bewußte Entscheidung?« Blackwell knetete die Reste seines linken Ohrs.

»Nein«, sagte Laney, »ich weiß nicht, warum ich das gemacht habe.«

»Sie haben versucht, sie zu retten. Das Mädchen.«

»Es war ein Gefühl, als ob irgendwas gerissen wäre. Ein Gummiband. Wie Schwerkraft.«

»So fühlt sich's an«, sagte Blackwell, »wenn man eine Entscheidung trifft.«

Irgendwo unterhalb des Metroausgangs Sunset Boulevard kam er an einem Mann vorbei, der unter der Bestrahlung einer nahegelegenen Straßenlaterne seinen Rasen sprengte, ein Rechteck, das ungefähr doppelt so groß war wie ein Billardtisch. Laney sah die Wasserperlen auf den absolut gleichmäßigen, leuchtend grünen Kunststoffhalmen. Der Plastikrasen war zur Straße hin mit verschweißtem Stahl eingezäunt – senkrechte Knastgitterstangen mit glänzenden, makellosen Nato-Drahtrollen oben drauf. Das Haus des Mannes war nicht viel größer als sein glitzernder Rasen; ein Überbleibsel aus einer Zeit, als dieser zu den Hügeln hin abfallende Hang noch mit Bungalows und Lauben bedeckt gewesen war. Es gab noch mehr davon, eingeklemmt zwischen den mit Balkonen ausgestatteten, bewußt abwechslungsreich gestalteten Fassaden von Wohnblöcken und Apartmentkomplexen, winzige Grundstücke mit entsprechenden Häusern, die noch aus der Zeit vor der Eingemeindung des Gebiets in die Stadt stammten. Ein Hauch von Orangen lag in der Luft, aber er konnte keine sehen.

Der Mann mit dem Schlauch blickte auf, und Laney sah, daß er blind war; seine Augen waren unter den schwarzen Rauten direkt an den Sehnerv gekoppelter Videogeräte verborgen. Man wußte nie, wohin sie gerade blickten.

Laney ging weiter, ließ sich von dem, was ihn zog, durch die schlafenden Straßen lenken; hin und wieder stieg ihm der Duft eines blühenden Baumes in die Nase. Weit weg, auf dem Santa Monica, kreischten Bremsen.

Eine Viertelstunde später stand er vor ihrem Haus auf der Fountain Avenue. Er schaute nach oben. Vierter Stock. 502.

Der Knotenpunkt.

»Sie wollen nicht drüber reden?«

Laney blickte von seiner leeren Tasse auf und schaute Blackwell, der ihm gegenübersaß, in die Augen.

»Ich hab das eigentlich noch niemandem erzählt«, sagte er, und das stimmte.

»Gehen wir ein Stück«, sagte Blackwell und stand auf. Sein massiger Rumpf schien sich mühelos vom Sitz zu heben, als wäre er ein heliumgefüllter Festwagen. Laney überlegte, wie spät es sein mochte, hier oder in L. A. Yamasaki erledigte die Rechnung.

Er trat zusammen mit ihnen aus Amos 'n' Andes in einen herabsinkenden Nebel hinaus, der nicht ganz Regen war. Der Bürgersteig war ein Strom auf und ab tanzender, schwarzer Regenschirme. Yamasaki brachte einen schwarzen Gegenstand zum Vorschein, nicht größer, aber ein wenig dicker als eine Visitenkarte, und bog ihn kräftig zwischen den Daumen. Ein schwarzer Regenschirm erblühte. Yamasaki gab ihn ihm. Die Krümmung des schwarzen Griffs fühlte sich trocken, hohl und ein wenig warm an.

»Wie klappt man den wieder zusammen?«

»Gar nicht«, sagte Yamasaki. »Er löst sich auf.« Er spannte sich ebenfalls einen auf. Der haarlose Blackwell in seinem Mikropor war offenbar immun gegen Regen. »Bitte fahren Sie mit Ihrem Bericht fort, Mr. Laney.«

Durch eine Lücke zwischen zwei fernen Türmen erblickte Laney die Fassade eines weiteren, noch höheren Gebäudes. Darauf sah er riesige, undeutlich vertraute Gesichter, die auf unerklärliche, dramatische Weise verzerrt waren.

Die Vereinbarung über die Wahrung von Betriebsgeheimnissen, die Laney unterschrieben hatte, war zur Geheimhaltung jener Fälle gedacht gewesen, in denen Slitscan seine Verbindungen mit DatAmerica auf eine Weise nutzte, die man als Gesetzesverstoß auslegen konnte. Solche Fälle kamen nach Laneys Erfahrung häufig bis ständig vor, zumindest bei Recherchen von einem gewissen anspruchsvollen Niveau. Da DatAmerica Laneys ehemaliger Arbeitgeber war, hatte er das alles nicht sonderlich alarmierend gefunden. DatAmerica war weniger eine Macht als vielmehr ein Gebiet; in vieler Hinsicht war es sein eigenes Gesetz.

Bei Laneys ausgedehnter Überwachung von Alison Shires war es bereits zu einer ganzen Reihe von Gesetzesverstößen gekommen; einer davon hatte ihm die Codes geliefert, mit denen man die Tür zur Eingangshalle des Gebäudes öffnen, den Fahrstuhl in Gang setzen, die Tür ihres Apartments im vierten Stock entriegeln und den privaten Sicherheitsalarm deaktivieren konnte, der automatisch ein bewaffnetes Team des Wachdienstes auf den Plan rufen würde, wenn sie all das tat, ohne zwei zusätzliche Zahlen einzugeben. Letzteres war als Schutz vor endemischen Überfall-Einbrüchen gedacht, einem Verbrechen, bei dem die Bewohner in Parkhäusern angequatscht und genötigt wurden, ihre Codes herauszurücken. Alison Shires' Code bestand aus dem Tag, dem Monat und dem Jahr ihrer Geburt, wovon einem jeder Sicherheitsdienst dringend abriet. Ihr Backup-Code war 23, ihr Alter im vergangenen Jahr, als sie eingezogen und Kundin des Wachdienstes geworden war.

Laney sagte diese Zahlen leise vor sich hin, als er vor ihrem Haus stand, dessen achtstöckige Fassade in etwa dem entsprach, was jemand sich unter einem Tudor-Revival vorstellen mochte. In diesen ersten Minuten einer Morgendämmerung in L. A. war alles so deutlich und in allen Einzelheiten zu sehen.

23.

»Also sind Sie einfach reingegangen«, vermutete Blackwell. »Haben ihre Codes eingetippt und peng, da waren Sie.« Sie standen alle drei an einer Kreuzung und warteten darauf, die Straße überqueren zu können.

– Peng.

Kein Laut in der verspiegelten Eingangshalle. Ein Gefühl der Leere. Ein Dutzend Laneys in den Spiegeln, als er eine weite, mit neuem Teppichboden ausgelegte Fläche überquerte. Und in einen Fahrstuhl stieg, in dem es nach etwas Blumigem roch und wo er wieder einen Teil des Codes benutzte. Der Fahrstuhl brachte ihn schnurstracks in den vierten Stock. Die Tür glitt auf Noch mehr neuer Teppichboden. Unter einer frischen Schicht cremefarbener Emaille zeigten die Flurwände die leichten Unregelmäßigkeiten von altmodischem Putz.

502.

»Was machst du hier eigentlich?« fragte Laney laut, obwohl er nicht wußte und auch nie wissen würde, ob er sich selbst oder Alison Shires meinte.

Das Messingrund eines antiken Sicherheitsfischauges beobachtete ihn von der Tür aus, zum Teil überdeckt von einem Wasserfall aus hellem Lack.

Das Tastenfeld für das Schloß saß bündig neben dem Stahlrahmen der Tür, ein wenig unterhalb des Fischauges. Er sah zu, wie sich sein Finger den Weg durch die Sequenz suchte.

23.

Doch Alison Shires öffnete die Tür, bevor der Code das Schloß entriegeln konnte. Sie war nackt. Upful Groupvine schwang sich freudig hinter ihr empor, als Laney ihre vom Blut glitschigen Handgelenke packte. Und den Blick in ihren Augen sah, in dem nicht einmal ein Vorwurf lag, sondern – davon war er von da an ein für allemal überzeugt – nur schlichtes Wiedererkennen.

»Das funktioniert nicht«, sagte sie, als meinte sie ein unwichtiges Gerät, und Laney hörte sich wimmern, ein Laut, den er seit seiner Kindheit nicht mehr von sich gegeben hatte. Er mußte sich die Handgelenke ansehen, aber das ging nicht, solange er sie festhielt. Er schob sie zu einem Korbsessel zurück, ohne sich überhaupt bewußt zu sein, daß er ihn gesehen hatte.

»Setz dich hin«, sagte er wie zu einem störrischen Kind, und sie gehorchte. Er ließ ihre Handgelenke los. Lief dorthin, wo er das Badezimmer vermutete. Fand Handtücher und irgendein Klebeband.

Und merkte, daß er neben ihr kniete. Sie saß da, rote Finger zu roten Handtellern gekrümmt, als würde sie meditieren. Er schlang ein dunkelgrünes Handtuch um ihr linkes Handgelenk und wickelte das Klebeband drum herum, ein gummiartiges, beiges Produkt, das zum Abdecken bestimmter Partien beim Auftragen von Spray-Kosmetika gedacht war. Das wußte er aus ihren Einkaufsdaten.

Wurden ihre Finger unter der roten Schicht blau? Er schaute hoch. In das gleiche Wiedererkennen. Ein Wangenknochen war rot verschmiert.

»Nicht«, sagte er.

»Es wird schon langsamer.«

Laney umwickelte jetzt ihren linken Unterarm. Die Klebebandrolle baumelte ihm von den Zähnen.

»Ich hab die Arterie verfehlt.«

»Nicht bewegen«, sagte Laney, sprang auf, stolperte über seine eigenen Füße und krachte mit dem Gesicht voran in etwas, das er, kurz bevor er sich die Nase brach, als ein Produkt der Leuchtenbearbeiterin wiedererkannte. Der Teppich schien nach oben zu schnellen und ihn spielerisch ins Gesicht zu schlagen.

»Alison ...«

Ihr Knöchel stelzte an ihm vorbei Richtung Küche.

»Alison, setz dich *hin!*«

»Tut mir leid«, glaubte er sie sagen zu hören, und dann kam der Schuß.

Blackwells Schultern hoben sich, als er seufzte, und machten dabei ein Geräusch, das Laney über den Verkehrslärm hinweg hörte. Yamasakis Brillengläser waren von tanzenden Pastelltönen erfüllt. Die Häuserwände hier bestanden praktisch aus Neon, ein Glanz, der Vegas in den Schatten stellte; jede Fläche war beleuchtet, alles blinkte und blitzte.

Blackwell starrte Laney an. »Da lang«, sagte er schließlich und bog um eine Ecke, hinein in relative Dunkelheit und leichten Uringestank. Laney folgte ihm, Yamasaki bildete den Schluß. Am anderen Ende des schmalen Durchgangs traten sie in ein Märchenland hinaus.

Hier gab es überhaupt kein Neon. Nur indirektes Licht von den Türmen über ihnen. Schmucklose weiße Milchglas-Rechtecke von den Ausmaßen großer Glückwunschkarten waren mit schwarzen Ideogrammen bemalt. Jedes Schild kennzeichnete ein winziges Bauwerk, das wie eine uralte Umkleidekabine an einem vergessenen Strand aussah. Sie standen dicht an dicht auf einer Seite der Kopfsteinpflasterstraße, und ihre Miniaturfassaden erinnerten an versammelte kleine

Schaubuden auf einem versteckten städtischen Jahrmarkt. Vor Alter silbernes Zedernholz, geöltes Papier, Mattenmaterial; nichts, woran man den Ort zeitlich festmachen konnte, nur daß die Schilder elektrisch beleuchtet waren.

Laney sah sich mit großen Augen um. Eine von Heinzelmännchen erbaute Straße.

»Golden Street«, sagte Keith Alan Blackwell.

8 *Narita*

Chia ging hinter Maryalice von Bord, die ein paar Vitamindrinks zu sich genommen und dann zwanzig Minuten lang eine der Toiletten blockiert hatte, um sich ihre Haarteile zu toupieren und Lippenstift und Wimperntusche aufzulegen. Chia fand das Resultat nicht sonderlich ansprechend; es hatte weniger Ähnlichkeit mit Ashleigh Modine Carter als mit etwas, worauf Ashleigh Modine Carter geschlafen hatte.

Als Chia aufstand, hatte sie das Gefühl, sie müßte ihrem Körper alles, was sie von ihm ausgeführt haben wollte, einzeln befehlen. Beine: gehen.

Irgendwo da oben hatte sie noch ein paar Stunden geschlafen. Sie hatte ihren Sandbenders wieder in die Tasche gepackt, und jetzt setzte sie einen Fuß vor den anderen, während vor ihr Maryalice in ihren weißen Cowboystiefeln schwankend den schmalen Gang entlangschlurfte.

Es schien ewig zu dauern, bis sie endlich aus dem Flugzeug draußen waren, aber dann atmeten sie die Flughafenluft in einem Korridor unter großen Logos, die Chia schon ihr Leben lang kannte, all diese Japanischen Firmen, und der ganze Pulk bewegte sich in eine Richtung. »Hast du was zu verzollen?« fragte Maryalice neben ihr.

»Nein«, sagte Chia.

Maryalice ließ Chia bei der Paßkontrolle vor, und Chia gab dem Japanischen Polizisten ihren Paß und die Cashflow-Smartcard, die Zona Rosa Kelsey aus den Rippen geleiert hatte, weil das Ganze sowieso Kelseys Idee gewesen war. Theoretisch stellte der Betrag in der Karte den Löwenanteil des Kassenbestands der Ortsgruppe Seattle dar, aber vermutlich würde Kelsey letztendlich die Rechnung für die ganze Sache bezahlen, und es würde ihr wahrscheinlich sogar schnurzegal sein.

Der Polizist zog ihren Paß aus dem Schlitz im Tresen und gab ihn ihr zurück. Er hatte sich nicht die Mühe gemacht, ihre Smartcard zu prüfen. »Maximal zwei Wochen Aufenthalt«, sagte er und winkte sie mit einem Nicken durch.

Milchglas glitt für sie auf. Hier war es voll, viel voller als auf SeaTac. Da mußten eine ganze Menge Flugzeuge gleichzeitig angekommen sein, wenn diese Leute alle auf ihr Gepäck warteten. Sie rückte beiseite, um einen kleinen, mit Koffern beladenen Roboter vorbeizulassen. Er hatte schmutzige, pinkfarbene Gummireifen und große Comic-Augen, die verdrießlich rollten, als er sich einen Weg durch die Menge bahnte.

»Na, das ging ja wie geschmiert«, sagte Maryalice hinter ihr. Chia drehte sich um und sah gerade noch, wie sie tief einatmete, die Luft anhielt und dann ausstieß. Maryalices Augen sahen verhärmt aus, als hätte sie Kopfschmerzen.

»Wissen Sie, wo's hier zu den Zügen geht?« fragte Chia. Sie hatte Stadtpläne in ihrem Sandbenders, aber den wollte sie jetzt nicht rausholen.

»Hier lang«, sagte Maryalice.

Maryalice schob sich zwischen den Leuten durch, und Chia folgte ihr mit ihrer Tasche unter dem Arm. Sie kamen vor einem Karussell heraus, auf dem Gepäckstücke eine Rampe hinunterrutschten, gegeneinanderstießen, an ihnen vorbeiglitten und verschwanden.

»Da ist der eine«, sagte Maryalice, schnappte sich

einen schwarzen Koffer und klang dabei so ungestüm fröhlich, daß Chia sie unwillkürlich ansehen mußte. »Und … Nummer zwei.« Noch einer von der gleichen Sorte, nur daß dieser einen Aufkleber von Nissan County auf der Seite hatte, der drittgrößten Attraktion in Kalifornien, für die man eine Eintrittskarte brauchte. »Wärst du wohl so nett, mir den hier zu tragen, Schätzchen? Nach langen Flügen streikt mein Rücken immer.« Sie gab Chia den Koffer mit dem Aufkleber. Er war nicht allzu schwer, als wäre er vielleicht nur zur Hälfte mit Klamotten gefüllt. Aber er war zu groß für sie; sie mußte sich in die andere Richtung beugen, damit der Koffer nicht auf dem Boden schleifte.

»Danke«, sagte Maryalice. »Hier«, und sie gab Chia ein zerknittertes, rechteckiges Stück Papier mit klebriger Rückseite und einem Strichcode drauf. »Das ist der Gepäckschein. Jetzt gehen wir am besten hier lang …«

Mit Maryalices Koffer kam sie noch schwerer durch die Menge. Chia mußte sich darauf konzentrieren, den Leuten nicht auf die Füße zu treten und sie nicht zu heftig mit dem Gepäckstück anzustoßen, und ehe sie sich's versah, hatte sie Maryalice verloren. Sie sah sich um und erwartete, Haarteile über der Menschenmenge auf- und abtanzen zu sehen – die Leute waren fast alle kleiner als Maryalice –, aber sie war nirgends zu erblicken.

AUSGANG FÜR ALLE ANKOMMENDEN PASSAGIERE NUR DURCH DIE ZOLLKONTROLLE.

Chia sah zu, wie sich der Text auf dem Schild zu Japanischen Buchstaben verformte und dann wieder auf Englisch erschien.

Aha, dahin mußte sie also. Sie reihte sich hinter einem Mann in einer roten Lederjacke ein, die quer über dem Rücken die Aufschrift ›Concept Collision‹ in grauen Chenille-Lettern trug. Chia starrte den Schriftzug an und stellte sich kollidierende Konzepte vor, wobei es sich vermutlich selbst um ein Konzept handelte, aber dann dachte sie, daß es wahrscheinlich nur der Name einer Firma war, die Autos reparierte, oder einer dieser englischen Slogans, die die Japaner sich ausdachten und die beinahe etwas zu bedeuten schienen, es aber dann doch nicht taten. Mit diesem transpazifischen Jetlag war nicht zu spaßen.

»Der nächste.«

Sie ließen den Koffer von ›Concept Collision‹ durch eine Maschine laufen, die so groß war wie ein Doppelbett, aber höher. Ein Beamter mit einem Videohelm auf dem Kopf las anscheinend die Informationen der Scanner, und ein weiterer Polizist nahm den Paß, steckte ihn in die Maschine und ließ dann das Gepäck durchlaufen. Chia gab ihm Maryalices Koffer, und er warf ihn aufs Förderband. Sie gab ihm ihr Handgepäck. »Da ist ein Computer drin. Kommt der heil durch den Scan?« Er schien sie nicht zu hören. Sie sah zu, wie ihr Handgepäck Maryalices Koffer in die Maschine folgte.

Der Mann mit dem Helm, dessen Augen verborgen waren, bewegte den Kopf hin und her, als er blickaktivierte Menüs aufrief.

»Gepäckschein«, sagte der Polizist, und Chia fiel ein, daß sie ihn in der Hand hielt. Als sie dem Mann das Stück Papier aushändigte, kam es ihr auf einmal merkwürdig vor, daß Maryalice daran gedacht hatte, es ihr zu geben. Der Polizist fuhr mit einem Handscanner darüber.

»Haben Sie diese Gepäckstücke selbst gepackt?« fragte der Mann mit dem Helm. Er konnte sie nicht direkt sehen, aber sie nahm an, daß er sich die in ihrem Paß gespeicherten Clips anschauen konnte, und wahrscheinlich konnte er sie auch über eine Livezuspielung sehen. Flughäfen waren voller Kameras.

»Ja«, sagte Chia, die zu dem Schluß kam, daß das einfacher war, als zu erklären, daß der Koffer Maryalice gehörte und nicht ihr. Sie versuchte, den Ausdruck auf der Mundpartie des Behelmten zu lesen, aber es war schwer zu sagen, ob er überhaupt einen hatte.

»Sie haben das gepackt?«

»Ja ...« sagte Chia, und diesmal klang es schon weitaus weniger sicher.

Der Helm wackelte.

»Der nächste«, sagte der Mann.

Chia ging ans andere Ende der Maschine und nahm sich ihre Tasche und den schwarzen Koffer.

Durch eine weitere Milchglas-Schiebewand: Sie war in einer größeren Halle, unter einer höheren Decke. Die Werbung über ihr war größer, aber hier herrschte das gleiche Gedränge. Vielleicht lag das nicht so sehr an den Menschenmassen als vielmehr an Tokio, vielleicht an Japan allgemein: mehr Menschen auf engerem Raum.

Weitere Robot-Gepäckwagen. Sie fragte sich, was es kostete, einen zu mieten. Vielleicht konnte man sich auf sein Gepäck legen, ihm sagen, wohin man wollte, und dann einfach einschlafen. Sie wußte nur nicht so recht, ob sie eigentlich müde war. Sie nahm Maryalices Koffer von der linken in die rechte Hand und überlegte, was sie mit ihm machen sollte, wenn sie Maryalice nicht in den nächsten, na, fünf Minuten fand. Sie hatte genug von Flughäfen und dem Raum dazwischen, und sie wußte nicht mal, wo sie heute nacht schlafen sollte. Oder auch nur, ob es überhaupt Nacht war.

Sie schaute nach oben und hoffte, irgendeine Zeitanzeige zu entdecken, als sich eine Hand um ihr rechtes Handgelenk schloß. Sie blickte auf die Hand hinunter, sah goldene Ringe und eine dazu passende Armbanduhr, die dicken Glieder eines goldenen Armbands. Die Ringe waren durch kleine Goldkettchen mit der Uhr verbunden.

»Das ist mein Koffer.«

Chias Augen wanderten vom Handgelenk über ein

Stück strahlend weiße Manschette und den Ärmel eines schwarzen Jacketts nach oben. Zu blassen Augen in einem langen Gesicht mit senkrecht gefurchten Wangen, die aussahen, als hätte man sie mit einem Modellierinstrument bearbeitet. Einen Moment lang hielt sie ihn für ihren Music Master, der sich in diesem Flughafen irgendwie selbständig gemacht hatte. Aber der Music Master würde niemals so eine Uhr tragen, und die Haare dieses Mannes waren dunkelblonder, aus der hohen Stirn nach hinten gekämmt, und sie sahen lang und feucht aus. Er machte keinen fröhlichen Eindruck.

»Das ist Maryalices Koffer«, entgegnete Chia.

»Hat sie ihn dir gegeben? In Seattle?«

»Sie hat mich gebeten, ihn für sie zu tragen.«

»In Seattle?«

»Nein«, sagte Chia. »Hier. Sie hat im Flugzeug neben mir gesessen.«

»Wo ist sie?«

»Ich weiß nicht«, sagte Chia.

Er trug einen schwarzen Anzug mit einem langen Jackett, das bis oben durchgeknöpft war. Wie aus einem alten Film, aber neu und offenbar teuer. Er schien zu bemerken, daß er sie immer noch am Handgelenk festhielt; jetzt ließ er sie los.

»Ich trag ihn für dich«, sagte er. »Wir finden sie schon.«

Chia wußte nicht, was sie tun sollte. »Maryalice wollte, daß ich ihn trage.«

»Hast du ja getan. Jetzt trag ich ihn.« Er nahm ihn ihr ab.

»Sind Sie Maryalices Freund? Eddie?«

Sein Mundwinkel zuckte.

»Könnte man so sagen«, antwortete er.

Eddies Wagen war ein Daihatsu Graceland mit dem Lenkrad auf der falschen Seite. Chia wußte das, weil

Rez in einem Video im Fond so eines Wagens gefahren war, nur daß es in dem eine Badewanne aus schwarzem Marmor mit großen, goldenen, wie tropische Fische geformten Wasserhähnen gegeben hatte. Angeblich sollte das eine ironische Anspielung auf Geld sein, auf die wirklich häßlichen Dinge, die man damit machen konnte, wenn man zuviel davon besaß. Chia hatte ihrer Mutter davon erzählt. Ihre Mutter meinte, es habe nicht viel Sinn, sich Gedanken darüber zu machen, was man damit anfangen würde, wenn man zuviel hätte, weil die meisten Menschen nicht einmal genug hätten. Sie sagte, man solle lieber rauszufinden versuchen, was ›genug‹ eigentlich bedeute.

Aber Eddie hatte einen, einen Graceland, ganz in Schwarz und Chrom. Von außen sah er aus wie eine Kreuzung zwischen einem Wohnwagen und einer dieser langen, keilförmigen Hummer-Limousinen. Chia konnte sich nicht vorstellen, daß es in Japan allzu viele davon gab; die Wagen hier sahen alle wie kleine bonbonfarbene Pastillen aus. Der Graceland war ein reines, schlichtes Netzkappending, vom Design her für den Amerikaner gedacht, der ausdrücklich keine Importe kaufen wollte. Was die Möglichkeiten eindeutig begrenzte, wenn es um Autos ging. (Hester Chens Mutter hatte einen dieser echt häßlichen kanadischen Pick-ups, die ein Vermögen kosteten, aber fünfundachtzig Jahre Garantie hatten; angeblich war das ökologisch besser.)

Im Innern des Graceland war alles aus burgunderrotem Velours in gepolsterten Rauten mit kleinen Chromnaben, wo die Spitzen der Rauten sich trafen. Es war so ungefähr das geschmackloseste Teil, das Chia je gesehen hatte, und sie nahm an, daß Maryalice es genauso empfand, denn Maryalice, die neben ihr saß, erklärte, es gehe dabei ums ›Image‹, Eddie besitze da so einen absolut heißen, sehr angesagten Country-Music-Club namens Whiskey Clone, und da habe er den Graceland entsprechend ausgestattet und auch angefangen, sich so zu kleiden wie die Leute damals in Nashville. Maryalice fand, daß ihm dieser Look stand, wie sie sagte.

Chia nickte. Eddie fuhr und sprach auf Japanisch in ein Lauthörtelefon. Sie hatten Maryalice in einer winzigen Bar entdeckt, direkt außerhalb des Ankunftsbereichs. Es war die dritte, in die sie reingeschaut hatten. Chia kam es so vor, als wäre Eddie nicht sehr glücklich darüber, Maryalice zu sehen, aber das schien Maryalice nichts auszumachen.

Es war Maryalices Idee gewesen, Chia nach Tokio mitzunehmen. Sie meinte, der Zug sei zu voll und eh ziemlich teuer. Außerdem wolle sie Chia gern einen Gefallen tun, weil diese ihr den Koffer getragen habe. (Chia war aufgefallen, daß Eddie einen Koffer in den Kofferraum des Graceland gelegt, den mit dem Nissan-County-Aufkleber jedoch vorn bei sich behalten hatte, neben dem Fahrersitz.)

Chia hörte Maryalice jetzt nicht mehr zu. Es war Nacht, der Jetlag war zu sonderbar, sie fuhren über eine große Brücke, die nur aus Neonlicht zu bestehen schien, und auf den zahllosen Fahrspuren um sie herum reihten sich die kleinen Wagen wie helle Perlen, alle glänzend und neu. Große, schmale Bildschirme huschten vorbei; auf einigen tanzten Japanische Schriftzeichen, auf anderen waren Menschen zu sehen, Gesichter, die lächelnd irgend etwas verkauften.

Und dann das Gesicht einer Frau: Rei Toei, die Idoru, die Rez heiraten wollte. Und wieder weg.

9 Außer Kontrolle

Rice Daniels, Mr. Laney. *Außer Kontrolle.*« Er drückte eine Karte gegen die andere Seite der zerkratzten Kunststoffwand, die den ›Besucher‹ genannten Raum von denen trennte, die ihm seinen Namen gaben. Laney hatte sie zu lesen versucht, aber die Anstrengung, sich zu konzentrieren, hatte eine so grauenhafte Nadel aus Schmerz zwischen seine Augen getrieben, daß ihm die Tränen kamen. Durch sie hindurch hatte er statt dessen Rice Daniels angesehen: kurzgeschnittene dunkle Haare, eng sitzende Sonnenbrille mit kleinen ovalen Gläsern, deren schwarzes Gestell den Kopf des Mannes wie eine Wundklammer umfaßte.

Nichts an Rice Daniels erweckte den Eindruck, daß er außer Kontrolle war.

»Die Serie«, sagte er. »*Außer Kontrolle.* Gemeint sind die Medien. *Außer Kontrolle:* die Speerspitze des kontrainvestigativen Journalismus.«

Laney hatte behutsam versucht, das Pflaster auf seinem Nasenrücken zu berühren. Ein Fehler. »Kontrainvestigativ?«

»Sie sind ein Quant, Mr. Laney.« Ein quantitativer Analytiker. Eigentlich war er keiner, aber so lautete seine offizielle Tätigkeitsbeschreibung. »Bei Slitscan.«

Laney antwortete nicht.

»Das Mädchen wurde intensiv überwacht. Slitscan hat sie keine Minute aus den Augen gelassen. Sie wissen, weshalb. Wir glauben, es ließe sich beweisen, daß Slitscan die Schuld an Alison Shires' Tod trägt.«

Laney schaute auf seine Laufschuhe hinunter, deren Schnürsenkel von den Wärtern entfernt worden waren. »Sie hat Selbstmord begangen«, sagte er.

»Aber wir wissen, warum.«

»Nein«, sagte Laney und hob den Blick wieder zu den schwarzen Ovalen, »ich nicht. Nicht genau.« Der Knotenpunkt. Protokolle einer völlig anderen Welt.

»Sie werden Hilfe brauchen, Laney. Kann sein, daß Sie wegen Totschlags angeklagt werden. Beihilfe zum Selbstmord. Die werden wissen wollen, warum Sie da oben waren.«

»Dann werd ich's denen sagen.«

»Unsere Produzenten haben es geschafft, mich als ersten hier reinzuschleusen, Laney. War nicht einfach. Draußen ist ein PR-Team von Slitscan, das darauf wartet, mit Ihnen zu sprechen. Wenn Sie denen freie Hand geben, drehen die alles um. Die pauken Sie raus, weil sie's müssen, um die Sendung zu decken. Kein Problem, wenn man genug Geld und die richtigen Anwälte hat. Aber fragen Sie sich mal eins: Wollen Sie das *zulassen?*«

Daniels hielt noch immer seine Visitenkarte gegen den Kunststoff. Laney versuchte erneut, sich darauf zu konzentrieren, und sah, daß jemand von der anderen Seite aus etwas ins Plastik gekratzt hatte, in kleinen, unregelmäßigen, spiegelbildlichen Buchstaben, so daß er es von links nach rechts lesen konnte:

ICH WEISS DU WARST ES

»Von *Außer Kontrolle* hab ich noch nie was gehört.«

»Während wir hier miteinander reden, wird unsere einstündige Pilotsendung produziert, Mr. Laney.« Eine wohlüberlegte Pause. »Wir sind alle sehr aufgeregt.«

»Warum?«

»*Außer Kontrolle* ist nicht nur eine Serie. Für uns ist es ein völlig neues Paradigma. Eine neue Art, Fernsehen zu machen. Ihre Geschichte – Alison Shires' Geschichte – ist *genau* das, was wir dort bringen wollen. Unsere Produzenten sind Leute, die dem Publikum etwas *zurückgeben* möchten. Sie waren erfolgreich, sie sind etabliert, sie haben sich bewährt; jetzt möchten sie etwas zurückgeben – sie wollen ein gewisses Maß an Ehrlichkeit wiederherstellen, den Menschen eine neue Chance geben, die Dinge in der richtigen Perspektive zu sehen.« Die schwarzen Ovale kamen etwas näher an das zerkratzte Plastik. »Unsere Produzenten sind die von *Cops in Schwierigkeiten* und *Mit Stil und Berechnung*.«

»Womit?«

»Tatsachenberichte über vorsätzliche Gewalt in der globalen Modeindustrie.«

»›Kontrainvestigativ‹?« Yamasakis Stift schwebte über dem Notebook.

»Es war eine Sendung über Sendungen wie Slitscan«, erklärte Laney. »Fälle von angeblichem Mißbrauch.« An dem vielleicht drei Meter langen Tresen gab es keine Hocker. Man stand. Abgesehen von dem Barmann, der eine Art Kabuki-Fummel trug, hatten sie den Laden für sich allein. Schon deshalb, weil sie ihn praktisch ausfüllten. Es war wahrscheinlich das kleinste freistehende Geschäftsgebäude, das Laney je gesehen hatte, und es schien schon seit Ewigkeiten dort zu sein, wie ein Überbleibsel aus dem alten Edo, einer Stadt der Schatten und winzigen, dunklen Straßen. Die Wände waren mit verblichenen Postkarten tapeziert, die unter einer Lasur aus abgelagertem Nikotin und Kochdünsten ein einheitliches Sepiabraun angenommen hatten.

»Ah«, sagte Yamasaki schließlich, »ein ›Meta-Boulevardmagazin‹.«

Der Barmann briet zwei Sardinen auf einer Heizplatte im Puppenstubenformat. Er drehte die Sardinen mit zwei stählernen Eßstäbchen um, beförderte sie auf einen winzigen Teller, garnierte sie mit irgendwelchen farblosen, durchsichtigen Pickles und stellte sie Laney hin.

»Danke«, sagte Laney. Der Barmann zog als Verbeugung kurz seine rasierten Augenbrauen zusammen.

Trotz der bescheidenen Einrichtung waren hinter dem Tresen ein paar Dutzend Flaschen teuer aussehender Whiskey arrangiert. Jede trug einen von Hand beschrifteten braunen Papieraufkleber: der Name des Besitzers auf Japanisch. Yamasaki hatte erklärt, daß man eine Flasche kaufte und daß diese dann für ihren Besitzer aufbewahrt wurde. Blackwell war bei seinem zweiten Wasserglas mit dem hiesigen Wodka-Analogon, on the rocks. Yamasaki blieb bei Coke Lite. Laney hatte ein unberührtes Gläschen surreal teuren Kentucky Straight Bourbon Whiskey vor sich stehen und fragte sich diffus, was das Zeug mit seinem Jetlag anstellen würde, falls er es wirklich trank.

»Ach, so ist das«, sagte Blackwell und leerte sein Glas, wobei das Eis gegen sein Gebiß klackte, »die holen Sie raus, damit sie auf diese andern Scheißkerle losgehen können.«

»Im Grunde ja«, sagte Laney. »Ihr eigenes Anwaltsteam stand schon in den Startlöchern, um das zu erledigen, und ein weiteres Team sollte sich mit der Geheimhaltungsvereinbarung befassen, die ich bei Slitscan unterschrieben hatte.«

»Und das zweite Team hatte den schwierigeren Job«, sagte Blackwell und schob sein leeres Glas dem Barmann hin, der es elegant verschwinden ließ und genauso elegant ein neues wie aus dem Nichts hervorzauberte.

»Das stimmt«, sagte Laney. Tatsächlich hatte er keine Ahnung gehabt, was auf ihn zukommen würde, als er Rice Daniels' Angebot in den Grundzügen akzeptierte. Aber etwas in ihm hatte nicht zusehen wollen, wie Slitscan dem Knall dieses einen Schusses in Alison Shires' Küche entkam. (Der, wie die Cops betont hatten, von einem in Rußland hergestellten Apparat erzeugt worden war, der aus nicht viel mehr als einer Patrone, einem Rohr, in dem sie steckte, und dem denkbar simpelsten Schießmechanismus bestand. Diese Dinger waren nahezu ausschließlich für Selbstmörder gedacht; es war unmöglich, mit ihnen auf etwas zu zielen, was mehr als fünf Zentimeter entfernt war. Laney hatte von ihnen gehört, aber noch nie eins gesehen; aus irgendeinem Grund wurden sie Wednesday Night Specials genannt.)

Und Slitscan würde davonkommen, das wußte er; sie würden die Sequenz über Alisons Schauspieler fallenlassen, wenn sie den Eindruck hatten, daß es unumgänglich war, und die ganze Sache würde auf den Meeresboden hinabsinken und fast sofort von dem sich stetig ablagernden Datenschlick der Welt begraben werden.

Und Alison Shires' Leben, das er in all seiner schrecklichen, banalen Intimität kennengelernt hatte, würde dort bis in alle Ewigkeit liegen, vergessen und schließlich unkenntlich.

Doch wenn er bei *Außer Kontrolle* mitmachte, würde ihr Leben rückwirkend vielleicht zu etwas anderem werden, aber zu was, davon hatte er keine rechte Vorstellung, als er dort auf dem harten, kleinen Stuhl im Besucherraum saß.

Er dachte an Korallen, an die Riffe, die um gesunkene Flugzeugträger herum wuchsen; vielleicht würde sie zu so etwas werden, zu dem begrabenen Geheimnis unter einem sich entfaltenden Überbau aus Spekulationen oder sogar Mythen.

Im Besucherraum schien es ihm, als wäre das vielleicht eine nicht ganz so tote Art, tot zu sein. Und das wünschte er ihr.

»Holen Sie mich hier raus«, sagte er zu Daniels, der unter seiner Wundklammer lächelte und die Karte triumphierend vom Kunststoff wegnahm.

»Immer mit der Ruhe«, sagte Blackwell und legte Laney seine riesige Hand mit dem silbrig-pinkfarbenen Narbengitterwerk aufs Handgelenk. »Sie haben ja noch nicht mal Ihren Whiskey getrunken.«

Laney hatte Rydell kennengelernt, als das *Außer-Kontrolle*-Team ihn in einer Suite im Chateau unterbrachte, jenem alten Abklatsch eines noch älteren Originals, dessen kuriose Beton-Exzentrizitäten zwischen der zwiefachen Brutalität eines besonders häßlichen Paars von Bürogebäuden aus dem letzten Jahr des vorigen Jahrhunderts eingeklemmt waren. Sie spiegelten die ganze nervöse Jahrtausend-Angst des Jahres ihrer Entstehung wider und brachen sie gleichzeitig durch eine andere, geheimnisvollere, merkwürdig gedämpfte Hysterie, die irgendwie persönlicher und noch unattraktiver wirkte.

Laneys Suite, die viel größer war als seine Wohnung in Santa Monica, glich einem langgestreckten Apartment aus den zwanziger Jahren des zwanzigsten Jahrhunderts und zog sich hinter dem langen, schmalen Balkon entlang, der auf den Sunset Boulevard hinausging und überdies Ausblick auf einen breiteren Balkon im Stockwerk darunter sowie auf den winzigen, kreisrunden Rasen bot, den letzten Überrest der ursprünglichen Gartenanlagen.

Laney fand, daß es in Anbetracht seiner Situation eine merkwürdige Wahl war. Er hätte angenommen, daß sie etwas Anonym-Geschäftlicheres, stärker Befestigtes und elektronisch aufwendiger Gesichertes aussuchen würden, aber Rice Daniels hatte erklärt, das Chateau habe durchaus seine Vorzüge. Imagemäßig sei es eine gute Wahl, weil es Laney menschlicher wirken lasse; es sehe im Grunde wie eine *Behausung* aus, etwas mit Wänden und Türen und Fenstern, und man könne sich vorstellen, daß ein Gast darin etwas führen könne, was einem Leben ähnele – was bei den abgezirkelten

Kästen der seriösen Business-Hotels ganz und gar nicht der Fall sei. Auch wecke es tiefverwurzelte Assoziationen mit dem Starsystem von Hollywood und mit menschlichen Tragödien. In der Blütezeit des alten Hollywood hätten hier Stars gewohnt, und bestimmte Stars seien hier später gestorben. *Außer Kontrolle* plane, Alison Shires' Tod als Tragödie in einer altehrwürdigen Hollywood-Tradition darzustellen, aber als eine Tragödie, die von Slitscan, einem sehr modernen Gebilde, herbeigeführt worden sei. Außerdem, erklärte Daniels, sei das Chateau viel sicherer, als es auf den ersten Blick scheinen möge. Und an dieser Stelle war Laney mit Berry Rydell bekanntgemacht worden, dem Wachmann vom Nachtdienst.

Laney hatte den Eindruck, daß Daniels und Rydell sich schon aus der Zeit vor Rydells Job im Chateau kannten, obwohl unklar blieb, woher genau. Merkwürdigerweise schien sich Rydell in der Funktionsweise der Infotainment-Industrie gut auszukennen, und als sie zufällig einmal miteinander allein gewesen waren, hatte er Laney gefragt, wer ihn vertrete.

»Wie meinen Sie das?« hatte Laney gefragt.

»Sie haben doch einen Agenten, oder nicht?«

Laney sagte, er habe keinen.

»Dann besorgen Sie sich lieber einen«, hatte Rydell ihm geraten. »Nicht, daß dann alles unbedingt so laufen würde, wie Sie's gern hätten, aber schließlich sind wir hier im Showbusineß, stimmt's?«

Es war in der Tat Showbusineß, und zwar in einem Ausmaß, das für Laney sehr bald die Frage aufwarf, ob er die richtige Entscheidung getroffen hatte. Sechzehn Leute waren zu einem vierstündigen Meeting in seine Suite gekommen, und dabei war er erst seit sechs Stunden draußen. Als sie endlich gegangen waren, war Laney durch die ganze Suite getaumelt und hatte auf der Suche nach dem Schlafzimmer versehentlich diverse Schranktüren ausprobiert. Als er es gefunden hatte, war er ins Bett gekrochen und in den Klamotten eingeschlafen, die ihm Rydell auf ihre Anweisung hin im Beverly Center besorgt hatte.

Und genau das gleiche, dachte er, könnte er auch gleich hier und jetzt tun, in dieser Bar auf der Golden Street, und beantwortete sich damit die Frage, wie sich der Bourbon auf seinen Jetlag auswirkte. Doch als er jetzt den letzten Schluck hinunterkippte, spürte er, wie eine jener Gezeitenwenden einsetzte, was vielleicht weniger mit dem Drink zu tun hatte als mit einer körpereigenen Chemie der Müdigkeit und Fremdheit.

»War Rydell glücklich?« erkundigte sich Yamasaki.

Das war eine seltsame Frage, fand Laney, aber dann fiel ihm wieder ein, daß Rydell einen Japaner erwähnt hatte, jemanden, den er von San Francisco her kannte, und das war natürlich Yamasaki gewesen.

»Na ja«, sagte Laney, »er kam mir nicht grade total unglücklich vor, aber irgendwie schien er mir doch ein bißchen down zu sein. Könnte man so sagen. Na ja, eigentlich kenn ich ihn gar nicht.«

»Das ist sehr schade«, sagte Yamasaki. »Rydell ist ein tapferer Mann.«

»Wie steht's mit Ihnen, Laney«, sagte Blackwell, »halten Sie sich auch für einen tapferen Mann?« Die wurmartige Narbe, die seine Augenbraue teilte, wand sich zu einem neuen Grad von Konzentration.

»Nein«, sagte Laney.

»Aber Sie haben sich gegen Slitscan gestellt, weil die das mit dem Mädchen getan hatten. Sie hatten einen Job, sie hatten zu essen, sie hatten einen Platz zum Schlafen. Das haben Sie alles von Slitscan gekriegt, aber die haben das Mädchen fertiggemacht, und da haben Sie sich dafür entschieden, Ihrerseits Slitscan fertigzumachen. Ist das richtig?«

»So einfach ist das alles nicht«, sagte Laney.

Als Blackwell sprach, bemerkte Laney plötzlich eine

andere Art von Intelligenz, etwas, was der Mann sonst eher verbarg. »Nein«, sagte Blackwell beinahe sanft, »das ist es wahrhaftig nicht.« Eine große Hand mit einem pinkfarbenen Zickzackmuster darauf begann wie ein ungeschicktes, eigenständiges Tier in der straff gespannten Brusttasche von Blackwells Mikropor zu graben, brachte einen kleinen, grauen, metallischen Gegenstand zum Vorschein und legte ihn auf den Tresen.

»Also, das ist ein Nagel«, sagte Blackwell. »Verzinkt, anderthalb Zoll. Für Dachpappe. Mit solchen Nägeln hab ich die Hände von Männern auf solche Tresen genagelt. Einige von denen waren echte Dreckskerle.« In Blackwells Stimme lag keine Spur einer Drohung. »Und manche, denen man eine Hand festnagelt, haben auf einmal ein Rasiermesser oder eine Spitzzange in der andern.« Blackwell fuhr sich mit dem Zeigefinger geistesabwesend über eine böse aussehende Narbe unter seinem linken Auge, als wäre dort etwas eingedrungen und vom Wangenknochen nach hinten zu dem fehlenden Ohr abgelenkt worden. »Um damit auf einen loszugehen, klar?«

»Eine Zange?«

»Dreckskerle«, sagte Blackwell. »Dann muß man sie töten. Das ist eine Art von Tapferkeit, Laney. Was ich sagen will, ist, worin unterscheidet sich die so sehr von Ihrer Attacke gegen Slitscan?«

»Ich hab einfach nur nicht gewollt, daß sie die Sache fallenlassen. Und Alison … auf den Boden sinkt. Vergessen wird. Mir war's im Grunde egal, wieviel Slitscan dabei abbekommen würde, ob es ihnen überhaupt schaden würde oder nicht. Ich hab nicht an Rache gedacht, sondern eher an eine Möglichkeit, das Mädchen … am Leben zu erhalten?«

»Andere Männer, wenn man denen die Hand an den Tisch nagelt, dann sitzen sie da und schauen einen an. Das sind die wirklich harten Burschen, Laney. Glauben Sie, daß Sie zu der Sorte gehören?«

Laney schaute von Blackwell zu dem leeren Bourbonglas und wieder zu Blackwell. Der Barmann machte Anstalten, ihm nachzuschenken, aber Laney bedeckte das Glas mit der Hand. »Wenn Sie meine Hand an einen Tisch nageln, Blackwell«, und dabei legte er die andere Hand mit der Handfläche nach unten und gespreizten Fingern flach auf das dunkle Holz und die Glasringe in der Politur, »dann schreie ich, okay? Ich hab keine Ahnung, was das hier alles überhaupt soll. Möglich, daß Sie nicht ganz bei Trost sind. Aber ich bin ganz entschieden nicht das, was man sich so unter einem Helden vorstellt. Ich bin's weder jetzt, noch war ich's damals in L.A.«

Blackwell und Yamasaki wechselten einen Blick. Blackwell spitzte die Lippen und nickte ganz leicht. »In Ordnung«, sagte er. »Ich denke, Sie könnten der Richtige für den Job sein.«

»Kein Job«, sagte Laney, ließ sich von dem Barmann nun doch noch einen Bourbon einschenken. »Ich will nichts von einem Job hören, ehe ich nicht weiß, wer mich anheuern will.«

»Ich bin der Security-Chef von Lo/Rez«, sagte Blackwell, »und ich verdanke dem nämlichen Scheißkerl mein Leben. Die letzten fünf Jahre hätte ich in den Gefängniskasematten des beschissenen Staates Victoria verbracht, wenn er nicht gewesen wäre. Obwohl ich mich garantiert vorher umgebracht hätte.«

»Die Band? Sie machen die Security für die?«

»Rydell hat nur Gutes über Sie gesagt, Mr. Laney.« Yamasakis Hals wippte im Kragen seines karierten Hemdes auf und ab.

»Ich kenne Rydell nicht«, sagte Laney. »Er war bloß der Wachmann in einem Hotel, das ich mir nicht leisten könnte.«

»Rydell hat Menschenkenntnis, glaube ich«, sagte Yamasaki.

Laney wandte sich wieder an Blackwell. »Lo/Rez? Haben die Schwierigkeiten?«

»Rez«, sagte Blackwell. »Er sagt, er will diese Japsenschnepfe heiraten, die gar nicht *existiert,* zum Teufel! Und das *weiß* er auch, aber er sagt, wir *hätten keine Spur Phantasie!* Jetzt hören Sie mir mal zu«, und Blackwell brachte aus einer nicht genau identifizierbaren Gegend seiner Kleidung ein spiegelglatt poliertes Rechteck mit einem runden Loch vorn in der obersten Ecke zum Vorschein. Das Ding wirkte in seiner Pranke nicht viel größer als eine Cashcard. »Irgendwer hat sich an unsern Jungen *rangemacht,* klar? Hat ihn *beeinflußt.* Keine Ahnung wie, keine Ahnung wer. Obwohl ich persönlich auf das verdammte Kombinat setzen würde. Diese russischen Mistkerle. Aber Sie, mein Freund, Sie werden Ihr Knotending für uns machen, bei unserem Rez, und Sie werden's verdammt noch mal *raus*finden. *Wer* es ist.« Und das Rechteck kam herunter und blieb mit einem knappen, leisen, dumpfen Laut quer zur Maserung des Holzes stehen, und Laney sah, daß es ein sehr kleines Hackbeil mit runden Stahlnieten im sauberen Rosenholzgriff war.

»Und wenn Sie damit fertig sind«, sagte Blackwell, »dann werden wir uns mal gründlich mit dem oder den Betreffenden befassen.«

10 *Whiskey Clone*

Eddies Club war hoch oben in einer Art Bürogebäude. Chia glaubte nicht, daß es in den oberen Stockwerken solcher Gebäude in Seattle Musikclubs gab, aber sicher war sie sich nicht. Sie war in dem Graceland eingeschlafen und erst aufgewacht, als Eddie in eine Garageneinfahrt und dann in etwas hineinfuhr, das andeutungsweise einem Riesenrad oder der Trommel eines altmodischen Revolvers mit Autos statt Kugeln in den Kammern ähnelte. Sie schaute aus den Fenstern, als es sie in weitem Bogen nach oben transportierte und oben stehenblieb, wo Eddie vorwärts in eine Parkgarage fuhr, die überall hätte sein können, nur daß die Wagen alle groß und schwarz waren, wenn auch keiner so groß war wie der Graceland.

»Komm mit rauf und mach dich frisch, Schätzchen«, sagte Maryalice. »Du siehst kaputt aus.«

»Ich muß an einen Port ran«, sagte Chia, »und meine Freundin suchen, bei der ich wohne ...«

»Kein Problem«, gab Maryalice zurück, rutschte über das Velours und machte die Tür auf. Eddie stieg auf der Fahrerseite aus und nahm den Koffer mit dem Nissan-County-Aufkleber mit. Er sah noch immer nicht sehr fröhlich aus. Chia nahm ihre Tasche mit und folgte Maryalice. Sie stiegen alle in einen Fahrstuhl. Eddie drückte die flache Hand auf einen handförmigen Umriß an der Wand und sagte etwas auf Japanisch. Der Fahrstuhl erwiderte etwas, dann schloß sich die Tür, und sie fuhren nach oben. Schnell, ihrem Gefühl nach, aber es ging eine ganze Weile aufwärts.

Der Aufenthalt im Fahrstuhl schien Eddies Stimmung nicht zu verbessern. Er mußte dicht neben Maryalice stehen, und Chia sah, daß ein kleiner Muskel an seinem Kiefergelenk zuckte, als er sie ansah. Maryalice erwiderte seinen Blick gelassen.

»Nun komm mal wieder runter«, sagte sie. »Ist doch alles klar.«

Der kleine Muskel wechselte in den Schnellgang. »So war das nicht abgemacht«, sagte er schließlich. »Wir hatten das anders besprochen.«

Maryalice zog eine Augenbraue hoch. »Früher hast du für kleine Neuerungen noch was übrig gehabt.«

Eddie schaute von Maryalice zu Chia und dann rasch wieder zu Maryalice zurück. »Das nennst du eine Neuerung?«

»Und du hattest auch mal Sinn für Humor«, sagte Maryalice, als der Fahrstuhl hielt und die Tür aufglitt. Eddie funkelte sie zornig an, dann ging er hinaus. Chia und Maryalice folgten ihm. »Mach dir nichts draus«, sagte Maryalice. »So ist er manchmal.«

Chia wußte nicht genau, was sie erwartet hatte, aber das war es eindeutig nicht. Ein unordentlicher Raum voller Versandkartons mit einer Reihe Überwachungsmonitore. Die niedrige Decke bestand aus den Faserplatten, die an kleinen Metallschienen aufgehängt wurden; ungefähr die Hälfte fehlte, und aus den staubig wirkenden Schatten hingen Drähte und Kabel herab. Es gab ein paar kleine Schreibtischlampen; eine davon beleuchtete einen Stapel benutzter Behälter für Nudel-Fertiggerichte und einen schwarzen Kaffeebecher mit weißen Plastiklöffeln drin. Ein Japaner mit einer schwarzen Baseballkappe, deren hinterer Teil aus einem Plastiknetz bestand und die vorne den Schriftzug ›Whiskey Clone‹ trug, saß auf einem Drehstuhl vor den Monitoren und schenkte sich aus einer großen

Thermoskanne mit pinkfarbenen Blumen was Heißes ein.

»Yo, Calvin«, sagte Maryalice, oder zumindest hörte es sich so an.

»Hey«, sagte der Mann.

»Calvin ist aus Tacoma«, erklärte Maryalice, während Chia Eddie nachblickte, der – noch immer den Koffer in der Hand – schnurstracks den Raum durchquerte und durch eine Tür verschwand.

»Boß ist ja echt toll drauf«, sagte der Mann. Er klang nicht Japanischer als Maryalice. Er trank einen Schluck aus seinem Thermosbecher.

»Ja«, sagte Maryalice, »er ist so froh, mich zu sehen, daß er sich gar nicht mehr einkriegt.«

»Das geht auch vorbei.« Noch ein Schluck. Er sah Chia unter dem Schirm der Netzkappe hervor an. Den Schrifttyp von ›Whiskey Clone‹ benutzten sie in Einkaufszentren, wenn sie einem suggerieren wollten, ein Laden sei alteingesessen.

»Das ist Chia«, sagte Maryalice. »Hab ich auf SeaTac kennengelernt«, und Chia fiel auf, daß sie nicht ›im Flugzeug‹ gesagt hatte. Was sie an diese Sache mit der DNA-Probe und den Haarteilen erinnerte.

»Freut mich zu hören, daß es den noch gibt«, sagte der Mann. »Es gibt also noch 'nen Weg aus diesem verrückten Drecksloch.«

»Na hör mal, Calvin«, sagte Maryalice, »du liebst doch Tokio.«

»Klar. Ich hatte mal 'ne Wohnung in Redmond, da war das Badezimmer so groß wie das ganze Apartment, das ich hier habe, und es war nicht mal 'n großes Badezimmer. Soll heißen, es hatte 'ne Dusche. Keine Badewanne oder so.«

Chia schaute auf die Bildschirme hinter ihm. Viele Leute, aber sie konnte nicht erkennen, was sie machten.

»Sieht aus, als wär's ein guter Abend«, sagte Maryalice, die den Blick über die Bildschirme schweifen ließ.

»So lala«, antwortete er. »Einigermaßen bis mittelprächtig.«

»Hör auf, so zu reden«, sagte Maryalice. »Überlaß das mir.«

Calvin grinste. »Du bist doch 'n braves altes Mädel aus dem Süden, oder, Maryalice?«

»Bitte«, sagte Chia, »darf ich einen Dataport benutzen?«

»In Eddies Büro ist einer«, meinte Maryalice. »Aber er hängt jetzt wahrscheinlich grade am Telefon. Geh doch erst mal in den Waschraum da drüben«, sie zeigte auf die andere geschlossene Tür, »und wasch dich. Du siehst ein bißchen verpoft aus. Dann ist Eddie fertig, und du kannst deine Freundin anrufen.«

Im Waschraum gab es ein altes Waschbecken aus Stahl und eine ganz neue, sehr kompliziert aussehende Toilette mit mindestens einem Dutzend Knöpfen auf dem Wasserkasten. Sie waren in Japanisch beschriftet. Die Polymerbrille krümmte sich ein wenig, als sie ihr Gewicht aufnahm, und Chia wäre beinahe wieder aufgesprungen. Ist schon gut, beruhigte sie sich, bloß ausländische Technik. Als sie fertig war, suchte sie sich aufs Geratewohl einen der Knöpfe aus und erzeugte einen superfeinen Sprühnebel aus warmem, parfümiertem Wasser. Nach Luft schnappend sprang sie zurück. Sie wischte sich die Augen mit dem Handrücken ab, trat dann beiseite und probierte einen anderen Knopf. Das schien der richtige zu sein: Die Spülung ging mit einem Düsengeräusch los, das sie an den Flug hierher erinnerte.

Als sie sich an dem beruhigend normalen Waschbecken erst die Hände und dann das Gesicht mit hellblauer Flüssigseife aus einem Pumpspender wusch, der wie ein einäugiger Dinosaurier geformt war, hörte sie, wie die Spülung verstummte und ein anderes Geräusch einsetzte. Sie schaute sich um und sah einen Ring aus schwach violettem Licht irgendwo unterhalb der Klobrille oszillieren. UV-Licht, nahm sie an, zur Sterilisation.

An der Wand hing ein Poster der Dukes of Nuke 'Em, dieser grauenhaften Metal-Band von Anabolika-Freaks. Sie grinsten verschmitzt und ausdruckslos, und dem Drummer fehlten die Schneidezähne. Die Beschriftung war Japanisch. Sie fragte sich, weshalb irgendwer in Japan darauf stehen sollte, denn bei Gruppen wie den Dukes ging es nur um den Haß auf alles, was in ihren Augen nicht amerikanisch war. Aber Kelsey, die mit ihrem Vater öfter in Japan gewesen war, hatte gesagt, man könne nie wissen, was die Japaner von irgendwas hielten.

Es war nichts da, womit sie sich die Hände abtrocknen konnte. Sie holte ein T-Shirt aus ihrer Tasche und benutzte dieses, obwohl es damit nicht sonderlich gut ging. Als sie auf dem Boden kniete, um das Hemd wieder in die Tasche zu stopfen, bemerkte sie eine Ecke von etwas, was sie nicht erkannte, aber dann riß Calvin hinter ihr die Tür auf.

»'tschuldige«, sagte er.

»Ist schon okay.« Chia zog den Reißverschluß der Tasche zu.

»Nein, ist es nicht«, sagte er und schaute über die Schulter nach hinten, dann wieder zu ihr. »Hast du Maryalice wirklich auf SeaTac kennengelernt?«

»Im Flugzeug«, sagte Chia.

»Du hängst nicht mit drin?«

Chia stand auf, wobei ihr irgendwie schwindlig wurde. »Wo drin?«

Er sah sie unter dem Rand der schwarzen Kappe hervor an. »Dann solltest du wirklich von hier verschwinden. Und zwar sofort.«

»Warum?« fragte Chia, obwohl sie die Idee gar nicht schlecht fand.

»Besser, wenn du nichts drüber weißt.« Irgendwo hinter ihm krachte es. Er zuckte zusammen. »Schon gut. Sie wirft bloß mit irgendwas. Noch sind sie nicht voll zugange. Komm«, und er nahm ihre Tasche am Schultergurt und hob sie auf. Er machte jetzt schnell, und sie mußte sich beeilen, um mit ihm Schritt zu halten. Vorbei an der geschlossenen Tür zu Eddies Büro und an der Reihe der Monitore (wo sie Leute mit Cowboyhüten beim Squaredance zu sehen glaubte, aber sie war sich nicht sicher).

Calvin klatschte seine Hand auf die Sensorplatte an der Fahrstuhltür. »Der bringt dich in die Garage«, sagte er, als das Klirren von zerbrechendem Glas aus Eddies Büro kam. »Halt dich links, zirka zehn, zwölf Meter, dann kommt ein anderer Fahrstuhl. Steig nicht im Erdgeschoß aus; wir haben Kameras in der Eingangshalle. Der unterste Knopf bringt dich zur U-Bahn. Da steigst du in den Zug.« Er gab ihr die Tasche.

»In welchen?« fragte Chia.

Maryalice schrie. Als hätte ihr etwas wirklich sehr weh getan.

»Egal.« Calvin sagte rasch etwas auf Japanisch zu dem Fahrstuhl. Der Fahrstuhl antwortete, aber da war er schon weg, die Tür schloß sich, und dann fuhr sie nach unten. Die Tasche in ihren Armen schien ein wenig leichter zu werden.

Eddies Graceland war noch da, als die Tür aufging, ein massiger Keil neben den anderen schwarzen Wagen. Sie fand den zweiten Fahrstuhl, den sie Calvin zufolge nehmen sollte. Die Tür war zerkratzt und eingedellt. Er hatte richtige Tasten, er sprach nicht, und er brachte sie nach unten zu taghell erleuchteten Einkaufspassagen voller Menschen, zu Rolltreppen und Bahnsteigen und Magnetschwebezügen, über denen die ewigen Logos angebracht waren.

Endlich war sie in Tokio.

11 Einstürzende Neubauten

Laneys Zimmer befand sich hoch oben in einem schlanken Turm, der mit weißen Keramikfliesen verblendet war. Er hatte einen trapezoiden Querschnitt und stammte noch aus dem Boom der Achtziger, der Glaskuppeljahre. Daß er das große Erdbeben überstanden hatte, war der Beweis für die Fähigkeit seiner Erbauer; daß er den anschließenden Wiederaufbau überstanden hatte, der Beweis für ein undurchschaubares Geflecht von Eigentumsverhältnissen und einen andauernden Kampf zwischen zweien der ältesten Verbrecherorganisationen der Stadt. Das hatte ihm Yamasaki im Taxi auf dem Rückweg von der New Golden Street erklärt.

»Wir wußten nicht recht, was Sie von Neubauten halten würden«, hatte er gesagt.

»Sie meinen die Nanotech-Gebäude?« Laney hatte sich alle Mühe gegeben, die Augen offenzuhalten. Der Fahrer trug makellos saubere, weiße Handschuhe.

»Ja. Manche Leute finden sie beunruhigend.«

»Keine Ahnung. Ich müßte eins sehen.«

»Sie können sie von Ihrem Hotel aus sehen, glaube ich.«

Und das stimmte. Er kannte die schiere Brutalität ihrer Dimensionen von Konstrukten her, aber die Virtualität hatte den eigentümlichen Charakter ihrer Beschaffenheit, einen deutlich sichtbaren, stromlinienförmigen Organizismus, nicht vermitteln können. »Sie sind wie Gigers Bilder von New York«, hatte Yamasaki gesagt, aber das war voll an Laney vorbeigegangen.

Jetzt saß er auf dem Bettrand und schaute mit ausdrucksloser Miene auf diese Wunder der neuen Technologie hinaus, die so banal und düster waren wie fast alle derartigen Wunder, und er fand sie einfach nur fürchterlich: die größten bewohnten Bauten der Welt. (Die Ummantelung von Tschernobyl war größer, aber darin würde nie ein Mensch leben.)

Der Regenschirm, den Yamasaki ihm gegeben hatte, sank schrumpfend in sich zusammen. Löste sich auf.

Das Telefon klingelte. Er konnte es nicht finden.

»Telefon«, sagte er. »Wo ist es?«

An einem flachen Rechteck aus weißem Zedernholz auf einem quadratischen schwarzen Untersatz auf einer Ablage neben dem Bett begann ein rubinroter Lichtpunkt im Rhythmus des Klingelns zu pulsieren. Er hob es hoch. Drückte auf ein winziges Perlmuttquadrat.

»Hallo«, sagte jemand, »Laney?«

»Wer ist da?«

»Rydell. Vom Chateau. Hans hat mir erlaubt, zu telefonieren.« Hans war der Nachtportier. »Lieg ich mit der Zeit richtig? Frühstücken Sie grade?«

Laney rieb sich die Augen und schaute wieder zu den Neubauten hinaus. »Na klar.«

»Ich hab Yamasaki angerufen«, sagte Rydell. »Er hat mir Ihre Nummer gegeben.«

»Danke«, sagte Laney gähnend, »aber ich ...«

»Yamasaki hat gesagt, Sie hätten den Job.«

»Glaub schon«, sagte Laney. »Vielen Dank. Ich schätze, ich bin Ihnen was ...«

»Slitscan«, sagte Rydell. »Haben sich im ganzen Chateau breitgemacht.«

»Nein«, sagte Laney. »Das ist vorbei.«

»Kennen Sie eine Katherine Torrance, Laney? Aus Sherman Oaks? Sie ist oben in Ihrer ehemaligen Suite, mit runden zwei Lastwagenladungen Spürgerät. Hans meint, die würden rauszukriegen versuchen, was Sie da oben gemacht haben, ob Sie irgendwelches Dope eingepfiffen haben oder so.«

Laney starrte zu den Türmen hinaus. Ein Teil einer Fassade schien sich zu bewegen, aber das mußte an seinen Augen liegen.

»Aber Hans sagt, es ist eh unmöglich, die verbliebenen Moleküle in diesen Zimmern auseinanderzusortieren. In der Suite war immer reichlich was los.«

»Kathy Torrance? Von Slitscan?«

»Das haben sie zwar nicht gesagt, aber sie haben einen Haufen Techniker dabei, und Techniker reden immer zuviel, und Dschingis unten in der Garage hat die Aufkleber auf ein paar Kisten gesehen, als sie ausgeladen haben. Sind ungefähr zwanzig Mann, ohne die Hilfskräfte. Haben zwei Suiten und vier Einzelzimmer. Geben kein Trinkgeld.«

»Aber was *machen* sie?«

»Diesen Sensorkram. Versuchen rauszukriegen, was Sie da oben in der Suite angestellt haben. Und einer der Pagen hat gesehen, wie sie eine Kamera aufgebaut haben.«

Die gesamte Fassade eines der neuen Gebäude schien sich zu kräuseln und leicht zu zerfließen. Laney schloß die Augen und massierte sich den Nasenrücken. Er spürte einen feinen Schmerz, der dort von dem Bruch zurückgeblieben war. Er machte die Augen wieder auf. »Aber ich hab überhaupt nichts *angestellt.*«

»Na, egal.« Rydell klang ein wenig beleidigt. »Ich dachte nur, Sie sollten es wissen, weiter nichts.«

Irgendwas passierte eindeutig mit dieser Fassade. »Ich weiß. Danke. Tut mir leid.«

»Ich sag Ihnen Bescheid, wenn ich was höre«, erklärte Rydell. »Wie ist es denn so da drüben?«

Laney beobachtete eine kleine Lichtspiegelung, die wie eine osmotische Bewegung oder die regelmäßige Kontraktion der Palpen mancher Meeresgeschöpfe über das ferne Bauwerk wanderte. »Merkwürdig.«

»Ich wette, es ist interessant«, sagte Rydell. »Lassen Sie sich Ihr Frühstück schmecken, ja? Ich melde mich wieder.«

»Danke«, sagte Laney, und Rydell legte auf.

Laney stellte das Telefon wieder auf die lackierte Platte und streckte sich voll bekleidet auf dem Bett aus. Er schloß die Augen, weil er die Neubauten nicht sehen wollte. Aber sie waren weiterhin da, in der Dunkelheit und dem Licht hinter seinen Lidern. Unter seinem Blick glitten sie auseinander, zerschmolzen und rannen davon, in die Labyrinthe einer älteren Stadt.

Er glitt mit ihnen fort.

12 Mitsuko

Chia benutzte einen öffentlichen Dataport in der untersten Ebene des Bahnhofs. Der Sandbenders sendete die Nummer von Mitsuko Mimura, der ›Veranstaltungsorganisatorin‹ der Ortsgruppe Tokio (jeder in der Ortsgruppe Tokio schien einen formellen Titel zu haben), die man ihr mitgegeben hatte. Aus den Lautsprechern des Sandbenders kam die schläfrige Stimme eines Mädchens. Es sprach Japanisch. Die Übersetzung folgte sogleich: »Hallo? Ja? Kann ich etwas für Sie tun?«

»Hier ist Chia McKenzie, aus Seattle.«

»Bist du noch in Seattle?«

»Ich bin hier. In Tokio.« Sie holte den Ausschnitt des Stadtplans in ihrem Sandbenders näher heran. »In einer U-Bahn-Station namens Shinjuku.«

»Ja. Sehr gut. Kommst du jetzt her?«

»Ja, würde ich gern. Ich bin wirklich müde.«

Die Stimme begann, ihr den Weg zu erklären.

»Schon gut«, sagte Chia, »das kann mein Computer machen. Sag mir nur, wo ich aussteigen muß.« Sie fand die Station auf dem Plan und setzte einen Marker. »Wie lange werde ich brauchen?«

»Zwanzig bis dreißig Minuten, je nachdem, wie voll die Züge sind. Ich hole dich dort ab.«

»Das brauchst du nicht«, sagte Chia. »Gib mir einfach deine Adresse.«

»Japanische Adressen sind schwierig.«

»Kein Problem«, sagte Chia. »Ich hab Global Positioning.«

Der Sandbenders hatte das Tokioter Telefonverzeichnis durchgearbeitet und zeigte ihr bereits Mitsuko Mimuras Planquadrat an. In Seattle ging das nur bei Geschäftsnummern.

»Nein«, sagte Mitsuko, »ich muß dich empfangen. Ich bin die Veranstaltungsorganisatorin.«

»Danke«, sagte Chia. »Bin schon unterwegs.«

Die Tasche über der Schulter – halb offen, damit sie den verbalen Anweisungen des Sandbenders folgen konnte –, fuhr Chia mit der Rolltreppe zwei Ebenen nach oben, kaufte mit ihrer Cashcard eine Fahrkarte und fand ihren Bahnsteig. Er war wirklich voll, genauso voll wie der Flughafen, doch als der Zug kam, ließ sie sich von der Menge mitziehen und in den nächsten Wagen quetschen; es wäre schwerer gewesen, *nicht* einzusteigen.

Bei der Abfahrt hörte sie den Sandbenders verkünden, daß sie nun den Bahnhof Shinjuku verließen.

Der Himmel war wie Perlmutt, als Chia aus dem Bahnhof trat. Graue Gebäude, pastellfarbenes Neonlicht, eine mit vage fremdartigen Formen gesprenkelte Straßenlandschaft. Überall standen Dutzende von Fahrrädern, alles zerbrechlich aussehende Gebilde mit kohlefaserumwickelten Papierrohrrahmen. Chia trat einen Schritt zurück, als ein riesiger, türkisfarbener Müllwagen vorbeirumpelte, an dessen hochsitzendem Lenkrad die weiß behandschuhten Hände des Fahrers zu sehen waren. Als er aus ihrem Blickfeld verschwand, sah sie ein japanisches Mädchen in einem kurzen, buntkarierten Rock und einer schwarzen Motorradjacke. Das Mädchen lächelte. Chia winkte.

Mitsukos Zimmer lag im ersten Stock, über dem rückwärtigen Teil des Restaurants ihres Vaters. Chia hörte ein stetiges dumpfes Klopfen von unten, und Mitsuko erklärte, dies sei ein Zubereitungsroboter, der Sachen kleinhackte und in Scheiben schnitt.

Das Zimmer war kleiner als Chias Zimmer in Seattle, aber viel aufgeräumter, sehr ordentlich und gut durchorganisiert. Genau wie Mitsuko selbst, die sich eine rasiermesserscharfe kupferrote Diagonale in ihre schwarze Ponyfrisur gebleicht hatte und Turnschuhe mit doppelten Sohlen trug. Sie war dreizehn, ein Jahr jünger als Chia.

Mitsuko hatte Chia ihrem Vater vorgestellt, der in einem weißen, kurzärmeligen Hemd mit Krawatte drei weiß behandschuhte Männer in blauen Overalls beaufsichtigte, die mit großer Energie und Entschlossenheit sein Restaurant putzten. Mitsukos Vater hatte genickt, gelächelt, etwas auf Japanisch gesagt und sich wieder seiner Arbeit zugewandt. Auf dem Weg nach oben erzählte Mitsuko, die nicht viel Englisch sprach, sie habe ihrem Vater erklärt, Chia sei im Rahmen eines kulturellen Austauschprogramms hier und werde für kurze Zeit bei ihnen wohnen. Es habe was mit der Schule zu tun.

Mitsuko hatte das gleiche Poster wie sie an der Wand, das originale Coverfoto vom Dog-Soup-Album.

Mitsuko ging nach unten und kam mit einer Kanne Tee und einer zugedeckten, unterteilten Schachtel zurück, die eine California roll – eine Sushi-Rolle mit Surimi und Avocado – und eine Auswahl weniger bekannter Dinge enthielt. Dankbar für die vertraute California roll aß Chia alles außer dem Stück mit dem orangefarbenen Seeigelzeug drauf. Mitsuko machte ihr Komplimente wegen ihrer Geschicklichkeit mit den Stäbchen. Chia sagte, sie sei aus Seattle, und da esse man häufig mit Stäbchen.

Sie hatten jetzt beide drahtlose Ohrclips mit Mikros auf. Die Übersetzung war im allgemeinen fehlerfrei, außer wenn Mitsuko japanische Slangausdrücke benutzte, die zu neu waren, oder wenn sie englische Worte einbaute, die sie kannte, aber nicht richtig aussprechen konnte.

Chia wollte sie nach Rez und der Idoru fragen, aber

sie kamen immer wieder auf andere Themen. Dann schlief Chia im Schneidersitz auf dem Boden ein, und es mußte Mitsuko gelungen sein, sie auf ein hartes kleines Futon-Ding zu verfrachten, das sie von irgendwoher ausgerollt hatte, denn darauf wachte Chia drei Stunden später auf.

Ein regnerisches, silbernes Licht zeigte sich im schmalen Fenster des Zimmers.

Mitsuko erschien mit einer weiteren Kanne Tee und sagte etwas auf Japanisch. Chia suchte ihren Ohrclip und setzte ihn auf.

»Du mußt erschöpft gewesen sein«, übersetzte der Ohrclip. Dann sagte Mitsuko, sie habe sich für diesen Tag schulfrei genommen, um Chia Gesellschaft zu leisten.

Sie tranken den nahezu farblosen Tee aus kleinen, knubbeligen Porzellantassen. Mitsuko erklärte, daß sie hier zusammen mit ihrem Vater, ihrer Mutter und einem Bruder namens Masahiko wohne. Ihre Mutter sei nicht da; sie besuche Verwandte in Kioto. Mitsuko sagte, Kioto sei sehr schön und daß Chia dorthin fahren solle.

»Ich bin im Auftrag meiner Ortsgruppe hier«, gab Chia zurück. »Ich kann keinen Touristenkram machen. Ich muß was rausfinden.«

»Ich verstehe«, sagte Mitsuko.

»Dann stimmt es also? Will Rez wirklich einen Software-Agenten heiraten?«

Mitsuko sah aus, als wäre ihr unbehaglich zumute. »Ich bin die Veranstaltungsorganisatorin«, sagte sie. »Das mußt du zuerst mit Hiromi Ogawa besprechen.«

»Wer ist das?«

»Hiromi ist die Präsidentin unserer Ortsgruppe.«

»Gut«, sagte Chia. »Wann spreche ich mit ihr?«

»Wir errichten gerade einen Site für die Diskussion. Er wird bald fertig sein.« Mitsuko schien sich noch immer unwohl zu fühlen.

Chia beschloß, das Thema zu wechseln. »Wie ist dein Bruder so? Wie alt ist er?«

»Masahiko ist siebzehn«, antwortete Mitsuko. »Er ist ein ›pathologischer-Technofetischist-mit-sozialen-Defiziten‹«, das letzte wie ein Wort miteinander verbunden, was auf einen Begriff hindeutete, der das Wörterbuch der Ohrclips überforderte. Chia fragte sich kurz, ob es der Mühe wert wäre, ihn durch ihren Sandbenders laufen zu lassen, deren Übersetzungsfunktionen jedesmal ein automatisches Update bekamen, wenn sie ihn an einen Port anschloß.

»Ein was?«

»Otaku«, sagte Mitsuko überdeutlich auf Japanisch. Die Übersetzung spuckte wieder ihren schwerfälligen Bandwurmbegriff aus.

»Oh«, sagte Chia, »die gibt's bei uns auch. Wir haben sogar das gleiche Wort dafür.«

»Ich glaube, in Amerika ist das nicht das gleiche.«

»Na ja«, meinte Chia, »es sind immer nur Jungs, stimmt's? Die Otaku-Jungs an meiner letzten Schule haben auf so Sachen wie Anime-Puppen, militärische Simulationen und Trivia gestanden. Vor allem auf Trivia.« Sie beobachtete Mitsuko, als diese der Übersetzung lauschte.

»Ja«, erwiderte Mitsuko, »aber du sagst, sie gehen zur Schule. Unsere gehen nicht zur Schule. Sie bekommen ihren Unterricht online, und das ist schlecht, weil sie schnell schummeln. Dann werden sie später geprüft und erwischt und fallen durch, aber das stört sie nicht. Es ist ein soziales Problem.«

»Und dein Bruder ist so einer?«

»Ja«, sagte Mitsuko. »Er lebt in der Ummauerten Stadt.«

»Wo?«

»Eine Multi-User-Domäne. Er ist besessen davon. Es ist wie eine Droge. Er hat hier ein Zimmer. Das verläßt er nur selten. Er ist von früh bis spät in der Ummauerten Stadt. Und in seinen Träumen auch, glaube ich.«

Chia versuchte, vor dem mittäglichen Treffen mehr über Hiromi Ogawa in Erfahrung zu bringen, aber mit begrenztem Erfolg. Sie war schon älter, nämlich siebzehn (so alt wie Zona Rosa), und seit mindestens fünf Jahren im Club. Sie hatte möglicherweise Übergewicht (obwohl das im interkulturellen Mädchencode übermittelt werden mußte, ohne offen ausgesprochen zu werden) und besaß eine Vorliebe für ausgeklügelte Bildsymbole. Aber vor allem prallte Chia immer wieder gegen Mitsukos Pflichtgefühl ihrer Ortsgruppe gegenüber und ihr Bewußtsein von ihrem eigenen Status und dem von Hiromi.

Chia haßte Vereinspolitik, und ihr kam der Verdacht, daß diese hier ein echtes Problem darstellen könnte.

Mitsuko holte ihren Computer hervor. Er war eins dieser weichen, transparenten koreanischen Geräte, die wie ein flacher Beutel aus klarem weißen Gelee mit einem Haufen farbiger Gummibonbons drin aussahen. Chia öffnete ihre Tasche und zog ihren Sandbenders heraus.

»Was ist das?« fragte Mitsuko.

»Mein Computer.«

Mitsuko war eindeutig beeindruckt. »Ist das ein Harley-Davidson?«

»Er ist von den Sandbenders gebaut«, sagte Chia, während sie ihre Brille und die Handschuhe suchte. »Das ist eine Kommune an der Küste von Oregon. Die stellen diese Dinger und Software her.«

»Ist der amerikanisch?«

»Klar.«

»Ich wußte gar nicht, daß Amerikaner Computer bauen«, sagte Mitsuko.

Chia fummelte die silbernen Hütchen über ihre Finger- und Daumenspitzen und befestigte die Handgelenkriemen.

»Von mir aus kann's losgehen«, erklärte sie.

Mitsuko kicherte nervös.

13 Bilderkennung

Yamasaki rief kurz vor Mittag an. Es war ein trüber, bedeckter Tag. Laney hatte die Vorhänge zugezogen, um die Nanotech-Gebäude bei diesem Licht nicht sehen zu müssen.

Er schaute sich gerade eine NHK-Sendung über Kreisel-Champions an. Der Star war ein kleines Mädchen mit Zöpfen in einem blauen Kleid mit altmodischem Matrosenkragen. Sie schielte ein bißchen, vielleicht vor Konzentration. Die Kreisel waren aus Holz. Manche waren groß und sahen schwer aus.

»Hallo, Mr. Laney«, sagte Yamasaki. »Geht es Ihnen jetzt besser?«

Laney beobachtete, wie das Mädchen einen lila und gelb gefärbten Kreisel in Drehung versetzte, indem es geschickt an der sorgfältig aufgewickelten Schnur zog. Der Kommentator hielt ein Handmikrophon an den Kreisel, um das Summen aufzunehmen, das er erzeugte, und sagte dann etwas auf Japanisch.

»Besser als gestern abend«, sagte Laney.

»Man kümmert sich darum, daß Sie Zugang zu Daten bekommen, die ... unseren Freund umgeben. Das ist ein kompliziertes Verfahren, weil diese Daten auf viele verschiedene Arten geschützt sind. Es gab keine einheitliche Strategie. Die Schutzmaßnahmen für sein Privatleben werden immer umfangreicher und komplexer.«

»Ist ›unser Freund‹ darüber informiert?«

Eine Pause entstand. Laney beobachtete den rotierenden Kreisel. Er stellte sich vor, wie Yamasaki zwinkerte. »Nein.«

»Ich weiß noch immer nicht, für wen ich nun eigentlich arbeiten soll. Für ihn? Oder für Blackwell?«

»Ihr Arbeitgeber ist Paragon-Asia Dataflow in Melbourne. Das ist auch meiner.«

»Was ist mit Blackwell?«

»Blackwell ist bei einem Privatunternehmen, durch das ein Teil der Einkünfte unseres Freundes fließt. Im Lauf der Karriere unseres Freundes ist eine Struktur aufgebaut worden, die diesen Fluß optimieren und Verluste minimieren soll. Diese Struktur bildet jetzt ein eigenständiges Unternehmen.«

»Das Management«, sagte Laney. »Sein Management hat Angst, weil es so aussieht, als könnte er was Verrücktes tun. Ist es das?«

Der lila-gelbe Kreisel zeigte die erste der Oszillationen, die ihn schließlich zu Fall bringen würden. »Diese Business-Kultur ist mir immer noch fremd, Mr. Laney. Es fällt mir schwer, diese Dinge richtig zu beurteilen.«

»Was hat Blackwell gestern abend damit gemeint, daß Rez eine Japanerin heiraten will, die nicht real ist?«

»Idoru«, sagte Yamasaki.

»Was?«

»›Idol-Sängerin‹. Ihr Name ist Rei Toei. Sie ist ein Persönlichkeitskonstrukt, ein Konglomerat von Software-Agenten, die Schöpfung eines Informationsdesigners. Sie ähnelt dem, was man in Hollywood ›synthetische Schauspielerin‹ nennt, glaube ich.«

Laney schloß die Augen, schlug sie wieder auf. »Wie kann er sie dann heiraten?«

»Das weiß ich nicht«, sagte Yamasaki. »Aber er hat sehr energisch klargemacht, daß dies seine Absicht ist.«

»Können Sie mir sagen, wozu man Sie engagiert hat?«

»Ich glaube, anfänglich hofften meine Arbeitgeber, ich könnte ihnen die Idoru erklären: ihre Anziehungskraft auf ihr Publikum und deshalb vielleicht auch auf ihn. Und ich glaube, daß sie wie Blackwell nach wie vor nicht überzeugt sind, daß keine Verschwörung dahintersteckt. Jetzt soll ich Sie, Mr. Laney, mit dem kulturellen Hintergrund der Lage vertraut machen.«

»Wer sind Ihre Arbeitgeber?«

»Dazu kann ich mich jetzt nicht genauer äußern.«

Der Kreisel begann zu wackeln. Laney sah eine Art Panik in den Augen des Mädchens. »Sie selbst glauben nicht, daß es eine Verschwörung ist?«

»Ich werde versuchen, Ihre Fragen heute abend zu beantworten. In der Zwischenzeit, während man dafür sorgt, daß Sie Zugang zu Daten bekommen, sehen Sie sich bitte das hier an ...«

»Hey«, protestierte Laney, als sein Kreiselmädchen von einem unbekannten Logo ersetzt wurde: einer grinsenden Comic-Bulldogge mit Stachelhalsband, die bis zu ihrem muskulösen Hals in einer großen Suppenschüssel saß.

»Zwei Video-Dokus über Lo/Rez«, erklärte Yamasaki. »Sie sind auf Dog-Soup-Label erschienen, ursprünglich kleines Independent mit Sitz in Ost-Taipeh. Sie haben erste Aufnahmen der Band herausgebracht. Lo/Rez haben Dog Soup später gekauft, um dort weniger kommerzielles Material anderer Künstler herauszubringen.«

Laney starrte die grinsende Bulldogge mürrisch an. Er vermißte das Mädchen mit den Zöpfen. »Wie zum Beispiel Dokumentationen über sie selbst?«

»Die Veröffentlichung der Dokus wurde nicht von einer Zustimmung der Band abhängig gemacht. Es sind keine autorisierten Lo/Rez-Dokumente.«

»Tja, dafür müssen wir wohl dankbar sein.«

»Keine Ursache.« Yamasaki legte auf.

Die virtuelle Kamera zog auf und kurvte auf einen

Stachel am Halsband des Hundes zu. In der Großaufnahme war er eine glänzende Stahlpyramide. Gespiegelte Wolken jagten im Zeitraffer über die hoch anfragende, dreieckige Wand, während das Universal Copyright Agreement ins Bild rollte.

Laney schaute so lange zu, bis er sah, daß das Video aus Schnipseln der PR-Berichte über die Band zusammengebastelt war. »Vorsicht, Kunst«, sagte er und ging ins Bad, um die Beschriftung der Duscharmatur zu entziffern.

Die ersten sechs Minuten entgingen ihm, weil er zunächst einmal duschte und sich die Zähne putzte. Solche Kunstfilme hatte er früher schon gesehen, ohne ihnen größere Aufmerksamkeit zu schenken. Er schlüpfte in den weißen Frotteebademantel des Hotels und sagte sich, er solle es doch lieber versuchen. Er traute Yamasaki zu, daß er ihn später danach fragen würde.

Warum machte jemand so etwas? Es gab keine Geschichte und anscheinend auch keine Struktur; einige Schnipsel wiederholten sich immer wieder, mit unterschiedlicher Geschwindigkeit …

In Los Angeles gab es komplette offene Kanäle, auf denen nur solche Sachen oder auch selbstgemachte Talkshows liefen, moderiert von nackten Hexen aus Encino, die vor großen Gemälden der Göttin saßen, die sie in ihren Garagen gemacht hatten. Nur daß man sich das ansehen konnte. Die Logik dieser Cut-ups hier bestand wohl darin, daß man damit irgendwie gegen das Medium ankämpfen konnte. Vielleicht sollte es eine Art Wassertreten sein, eine schlichte, eintönige menschliche Aktivität, die für einige Zeit wenigstens die Illusion der Gleichwertigkeit mit dem Meer erzeugte. Doch für Laney, der viele seiner wachen Stunden in den tieferen Regionen der Daten verbracht hatte, die den Medienwelten zugrunde lagen, wirkte es nur hoffnungslos. Und dazu noch ermüdend, obwohl er vermutete, daß die Langeweile hier irgendwie nutzbar gemacht werden sollte – eine andere Form des Kampfes.

Warum hätte jemand sonst all diese Schnipsel von Lo und Rez auswählen und zusammenschneiden sollen, dem chinesischen Gitarristen und dem halbirischen Sänger, die in Dutzenden verschiedener Fernsehspots, die wahrscheinlich größtenteils zur Übersetzung gedacht waren, dummes Zeug redeten? Begrüßungen schienen ein Leitmotiv zu sein. »Wir freuen uns, hier in Wladiwostok zu sein. Wie wir hören, habt ihr hier ein großes neues Aquarium!« – »Wir beglückwünschen euch zu euren freien Wahlen und eurer erfolgreichen Kampagne zur Bekämpfung des Denguefiebers!« – »Wir haben London schon immer geliebt!« – »New York, ihr seid … *pragmatisch!*«

Laney durchforstete die Reste seines Frühstücks und fand eine halbgegessene Scheibe kalten braunen Toasts unter einer Abdeckhaube aus Stahl. In der Kanne waren noch ein paar Zentimeter Kaffee. Er wollte nicht über Rydells Anruf nachdenken, auch nicht darüber, was dieser möglicherweise bedeutete. Er hatte geglaubt, mit Slitscan, mit den Anwälten fertig zu sein …

»Singapur, ihr seid wunderbar!« sagte Rez, und Lo fiel ein: »Hal-lo, Lion City!«

Er nahm die Fernbedienung zur Hand und probierte hoffnungsvoll den Schnellvorlauf. Nein. Stummschaltung? Nein. Yamasaki sorgte dafür, daß dieses Zeug für ihn eingespeist wurde. Er erwog, den Stecker rauszuziehen, aber er befürchtete, daß sie es merken könnten.

Das Tempo zog jetzt an; immer häufigere Schnitte, immer weniger Inhalt, ein betäubendes Durcheinander. Rez' Grinsen wurde zunehmend finster, etwas mit einem eigenen Programm, das unverändert von einer Szene zur nächsten sprang.

Plötzlich ging alles in ein Handkamera-Halbdunkel über. Glanzlichter auf Rokoko-Blattgold. Gläser klirrten. Das Bild wirkte eigenartig flach, wie er es von Slitscan her kannte: ein Produkt der winzigen Revers-Kameras, die sich als Fussel tarnten.

Ein Restaurant? Ein Club? Jemand nahm der Kamera gegenüber Platz, hinter einer Phalanx grüner Flaschen. Die Dunkelheit und die Bandbreite der winzigen Kamera machten das Gesicht unidentifizierbar. Dann beugte Rez sich vor; im neuen Schärfebereich war er deutlich zu erkennen. Er gestikulierte mit einem Glas Rotwein zur Kamera hin.

»Wenn wir bloß einmal aufhören könnten, über die Musik zu reden, über die Industrie und die ganze Politik dabei, dann würde ich dir wahrscheinlich erzählen, daß es einfacher ist, sich die Aufmerksamkeit von x Millionen völlig Fremder zu wünschen und zu erkämpfen, als die Liebe und die Loyalität der Leute zu akzeptieren, die uns am nächsten sind.«

Jemand – eine Frau – sagte etwas auf Französisch. Laney vermutete, daß sie diejenige war, die die Kamera trug.

»Immer mit der Ruhe, Rozzer. Sie versteht nicht mal die Hälfte von dem, was du sagst.« Laney beugte sich vor. Das war Blackwells Stimme gewesen.

»Ach nein?« Rez lehnte sich zurück und wurde wieder unscharf. »Sonst würde ich ihr nämlich, glaube ich, von der Einsamkeit erzählen, die man verspürt, wenn man mißverstanden wird. Oder ist es die Einsamkeit der Angst davor, daß wir verstanden werden könnten?«

Und das Bild gefror auf dem verschwommenen Gesicht des Sängers. Eine Datums- und Zeitangabe. Zwei Jahre vorher. Das Wort ›mißverstanden‹ erschien.

Das Telefon klingelte.

»Ja?«

»Blackwell sagt, es gibt da ein Gelegenheitsfenster. Der Plan ist beschleunigt worden. Sie haben jetzt Zugang.« Es war Yamasaki.

»Gut«, sagte Laney, »ich glaube nicht, daß ich mit diesem ersten Film sehr viel weiterkomme.«

»Rez' Streben nach neuer künstlerischer Bedeutung? Keine Sorge; wir spielen Ihnen den Film später noch einmal ein.«

»Da bin ich aber erleichtert«, sagte Laney. »Ist der zweite genausogut?«

»Zweites Doku ist konventioneller strukturiert. Ausführliche Interviews, biographische Einzelheiten, BBC, drei Jahre alt.«

»Na prima.«

»Blackwell ist unterwegs zum Hotel. Auf Wiederhören.«

14 Ortsgruppe Tokio

Der Site, den Mitsukos Ortsgruppe für das Treffen angelegt hatte, erinnerte Chia an Japanische Drucke, die sie auf einem Schulausflug ins Museum in Seattle gesehen hatte; ein bräunliches Licht schien durch Schichten uralten Lacks hereinzudringen. In der Ferne waren Hügel mit verformten Bäumen, deren Zweige wie rasch hingepinselte schwarze Tintenkrakel aussahen. Sie kam neben Mitsuko eingeschwebt, auf ein Holzhaus mit tiefer, überhängender Dachkante zu, dessen Form ihr aus Animes vertraut war. Es war die Art Haus, in die sich Ninjas im Dunkeln schlichen, um eine schlafende Heldin zu wecken und ihr zu erzählen, daß alles ganz anders war, als sie dachte, daß ihr Onkel mit dem bösen Kriegsherrn verbündet war. Sie überprüfte ihr Erscheinungsbild in einem kleinen Fenster am Rand ihres Blickfelds; gab ihren Lippen einen Hauch mehr Tiefe.

Als sie sich dem Haus näherte, sah sie, daß alles aus dem Club-Archiv entwickelt worden war, so daß die gesamte Umgebung tatsächlich aus Lo/Rez-Material bestand. Man merkte es zuerst an den Wandpaneelen aus Holz und Papier, auf denen hauchzarte, überlebensgroße Bildfragmente mit der organischen Zufälligkeit von blättergetüpfeltem Sonnenlicht und Schatten kamen und gingen: Rez' Wangenknochen und eine halbe Sonnenbrille, Los Hand am Hals seiner Gitarre. Aber diese Bilder änderten sich, wurden wie mit dem Flügelschlag eines Nachtfalters ausgetauscht, und es würde noch mehr davon geben, bis in die höchste Auflösung des Sites, sein digitales Gewebe hinein. Sie war nicht sicher, ob man das mit der ausreichenden Menge der richtigen fraktalen Pakete hinkriegen konnte, oder ob man dazu einen speziellen Computer brauchte. Ihr Sandbenders hatte auch ein paar solche Effekte parat, aber hauptsächlich in seiner Präsentation der Sandbenders-Software.

Wandschirme glitten beiseite, als sie und Mitsuko im Schneidersitz ins Haus glitten. Sie stoppten sauber nebeneinander, immer noch sitzend, und schwebten ungefähr sieben Zentimeter über der Tatami (Chia vermied es, sich auf diese zu konzentrieren, nachdem sie gesehen hatte, daß sie aus Konzertbildern gewebt war; zu ablenkend). Es war ein hübscher Auftritt. Mitsuko trug den Kimono und das weite Gürtelding, das ganze traditionelle Outfit, außer daß im Gewebe des Stoffes eine dezente Animation lief. Chia selbst hatte sich das schwarze Blouson- und Strumpfhosenset von Silke-Marie Kolb runtergeladen, obwohl es ihr gegen den Strich ging, für virtuelles Designerzeug zu bezahlen, das man nicht mal behalten oder kopieren durfte. Da sie jedoch die Nummer von Kelseys Cashcard dafür benutzt hatte, kam sie ein bißchen besser damit zurecht.

Sieben Mädchen warteten bereits, alle in Kimonos, alle knapp über der Tatami schwebend. Nur die eine, die ganz für sich am Kopfende des imaginären Tisches saß, war ein Roboter. Kein richtiger Roboter, sondern ein schlankes Ding mit einer Chromhaut, wie in die Gestalt eines Mädchens gezwungenes Quecksilber. Das Gesicht war glatt, nur teilweise ausgeformt, ohne Augen, mit zwei geraden Reihen kleiner Löcher, wo ein Mund hätte sein sollen. Das mußte Hiromi Ogawa sein, und Chia beschloß sofort zu glauben, daß sie Übergewicht hatte.

Über Hiromis Kimono flimmerten animierte, sepiafarbene Bilder von Interviews mit der Band.

Die Vorstellungsprozedur dauerte eine Weile, und tatsächlich hatte jede von ihnen einen Titel, aber nach Hiromis Vorstellung hörte Chia nicht mehr so genau zu; sie verbeugte sich nur noch, wenn sie dachte, daß es von ihr erwartet wurde. Es gefiel ihr nicht, daß Hiromi so zu einem ersten Treffen erschien. Es war unhöflich, dachte sie, und es mußte Absicht sein, und die Arbeit, die sie sich mit dem Raum gemacht hatten, schien das noch zu betonen.

»Es ist uns eine Ehre, dich bei uns begrüßen zu dürfen, Chia McKenzie. Unsere Ortsgruppe möchte dir gern jede erdenkliche Hilfe zuteil werden lassen. Wir sind stolz, zu denen zu gehören, die Lo/Rez, ihrer Musik und ihrer Kunst in aller Welt beständige Wertschätzung zuteil werden lassen.«

»Vielen Dank«, sagte Chia und saß da, während sich das Schweigen in die Länge zog. Mitsuko räusperte sich leise. Oha, dachte Chia. Zeit für eine Rede. »Danke, daß ihr mir eure Hilfe anbietet«, sagte sie. »Danke für eure Gastfreundschaft. Falls eine von euch mal nach Seattle kommt, finden wir bestimmt eine Möglichkeit, euch unterzubringen. Aber vor allem danke für eure Hilfe, denn meine Ortsgruppe macht sich wirklich Sorgen wegen dieser Geschichte, daß Rez behauptet, er will irgendeinen Software-Agenten heiraten, und da er's angeblich gesagt haben soll, als er hier war, dachten wir ...« Chia hatte schon das Gefühl gehabt, daß sie ein bißchen zu schnell vorging, und das wurde von Mitsuko mit einem weiteren leisen Räuspersignal bestätigt.

»Ja«, sagte Hiromi Ogawa, »keine Ursache, und jetzt wird Tomo Oshima, die Historikerin unserer Ortsgruppe, uns mit einer detaillierten und akkuraten Schilderung der Geschichte unserer Ortsgruppe beehren – wie wir von den schlichten, aber ehrlichen Anfängen zur gegenwärtig aktivsten, meistgeschätzten Ortsgruppe in Japan wurden.«

Chia konnte es nicht glauben.

Das Mädchen neben Hiromi, rechts von Chia, verbeugte sich und begann mit ihrem Vortrag. Chia begriff sofort, daß sie nicht das kleinste Detail der Geschichte ihrer Ortsgruppe auslassen würde, selbst wenn es noch so ätzend langweilig war. Die beiden Zimmergenossinnen im Internat, die besten Freundinnen und treuesten Kameradinnen, die ein Exemplar des Dog-Soup-Albums in einem Mülleimer in Akihabara entdeckten. Wie sie damit ins Internat zurückkehrten, es abspielten und auf der Stelle bekehrt waren. Wie ihre Schulkameradinnen sie verspotteten, ihnen die wertvolle Aufnahme einmal sogar stahlen und sie versteckten ... Und so weiter und so weiter, und Chia hätte jetzt schon am liebsten laut losgeschrien, aber ihr blieb nichts übrig, als sitzenzubleiben. Sie rief eine Uhr auf und klebte sie dem spiegelnden Roboter ins Gesicht, wo die Augen hätten sein sollen. Niemand außer ihr konnte sie sehen, aber es ging ihr gleich ein bißchen besser.

Jetzt waren sie bei der ersten japanischen nationalen Lo/Rez-Konferenz. Auf den weißen Papierwänden blitzten Schnappschüsse auf, kleine Mädchen in Jeans und T-Shirts, die in einem Veranstaltungsraum eines Flughafenhotels von Osaka Coca-Cola tranken; im Hintergrund standen ein paar Leute herum, bei denen es sich offensichtlich um Eltern handelte.

Eine Dreiviertelstunde später, der roten Anzeige in Hiromi Ogawas leerem Metallgesicht zufolge, schloß Tomo Oshima: »Und damit sind wir in der Gegenwart und beim historischen Besuch von Chia McKenzie angelangt, der Repräsentantin unserer Schwester-Ortsgruppe in Seattle, im Staat Washington. Nun hoffe ich, daß sie uns mit der Geschichte ihrer eigenen Ortsgruppe beehren wird, wie sie gegründet wurde, die vielen Aktivitäten, die sie unternommen hat, um die Musik von Lo/Rez zu ehren ...«

Leiser Applaus brandete auf. Chia fiel nicht darin ein, weil sie nicht recht wußte, ob er ihr oder Tomo Oshima galt.

»Sorry«, sagte Chia. »Unsere Historikerin hat das alles für euch zusammengestellt, aber es ist kaputtgegangen, als sie meinen Computer am Flughafen durch den großen Scanner geschickt haben.«

»Wir bedauern sehr, das zu hören«, sagte der silberne Roboter. »Was für ein Pech.«

»Ja«, sagte Chia, »aber ich schätze, dadurch haben wir mehr Zeit, über das zu sprechen, weshalb ich gekommen bin, oder?«

»Wir hätten euch gern ...«

»Geholfen, bei dieser ganzen Sache mit Rez durchzublicken, ja? Wissen wir. Und wir sind froh darüber. Weil wir uns alle wirklich Sorgen machen wegen diesem Gerücht. Weil es so aussieht, als hätte es hier angefangen, und weil diese Rei Toei ein hiesiges Produkt ist. Also, wenn uns jemand sagen kann, was los ist, dann ihr.«

Der silberne Roboter sagte nichts. Er war ausdruckslos wie immer, aber Chia nahm sicherheitshalber doch die Uhr weg.

»Darum bin ich hier«, sagte Chia. »Um rauszufinden, ob es stimmt, daß er sie heiraten will.«

Sie spürte eine allgemeine Nervosität. Die sechs Mädchen blickten auf die gerenderte Tatami, um ihr nicht in die Augen schauen zu müssen. Sie wollte Mitsuko ansehen, aber das wäre zu offensichtlich gewesen.

»Wir sind eine *offizielle* Ortsgruppe«, sagte Hiromi. »Wir haben die Ehre, eng mit richtigen Angestellten der Band zusammenzuarbeiten. Ihre Presseagenten sind auch besorgt wegen des Gerüchts, von dem du sprichst, und sie haben uns gebeten, ihnen dabei zu helfen, daß es nicht weiter verbreitet wird.«

»Verbreitet? Es ist seit einer Woche im Netz!«

»Es ist nur ein Gerücht.«

»Dann sollten sie ein Dementi rausgeben.«

»Ein Dementi würde dem Gerücht noch mehr Gewicht verleihen.«

»In dem Posting hieß es, Rez hätte bekanntgegeben, er sei in Rei Toei verliebt und wolle sie heiraten. Da war ein langes Zitat.« Chia beschlich das deutliche Gefühl, daß hier etwas nicht stimmte. Dafür hatte sie diese weite reale Strecke nicht zurückgelegt; da hätte sie ebensogut in ihrem Zimmer in Seattle sitzen können.

»Wir glauben, daß dieses ursprüngliche Netz-Info eine Ente war. Es wäre nicht die erste.«

»Ihr glaubt? Heißt das nicht, daß ihr es nicht wißt?«

»Unsere Quellen innerhalb der Organisation versichern uns, daß es keinen Grund zur Sorge gibt.«

»PR«, sagte Chia.

»Willst du damit andeuten, daß Angestellte von Lo/Rez uns belügen?«

»Hör mal«, sagte Chia, »ich steh genauso auf die Band wie alle hier. Ich hab mir diesen weiten Weg gemacht, oder? Aber die Leute, die für sie arbeiten, sind einfach nur Leute, die für sie arbeiten. Wenn Rez eines Abends in einem Club auf die Bühne geht, das Mikro nimmt, verkündet, daß er sich in diese Idoru verliebt hat, und schwört, daß er sie heiraten wird, dann werden die PR-Leute alles sagen, was sie glauben sagen zu müssen.«

»Aber du hast keinen Beweis dafür, daß es wirklich so war. Nur ein anonymes Posting, das die Transkription einer Aufzeichnung aus einem Club in Shinjuku sein soll.«

»›Monkey Boxing‹. Wir haben nachgesehen; den gibt es.«

»Wirklich? Vielleicht solltest du hingehen.«

»Warum?«

»Es gibt keinen Club namens Monkey Boxing mehr.«

»Nein?«

»Clubs in Shinjuku sind extrem kurzlebig. Es gibt kein Monkey Boxing.« Hiromis ganze eitle Befriedigung kam in der Übersetzung des Sandbenders rüber.

Chia starrte in das glatte Silbergesicht. Das Miststück mauerte. Was sollte sie tun? Was würde Zona Rosa an ihrer Stelle tun? Irgendwas mit symbolischer Gewalt, dachte Chia. Aber das war nicht ihr Stil.

»Vielen Dank«, sagte Chia. »Wir wollten uns nur vergewissern, daß es nicht wahr ist. Tut mir leid, daß ich dich so bedrängt habe, aber wir mußten sicher sein. Wenn du sagst, daß es nicht stimmt, dann akzeptieren wir das. Uns allen liegt viel an Rez und am Rest der Band, und wir wissen, euch auch.« Chia fügte noch eine Verbeugung hinzu, die Hiromi zu überrumpeln schien.

Jetzt war es der Roboter, der zögerte. Hiromi hatte nicht erwartet, daß Chia einfach so umschwenken würde. »Unseren Freunden in der Lo/Rez-Organisation ist sehr daran gelegen, daß sich dieser sinnlose Streich nicht auf die Einstellung des Publikums zu Rez auswirkt. Du weißt ja, daß es immer schon eine Tendenz gegeben hat, ihn als das kreativste, aber auch labilste Mitglied der Band darzustellen.«

Zumindest letzteres stimmte, obwohl Rez' Form der Labilität – verglichen mit den meisten seiner Vorgänger in der Popkultur – ziemlich dezent war. Er war noch nie verhaftet worden, hatte noch keine Nacht im Gefängnis verbracht. Dennoch war er derjenige, der am ehesten in Schwierigkeiten geraten würde. Das hatte schon immer einen Teil seines Charmes ausgemacht.

»Natürlich«, spielte Chia mit und genoß die Unsicherheit, die sie zweifellos bei Hiromi auslöste. »Und Lo versuchen sie als eine Art langweiligen Techniker hinzustellen, den Praktiker, aber wir wissen ja, daß das auch nicht stimmt.« Sie hängte noch ein Lächeln dran.

»Ja«, sagte Hiromi, »selbstverständlich. Aber bist du denn nun zufrieden? Wirst du deiner Ortsgruppe berichten, daß dies alles nur das Ergebnis eines Streichs war und daß mit Rez alles in Ordnung ist?«

»Wenn du es sagst«, antwortete Chia, »vollkommen. Und wenn die Sache damit erledigt ist, dann habe ich in Japan noch drei Tage totzuschlagen.«

»Totzuschlagen?«

»Eine Redewendung«, sagte Chia. »Freie Zeit. Mitsuko meint, ich sollte mir Kioto ansehen.«

»Kioto ist sehr schön ...«

»Bin schon unterwegs«, sagte Chia. »Vielen Dank, daß ihr diesen Site für unser Treffen angelegt habt. Er ist wirklich toll, und wenn ihr ihn abspeichert, würde ich ihn später gern noch mal mit den Mitgliedern meiner Ortsgruppe besuchen. Vielleicht könnten wir uns alle hier treffen, wenn ich wieder in Seattle bin, und unsere Ortsgruppen miteinander bekanntmachen.«

»Ja ...« Hiromi wußte überhaupt nicht, was sie von Chias Benehmen halten sollte.

Zerbrich dir ruhig ordentlich den Kopf, dachte Chia.

»Du hast es gewußt«, sagte Chia. »Du hast gewußt, daß sie das tun würde.«

Mitsuko wurde knallrot. Sie schaute auf den Boden, ihren Geleebeutel-Computer auf dem Schoß. »Es tut mir leid. Es war ihre Entscheidung.«

»Sie haben sich an sie rangemacht, stimmt's? Sie haben ihr gesagt, sie soll mich abwimmeln und alles vertuschen.«

»Sie hat privaten Kontakt mit den Lo/Rez-Leuten. Das ist eins der Privilegien ihrer Position.«

Chia hatte noch ihre Fingersets an. »Ich muß jetzt mit meiner Ortsgruppe sprechen. Kannst du mich fünf Minuten alleinlassen?« Mitsuko tat ihr leid, aber sie war noch immer wütend. »Ich bin nicht sauer auf *dich,* okay?«

»Ich mache Tee«, sagte Mitsuko.

Als Mitsuko die Tür hinter sich geschlossen hatte, überzeugte sich Chia, daß der Sandbenders noch am Port angeschlossen war, setzte die Brille wieder auf und wählte den Haupt-Site der Ortsgruppe Seattle an.

Sie kam gar nicht erst dort an. Zona Rosa wartete schon auf sie und fing sie ab.

15 Akihabara

Tiefhängende graue Wolken lasteten auf der senkrecht aufragenden, grauen Stadt. Ein Blick auf Neubauten durch die getönten, mit Spitzenvorhängen verhängten Fenster der Mini-Limousine.

Sie kamen an einer Apple-Shires-Anzeige vorbei. Eine Kopfsteinpflasterstraße führte in ein holografisches Kinderland, in dem lächelnde Saftflaschen tanzten und sangen. Laneys Jetlag war wieder da, in einer gemilderten, aber zugleich barockeren Gestalt. Eine Mischung aus durchdringendem Schuldbewußtsein und einem Gefühl physischer Distanz von seinem eigenen Körper, als wären die sensorischen Signale nach einer zu langen Reise durch ein anderes Land, das er selbst nie hatte betreten dürfen, schon bei ihrer Ankunft veraltet.

»Ich dachte, wir hätten das alles hinter uns, als wir diese sibirischen Neuropathen losgeworden waren«, sagte Blackwell. Er war vollständig in Schwarz gekleidet, was seine massige Gestalt ein wenig kleiner wirken ließ. Er trug ein weiches, kittelartiges Gewand mit mehreren Taschen am weiten Saum, das aus pechschwarzer Baumwolle genäht war. Laney fand, daß es entfernt japanisch aussah, auf eine mittelalterliche Art. Wie es ein Zimmermann tragen mochte. »Total durchgeknallte Typen. Haben sie während der Tour durch die Kombinat-Staaten aufgelesen.«

»Neuropathen?«

»Die haben Rez total die Birne zugemüllt. Er ist anfällig für Einflüsse, wenn er auf Tour ist. Kombination aus Streß und Langeweile. Die Städte sehen mit der Zeit alle gleich aus. Ein Hotelzimmer nach dem andern. Es ist ein Syndrom, das ist es.«

»Wo fahren wir hin?«

»Akihabara.«

»Wohin?«

»Wohin wir fahren.« Blackwell zog ein riesiges Chronometer mit kompliziertem Ziffernblatt und stählernem Armband zu Rate, das aussah, als sollte es nebenbei noch als Schlagring fungieren. »Hat einen Monat gedauert, bis sie mich machen ließen und ich tun konnte, was nötig war. Dann haben wir ihn in eine Klinik in Paris geschafft, und da haben sie uns erzählt, das Zeug dieser Mistkerle hätte sein endokrines System durch den Fleischwolf gedreht. Schließlich haben sie ihn wieder hingekriegt, aber es hätte alles gar nicht erst soweit kommen müssen.«

»Aber Sie sind sie losgeworden?« Laney hatte keine Ahnung, wovon Blackwell sprach, aber es schien ihm am besten zu sein, die Illusion eines Gesprächs aufrechtzuerhalten.

»Hab ihnen erklärt, ich hätte nicht übel Lust, sie mit dem Kopf voran in einen kleinen Honda-Häcksler zu stecken, den ich für den Fall gekauft hatte, daß ich ihn zufällig mal brauchen würde«, sagte Blackwell. »War nicht nötig. Hab ihnen das Ding aber gezeigt. Am Ende sind sie bloß dezent runderneuert weggeschickt worden.«

Laney schaute auf den Hinterkopf des Fahrers. Es störte ihn, daß der Wagen rechtsgesteuert war. Er hatte das Gefühl, als ob niemand auf dem Fahrersitz säße. »Wie lange, sagten Sie, arbeiten Sie schon für die Band?«

»Fünf Jahre.«

Laney dachte an den Film, an Blackwells Stimme in dem abgedunkelten Club. Vor zwei Jahren. »Wo fahren wir hin?«

»Sind gleich da.«

Sie kamen in ein Gebiet mit schmaleren Straßen und gesichtslosen, etwas schäbigen Häusern, die von unbeleuchteter, deaktivierter Reklame bedeckt waren. Riesige Darstellungen von Medienplattformen, die Laney nicht kannte. Einige der Häuser wiesen Schäden auf, die vermutlich vom Erdbeben stammten. Kopfgroße Klumpen einer bräunlichen, gläsernen Substanz quollen aus Rissen, die sich diagonal über eine Fassade zogen, als hätte ein ungeschickter Riese ein billiges Spielzeug mehr schlecht als recht repariert. Die Limousine fuhr links ran.

»›Electric Town‹«, sagte Blackwell. »Ich laß Sie dann rufen«, wandte er sich an den Fahrer, der auf eine Weise nickte, die auf Laney nicht sonderlich Japanisch wirkte. Blackwell machte die Tür auf und stieg mit der gleichen unglaublichen Anmut aus, die Laney zuvor schon aufgefallen war. Der Wagen kam merklich hoch, als er von der Last befreit wurde. Laney rutschte über den grauen Veloursitz. Er war müde und kam sich hölzern vor.

»Irgendwie hatte ich was Besseres erwartet«, sagte er zu Blackwell. Es war die Wahrheit.

»Hören Sie auf, irgendwas zu erwarten«, gab Blackwell zurück.

Die Tür in der Fassade mit den Rissen und den braunen, saftartigen Knubbeln öffnete sich zu einem weißen und pastellfarbenen Meer von Küchengeräten. Die Decke war niedrig und von provisorisch wirkenden Röhren und Leitungen überzogen. Laney folgte Blackwell durch einen Mittelgang. In weiteren Gängen zu beiden Seiten standen ein paar Gestalten herum, aber er konnte nicht erkennen, ob es sich um Verkäufer oder potentielle Kunden handelte.

Am Ende des Mittelgangs knarzte eine altmodische Rolltreppe vor sich hin. Die geraden, abgenutzten Stahlzähne an den Kanten der nach oben fahrenden

Stufen waren scharfkantig und glänzten. Blackwell ging weiter. Schwebte vor Laney aufwärts, wobei sich seine Füße kaum zu bewegen schienen. Laney stieg unmittelbar hinter ihm hoch.

Sie kamen in den ersten Stock hinauf, wo das ausgestellte Angebot weniger einheitlich war: Wandschirme, Heißwasserbereiter, automatische Ruhesessel mit Massagemodulen, die sich wie die Köpfe gigantischer mechanischer Larven durch die Polster drückten.

Einen Gang entlang, der zwischen Wänden aus Wellplastikkartons hindurchführte – Blackwell hatte seine zernarbten Hände tief in den Taschen seines Ninja-Kittels vergraben –, und hinein in ein Labyrinth aus hellblauen Plastikplanen, die über ihnen an Rohren aufgehängt waren. Unbekannte Werkzeuge. Die zerbeulte Thermoskanne eines Arbeiters auf einem roten Werkzeugkasten, der zwei Sägeböcke aus Aluminium überspannte. Blackwell hielt eine letzte Plane auf. Laney trat gebückt ein.

»Wir haben's die ganze letzte Stunde offengehalten, Blackwell«, sagte jemand. »War gar nicht so einfach.«

Blackwell ließ die Plane hinter sich zufallen. »Mußte ihn im Hotel abholen.«

Der Raum, auf drei Seiten mit blauen Planen abgehängt, war doppelt so groß wie Laneys Hotelzimmer, aber erheblich voller. Eine Menge Hardware war dort zusammengetragen: Eine Kollektion schwarzer Konsolen, die in einem weißen Sumpf aus Styroporformstücken, zerrissenem Wellplastik und zerknüllten Luftpolsterfolien miteinander verkabelt waren. Zwei Männer und eine Frau warteten auf sie. Es war die Frau gewesen, die gesprochen hatte. Als Laney durch die knöcheltiefen Verpackungsmaterialien watete, knirschte und knackte das glitschige Zeug unter seinen Schuhsohlen.

Blackwell trat danach. »Ihr hättet mal aufräumen können.«

»Wir sind keine Bühnenbildner«, sagte die Frau. Für Laney klang es, als käme sie aus Nordkalifornien. Sie hatte kurze braune Haare, die zu einer Ponyfrisur geschnitten waren, und etwas an ihr erinnerte ihn an die Quants, die bei Slitscan arbeiteten. Wie die anderen beiden, ein Japaner und ein Rothaariger, trug sie Jeans und die typische Bomberjacke aus Nylon.

»Verdammt harter Job, so auf die Schnelle«, sagte der Rotschopf.

»Auf die ganz Schnelle«, verbesserte der andere, und der kam eindeutig aus Kalifornien. Seine Haare waren straff nach hinten gekämmt und hoch oben zu einem Samuraischwänzchen zusammengebunden.

»Dafür werdet ihr ja bezahlt«, sagte Blackwell.

»Wir werden dafür bezahlt, auf Tour zu gehen«, sagte der Rotschopf.

»Wenn ihr wieder auf Tour gehen wollt, dann hofft bloß, daß die Dinger hier funktionieren.« Blackwell schaute auf die verkabelten Konsolen.

Laney sah, daß an der hinteren Wand ein leuchtend pinkfarbener Klapptisch aus Plastik mit einem grauen Computer und einem Datenhelm darauf stand. Fremdartige Kabel führten zur nächsten Konsole: flache Bänder mit bunten Streifen auf weißem Grund. Die Wand dahinter war mit alter Reklame tapeziert; direkt hinter dem pinkfarbenen Tisch war das metergroße Auge einer Frau, dessen Laserdruck-Pupille die Größe von Laneys Kopf hatte.

Laney ging durchs Styropor zu dem Tisch hinüber, ohne die Füße zu heben, eine Bewegung, die gewisse Ähnlichkeit mit Skilanglauf hatte.

»Dann wollen wir mal«, sagte er. »Zeigt mal, was ihr habt.«

16 Zona

Zona Rosa besaß einen geheimen Ort, ein Land, das sie aus dem ehemaligen Website eines Unternehmens aufgebaut hatte. Es war ein von abgewrackten Swimmingpools gesäumtes, von Kakteen und roten Weihnachtssternen überwachsenes Tal. Eidechsen posierten wie Hieroglyphen auf Fliesenscherbenmosaiken.

In diesem Tal gab es keine Häuser, aber Mauerreste oder schräg an verwitterte Holzpfosten gelehnte rostige, rechteckige Wellblechplatten, die Schatten spendeten. Manchmal auch die Asche eines Lagerfeuers.

Sie sorgte dafür, daß dort immer früher Abend war.

»Zona?«

»Jemand versucht, dich zu finden.« Zona in ihrer abgerissenen Lederjacke über einem weißen T-Shirt. An diesem Ort präsentierte sie sich als schnelle Collage, deren Bestandteile aus Filmen, Illustrierten und mexikanischen Zeitungen stammten: dunkle Augen, aztekische Wangenknochen, überall Aknenarben, ein Gewirr schwarzer Haare, wie Rauch. Sie hielt die Auflösung niedrig und achtete darauf, daß sie immer ein bißchen unscharf blieb.

»Meine Mutter?«

»Nein. Jemand, der Geld hat. Und der weiß, daß du in Tokio bist.« Die schmalen Spitzen ihrer schwarzen Stiefel waren hell vom Staub des Tals. Kupferne Reißverschlüsse an den Außennähten ihrer ausgebleichten schwarzen Jeans liefen von der Taille bis zu den Knöcheln. »Warum bist du so angezogen?«

Chia fiel ein, daß sie sich immer noch in dem Silke-Marie-Kolb-Outfit präsentierte. »Wir hatten ein Treffen. Sehr formell. Total nervig. Das hier hab ich mir mit Kelseys Cashcard besorgt.«

»Wo hast du am Port gehangen, als du dafür bezahlt hast?«

»Da, wo ich jetzt auch dranhänge. Bei Mitsuko zu Hause.«

Zona runzelte die Stirn. »Hast du noch mehr Einkäufe gemacht?«

»Nein, keine.«

»Gar nichts?«

»Eine U-Bahnkarte.«

Zona schnippte mit den Fingern, und eine Eidechse kam unter einem Felsen hervorgehuscht. Sie lief ihr das Bein hinauf und in die wartende Hand. Als Zona sie mit den Fingern der anderen Hand streichelte, änderten sich die Muster ihrer Färbung. Zona tippte ihr auf den Kopf, und die Eidechse lief ihr das Bein hinunter und verschwand hinter einer zerbeulten, rostigen Dachplatte. »Kelsey hat Angst. So viel Angst, daß sie zu mir gekommen ist.«

»Angst wovor?«

»Jemand hat wegen deinem Flugticket Kontakt mit ihr aufgenommen. Sie haben an ihren Vater ranzukommen versucht, weil es mit seinen Punkten bezahlt worden ist. Aber der ist unterwegs. Statt dessen haben sie mit Kelsey gesprochen. Ich glaube, sie haben ihr gedroht.«

»Womit?«

»Weiß ich nicht. Aber sie hat ihnen deinen Namen und die Nummer der Cashcard gegeben.«

Chia dachte an Maryalice und Eddie.

Zona Rosa zog ein Messer aus ihrer Jackentasche und hockte sich auf einen rötlichen Felsvorsprung. Goldene Drachen wirbelten dicht unter der Oberfläche des pinkfarbenen Messergriffs aus Plastik. Sie drückte auf einen verzinkten Knopf, und die Klinge mit den Drachenradierungen schnappte heraus. Die Spitze war mit Sägezähnen versehen und sah gnadenlos aus. »Sie hat keinen Mumm, deine Kelsey.«

»Sie ist nicht *meine* Kelsey, Zona.«

Zona hob ein Aststück mit grüner Rinde auf und begann, mit der Klinge des Schnappmessers dünne Kringel abzuschälen. »In meiner Welt würde sie es keine Stunde machen.« Bei einem früheren Besuch hatte sie Kelsey Geschichten vom Krieg mit den Rats erzählt, von offenen Schlachten, die auf den abfallübersäten Spielplätzen und in den einstürzenden Tiefgaragen riesiger Wohnsiedlungen ausgetragen wurden. Wie hatte dieser Krieg begonnen? Weswegen? Zona hatte es nie gesagt.

»Ich auch nicht.«

»Also, wer sucht dich?«

»Meine Mutter würde es tun, wenn sie wüßte, daß ich hier bin …«

»Das war nicht deine Mutter, die Kelsey solche Angst eingejagt hat.«

»Wenn jemand meine Platznummer auf dem Herflug kennen würde, könnte er die Nummer des Tickets rauskriegen und sie zurückverfolgen, stimmt's?«

»Wenn er gewisse Mittel hätte, ja. Es wäre illegal.«

»Von da aus käme er dann zu Kelsey …«

»Und dann zu den Vielfliegerdateien der Air Magellan, und das würde bedeuten, daß er eine Menge Mittel hat.«

»Da war eine Frau im Flugzeug … Sie hatte den Platz neben mir. Dann mußte ich ihren Koffer tragen, und sie und ihr Freund haben mich nach Tokio mitgenommen …«

»Du hast ihren Koffer getragen?«

»Ja.«

»Erzähl mir das. Von Anfang bis Ende. Wann hast du die Frau zum ersten Mal gesehen?«

»Auf dem Flughafen. SeaTac. Sie haben noninvasive DNA-Proben genommen, und da hab ich gesehen, wie sie so was Komisches gemacht hat …« Chia begann, die Geschichte von Maryalice und allem anderen zu erzählen, während Zona Rosa dasaß und mit gerunzelter Stirn ihren Stock schälte und anspitzte.

»Hol mich der Henker«, sagte Zona Rosa, als Chia mit ihrer Geschichte fertig war. Die Übersetzung gab ihren Ton so wieder, daß es sowohl erstaunt als auch angewidert klang; Chia konnte es nicht erkennen.

»*Was?*« Chia war völlig verwirrt.

Zona sah sie an dem geschälten Stock entlang an. »Eine Redewendung. *Idioma.* Hat nichts mit Henkern zu tun.« Sie ließ den Stock sinken und machte etwas mit ihrem Messer, so daß die Klinge mit einem dreifachen Klicken einklappte. Die Eidechse, die sie zuvor angepaßt hatte, kam über ein schmales Felssims angehuscht; sie drückte sich so flach daran, daß sie beinahe zweidimensional wirkte. Zona nahm sie auf und streichelte sie, so daß sie eine neue Farbkonfiguration annahm.

»Was machst du da?«

»Stärkere Verschlüsselung«, sagte Zona und setzte sich die Eidechse ans Revers ihrer Jacke, wo sie wie eine Brosche hing. Ihre Augen waren kleine Kugeln aus Onyx. »Jemand sucht dich. Wahrscheinlich haben sie dich schon gefunden. Wir müssen sicherstellen, daß unser Gespräch geschützt ist.«

»Kriegst du das mit der hin?« Der Kopf der Eidechse bewegte sich.

»Vielleicht. Sie ist neu. Aber die sind besser.« Sie zeigte mit dem Stock nach oben. Chia blinzelte in den Abendhimmel: dunkle Wolken mit tiefroten Sonnenuntergangsstreifen. Ganz hoch oben glaubte sie Flügel dahingleiten zu sehen. Zwei fliegende Gebilde. Groß. Keine Flugzeuge. Aber dann waren sie weg. »Illegal in deinem Land. Kolumbianisch. Aus den Datenhäfen.« Zona stellte ihren Stock mit dem spitzen Ende auf den Boden und begann, ihn zwischen den Handflächen erst in die eine, dann in die andere Richtung zu drehen. In einem uralten Comic hatte Chia mal gesehen, wie ein Kaninchen auf diese Weise Feuer gemacht hatte. »Du bist bescheuert.«

»Warum?«

»Du hast einen Koffer durch den Zoll gebracht? Den Koffer einer Fremden?«

»Ja …«

»Bescheuert!«

»Bin ich nicht.«

»Sie ist eine Schmugglerin. Du bist hoffnungslos naiv.«

Aber du warst damit einverstanden, mich herzuschicken, dachte Chia, und hätte auf einmal am liebsten losgeheult. »Aber warum suchen die mich?«

Zona zuckte die Achseln. »Im Distrikt würde ein vorsichtiger Schmuggler keinen Packesel frei herumlaufen lassen …«

Etwas Silbriges und Kaltes vollführte irgendwo hinter und unter Chias Nabel einen engen kleinen Salto, und damit kam die unwillkommene Erinnerung an den Waschraum im Whiskey Clone und an die Ecke von etwas, was sie nicht erkannt hatte. In ihrer Tasche. Zwischen ihren T-Shirts. Als sie sich mit einem die Hände abgetrocknet hatte.

»Was ist?«

»Ich mach jetzt lieber Schluß. Mitsuko ist Tee machen gegangen …« Sie redete zu schnell, verschluckte die Wörter halb.

»Schluß? Bist du verrückt? Wir müssen …«

»Tut mir leid. Tschüß.« Sie nahm die Brille ab und fummelte an den Handgelenkriemen herum.

Ihre Tasche stand noch dort, wo sie sie hingestellt hatte.

17 Die Ruhmesmauern

»Wir hatten nicht die Zeit, das ordentlich zu machen«, sagte die Frau, als sie Laney den Datenhelm reichte. Er saß auf einer zum Tisch passenden pinkfarbenen Kinderbank aus Plastik. »Falls man's überhaupt ordentlich machen kann.«

»Es gibt Bereiche, an die wir nicht rangekommen sind«, sagte der japanische Amerikaner mit dem Pferdeschwanz. »Blackwell hat gesagt, Sie hätten Erfahrung mit Prominenten.«

»Mit Schauspielern«, sagte Laney. »Und mit Musikern, Politikern ...«

»Wahrscheinlich werden Sie feststellen, daß das hier was anderes ist. Größer. Um etliche Größenordnungen.«

»An was kommt ihr nicht ran?« fragte Laney, während er den Helm aufsetzte.

»Das wissen wir nicht«, hörte er die Frau sagen. »Sie werden schon ein Gespür für die Dimensionen der Sache kriegen, wenn Sie reingehen. Die Leerstellen könnten Buchhaltung, Steuerrechtskram oder auch Verträge sein ... Wir sind bloß vom technischen Team. Er hat andere Leute, die jemand bezahlt, damit sie dafür sorgen, daß manches davon möglichst geheim bleibt.«

»Und warum holen wir *die* dann nicht dazu?« fragte Laney.

Er spürte Blackwells Hand, die sich wie ein Sandsack auf seine Schulter legte. »Darüber sprechen wir beide später. Jetzt gehen Sie rein und schauen sich um. Wofür wir Sie bezahlen, ja?«

In der Woche nach Alison Shires' Tod hatte Laney sich über das DatAmerica-Konto von *Außer Kontrolle* noch einmal Zugang zum Site ihrer persönlichen Daten verschafft. Der Knotenpunkt war verschwunden, und es hatte eine gewisse, kaum merkliche Reduktion stattgefunden. Weniger eine Schrumpfung als vielmehr eine Entrümpelung, ein Sichschließen.

Der größte Unterschied war jedoch, daß sie schlicht keine Daten mehr generierte. Es gab keine Kreditaktivität. Selbst ihr Upful-Groupvine-Konto war gelöscht. Als ihr Besitz aufgelöst und diverse geschäftliche Angelegenheiten abgeschlossen wurden, bekamen ihre Daten etwas Ordentliches und Gradliniges. Laney dachte an die Toten, die fest in ihr Totengewand gepackt waren, an Särge und Hügelgräber, an die langen, geraden Friedhofswege in den Zeiten, als man den Toten noch ihr eigenes Stück Land gewährt hatte.

Der Knotenpunkt hatte sich dort gebildet, wo sie gelebt hatte, während sie gelebt hatte, an der unordentlichen, permanent wuchernden Schnittstelle mit der normalen und dennoch unendlich vielfältigen Welt. Jetzt gab es keine Schnittstelle mehr.

Er hatte nur kurz und sehr vorsichtig nachgesehen, ob ihr Schauspieler vielleicht seine eigenen Entrümpelungen vornahm. Er hatte nichts Offensichtliches gefunden, nahm jedoch an, daß *Außer Kontrolle* das viel genauer beobachten würde.

Ihre Daten waren sehr still. Nur eine schwache, methodische Bewegung in ihrem Kern: etwas, was mit dem noch andauernden juristischen Vorgang der Auflösung ihres Besitzes zu tun hatte.

Ein Verzeichnis aller Möbel im Schlafzimmer eines Gästehauses in Irland. Ein Unterverzeichnis der Dinge, die in der Walnußkommode aus dem siebzehnten Jahrhundert neben dem Bett zu finden waren: Zahnbürste, Zahnpasta, Schmerztabletten, Tampons, Rasierapparat,

Rasiergel. Jemand überprüfte diese Dinge in regelmäßigen Abständen und füllte das Fehlende auf. (Der letzte Gast hatte das Gel benutzt, den Rasierapparat aber nicht.) Im ersten Verzeichnis war ein starkes österreichisches Fernglas mit Stativ aufgeführt, das auch als digitale Kamera diente.

Laney griff auf deren Speicher zu und stellte fest, daß die Aufnahmefunktion genau ein einziges Mal benutzt worden war, und zwar am Tag, als die Herstellergarantie in Kraft getreten war. Die Garantie war vor zwei Monaten abgelaufen, und bei dem einzigen aufgenommenen Bild handelte es sich um einen Blick zwischen weißen Vorhängen hindurch auf einen Balkon mit der Irischen See davor, wie Laney vermutete. Er sah eine verirrte Palme, ein Stück Maschendrahtzaun, einen Bahndamm mit zwei mattglänzenden Schienen, eine weite Fläche gräulich-braunen Strands und dann das grausilberne Meer.

Näher am Meer, zum Teil vom Bildrand abgeschnitten, schien eine niedrige, ausladende, steinerne Festung zu sein, die wie ein gestutzter Turm aussah. Ihre Steine hatten die gleiche Farbe wie der Strand.

Laney versuchte, das Schlafzimmer und das Gästehaus zu verlassen, und sah sich von archäologisch präzisen Aufzeichnungen über die Restaurierung von fünf riesigen Kachelöfen in einer Wohnung in Stockholm umgeben. Es waren Ziegeltürme mit kunstvoll glasierten, aufwendig geformten Kacheln, die gigantischen Schachfiguren ähnelten. Sie ragten bis zu den über vier Meter hohen Decken auf, und in jedem hätten mit Leichtigkeit mehrere aufrecht stehende Menschen Platz gefunden. Da war eine Aufzeichnung über die Numerierung jedes Steins in jedem Ofen sowie über die Zerlegung, Reinigung, Restaurierung und den Wiederaufbau der Öfen.

Es gab keine Möglichkeit, die restliche Wohnung zu betreten, aber aufgrund der Proportionen der Öfen nahm Laney an, daß sie sehr groß war. Er klickte ans Ende der Ofenauflistung und warf einen Blick auf die Endsumme der Arbeitskosten; beim gegenwärtigen Kurs waren es ein paar seiner früheren Jahresgehälter bei Slitscan und mehr.

Er klickte durch in den Hintergrund rückende Bildpunkte zurück und suchte nach einem größeren Überblick, einer gefühlsmäßig erfaßbaren Form, aber da waren nur Mauern, unförmige Massen penibel arrangierter Informationen, und er erinnerte sich wieder an Alison Shires und seine Vorahnung von ihrem Datentod.

»Das Licht ist an«, sagte Laney, als er den Datenhelm abnahm, »aber es ist niemand zu Hause.« Er warf einen Blick auf die Computeruhr: Er war etwas über zwanzig Minuten drin gewesen.

Blackwell musterte ihn verdrießlich. Er saß wie ein schwarzgekleideter Buddha auf einer Spritzgußkiste, die narbigen Augenbrauen zu neuen Konfigurationen der Besorgnis gerunzelt. Die drei Techniker hatten die Hände in den Taschen ihrer weitgehend identischen Jacken und schauten betont ausdruckslos drein.

»Und wie kommt das?« fragte Blackwell.

»Weiß nicht genau«, sagte Laney. »Er scheint nichts zu tun.«

»Zum Teufel, er macht nichts anderes, als irgendwas zu tun«, erklärte Blackwell. »Das wüßten Sie, wenn Sie für seine verdammte Sicherheit zuständig wären!«

»Na gut«, sagte Laney, »wo hat er dann gefrühstückt?«

Blackwell machte ein unbehagliches Gesicht. »In seiner Suite.«

»In seiner Suite wo?«

»Imperial Hotel.« Blackwell funkelte die Techniker böse an.

»Und in welchem Imperium genau?«

»Hier. In Tokio, verdammt.«
»Hier? Er ist in Tokio?«
»Ihr drei«, sagte Blackwell, »raus.« Die braunhaarige Frau zuckte in ihrer Nylonjacke die Achseln und watete mit gesenktem Kopf durchs Styropor. Die anderen beiden folgten in ihrer Bahn. Als die Plane hinter ihnen zufiel, erhob sich Blackwell von seiner Kiste. »Glauben Sie bloß nicht, Sie können mich aushorchen …«
»Ich sage Ihnen, ich glaube nicht, daß es funktionieren wird. Ihr Mann ist da nicht drin.«
»Zum Teufel, das ist sein Leben.«
»Wie hat er sein Frühstück bezahlt?«
»Sie setzen es auf die Rechnung für die Suite.«
»Läuft die Suite auf seinen Namen?«
»Natürlich nicht.«
»Angenommen, er braucht tagsüber irgendwas?«
»Dann kauft es ihm eben jemand.«
»Und bezahlt womit?«
»Mit 'ner Karte.«
»Aber nicht auf seinen Namen.«
»Richtig.«
»Wenn sich also jemand die Daten der Transaktion ansähe, könnte man sie nicht direkt mit ihm in Verbindung bringen, stimmt's?«
»Nein.«
»Weil Sie Ihren Job machen, richtig?«
»Ja.«
»Dann ist er unsichtbar. Für mich. Ich kann ihn nicht sehen. Er ist nicht da. Ich kann das, wofür Sie mich bezahlen wollen, nicht tun. Es ist unmöglich.«
»Aber was ist mit allem übrigen?«
Laney legte den Datenhelm auf die Tastatur. »Das ist keine Person. Das ist ein Unternehmen.«
»Aber Sie haben doch alles! Seine verfluchten Häuser! Seine Wohnungen! Wo die Gärtner die verdammten Pflanzen in die Steinmauer setzen! Alles!«
»Aber ich weiß nicht, wer er ist. Ich kann ihn in dem

ganzen Kram nicht erkennen. Er hinterläßt nicht die Spuren, die die Muster erzeugen, die ich brauche.«

Blackwell saugte die Oberlippe ein und behielt sie im Mund. Laney hörte, wie die verschobene Prothese gegen seine Zähne klickte.

»Ich muß mir einen Eindruck verschaffen, wer er wirklich ist«, sagte Laney.

Die Lippe kam wieder heraus, feucht und glänzend. »Herrgott«, sagte Blackwell, »das ist 'ne harte Nuß.«

»Ich muß ihn kennenlernen.«

Blackwell wischte sich den Mund mit dem Handrücken ab.

»Seine Musik, vielleicht?« Er hob hoffnungsvoll die Brauen. »Es gibt auch Filme …«

»Die kenn ich schon, danke. Es könnte wirklich hilfreich sein, wenn ich ihn treffen könnte.«

Blackwell berührte seinen Ohrstummel. »Wenn Sie ihn treffen, glauben Sie, daß Sie dann seine Knoten, diese Dingsda, diese Sache machen können, von der Yama dauernd redet?«

»Keine Ahnung«, sagte Laney. »Ich kann's versuchen.«

»So ein verdammter Mist«, sagte Blackwell. Er pflügte durchs Styropor, fegte die Plane mit dem Arm beiseite, brüllte nach den wartenden Technikern und drehte sich dann wieder zu Laney um. »Manchmal wär ich lieber wieder mit meinen Kumpels in Jika Jika. Und würde da für Ordnung sorgen, so daß es dann ein für allemal dabei bleibt.« Die Frau mit den braunen Ponyfransen steckte den Kopf neben dem Rand der Plane herein. »Packt das Zeug hier in den Van«, befahl ihr Blackwell. »Sorgt dafür, daß wir jederzeit rankönnen, wenn wir's brauchen.«

»Wir haben keinen Van, Keithy«, erwiderte die Frau.

»Dann kauft einen«, sagte Blackwell.

18 Der Otaku

Etwas Rechteckiges, das bei der ersten Berührung nachgab, aber innen drin hart war, als sie es rauszog. Eingepackt in eine blaugelbe Plastiktüte aus dem Duty-free von SeaTac, die kreuz und quer mit faltigen, glänzend braunen Klebebandstreifen verschlossen war. Schwer. Kompakt.

»Hallo.«

Chia, die vor ihrer offenen Tasche hockte, wäre bei der Stimme und dem Anblick dieses Jungen, den sie im ersten Moment für ein älteres Mädchen mit seitlich gescheitelten, über die Schultern fallenden Haaren gehalten hatte, beinahe hintenübergefallen.

»Ich bin Masahiko.« Kein Translator. Er trug einen dunklen, übergroßen, irgendwie militärisch wirkenden Kittel, der bis obenhin zugeknöpft war und dessen hoher, gestreifter Kragen ihm lose um den Hals hing. Eine alte, graue Trainingshose mit ausgebeulten Knien. Schmuddelige weiße Papierpantoffeln.

»Mitsuko hat Tee gemacht.« Er zeigte zu dem Tablett, der Steingutkanne und zwei Tassen. »Aber du warst am Port.«

»Ist sie da?« Chia stopfte das Ding in ihre Tasche.

»Sie ist weggegangen«, sagte Masahiko. »Darf ich mir deinen Computer ansehen?«

»Computer?« Chia stand verwirrt auf.

»Das ist ein Sandbenders, ja?«

Sie schenkte sich etwas von dem immer noch dampfenden Tee ein. »Klar. Willst du Tee?«

»Nein«, sagte Masahiko. »Ich trinke nur Kaffee.« Er hockte sich neben dem niedrigen Tisch auf die Tatami und fuhr mit einer Fingerspitze bewundernd über das gegossene Aluminiumgehäuse des Sandbenders. »Schön. Ich habe einen kleinen Disk-Player vom selben Hersteller gesehen. Es ist ein Kult, ja?«

»Eine Kommune. Indianer. In Oregon.«

Die schwarzen Haare des Jungen waren lang, glänzend und glattgekämmt, aber Chia sah, daß eine Ramen-Nudel drinhing, eine dieser dünnen, wenigen Dinger, wie man sie in asiatischen Nudel-Fertiggerichten fand.

»Tut mir leid, daß ich noch am Port war, als Mitsuko zurückgekommen ist. Sie wird mich für unhöflich halten.«

»Du bist aus Seattle.« Keine Frage.

»Bist du ihr Bruder?«

»Ja. Warum bist du hier?« Seine Augen groß und dunkel, sein Gesicht lang und blaß.

»Deine Schwester und ich sind Lo/Rez-Fans.«

»Bist du gekommen, weil er Rei Toei heiraten will?«

Heißer Tee lief Chia übers Kinn. »Hat sie dir das erzählt?«

»Ja«, sagte Masahiko. »Ein paar Leute in der Ummauerten Stadt haben an ihrem Design gearbeitet.« Er war völlig in die Betrachtung ihres Sandbenders versunken, drehte ihn in den Händen hin und her. Seine Finger waren lang und blaß, die Nägel völlig abgekaut.

»Wo ist das?«

»Im Netz«, sagte er und warf das Gewicht seiner Haare über eine Schulter nach hinten.

»Was sagen die über sie?«

»Originelles Konzept. Beinahe radikal.« Er streichelte die Tasten. »Das ist sehr schön …«

»Hast du hier Englisch gelernt?«

»In der Ummauerten Stadt.«

Chia versuchte noch mal, einen Schluck Tee zu trinken, und stellte die Tasse dann ab. »Hast du Kaffee?«

»In meinem Zimmer«, sagte er.

Masahikos Zimmer, am Fußende einer kurzen Betontreppe hinter der Küche des Restaurants gelegen, war früher wahrscheinlich ein Vorratsraum gewesen. Es war ein Jungen-Alptraum, eine Umgebung, wie Chia sie von den Brüdern von Freundinnen kannte: Der Boden und das bordartige Bett waren längst unter ungewaschenen Klamotten, Ramen-Packungen und japanischen Zeitschriften mit zerknitterten Umschlägen verschwunden. In einer Ecke ein Turm leerer Ramen-Schaumstoffschüsseln, deren Hologramm-Etiketten hinter einem einzelnen Halogenkegel aufblinkten. Ein Schreibtisch oder Tisch aus einem recycelten Material, das aussah, als wäre es aus geschredderten Tetra-Paks laminiert, bildete ein zweites, höheres Bord. Darauf sein Computer, ein schwarzer Würfel ohne charakteristische Merkmale. Auf einer niedrigeren Ablage aus dem Tetra-Pak-Material standen eine blaßblaue Mikrowelle, ungeöffnete Ramen-Schüsseln und ein halbes Dutzend winziger Kaffeedosen aus Stahl.

Eine von ihnen war gerade aus der Mikrowelle gekommen und lag nun heiß in Chias Hand. Der Kaffee war stark, mit Zucker und viel Sahne. Sie saß neben Masahiko auf der hubbeligen Bettkante, mit einer zusammengerollten, gepolsterten Jacke als Kissen im Rücken.

Es roch schwach nach Junge, nach Ramen-Nudeln und nach Kaffee. Jetzt, wo sie ihm so nahe war, wirkte er jedoch sehr sauber, und ihr ging vage durch den Kopf, daß Japaner generell sauber waren. Badeten sie nicht gern? Der Gedanke rief in ihr den Wunsch nach einer Dusche wach.

»Er gefällt mir sehr.« Er streckte wieder die Hand aus und berührte den Sandbenders, den er von oben mitgebracht und – ein Gewirr von Plastiklöffeln, Stiften und obskuren Metall- und Plastikteilen beiseite wischend – vor seinen schwarzen Würfel auf die Arbeitsfläche gestellt hatte.

»Wie machst du den an?« Mit der Mini-Kaffeedose in der Hand zeigte sie auf seinen Computer.

Er sagte etwas auf Japanisch. Ein pulsierendes Gewimmel von Würmern und Punkten aus pastellfarbenem Neon erhellte die Würfelflächen und erlosch dann.

Die Wände waren vom Fußboden bis zur Decke dick mit einander überlagernden Schichten von Postern, Handzetteln und Graphiken bedeckt. An der Wand direkt vor ihr, über und hinter dem schwarzen Computer, hing ein großes Tuch, ein Quadrat aus einem seidigen Material, das mit einer Landkarte oder einer schematischen Darstellung in Rot, Schwarz und Gelb bedruckt war. Hunderte von unregelmäßigen Blöcken oder Räumen, irgendwelche Einheiten, drängten sich um eine zentrale Leerstelle, ein unebenes, senkrechtes Rechteck, schwarz.

Er folgte ihrem Blick. »Die Ummauerte Stadt«, sagte er und beugte sich vor. Seine Fingerspitze fand einen bestimmten Punkt. »Das ist meiner. Achte Ebene.«

Chia zeigte aufs Zentrum der schematischen Darstellung. »Was ist das?«

»Schwarzes Loch. Im Original eine Art Luftschacht.« Er sah sie an. »Tokio hat auch ein schwarzes Loch. Du hast es gesehen?«

»Nein«, sagte sie.

»Der Palast. Kein Licht. Von einem hohen Gebäude aus ist der kaiserliche Palast bei Nacht ein schwarzes Loch. Einmal habe ich ihn beobachtet und eine Fackel aufleuchten sehen.«

»Was ist bei dem Erdbeben mit ihm passiert?«

Er zog die Augenbrauen hoch. »Das wurde natürlich nicht gezeigt. Jetzt ist alles wie früher. Das versichert man uns.« Er lächelte, aber nur mit den Mundwinkeln.

»Wo ist Mitsuko hingegangen?«

Er zuckte die Achseln.

»Hat sie gesagt, wann sie zurückkommt?«

»Nein.«

Chia dachte an Hiromi Ogawa und dann daran, daß jemand Kelseys Vater angerufen hatte. Hiromi? Aber da war dieses Ding, was immer es sein mochte, oben in ihrer Tasche in Mitsukos Zimmer. Ihr fiel wieder ein, wie Maryalice hinter der Tür von Eddies Büro geschrien hatte. Zona mußte recht haben. »Kennst du einen Club namens ›Whiskey Clone‹?«

»Nein.« Er streichelte die polierten Aluminiumränder ihres Sandbenders.

»Und was ist mit ›Monkey Boxing‹?«

Er sah sie an, schüttelte den Kopf

»Du kommst wohl nicht oft raus, wie?«

Er hielt ihrem Blick stand. »In die Ummauerte Stadt.«

»Ich will zu diesem Club, Monkey Boxing. Kann aber sein, daß er jetzt nicht mehr so heißt. Es ist ein Laden in Shinjuku. Ich war schon mal in dem Bahnhof dort.«

»Clubs haben jetzt nicht geöffnet.«

»Das ist schon okay. Ich will nur, daß du mir zeigst, wo er ist. Zurück finde ich dann schon allein.«

»Nein. Ich muß wieder in die Ummauerte Stadt. Ich habe Verpflichtungen. Finde die Adresse dieses Ladens heraus, dann werde ich deinem Computer den Weg erklären.«

Der Sandbenders konnte da selbst hinfinden, aber Chia hatte sich überlegt, daß sie nicht allein gehen wollte. Es war besser, mit einem Jungen dorthin zu gehen als mit Mitsuko, und Mitsukos Loyalität zu ihrer Ortsgruppe konnte ohnehin ein Problem sein. In erster Linie wollte sie aber weg von hier. Zonas Nachricht hatte ihr Angst eingejagt. Irgendwer wußte, daß sie hier war. Und was sollte sie wegen des Dings in ihrer Tasche unternehmen?

»Der gefällt dir, stimmt's?« Sie zeigte auf ihren Sandbenders.

»Ja«, sagte er.

»Die Software ist noch besser. Ich hab einen Emulator drin, der installiert einen virtuellen Sandbenders in deinem Computer. Wenn du mich zum Monkey Boxing bringst, kriegst du den.«

»Lebst du schon immer hier?« fragte Chia auf dem Weg zum Bahnhof. »In diesem Viertel, meine ich?«

Masahiko zuckte die Achseln. Chia dachte, daß er sich auf der Straße unwohl fühlte. Vielleicht lag es einfach daran, daß er draußen war. Er hatte seine graue Trainingshose gegen eine genauso ausgebeulte schwarze Baumwollhose eingetauscht. An den Knöcheln schlossen sich schwarze Nylongamaschen mit Gummizug um die Hosenbeine. Darunter saßen schwarze Lederarbeitsschuhe. Er trug noch immer seinen schwarzen Kittel, dazu jedoch eine schwarze Ledermütze mit kurzem Schirm, die ihrer Ansicht nach einmal zu einer Schuluniform gehört hatte. Wenn ihm der Kittel zu groß war, dann war die Mütze zu klein. Er trug sie schräg nach vorn gekippt, so daß der Schirm tief in der Stirn saß. »Ich lebe in der Ummauerten Stadt«, antwortete er.

»Mitsuko hat's mir erzählt. Das ist so was wie eine Multi-User-Domäne.«

»Die Ummauerte Stadt ist wie nichts sonst.«

»Gib mir die Adresse, wenn ich dir den Emulator gebe. Ich schau's mir mal an.« Der Bürgersteig wölbte sich über einen Betonkanal, der gräuliches Wasser führte. Er erinnerte sie an Venedig. Sie fragte sich, ob dort einmal ein Fluß gewesen war.

»Sie hat keine Adresse«, sagte er.

»Das ist unmöglich«, sagte Chia.

Er schwieg.

Sie dachte daran, was sie gefunden hatte, als sie den Duty-free-Beutel von SeaTac aufgemacht hatte. Etwas Flaches und Rechteckiges, dunkelgrau. Vielleicht aus einem dieser merkwürdigen Kunststoffe mit Metall drin. An einem Ende waren Reihen kleiner Löcher, am anderen komplizierte Formen aus Metall und einem anderen Kunststoff. Man schien das Ding nicht aufmachen zu können. Keine sichtbaren Nähte. Keine Markierungen. Es klapperte nicht, als sie es schüttelte. Vielleicht würde ›Was ist was?‹, das Icon-Wörterbuch, es erkennen, aber dazu war keine Zeit gewesen. Masahiko hatte sich unten umgezogen, als sie das blaugelbe Plastik mit Mitsukos Schweizer Armeemesser mit Seriennummer, ein Andenken an Lo/Rez, aufgeschnitten hatte. Ihr Blick war auf der Suche nach einem Versteck durchs Zimmer geschweift. Alles zu sauber und zu ordentlich.

Schließlich hatte sie es wieder in ihre Tasche gesteckt, als sie ihn die Treppe von der Küche heraufkommen hörte. Und da war es jetzt, zusammen mit ihrem Sandbenders, unter ihrem Arm, als sie den Bahnhof betraten. Was wahrscheinlich nicht sehr schlau war, aber sie wußte einfach nicht, was sie sonst hätte tun sollen.

Mit Kelseys Cashcard kaufte sie Fahrkarten für sie beide.

19 Arleigh

Als Laney von Blackwell beim Hotel abgesetzt wurde, wartete dort ein Fax von Rydell auf ihn. Es war auf teuer aussehendem grauem Geschäftspapier ausgedruckt, das mit dem eigentlichen, aus einem Tag und Nacht geöffneten Lucky-Dragon-Laden auf dem Sunset abgeschickten Fax drastisch kontrastierte. Der lächelnde, glückliche Drache, der Rauch aus den Nüstern blies, war direkt unter dem geprägten, silbernen Logo des Hotels zentriert, das für Laney wie der weiche Filzhut eines Kobolds aussah. Was immer es darstellen sollte, die Dekorateure des Hotels hatten einen Narren daran gefressen. Im Foyer kehrte es als Motiv mehrmals wieder, und Laney war froh darüber, daß es bisher offenbar noch nicht in die Gästezimmer vorgedrungen war.

Rydell hatte sein Fax mit einem Filzschreiber mittlerer Dicke in großen, äußerst sauberen Blockbuchstaben geschrieben. Laney las es im Fahrstuhl.

Es war adressiert an C. LANEY, GAST:

ICH GLAUBE, DIE WISSEN, WO SIE SIND. SIE HABEN MIT DEM GESCHÄFTSFÜHRER IM FOYER KAFFEE GETRUNKEN, UND ER HAT MICH DAUERND ANGESCHAUT. ER HÄTTE MÜHELOS DIE LISTE DER TELEFONGESPRÄCHE EINSEHEN KÖNNEN. HÄTTE ICH SIE BLOSS NICHT VON DORT AUS ANGERUFEN. TUT MIR LEID. JEDENFALLS SIND SIE UND DIE ANDEREN DANN IN ALLER EILE ABGEREIST UND HABEN ES DEN TECHNIKERN ÜBERLASSEN, ALLES ZUSAMMENZUPACKEN. EIN TECHNIKER HAT DSCHINGIS IN DER GARAGE ERZÄHLT,

EINIGE VON IHNEN SEIEN AUF DEM WEG NACH JAPAN, UND ER SEI FROH, DASS ER HIERBLEIBEN KÖNNE. SEHEN SIE SICH VOR, OKAY?

RYDELL

»Okay«, sagte Laney und erinnerte sich daran, wie er eines Nachts entgegen Rydells Rat zum Lucky Dragon gegangen war, weil er nicht schlafen konnte. In so gut wie jedem Block standen furchterregend aussehende bionische Nutten, aber ansonsten war es ihm nicht allzu gefährlich erschienen. Jemand hatte ein Wandgemälde zum Gedenken an J. D. Shapely an eine Seite des Lucky Dragon gemalt, und dessen Betreiber waren so vernünftig gewesen, es dort zu lassen, womit sie ihren Laden kulturell in das wirkliche Tag-und-Nacht-Leben auf dem Strip integriert hatten. Man konnte dort einen Burrito, ein Lotterielos, Batterien oder Tests für diverse Krankheiten kaufen. Man konnte Voicemails und E-mails aufgeben und Faxe abschicken. Laney war der Gedanke gekommen, daß es wahrscheinlich der einzige Laden im Umkreis von ein paar Kilometern war, in dem es Dinge gab, die jemand tatsächlich brauchte; die Sachen in den anderen Läden hätte er selbst nicht mal geschenkt genommen.

Auf dem Weg durch den Flur las er das Fax noch einmal und öffnete dann mit dem Kartenschlüssel seine Tür.

Auf dem Bett stand ein flacher Weidenkorb, in dem weißes Seidenpapier und unbekannte Gegenstände ausgebreitet waren. Bei näherem Hinsehen erwiesen sie sich als seine Socken und seine Unterwäsche, frisch gewaschen und in kleinen Papierhaltern mit dem geprägten Koboldhut arrangiert. Er machte die schmale, verspiegelte Schranktür auf, aktivierte dabei eine eingebaute Lampe und stellte fest, daß seine Hemden auf Bügel gehängt waren, darunter auch die blauen Button-downs, über die sich Kathy Torrance lustig gemacht hatte. Sie sahen brandneu aus. Er berührte eine der leicht gestärkten Manschetten. »Stichlänge«, sagte er. Er schaute auf Rydells gefaltetes Fax hinunter. Er stellte sich vor, wie Kathy Torrance in einem SST aus Los Angeles geradewegs zu ihm kam, und merkte, daß er sich nicht vorstellen konnte, wie sie im Schlaf aussah. Er hatte sie nie schlafen sehen, und irgendwie hatte er nicht den Eindruck, als sei das etwas, was sie gern täte. In der merkwürdigen, vibrationslosen Stille des Überschallflugs würde sie auf die graue, leere Fensterfläche oder auf den Bildschirm ihres Computers starren.

Und an ihn denken.

Der Bildschirm hinter ihm ging mit einem leisen Glockenton an, und er sprang vor Schreck zehn Zentimeter in die Luft. Er drehte sich um und sah das BBC-Logo. Yamasakis zweiter Film.

Er hatte ein Drittel hinter sich, als die Türglocke ertönte. Rez schlenderte gerade in ausgebleichter Khakihose und Sandalen mit Schnursohlen einen schmalen Pfad in irgendeinem Dschungel entlang. Dabei sang er vor sich hin, eine wortlose kleine Melodie, immer wieder, probierte verschiedene Tonhöhen und Betonungen. Schweiß glänzte auf seiner bloßen Brust, und wenn das offene Hemd beiseite schwang, sah man eine Ecke seines I-Ging-Tattoos. Er schwenkte einen Bambusstock hin und her und hieb damit auf herabhängende Ranken ein. Laney hatte den leisen Verdacht, daß die wortlose Melodie später zu einem globalen Milliardenseller geworden war, aber er konnte sie noch nicht unterbringen. Die Türglocke ertönte von neuem.

Er stand auf, ging zur Tür und drückte auf die Sprechtaste. »Ja?«

»Hallo?« Eine Frauenstimme.

Er aktivierte den kartengroßen, in den Türrahmen

eingesetzten Bildschirm und sah eine dunkelhaarige Frau. Ponyfransen. Die Technikerin aus dem Elektro-Kaufhaus. Er entriegelte die Tür und öffnete.

»Yamasaki meint, wir sollten uns mal unterhalten«, sagte sie.

Laney sah, daß sie ein schwarzes Kostüm mit engem Rock und eine dunkle Strumpfhose trug.

»Sollten Sie nicht einen Van kaufen gehen?« Er trat zurück, um sie hereinzulassen.

»Schon erledigt.« Sie machte die Tür hinter sich zu. »Wenn der Lo/Rez-Apparat beschließt, ein Problem mit Geld zu regeln, dann werfen sie damit nur so um sich. Und meistens ist es wirklich rausgeworfenes Geld.« Sie schaute auf den Bildschirm, wo Rez noch immer schwungvoll und ins Komponieren vertieft einhermarschierte und sich Fliegen von Hals und Brust wischte. »Hausaufgaben?«

»Yamasaki.«

»Arleigh McCrae«, sagte sie, nahm eine Karte aus einer kleinen schwarzen Handtasche und gab sie ihm. Ihr Name, vier Telefonnummern und zwei Adressen, keine davon real. »Haben Sie eine Karte, Mr. Laney?«

»Colin. Nein. Hab ich nicht.«

»Sie können sich an der Rezeption welche machen lassen. Hier hat jeder 'ne Karte.«

Er steckte die Karte in seine Hemdtasche. »Blackwell hat mir keine gegeben. Yamasaki auch nicht.«

»Außerhalb der Lo/Rez-Organisation, meine ich. Es ist so, als hätte man keine Socken.«

»Socken hab ich«, sagte Laney mit einer Geste zum Korb auf dem Bett. »Haben Sie Lust, sich eine BBC-Dokumentation über Lo/Rez anzuschauen?«

»Nein.«

»Ich glaube, ich kann das Ding nicht abstellen. Er würde es merken.«

»Versuchen Sie's leiser zu machen. Per Hand.« Sie zeigte es ihm.

»Eine Technikerin«, sagte Laney.

»Mit einem Van. Und Geräten im Wert von zig Millionen Yen, die Ihnen offenbar nicht viel genützt haben.« Sie setzte sich in einen der beiden kleinen Sessel im Zimmer und schlug die Beine übereinander.

Laney nahm den anderen Sessel. »Nicht eure Schuld. Ihr habt mich prima da reingebracht. Aber mit solchen Daten kann ich nicht arbeiten.«

»Yamasaki hat mir erzählt, wozu Sie fähig sein sollen«, sagte sie. »Ich hab's ihm nicht geglaubt.«

Laney sah sie an. »Da kann ich Ihnen auch nicht helfen.« Drei lächelnde Sonnen zogen sich wie schwarze Holzdrucke innen an ihrer linken Wade hinunter.

»Die sind in die Strümpfe eingewoben. Katalanisch.«

Laney blickte auf. »Hoffentlich verlangen Sie jetzt nicht von mir, daß ich Ihnen erkläre, was ich nach Ansicht der Leute tue, die mich bezahlen«, sagte er, »weil ich's nämlich nicht kann. Ich weiß es nicht.«

»Keine Sorge«, sagte sie. »Ich arbeite hier nur. Im Moment werde ich aber dafür bezahlt, rauszufinden, womit wir Sie in den Stand versetzen könnten, das zu tun, was immer Sie angeblich können.«

Laney schaute auf den Bildschirm. Ein Konzertausschnitt, und Rez tanzte mit einem Mikrophon in der Hand. »Den Film da haben Sie doch bestimmt schon gesehen. Meint er das ernst mit diesem ›sino-keltischen‹ Kram, über den er in dem Interview gesprochen hat?«

»Sie haben ihn noch nicht kennengelernt, oder?«

»Nein.«

»Ist nicht gerade leicht, klarzukriegen, was Rez ernst meint.«

»Aber wie kann es eine ›sino-keltische Mystik‹ geben, wo die Chinesen und Kelten doch überhaupt keine gemeinsame Geschichte haben?«

»Weil Rez selbst halb Chinese und halb Ire ist. Und wenn es eins gibt, womit es ihm ernst ist …«

»Ja?«

»Dann ist das Rez.«

Laney schaute verdrießlich auf den Bildschirm, als der Sänger von einer Großaufnahme von Los flinken Händen an der Gitarre mit dem schwarzen Korpus ersetzt wurde. Zuvor hatte ein ehrwürdiger britischer Gitarrist in grandiosen Tweedklamotten die Meinung geäußert, man habe wirklich nicht erwartet, daß der nächste Hendrix aus dem taiwanesischen Canto-Pop hervorgehen würde, aber andererseits habe man den ersten ja auch nicht direkt erwartet.

»Yamasaki hat mir die Geschichte erzählt. Was Ihnen zugestoßen ist«, sagte Arleigh McCrae. »Bis zu einem gewissen Punkt.« Laney schloß die Augen.

»Die Sendung ist nicht ausgestrahlt worden, Laney. *Außer Kontrolle* hat die Sache fallenlassen. Was ist passiert?«

Er war dazu übergegangen, das Frühstück neben dem kleinen, ovalen Swimmingpool des Chateau einzunehmen, jenseits der schlichten Holzbungalows, die Rydell zufolge später hinzugekommen waren. Es war die einzige Tageszeit, die ganz ihm zu gehören schien, zumindest bis Rice Daniels kam – normalerweise dann, wenn er bis zum Boden einer drei Tassen fassenden Kaffeekanne vorgedrungen war, kurz vor seinen Eiern mit Schinken.

Daniels pflegte das Terrakotta auf dem Weg zu Laneys Tisch mit einem Gang zu überqueren, den man nur als federnd bezeichnen konnte. Im stillen hätte Laney das gern der Tatsache zugeschrieben, daß Daniels Drogen nahm, aber er hatte nicht das geringste Anzeichen dafür gesehen, und in der Tat schien Daniels' schlimmstes öffentlich zur Schau gestelltes Laster darin zu bestehen, viele Tassen koffeinfreien Espresso mit geraspelter Zitronenschale zu trinken. Er hatte ein Faible für grobmaschige beige Anzüge und kragenlose Hemden.

An diesem Morgen war Daniels jedoch nicht allein gewesen, und Laney hatte bemerkt, daß sein gewohnter federnder Schritt nicht mehr so temperamentvoll war; statt dessen strahlte er eine gewisse genervte Sprödigkeit aus, und die schmerzhaft aussehende Brille schien seinen Kopf noch fester zu umschließen als sonst. Begleitet wurde er von einem grauhaarigen Mann mit windgegerbtem Adlergesicht in einem dunkelbraunen Cowboy-Anzug, dessen scharfe, eindrucksvolle Nase zwischen den riesigen schwarzen Gläsern einer Sonnenbrille hervorragte. Er trug schwarze Cowboystiefel aus Krokodilleder und hatte eine staubig aussehende Aktentasche aus altersdunklem braunem Rindsleder dabei, deren Griff mit etwas geflickt war, was Laney für Packdraht hielt.

»Laney«, hatte Rice Daniels gesagt, als er an den Tisch kam, »das ist Aaron Pursley.«

»Bleiben Sie sitzen, mein Junge«, sagte Pursley, obwohl Laney gar nicht hatte aufstehen wollen. »Da kommt gerade Ihr Frühstück.« Einer der mongolischen Kellner kam mit einem Tablett aus der Richtung der Bungalows herüber. Pursley stellte seine ramponierte Aktentasche ab und nahm sich einen der weißlackierten Metallstühle. Der Kellner servierte Laneys Eier. Laney unterschrieb und legte dabei fünfzehn Prozent Trinkgeld drauf. Pursley blätterte den Inhalt seiner Tasche durch. Er trug ein halbes Dutzend silberne Ringe an den Fingern beider Hände, manche mit einem Türkis. Laney konnte sich nicht erinnern, wann er das letztemal jemanden gesehen hatte, der so viel Papier mit sich rumschleppte.

»Sie sind der Anwalt«, sagte er. »Aus dem Fernsehen.«

»Und auch in Fleisch und Blut, mein Junge.« Pursley war bei *Cops in Schwierigkeiten* dabei, und davor war er als Prominentenanwalt berühmt gewesen. Daniels hatte nicht Platz genommen; er stand in ganz untypischer, zusammengesunkener Haltung hinter Pursley, die Hände in den Hosentaschen. »Da haben wir's ja.« Pursley zog ein Bündel blauer Papiere hervor. »Lassen Sie Ihre Eier nicht kalt werden.«

»Setzen Sie sich«, sagte Laney zu Daniels. Daniels zuckte hinter seiner Brille zusammen.

»Also«, sagte Pursley, »Sie waren in einem staatlichen Waisenhaus in Gainesville, steht hier, vom zwölften bis zum siebzehnten Lebensjahr.«

Laney schaute auf seine Eier. »Das ist richtig.«

»Während dieser Zeit haben Sie an einer Reihe von Medikamententests teilgenommen? Sie waren eine Testperson?«

»Ja«, sagte Laney. Seine Eier sahen aus, als wären sie irgendwie weiter entfernt oder ein Bild in einer Illustrierten.

»Haben Sie das freiwillig gemacht?«

»Es gab Belohnungen.«

»Freiwillig«, sagte Pursley. »Haben Sie auch was von diesem 5-SB genommen?«

»Die haben uns nicht gesagt, was sie uns geben«, sagte Laney. »Manchmal haben wir auch nur ein Placebo gekriegt.«

»5-SB kann man nicht mit einem Placebo verwechseln, mein Junge, aber ich glaube, das wissen Sie.«

Das stimmte, aber Laney saß einfach nur da.

»Also?« Pursley nahm die große, schwere Brille ab. Seine Augen waren kalt und blau und saßen in einer verschlungenen Topographie von Runzeln.

»Wahrscheinlich war's auch dabei, ja«, sagte Laney.

Pursley schlug sich mit seinen blauen Papieren auf die Schenkel. »Tja, da haben wir's. Sie haben's mit ziemlicher Sicherheit gekriegt. Wissen Sie denn, welche Wirkung diese Substanz schließlich bei vielen der Testpersonen gezeitigt hat?«

Daniels nahm die Brille ab und begann, sich den Nasenrücken zu massieren. Seine Augen waren geschlossen.

»Das Zeug hat die Tendenz, Männer zu zwanghaften, heimtückischen Killern zu machen«, sagte Pursley, setzte die Brille wieder auf und stopfte die Papiere in seine Tasche. »Manchmal bricht's erst Jahre später aus. Sie machen Jagd auf Mediengesichter, auf Politiker ... Deshalb gehört es jetzt in jedem verdammten Land, wohin man schaut, zu den am strengsten verbotenen Substanzen. Eine Droge, die in den Leuten den Wunsch weckt, sich an Politiker anzuschleichen und sie umzubringen – tja, mein Junge, das ist sonnenklar.« Er grinste trocken.

»So einer bin ich nicht«, sagte Laney. »Bei mir ist das nicht so.«

Daniels machte die Augen auf. »Spielt keine Rolle«, sagte er. »Worauf es ankommt, ist, daß Slitscan unser ganzes Material neutralisieren kann, indem sie die Möglichkeit ins Feld führen, Sie könnten so einer sein, und damit einen wenn auch noch so schwachen Schatten auf Sie werfen.«

»Sehen Sie, mein Junge«, sagte Pursley, »die würden einfach behaupten, Sie hätten sich Ihr Arbeitsfeld ausgesucht, weil sie dafür prädisponiert waren, berühmte Leute auszuspionieren. Sie haben denen nichts von all dem gesagt, nicht wahr?«

»Nein«, sagte Laney, »hab ich nicht.«

»Da sehen Sie's«, sagte Pursley. »Die werden sagen, sie hätten Sie engagiert, weil Sie darin gut waren, aber dann seien Sie verdammt noch mal zu gut geworden.«

»Aber sie war nicht berühmt«, wandte Laney ein.

»Aber er ist es«, sagte Rice Daniels, »und die werden sagen, Sie hätten es auf ihn abgesehen gehabt. Sie werden sagen, das Ganze sei Ihre Idee gewesen. Sie werden sich händeringend zu ihrer Verantwortung bekennen und über ihre neuen Prüfverfahren für quantitative Analytiker reden. Und niemand, Laney, *kein Mensch* wird auf *uns* achten.«

»So ungefähr sieht's aus.« Pursley stand auf und

nahm die Aktentasche. »Ist das echter Schinken, richtig vom Schwein?«

»Behaupten sie jedenfalls«, sagte Laney.

»Verdammt«, sagte Pursley, »diese Hotels in Hollywood sind wirklich spitze.« Er streckte die Hand aus. Laney schüttelte sie. »War nett, Sie kennengelernt zu haben, mein Junge.«

Daniels machte sich nicht mal die Mühe, sich zu verabschieden. Und zwei Tage später sollte Laney bei der Durchsicht seiner Kostenaufstellung feststellen, daß die erste Rechnung auf seinen Namen eine große Kanne Kaffee, Rühreier mit Schinken und ein Trinkgeld von fünfzehn Prozent umfaßte.

Arleigh McCrae starrte ihn an.

»Wissen sie das?« fragte sie. »Weiß es Blackwell?«

»Nein«, sagte Laney, »jedenfalls nicht diesen Teil.« Er konnte Rydells Fax sehen, das gefaltet auf dem Nachttisch lag. Davon wußten sie auch nichts.

»Was ist dann passiert? Was haben Sie gemacht?«

»Ich hab rausgefunden, daß ich zumindest einige der Anwälte, die sie mir besorgt hatten, von meinem eigenen Geld bezahlt habe. Ich wußte nicht, was ich machen sollte. Ich hab viel draußen am Pool gesessen. War eigentlich ganz angenehm. Ich hab an nichts Besonderes gedacht. Wissen Sie, was ich meine?«

»Vielleicht«, sagte sie.

»Dann hab ich durch einen der Wachleute im Hotel von diesem Job erfahren.«

Sie schüttelte langsam den Kopf.

»Was ist?« sagte er.

»Egal«, sagte sie. »Ich werd genausowenig schlau aus Ihnen wie aus allem übrigen. Wahrscheinlich passen Sie ganz gut rein.«

»Wo rein?«

Sie schaute auf ihre Uhr, ein Ding aus rostfreiem Stahl mit schwarzem Zifferblatt an einem schlichten schwarzen Nylonarmband. »Um acht gibt's Abendessen, aber Rez kommt bestimmt später. Kommen Sie, gehen wir ein bißchen raus und was trinken. Ich werd versuchen, Ihnen zu erzählen, was ich über die Sache weiß.«

»Wenn Sie wollen«, sagte Laney.

»Dafür werd ich bezahlt«, meinte sie und stand auf. »Und es ist wahrscheinlich besser, als große High-end-Elektronikteile Rolltreppen rauf und runter zu befördern.«

20 Monkey Boxing

Zwischen den Stationen war ein graues Vibrieren jenseits der Fenster des lautlosen Zuges. Nicht wie von vorbeisausenden Flächen, sondern als ob dort eine korpuskulare Materie kurz vor dem Hervortreten einer neuen Seinsordnung in kritische Schwingungen versetzt würde.

Chia und Masahiko hatten zwischen einem Schulmädchentrio in buntkarierten Röcken und einem Geschäftsmann, der einen dicken japanischen Comic las, zwei Plätze gefunden. Auf dem Cover des Comics war eine Frau zu sehen, deren Brüste so umwickelt waren, daß sie kegelförmigen Garnknäueln ähnelten und die Warzen wie die hervorquellenden Augen eines Comic-Opfers vorstanden – Chia fiel auf, daß der Zeichner wesentlich mehr Zeit auf das Garn verwendet hatte, wie es genau gewickelt und geknotet war, als auf die Brüste selbst. Der Frau lief Schweiß übers Gesicht, und sie versuchte, vor jemandem oder etwas zurückzuweichen, das vom Rand des Covers abgeschnitten wurde.

Masahiko machte die obersten beiden Knöpfe seines Kittels auf und zog ein schwarzes, festes Quadrat mit einer Kantenlänge von fünfzehn Zentimetern hervor, nicht dicker als eine Glasscheibe. Er strich zielbewußt mit den Fingern der rechten Hand darüber, und bei seiner Berührung erschienen perlschnurförmige, bunte Lichter. Obwohl sie hier schwächer waren, ausgewaschen vom richtungslosen Neonlicht des Zuges, erkannte Chia das Quadrat wieder: Es war die Bedienungsfläche des Computers, den sie in seinem Zimmer gesehen hatte.

Er betrachtete das Display, strich erneut darüber und runzelte angesichts des Ergebnisses die Stirn. »Jemand interessiert sich für meine Adresse«, sagte er, »und für die von Mitsuko …«

»Das Restaurant?«

»Unsere User-Adressen.«

»Welche Art von Interesse?«

»Ich weiß nicht. Wir sind nicht miteinander verbunden.«

– Außer durch mich.

»Erzähl mir von Sandbenders«, sagte Masahiko, steckte die Bedienungsfläche weg und knöpfte den Kittel wieder zu.

»Angefangen hat es mit einer Interface-Designerin«, sagte Chia, froh über den Themenwechsel. »Ihr Mann war Juwelier, er ist an so einer Nervenkrankheit gestorben, bevor sie rausgefunden hatten, wie man das heilen kann. Aber er war auch ein echter Grüner, und es ist ihm gegen den Strich gegangen, wie elektronische Geräte hergestellt wurden, ein paar kleine Chips und Schaltkarten in diesen Kunststoffkästen. Er hat gesagt, die Kästen seien nur ein Kaufanreiz fürs Auge und dazu gemacht, irgendwann im Müll zu landen, wenn keiner sie recyceln würde, und für gewöhnlich hat das auch keiner getan. Bevor er krank wurde, hat er also immer ihre Hardware – die der Designerin – auseinandergenommen und die wichtigen Teile in Gehäuse gepackt, die er in seinem Geschäft angefertigt hat. Für einen Minidisk-Player hat er zum Beispiel ein Gehäuse aus massiver Bronze mit Ebenholz-Intarsien gemacht und die Bedienungsfelder aus fossilem Elfenbein, Türkis und Bergkristall hergestellt. Das Ding war schwerer, klar, aber wie sich gezeigt hat, fanden viele Leute das gut, als wären ihre Musik, ihre Erinnerungen oder was auch immer in was drin, was sich anfühlte, als wäre es wirklich *vorhanden* … Und die Leute faßten die ganzen Materialien auch gern an: Metall, einen glatten Stein … Und wenn man das Gehäuse erst mal hatte und der Hersteller dann ein neues Modell rausbrachte, also, wenn die Elektronik besser war, dann hat man den alten Kram einfach rausgerupft und den neuen reingesetzt. Dann hatte man noch das gleiche Objekt, nur mit besseren Funktionen.«

Masahikos Augen waren geschlossen, und er schien leicht zu nicken, obwohl das vielleicht nur von der Bewegung des Zuges herrührte.

»Und es hat sich gezeigt, daß einige Leute auch das gut fanden, und zwar sogar sehr gut. Er hat Aufträge bekommen, diese Dinger zu bauen. Eins der ersten war eine Tastatur, und die Tasten waren aus den Tasten eines alten Klaviers geschnitzt, die Zahlen und Buchstaben aus Silber. Aber dann ist er krank geworden …«

Masahiko schlug die Augen auf, und sie sah, daß er nicht nur zugehört hatte, sondern auch ungeduldig darauf wartete, daß sie weitersprach.

»Nach seinem Tod hat die Software-Designerin dann angefangen, über das alles nachzudenken, und sie wollte was machen, was auf seiner Arbeit aufbaut. Also hat sie ihr Geld aus allen Firmen rausgezogen, für die sie gearbeitet hat, und Land an der Küste in Oregon gekauft …«

Und der Zug fuhr in Shinjuku ein, alle standen auf und gingen zu den Türen, und der Geschäftsmann klappte seinen Brustfesselungscomic zu und klemmte ihn sich unter den Arm.

Chia legte den Kopf weit in den Nacken, um das seltsamste Gebäude zu betrachten, das sie je gesehen hatte. Es war so geformt, wie man sich früher einen Roboter vorgestellt hatte, eine vereinfachte menschliche Gestalt mit Beinen und erhobenen Armen aus transparentem Kunststoff über einem Metallgerüst.

Der Rumpf schien aus roten, gelben und blauen Ziegeln zu bestehen, die zu simplen Mustern angeordnet waren. Rolltreppen, Treppen und gewundene Rutschen zogen sich durch die hohlen Gliedmaßen, und aus dem rechteckigen Mund im riesigen Gesicht des Dings kamen in regelmäßigen Abständen weiße Rauchwolken. Der Himmel darüber war gleichförmig grau und bleiern.

»Tetsujin-Gebäude«, sagte Masahiko. »Monkey Boxing war nicht dort drin.«

»Was ist das?«

»Spielzeugfiguren-Institut von Osaka«, sagte er. »Monkey Boxing in dieser Richtung.« Er zog die wimmelnden Kringel auf seiner Bedienungsfläche zu Rate und zeigte die Straße entlang, vorbei an einem Fastfood-Laden namens California Reich, dessen Wahrzeichen eine stilisierte Palme vor einem dieser Kreuze mit Haken war, die sich die Netzkappen in ihrem Kurs über europäische Geschichte auf die Hände gemalt hatten. Der Lehrer war deswegen total sauer gewesen, aber Chia konnte sich nicht erinnern, daß sie auch Palmen gezeichnet hatten. Dann waren zwei von ihnen darüber in Streit geraten, in welche Richtung die Haken zeigen mußten, nach links oder nach rechts, und einer der beiden hatte den anderen mit einer Betäubungspistole geschockt, einem dieser Dinger, die sie immer aus den Einwegkameras machten, und der Lehrer hatte die Polizei holen müssen.

»Neunter Stock, Wet Leaves Fortune Building«, sagte er und ging los, den belebten Bürgersteig entlang. Chia folgte ihm und fragte sich, wie lange ein Jetlag wohl dauern mochte und wie man ihn von schlichter Müdigkeit unterscheiden sollte.

Vielleicht verspürte sie jetzt, was im Staatsbürgerkundekurs ihrer letzten Schule als Kulturschock bezeichnet worden war. Sie hatte das Gefühl, als wäre alles, jedes kleine Detail in Tokio gerade anders genug, um einen wachsenden Druck auf ihre Augen zu erzeugen, als wären sie es leid, all die Unterschiede zur Kenntnis nehmen zu müssen: ein kleiner Baum auf dem Bürgersteig in einer Art Korbgeflechthülle, das Neon-Avocadogrün eines Münztelefons, ein ernst dreinblickendes Mädchen mit runder Brille und einem grauen Sweatshirt mit der Aufschrift FREE VAGINA ... Sie hatte die Augen besonders weit offengehalten, um all diese Dinge aufzunehmen, als sollten sie später verarbeitet werden, aber jetzt waren ihre Augen müde, und die Unterschiede traten allmählich in den Hintergrund. Gleichzeitig kam es ihr so vor, als könnte sie – vielleicht, indem sie auf die richtige Weise blinzelte – das Ganze in Seattle zurückverwandeln, in einen Teil der Innenstadt, den sie mit ihrer Mutter zu Fuß durchquert hatte. Heimweh. Der Riemen ihrer Tasche grub sich jedesmal, wenn sie den linken Fuß aufsetzte, in ihre Schulter.

Masahiko bog um eine Ecke. In Tokio schien es keine Gassen zu geben, jedenfalls nicht diese kleineren Straßen hinter den größeren wie in den Staaten, wo man den Müll rausstellte und wo es keine Geschäfte gab. Es gab kleinere Straßen, und dahinter noch kleinere, aber man wußte vorher nie, was man dort finden würde: einen Schuster, einen teuer wirkenden Frisiersalon, einen Schokolademacher, einen Zeitschriftenstand, an dem sie ein Exemplar des gruseligen Comics mit dieser eingewickelten Frau entdeckte.

Noch einmal um die Ecke, und sie waren offenbar wieder auf einer Hauptstraße. Jedenfalls gab es hier Autos. Sie beobachtete, wie eins in eine Öffnung auf Höhe der Straße einbog und verschwand. Ihre Kopfhaut krabbelte. Was, wenn es dort zu Eddies Club raufging, diesem Whiskey Clone? Das war doch hier in der Gegend, oder? Wie groß war dieses Shinjuku überhaupt? Was, wenn der Graceland neben ihr an den Randstein fuhr? Wenn Eddie und Maryalice auf der Suche nach ihr waren?

Sie kamen an der Öffnung vorbei, in der das Auto verschwunden war. Sie schaute hinein und sah, daß es eine Art Tankstelle war. »Wo ist es?« fragte sie.

»Wet Leaves Fortune«, sagte er und zeigte nach oben.

Hoch und schmal, mit den quadratischen Schildern, die an den Ecken sämtlicher Stockwerke hervorstanden, sah es ziemlich genauso aus wie alle anderen, aber sie glaubte, daß Eddies Gebäude größer gewesen war. »Wie kommen wir da rauf?«

Er führte sie in eine Art Eingangshalle, eine Passage im Erdgeschoß, gesäumt von winzigen Läden, die eher Ständen glichen. Zu viele Lichter, Spiegel und Dinge, die zum Verkauf standen, alles verschwamm ineinander. Hinein in einen engen Fahrstuhl, in dem es nach abgestandenem Rauch stank. Er sagte etwas auf Japanisch, und die Tür schloß sich. Der Fahrstuhl sang ihnen ein kleines Lied zu klimpernder Musik. Masahiko machte ein genervtes Gesicht.

Als im achten Stock die Tür aufging, stand ein staubbedeckter Mann mit einem schwarzen, über den Augen durchhängenden Stirnband davor. Er sah Chia an. »Wenn du die von der Illustrierten bist«, sagte er, »dann kommst du drei Tage zu früh.« Er nahm das Stirnband ab und wischte sich damit das Gesicht. Chia konnte nicht sagen, ob er Japaner war oder nicht oder wie alt er sein mochte. Seine braunen Augen unter den dicken Brauen waren auf spektakuläre Weise blutunterlaufen, und in seinem schwarzen, straff zurückgekämmten und von dem Band gehaltenen Haar zeigten sich graue Strähnen.

Hinter ihm herrschte ein wüstes Durcheinander, man hörte pausenloses Gehämmer und Männer, die auf Japanisch brüllten. Jemand schob einen orangefarbenen Plastikkarren mit hohen Seitenwänden voller zusammengeknickter Kabel mit Putzflecken und Plastikscherben mit Blattgold und Chinesischrot. Ein

Stück einer herunterhängenden Decke löste sich mit dem Geräusch reißender Kabel und krachte zu Boden. Weiteres Geschrei.

»Ich suche das Monkey Boxing«, sagte Chia.

»Da bist du ein bißchen spät dran, Darling.« Er trug einen schwarzen Papieroverall, dessen Ärmel an den Ellbogen abgerissen waren und den Blick auf Arme freigaben, die von hingekleckslen blauen Linien und Kreisen überzogen waren, eine Art Körperschmuck im Ethno-Stil. Er wischte sich über die Augen und sah sie blinzelnd an. »Du bist nicht von der Illustrierten in London?«

»Nein«, sagte Chia.

»Nein«, pflichtete er ihr bei, »du kommst mir ein bißchen zu jung vor, sogar für die.«

»Ist das hier das Monkey Boxing?«

Ein weiterer Deckenabschnitt kam herunter. Der staubige Mann blinzelte sie an. »Was hast du gesagt, woher du kommst?«

»Aus Seattle.«

»Du hast in Seattle vom Monkey Boxing gehört?«

»Ja ...«

Er lächelte matt. »Ist ja toll: Sie hat in Seattle davon gehört ... Bist du auch in der Clubszene, Schätzchen?«

»Ich bin Chia McKenzie ...«

»Jun. Ich heiße Jun, Schätzchen. Besitzer, Designer, DJ. Aber du kommst zu spät. Tut mir leid. Alles, was vom Monkey Boxing noch übrig ist, wird gerade in diesen Gomi-Karren rausgebracht. Ist jetzt Müll. Wie jeder andere zerbrochene Traum. Lief gar nicht schlecht, solange es lief, fast ein Vierteljahr lang. Hast du von unserem Shaolin-Tempel-Thema gehört? Von der ganzen Kriegermönch-Nummer?« Er seufzte übertrieben. »Es *war himmlisch.* Vom ersten bis zum letzten Moment. Die Barmänner aus Okinawa haben sich nach den ersten drei Nächten die Köpfe rasiert und angefangen, die orangefarbenen Gewänder zu tragen. Ich hab mich in der Kabine selbst übertroffen. Es war eine Vision, verstehst du? Aber so ist das eben in dieser fließenden Welt, nicht? Wir sind nun mal im Wassergewerbe, wie man hier sagt, und man bemüht sich, es philosophisch zu sehen. Aber wer ist dein Freund hier? Hat scharfe Haare ...«

»Masahiko Mimura«, sagte Chia.

»Ich steh auf diese schwuchtelig-schräge Schlafzimmernummer in Schwarz«, sagte der Mann. »Mishima und die Dietrich auf ein und derselben Muschelschale, wenn man's richtig anstellt.«

Masahiko runzelte die Stirn.

»Was machen Sie denn nun«, fragte Chia, »wenn es das Monkey Boxing nicht mehr gibt?«

Jun legte sich das Stirnband wieder um. Er sah nicht mehr so erfreut aus. »Einen neuen Club, aber das Design ist nicht mehr von mir. Es wird heißen, ich hätte mich verkauft. Hab ich wohl auch. Ich werde den Laden trotzdem managen, sehr nettes Gehalt und ein Apartment dazu, aber das Konzept ...« Er zuckte die Achseln.

»Waren Sie an dem Abend hier, als Rez gesagt hat, er will die Idoru heiraten?«

Seine Stirn legte sich hinter dem Band in Falten. »Ich mußte *Vereinbarungen* unterschreiben«, sagte er. »Bist du wirklich nicht von der Illustrierten?«

»Nein.«

»Wenn er an dem Abend nicht reingekommen wäre, dann würd's uns jetzt wohl noch geben. Und eigentlich hat er auch gar nicht so zu dem gepaßt, worum es bei uns gegangen ist. Maria Paz war bei uns, gleich nachdem sie sich von ihrem Freund getrennt hatte, diesem PR-Monster, und es hat nur so gewimmelt von Presseleuten. Sie ist hier 'ne große Nummer, wußtest du das? Blue Ahmed von Chrome Koran war auch da, und die Presse hat kaum Notiz davon genommen. Bei Rez und seinen Freunden war die Presse aber kein Problem. Er hat so einen Kleiderschrank hergeschickt, der aussah, als hätte er sein Gesicht als Hackklotz benutzt. Der ist zu mir gekommen und hat gesagt, Rez hätte von dem Laden gehört und wollte gleich mit ein paar Freunden reinschauen, und ob wir wohl einen Tisch hätten und dafür sorgen könnten, daß sie ungestört wären … Also ehrlich, ich mußte denken: Rez wer? Dann hat's natürlich gefunkt, und ich hab gesagt, klar, sicher doch, und wir haben hinten drei Tische zusammengestellt und sogar ein violettes Absperrseil von den Gumi-Jungs bei den Hostessen oben ausgeborgt.«

»Und ist er gekommen? Rez?«

»Sicher doch. Eine Stunde später ist er da. Lächelt, schüttelt Hände, gibt Autogramme, wenn man ihn drum bittet, obwohl die Nachfrage sich einigermaßen in Grenzen hielt. Hatte vier Frauen und zwei andere Männer dabei, den Kleiderschrank nicht mit eingerechnet. Sehr netter schwarzer Anzug. Yohji. Sah ein bißchen kaputt aus. Rez, meine ich. Anscheinend hatte er irgendwo zu Abend gegessen. Und dazu ein paar Drinks genommen. Reichlich Gelächter, wenn du mir folgen kannst.« Er drehte sich um und sagte etwas zu einem der Arbeiter, die Schuhe wie schwarze Ledersocken mit zwei Zehen trugen.

Chia, die keine Ahnung hatte, worum es bei Monkey Boxing gegangen war, stellte sich Rez an einem Tisch mit ein paar anderen Leuten vor, hinter einem violetten Seil, und im Vordergrund ein Haufen Japaner, die taten, was Japaner in einem solchen Club eben taten. Tanzen?

»Dann steht unser Knabe auf, er will auf die Toilette. Der Kleiderschrank macht Anstalten, ebenfalls aufzustehen, aber unser Knabe gibt ihm ein Zeichen, sitzenzubleiben. Großes Gelächter am Tisch, der Kleiderschrank ist nicht sonderlich glücklich. Zwei von den Frauen stehen auf, als wollten *sie* mit ihm gehen; er will nichts davon wissen, winkt ab, *noch* mehr Gelächter. Nicht, daß ihm sonst jemand sonderlich viel Aufmerksamkeit geschenkt hätte. Ich wollte in fünf Minuten mit einem Set *brutal* guter nordafrikanischer Nummern in die Kabine; mußte die Gäste einschätzen, mit ihnen draufkommen, wissen, wann genau ich damit loslegen sollte. Aber er ist einfach mitten durch sie durch, und nur ein oder zwei haben's überhaupt bemerkt, und die haben nicht aufgehört zu tanzen.«

Was für ein Club war das, wo niemand wegen Rez zu tanzen aufhörte?

»Ich hab also über mein Set nachgedacht, die Reihenfolge, und auf einmal steht er direkt vor mir. Breites Grinsen. Komische Augen, obwohl ich nicht beschwören würde, daß es an irgendwas gelegen hat, was er auf der Toilette gemacht hatte – wenn du verstehst, was ich meine.«

Chia nickte. Was *meinte* er bloß?

»Ob ich wohl was dagegen hätte, sagt er, die Hand auf meiner Schulter, wenn er kurz was zum Publikum sagen würde? Er hätte lange über was nachgedacht, und jetzt hätte er sich entschieden, und er wollte es den Leuten erzählen. Und der Kleiderschrank taucht einfach wie aus dem Nichts auf und will wissen, ob's irgendein Problem gäbe? Überhaupt keins, sagt Rez und drückt meine Schulter, er wollte dem Publikum nur eben mal was mitteilen.«

Chia musterte Juns Schultern und fragte sich, welche von Rez' leibhaftiger Hand gedrückt worden war. »Und das hat er dann auch getan«, sagte Jun.

»Aber was hat er *gesagt?*« fragte Chia.

»'nen Haufen Scheiß hat er geredet, mein Schatz. Über Evolution und Technologie und Leidenschaft; über das Verlangen des Menschen, Schönheit in der heraufdämmernden Ordnung zu finden; über sein eigenes brennendes Verlangen, seinen Schniedel in irgend so ein Software-Wichspuppen-Spielzeug zu stecken. Quatsch. Totalen Dünnpfiff.« Er schob sein

Stirnband mit dem Daumen nach oben, aber es rutschte wieder zurück. »Und *weil* er das getan hat, weil er in meinem Club den Mund aufgemacht hat, haben Lo Schrägstrich Scheiß-Rez meinen Club *gekauft*. Und mich gleich mit, und ich hab *Vereinbarungen* unterschrieben, daß ich mit *keinem* von euch auch nur ein Sterbenswörtchen über all das rede. Und wenn du und dein charmanter Freund mich jetzt entschuldigt, Schätzchen, ich hab zu tun.«

21 Standover Man

An der Kreuzung gleich beim Hotel war ein Mann auf Stelzen. Er trug einen weißen Papieranzug mit Kapuze, eine Gasmaske und zwei rechteckige Schilder. Botschaften in Japanischer Schrift liefen über die Schilder, während er sein Gewicht verlagerte, um das Gleichgewicht zu halten. Fußgänger strömten um ihn herum und an ihm vorbei.

»Was ist das?« fragte Laney und zeigte auf den Mann auf Stelzen.

»Eine Sekte«, sagte Arleigh McCrae. »›New Logic‹. Sie behaupten, die Welt geht unter, wenn das Gesamtgewicht des menschlichen Nervengewebes auf der Erde eine bestimmte Größe erreicht.«

Eine sehr lange, vielstellige Zahl lief über das Schild.

»Ist das die Zahl?« fragte Laney.

»Nein, das ist ihre neueste Schätzung des gegenwärtigen Gesamtgewichts.« Sie war wieder auf ihr Zimmer gegangen, um den schwarzen Mantel zu holen, den sie jetzt trug, und hatte Laney allein gelassen, damit er in saubere Socken, Unterwäsche und ein blaues Hemd schlüpfen konnte. Da er keine Krawatte besaß, hatte er das Hemd am Kragen zugeknöpft und sein Jackett wieder angezogen. Er hatte sich gefragt, ob alle, die für Lo/Rez arbeiteten, im selben Hotel untergebracht waren.

Im Vorbeigehen sah Laney die Augen des Mannes durch die transparente Sichtscheibe. Ein Ausdruck grimmiger Geduld. Solche mit Gelenken und Stahlfedern versehenen Metallstelzen trugen Arbeiter beim

Deckenziehen. »Was soll passieren, wenn genug Nervengewebe da ist?«

»Eine neue Seinsordnung. Sie sprechen nicht drüber. Rez hat sich anscheinend für sie interessiert. Er hat versucht, eine Audienz bei dem Gründer zu kriegen.«

»Und?«

»Der Gründer hat abgelehnt. Er hat gesagt, Rez verdiene sich seinen Lebensunterhalt mit der Manipulation menschlichen Nervengewebes, und deshalb sei er unerreichbar.«

»Und Rez? War er traurig?«

»Blackwell zufolge nicht. Blackwell meinte, es habe ihn anscheinend ein bißchen aufgeheitert.«

»Und sonst ist er nicht heiter?« Laney trat beiseite, um einem Fahrrad auszuweichen, das ihnen jemand entgegenschob.

»Sagen wir mal so, die Dinge, über die sich Rez Gedanken macht, sind nicht die Dinge, über die sich die meisten Menschen Gedanken machen.«

Laney fiel ein dunkelgrüner Van auf, der neben ihnen herschlich. Seine umlaufenden Fenster waren verspiegelt, und die leuchtenden Nummernschilder waren von animierten Schläuchen mit winzigen bunten Blinklichtern umrahmt. »Ich glaube, wir werden verfolgt«, sagte er.

»Na, hoffentlich. Ich wollte einen mit diesen abgedrehten Kantsteinfühlern aus Chrom, mit denen sie wie Silberfischchen aussehen, aber ich mußte mich mit 'ner speziell angefertigten Nummernschildverzierung begnügen. Er folgt einem auf Schritt und Tritt. Und hier in der Gegend einen Parkplatz zu finden, ist wahrscheinlich schwieriger als alles, was Sie heute nacht tun sollen. Jetzt«, sagte sie, »hier runter.«

Eine steile, schmale Treppe, eingefaßt von Mauern mit einem beunruhigenden, pinkfarbenen Mosaik aus glänzenden, mandelförmigen Klümpchen. Laney zögerte, dann sah er ein Schild, dessen Beschriftung aus

Hunderten winziger, pastellfarbener Rechtecke bestand: LE CHICLE. Er stieg hinunter und verlor den Van aus den Augen.

Eine Kaugummi-Themenbar, dachte er, und dann: Ich gewöhne mich zu sehr an das alles. Aber er vermied es trotzdem, die Wand aus gekautem Gummi zu berühren, als er Arleigh nach unten folgte.

In pulvrige Pink- und Grautöne hinein, die jedoch das ungekaute Produkt imitierten, wandgroße Streifen, behängt mit archaischen Signalbildern aus seinem Geburtsland. Siebdrucke auf Stahl. Gerahmte, uralte Pappschilder, raffiniert beleuchtet. Kaugummi-Ikonen. Bazooka Joe spielte eine zentrale Rolle, eine Figur, die Laney nicht kannte, die aber sicher nicht deplazierter war als er.

»Kommen Sie oft hierher?« fragte Laney, als sie auf Barhockern mit wulstigen Kissen in einem besonders grellen Bubble-Gum-Pink Platz nahmen. Die Bar war mit Tausenden rechteckiger Kaugummipapiere beschichtet.

»Ja«, sagte sie, »aber hauptsächlich, weil hier nie viel los ist. Und es ist ein Nichtraucherladen, was hier immer noch was Besonderes ist.«

»Was ist ›Black Black‹?« Laneys Blick ruhte auf einem gerahmten Plakat mit einem stilisierten Automobil aus den vierziger Jahren des zwanzigsten Jahrhunderts, das durch knapp angedeutete Großstadtstraßen raste. Abgesehen von ›Black Black‹ sah die Beschriftung nach einem Art-déco-Japanisch aus.

»Kaugummi. Gibt's noch immer zu kaufen«, sagte sie. »Die Taxifahrer kauen den alle. Ist reichlich Koffein drin.«

»In Kaugummi?«

»Hier gibt's Muntermacher mit flüssigem Nikotin.«

»Ich glaub, ich nehm lieber ein Bier.«

Als die Bedienung in winzigen silbernen Shorts und einem kurzen, anschmiegsamen, pinkfarbenen Angora-

Top ihre Bestellung aufgenommen hatte, machte Arleigh ihre Handtasche auf und holte ein Notebook heraus. »Das sind strichförmige topographische Darstellungen einiger der Strukturen, die Sie sich heute vormittag angesehen haben.« Sie gab Laney das Notebook. »Sie sind in einem Format namens Realtree 7.2.«

Laney klickte sich durch eine Reihe von Bildern: abstrakte geometrische Gebilde, linearperspektivisch mit Fluchtpunkt angeordnet. »Ich weiß nicht, wie man die liest«, sagte er.

Sie schenkte sich ihren Sake ein. »Sind Sie wirklich von DatAmerica ausgebildet worden?«

»Ich bin von einer Gruppe tennisverrückter Franzosen ausgebildet worden.«

»Realtree ist von DatAmerica. Die beste Quantitative-Analyse-Software, die sie haben.« Sie klappte das Notebook zu und steckte es wieder in ihre Handtasche.

Laney schenkte sich sein Bier ein. »Schon mal was von ›TIDAL‹ gehört?«

»›Tidal‹? Wie die Gezeiten?«

»Vielleicht auch ein Akronym.«

»Nein.« Sie hob die Porzellantaste und pustete wie ein Kind, das seinen Tee kühlt.

»Das war auch ein DatAmerica-Tool, oder der Anfang von einem. Ich glaub nicht, daß es je auf den Markt gekommen ist. Aber so hab ich gelernt, die Knotenpunkte zu finden.«

»Okay«, sagte sie. »Was *sind* die Knotenpunkte?«

Laney schaute auf die Blasen an der Oberfläche seines Biers. »Es ist, wie wenn man in Wolken Dinge sieht«, sagte er. »Nur daß sie wirklich da sind.«

Sie stellte ihren Sake ab. »Yamasaki hat mir versichert, daß Sie nicht verrückt sind.«

»Das ist nicht verrückt. Es hat was damit zu tun, wie ich Breitband-Input niedriger Intensität verarbeite. Hat was mit Mustererkennung zu tun.«

»Und auf der Grundlage hat Slitscan Sie eingestellt?«

»Sie haben mich eingestellt, als ich ihnen demonstriert habe, daß es funktioniert. Aber mit den Daten, die ihr mir heute gezeigt habt, haut es nicht hin.«

»Wieso nicht?«

Laney hob sein Bier. »Weil es so ist, als wollte man mit 'ner Bank einen trinken. Aber das ist keine Person. Sie trinkt nicht. Sie kann nirgends sitzen.« Er trank. »Rez generiert keine Muster, die ich lesen kann, weil immer irgendwas vorgeschaltet ist, was er auch tut. Es ist so, als würde man in einem Geschäftsbericht nach den privaten Gewohnheiten des Aufsichtsratsvorsitzenden suchen. Die sind da nicht drin. Von außen sieht's genauso aus wie dieses Realtree-Zeugs. Wenn ich einen bestimmten Bereich betrete, krieg ich kein Gefühl dafür, welchen Bezug die Daten dort zu allen andern haben, verstehen Sie? Ich muß *Beziehungen* finden.« Er trommelte mit den Fingern auf die laminierten Kaugummipapiere. »Irgendwo in Irland. Ein Gästehaus mit Blick auf den Strand. Niemand da. Unterlagen über das regelmäßig erneuerte Zubehör: Sachen fürs Badezimmer, Zahnpasta, Rasierschaum ...«

»Da bin ich schon mal gewesen«, sagte sie. »Das ist ein altes Anwesen, das er von einem älteren Musiker gekauft hat, einem Iren. Es ist wunderschön. Hat fast was Italienisches.«

»Glauben Sie, er will diese Idoru dahin mitnehmen, wenn sie heiraten?«

»Niemand hat eine Ahnung, was er meint, wenn er sagt, daß er sie ›heiraten‹ will.«

»Dann eine Wohnung in Stockholm. Riesig. Gewaltige Öfen mit glasierten Kacheln in jedem Zimmer.«

»Die kenn ich nicht. Er hat überall Immobilien, und manche werden sehr geheimgehalten. Es gibt noch ein Landhaus in Südfrankreich, ein Haus in London, Wohnungen in New York, Paris, Barcelona ... Ich hab im katalanischen Büro gearbeitet, hab ihren ganzen Kram reformatiert, auch für Spanien, als diese Idoru-Sache rauskam. Seitdem bin ich hier.«

»Aber Sie kennen ihn? Haben Sie ihn vorher auch schon gekannt?«

»Er ist der Nabel der Welt, in der ich arbeite, Laney. Das macht Menschen auf gewisse Weise unerkennbar.«

»Was ist mit Lo?«

»Ruhig. Sehr ruhig. Und sehr intelligent.« Sie schaute stirnrunzelnd in ihren Sake. »Ich glaub nicht, daß irgendwas von all dem Lo jemals wirklich berührt hat. Er scheint ihre ganze Karriere als einen außergewöhnlichen Zufall zu betrachten, der mit nichts sonst etwas zu tun hat.«

»Auch nicht mit dem Beschluß seines Partners, einen Software-Agenten zu heiraten?«

»Lo hat mir mal eine Geschichte über einen früheren Job erzählt. Er hat bei einem Suppenverkäufer in Hongkong gearbeitet, an so einem Wagen auf dem Bürgersteig. Lo zufolge war der Wagen schon seit über fünfzig Jahren im Geschäft, und ihr Geheimnis war, daß sie den Kessel nie saubermachten. Tatsächlich hatten sie die Suppe immerzu weitergekocht. Sie verkauften seit fünfzig Jahren die gleiche Fischsuppe, aber es war nie dieselbe, weil sie täglich frische Ingredienzien dazugaben, je nachdem, was es gerade gab. Er hat gesagt, so ähnlich käme ihm auch seine Karriere als Musiker vor, und das gefiele ihm daran. Blackwell sagt, wenn Rez eher so wie Lo wäre, würde er noch im Gefängnis sitzen.«

»Wieso?«

»Blackwell saß gerade neun Jahre in einem australischen Hochsicherheitsknast ab, als Rez die zuständigen Leute dazu gebracht hat, ihn reinzulassen. Um ein Konzert zu geben. Bloß Rez. Lo und den anderen war's zu gefährlich. Man hatte ihnen gesagt, es könnte zu einer Geiselnahme kommen. Die Gefängnisverwaltung hat jede Verantwortung abgelehnt, und das wollten sie schriftlich machen. Rez hat alles unterschrieben, was sie ihm vorgelegt haben. Seine Sicherheitsleute haben auf der Stelle gekündigt. Er ist mit zwei Gitarren, einem drahtlosen Mikro und einer ziemlich rudimentären Verstärkeranlage rein. Während des Konzerts ist ein Aufstand ausgebrochen. Den hatte offenbar eine Gruppe italienischer Gefangener aus Melbourne inszeniert. Fünf von ihnen haben Rez in die Gefängniswäscherei gebracht, die sie sich ausgesucht hatten, weil sie fensterlos und leicht zu verteidigen war. Sie haben Rez erklärt, sie würden ihn kaltmachen, wenn man sie nicht im Austausch gegen ihn freiließe. Sie haben darüber diskutiert, ihm mindestens einen Finger abzuschneiden, um zu demonstrieren, daß sie's ernst meinten. Möglicherweise auch ein intimeres Körperteil, obwohl sie das vielleicht nur gesagt haben, um ihm angst zu machen. Was ihnen auch gelungen ist.« Sie gab der Bedienung im pinkfarbenen Angora ein Zeichen, ihr noch einen Sake zu bringen. »Blackwell, der offenbar extrem sauer war über die Unterbrechung des Konzerts, das ihm riesigen Spaß gemacht hatte, ist ungefähr vierzig Minuten nach Rez' Gefangennahme in der Wäscherei aufgetaucht. Weder Rez noch die Italiener haben ihn kommen sehen, und die Italiener hatten eindeutig nicht mit ihm gerechnet.« Sie machte eine Pause. »Er hat drei von ihnen mit einem Tomahawk umgebracht. Hat ihnen die Köpfe damit eingeschlagen: eins, zwei, drei, sagt Rez, genau so. Ohne jedes Aufheben.«

»Ein Tomahawk?«

»So 'ne Art Kriegsbeil mit schmaler Schneide und einer Spitze gegenüber der Schneide. Vergrößert die Reichweite, verleiht ungeheure Wucht und kann mit etwas Übung ziemlich präzise geworfen werden. Blackwell schwört drauf. Die anderen beiden sind abgehauen, scheinen aber im Anschluß an den Aufstand ums Leben gekommen zu sein. Ich persönlich bin sicher, daß Blackwell oder seine ›Kumpels‹ sie umgebracht haben, weil er nie wegen des Mordes an den anderen drei angeklagt worden ist. Der einzige überlebende Zeuge war Rez, den Blackwell zu der Barrikade eskortiert hat, die die Wachen auf dem Gefängnishof aufgebaut hatten.« Ihr Sake kam. »Rez' Anwälte haben drei Monate gebraucht, um Blackwells Urteil wegen eines Formfehlers aufheben zu lassen. Seitdem sind sie ununterbrochen zusammen.«

»Weswegen hat Blackwell gesessen?«

»Wegen Mordes«, sagte sie. »Wissen Sie, was ein Standover Man, ist?«

»Nein.«

»Das ist ein spezieller australischer Begriff. Ich möchte fast meinen, daß er nur in einer Kultur entstehen konnte, die anfangs aus Sträflingen bestand, aber meine australischen Freunde glauben das nicht. Der Standover Man ist ein Einzelgänger, ein menschliches Raubtier, das sich andere, erfolgreichere, häufig extrem gefährliche Verbrecher als Opfer aussucht. Er nimmt sie gefangen und bedroht sie: Er ›steht über‹ ihnen. Um Geld zu erpressen.«

»Was heißt das?«

»Er foltert sie, bis sie ihm sagen, wo ihr Geld ist. Und das sind oft gestandene Gangster, die Leute bezahlen, um auf sie aufzupassen und speziell so was zu verhindern …«

»Er foltert sie?«

»›Zehenabschneider‹ ist ein verwandter Begriff. Wenn sie ihm sagen, was er wissen will, bringt er sie um.«

Und Blackwell war plötzlich und lautlos einfach da, ganz in mattem Schwarz, in einem riesigen Viehtreibermantel aus gewachster Baumwolle. Hinter ihm die verschossene amerikanische Reklame und die Grau- und Pinktöne des Kaugummis. Seine zernarbte Kopfhaut war unter der Krone eines breiten schwarzen Huts aus gewachster Baumwolle verborgen.

»Arleigh, mein Schatz, du hast doch nicht etwa von mir geredet, oder?«

Aber er lächelte sie an.

»Ich schildere Mr. Laney dein Vorleben, Blackwell. Ich war gerade erst beim Massagesalon angekommen, und jetzt hast du's verdorben.«

»Mach dir nichts draus. Das Essen ist vorgezogen worden, auf Anordnung seiner Majestät. Ich bin hier, um euch abzuholen. Findet auch woanders statt. Hoffe, ihr habt nichts dagegen.«

»Wo?« fragte Arleigh, als wäre sie noch nicht bereit, sich in Bewegung zu setzen.

»Im Western World«, sagte Blackwell.

»Und ich hab meine guten Schuhe an«, seufzte sie.

22 Gomi Boy

Die Züge waren jetzt voller, es gab nur noch Stehplätze, die Menschen standen dichtgedrängt, und irgendwie waren die Blickkontaktregeln hier anders, aber sie wußte nicht so recht, wie. Ihre Tasche mit dem Sandbenders war gegen Masahikos Rücken gedrückt. Er schaute wieder auf die Bedienungsfläche, die er hochhielt wie ein Pendler eine taktisch klug gefaltete Zeitung.

Nun ging es zurück zum Restaurant von Mitsukos Vater, und dann war sie mit ihrem Latein am Ende. Was sie getan hatte, hatte sie gegen Hiromis Willen getan. Und es hatte ihr nichts weiter eingebracht als den irgendwie unangenehmen Gedanken, daß Rez langweilig sein könnte. Und was hatte sie nun davon? Die Hinfahrt und jetzt auch die Rückfahrt hatte sie mit Kelseys Cashcard bezahlt. Und Zona hatte gesagt, jemand suche nach ihr; sie könnten sie aufspüren, wenn sie die Cashcard benutzte. Vielleicht gab es eine Möglichkeit, sie zu Bargeld zu machen, aber sie bezweifelte es.

Nichts von alledem war so gelaufen, wie sie es sich in Seattle vorgestellt hatte, aber man konnte ja wohl auch nicht von einem erwarten, sich jemanden wie Maryalice vorzustellen. Oder wie Eddie oder gar Hiromi.

Masahiko schaute stirnrunzelnd auf die Bedienungsfläche. Chia sah, wie sich die Punkte und Kringel änderten.

Dieses Ding, das Maryalice ihr in die Tasche gesteckt

hatte. Hier, direkt unter ihrem Arm. Sie hätte es bei Mitsuko lassen sollen. Oder wegwerfen, aber was sollte sie dann sagen, wenn Eddie oder Maryalice auftauchten? Und wenn es nun voller Drogen war?

In Singapur wurde man dafür gehängt, und zwar mitten im Einkaufszentrum. Ihrem Vater gefiel das nicht, und er sagte, das sei einer der Gründe, weshalb er sie noch nie dorthin eingeladen habe. Sie brachten es auch im Fernsehen, so daß man wirklich kaum drum herumkam, es zu sehen, und er wollte nicht, daß sie es sah. Jetzt fragte sie sich, wie weit Singapur von Tokio entfernt war. Sie wünschte, sie könnte dorthin fahren und die Augen geschlossen halten, bis sie in der Wohnung ihres Vaters war, und dann den Fernseher aus lassen und einfach nur bei ihm sein, seinen Rasiergeruch riechen und das Gesicht an sein kratziges Wollhemd drücken, obwohl er in Singapur vermutlich keins trug, weil es dort sehr warm war. Sie würde die Augen trotzdem geschlossen lassen und ihm zuhören, wie er von seiner Arbeit erzählte, von den Arbitrage-Maschinen, die wie unsichtbare Drachen zwischen den Weltmärkten hin und her sausten, schnell wie das Licht, und dabei geringfügige Vorteile für Händler wie ihren Vater abhobelten …

Masahiko drehte sich um und stieß dabei versehentlich ihre Tasche beiseite, als der Zug in einem Bahnhof hielt – nicht ihrem. Eine Frau mit einer gelben Einkaufstüte sagte etwas auf Japanisch. Masahiko packte Chia am Handgelenk und zog sie zur offenen Tür.

»Das ist doch noch gar nicht unsere Station …«

»Komm! Komm!« Hinaus auf den Bahnsteig. Ein anderer Geruch, chemisch und scharf. Die Wände irgendwie weniger sauber. Eine gebrochene Fliese in der Keramikdecke.

»Was ist denn los? Warum steigen wir aus?«

Er zog sie in die Ecke, die von der gefliesten Wand und einem großen Selbstbedienungsautomaten gebildet wurde. »Im Restaurant wartet jemand auf dich.« Er schaute auf ihr Handgelenk hinunter, merkte zu seiner offenkundigen Verblüffung, daß er es festhielt, und ließ sie sofort los.

»Woher weißt du das?«

»Ummauerte Stadt. In der letzten Stunde hat es Anfragen gegeben.«

»Von wem?«

»Russen.«

»Russen?«

»Seit dem Erdbeben sind viele vom Kombinat hier. Sie schmieden Beziehungen zur Gumi.«

»Was ist die Gumi?«

»Ihr sagt dazu Mafia. Yakuza. Mein Vater hat Vereinbarung mit hiesiger Gumi. Ist notwendig, um ein Restaurant zu betreiben. Gumi-Leute haben mit meinem Vater über dich gesprochen.«

»In deinem Viertel ist die Russenmafia?« Hinter ihrem Kopf, an der Seite des Automaten, das animierte Logo von etwas namens Apple Shires.

»Nein. Yamaguchi-gumi-Zweig. Mein Vater kennt diese Männer. Sie sagen meinem Vater, Russen fragen nach dir, und das ist nicht gut. Sie können nicht übliche Sicherheit garantieren. Russen nicht zuverlässig.«

»Ich kenne keine Russen«, sagte Chia.

»Wir gehen jetzt.«

»Wohin?«

Er ging über den belebten Bahnsteig voran, dessen Pflaster von Hunderten zusammengerollter Regenschirme naß war. Offenbar regnete es jetzt, dachte sie. Zu einer Rolltreppe.

»Als die Ummauerte Stadt sah, daß jemand sich für unsere Adressen interessierte, die von meiner Schwester und mir, wurde ein Freund geschickt, um meinen Computer abzuholen ...«

»Warum?«

»Weil ich Verantwortung habe. Für die Ummauerte Stadt. Verteilte Verarbeitung.«

»Du hast eine MUD in deinem Computer?«

»Ummauerte Stadt ist nirgendwo«, sagte er, als sie auf die Rolltreppe traten. »Mein Freund hat meinen Computer. Und er weiß über Männer Bescheid, die auf dich warten.«

Masahiko sagte, sein Freund heiße Gomi Boy.

Er war sehr klein und trug eine riesige, wattierte Arbeitshose mit gewaltigem Schlag und mindestens einem Dutzend Taschen. Sie wurde von sieben Zentimeter breiten Hosenträgern in leuchtendem Orange gehalten, die über einem verlotterten Baumwoll-Sweater mit hochgerollten Ärmeln lagen. Seine Schuhe waren pink und sahen wie Schuhe aus, die Babys trugen, nur größer. Er thronte jetzt auf einem eckigen Aluminiumstuhl und kam mit den Babyschuhen nicht ganz bis zum Boden. Sein Haar sah aus, als wäre es mit einem Spachtel geformt worden, glänzende Wirbel und Dellen, als könnte man mit der Hand klebenbleiben, wenn man es anfaßte. So sah auch J. D. Shapelys Haar auf den Wandbildern am Pioneer Square aus, und Chia wußte aus der Schule, daß es was mit dem ganzen Elvis-Kram zu tun hatte, aber sie konnte sich nicht entsinnen, was genau.

Er unterhielt sich mit Masahiko auf Japanisch, über die donnernde Brandung der Spielhallengeräusche hinweg. Chia wünschte, sie hätte einen Translator auf, aber dazu würde sie die Tasche aufmachen, einen suchen und den Sandbenders einschalten müssen. Und Gomi Boy sah aus, als wäre er ganz froh darüber, daß sie ihn nicht verstehen konnte.

Er trank etwas namens Pocari Sweat aus einer Dose und rauchte eine Zigarette. Chia beobachtete, wie sich der blaue Rauch schichtweise in der Luft absetzte, erhellt von dem grellen Licht der Spiele. Davon konnte man Krebs kriegen, und in Seattle würde man verhaftet werden, wenn man so was machte. Gomi Boys Zigarette sah wie ein Fabrikprodukt aus: eine perfekte weiße Röhre mit braunem Ende, das er an die Lippen führte. Solche Dinger hatte Chia manchmal in alten Filmen gesehen, aus denen sie noch nicht digital gelöscht worden waren, aber ansonsten hatte sie nur die krummen und schiefen aus Papier zu Gesicht bekommen, die in den Straßen von Seattle verkauft wurden. Man konnte aber auch einen kleinen Beutel Tabak und das weiße, rechteckige Papier kriegen, in das man ihn einrollte. Wie es die Netzkappen in der Schule machten.

Es regnete noch immer in Strömen. Durch das triefende Fenster der Spielhalle konnte sie eine weitere Spielhalle auf der anderen Straßenseite sehen, eine mit den Geräten, in denen die silbernen Kugeln herumschossen. Das Neonlicht, der Regen und die silbernen Kugeln verschmolzen miteinander, und sie fragte sich, worüber Masahiko und Gomi Boy redeten.

Gomi Boy hatte Masahikos Computer in einem buntkarierten Einkaufsbeutel aus Kunststoff, auf den pinkfarbene internationale Biorisiko-Symbole aufgenäht waren. Er stand auf dem kleinen Tisch neben der Pocari-Sweat-Dose. Was war ein Pocari? Sie stellte sich eine Art Wildschwein mit Stacheln und hochgebogenen Hauern vor, wie sie es im Nature Channel gesehen hatte.

Gomi Boy sog an seiner Zigarette, so daß die Spitze aufglühte. Er blinzelte Masahiko durch den Rauch hindurch an und sagte etwas. Masahiko zuckte die Achseln. Eine frische Minidose Mikrowellen-Espresso stand vor ihm, und Chia trank eine weitere Coke Lite. In Tokio durfte man sich nirgends hinsetzen, wenn man nichts bestellte, und ein Getränk ging schneller als was zu essen. Und es kostete weniger. Aber sie bezahlte ja nicht. Gomi Boy bezahlte, weil er und Masahiko nicht wollten, daß sie Kelseys Cashcard benutzte.

Gomi Boy sagte wieder etwas. »Er wünscht mit dir zu sprechen«, erklärte Masahiko.

Chia bückte sich, machte den Reißverschluß ihrer Tasche auf und suchte die Ohrclips. Sie hatte nur die beiden, also gab sie einen Gomi Boy, setzte den anderen selbst auf und schaltete ein. Er setzte seinen auf. »Ich bin aus der Ummauerten Stadt«, sagte er. »Verstehst du?«

»Eine MUD, stimmt's? Eine Multi-User-Domäne.«

»Nicht in dem Sinn, wie du es meinst, aber so in etwa, ja. Warum bist du in Tokio?«

»Um Informationen über Rez' Plan zu sammeln, die Idoru zu heiraten, Rei Toei.«

Gomi Boy nickte. Ein Otaku zu sein bedeutete, großes Interesse an Informationen zu haben; er verstand, was es hieß, Fan zu sein. »Hast du etwas mit dem Kombinat zu tun?«

»Nein«, sagte Chia. Was sollte sie mit der Mafia-Regierung in Rußland zu tun haben?

»Und du bist bei Masahiko, weil ...?«

»... Mitsuko die Veranstaltungsorganisatorin der Ortsgruppe Tokio des Lo/Rez-Vereins ist, dem ich in Seattle angehöre.«

»Wie oft bist du im Restaurant an den Port gegangen?«

»Dreimal.« Das Silke-Marie-Kolb-Outfit. Das Treffen. Zona Rosa. »Ich hab für Präsentationssoftware bezahlt, Mitsuko und ich haben an dem Treffen teilgenommen, und ich hab ein Link nach Hause gehabt.«

»Hast du die Software mit deiner Cashcard bezahlt?«

»Ja.« Sie schaute von Gomi Boy zu Masahiko. Zwischen und hinter ihnen der Regen. Die unaufhörliche, ratternde Kaskade der kleinen Silberkugeln hinter der Scheibe auf der anderen Straßenseite. Spieler kauerten dort auf integrierten Hockern und manipulierten die Metallflut. Mastahikos Miene verriet ihr überhaupt nichts.

»Masahikos Computer erhält gewisse Aspekte der Ummauerten Stadt aufrecht«, sagte Gomi Boy. »Es gab Pläne dafür, ihn im Notfall in Sicherheit zu bringen. Als sich herausstellte, daß sowohl Masahikos User-Adresse als auch der seiner Schwester ungewöhnliche Aufmerksamkeit zuteil wurde, bin ich geschickt worden, um sein Gerät in Verwahrung zu nehmen. Wir tauschen häufig Hardware. Ich handle mit Second-Hand-Geräten. Deshalb nennt man mich Gomi Boy. Ich habe Schlüssel zu Masahikos Zimmer. Sein Vater weiß, daß ich hinein darf. Es stört ihn nicht. Ich bin hingegangen und habe den Computer mitgenommen. In der Nähe ist ein kleiner städtischer Erholungspark. Von dort aus hat man einen Blick auf das Restaurant. Als ich die Oakland Overbombers gesehen habe, bin ich über die Straße gegangen und habe mit ihnen gesprochen.«

»Als du was gesehen hast?«

»Eine Skateboard-Gruppe. Sie haben sich nach dem kalifornischen Fußballverein benannt. Ich habe sie gefragt, ob etwas Ungewöhnliches passiert sei. Sie erzählten mir, sie hätten vor einer Stunde ein sehr großes Fahrzeug gesehen ...«

– Einen Graceland.

»Einen Daihatsu Graceland. Hier gibt es nicht so viele wie in Amerika, glaube ich.«

Chia nickte. Ihr Magen machte wieder den kalten Salto. Ihr war, als müßte sie sich gleich übergeben.

Gomi Boy beugte sich mit seiner mittlerweile kurzen Zigarette zur Seite und zerdrückte die Spitze in einer kleinen Chromschale, die an der Seite einer Spielkonsole angebracht war. Chia fragte sich, wofür sie normalerweise benutzt wurde und warum er das tat, aber vermutlich mußte er die Zigarette irgendwohin tun, sonst würde sie ihm die Finger verbrennen. »Der Graceland hat in der Nähe des Restaurants geparkt. Zwei Männer sind ausgestiegen ...«

»Wie haben sie ausgesehen?«

»Wie Gumi-Leute.«

»Japaner?«

»Ja. Sie sind ins Restaurant gegangen. Der Graceland hat gewartet. Nach einer Viertelstunde sind sie zurückgekommen, in den Graceland eingestiegen und abgefahren. Dann ist Masahikos Vater erschienen. Er hat in alle Richtungen geschaut und die Straße beobachtet. Er hat das Telefon aus seiner Tasche gezogen und mit jemandem gesprochen. Er ist ins Restaurant zurückgegangen.« Gomi Boy warf einen Blick auf den Einkaufsbeutel. »Ich wollte mit Masahikos Computer nicht in dem Erholungspark bleiben. Ich versprach dem Anführer der Overbombers, ihm später ein besseres Telefon zu geben, wenn er dort bleiben und mich anrufen würde, falls noch etwas geschähe. Da die Overbombers eh nichts zu tun haben, war er einverstanden. Ich bin gegangen. Zwanzig Minuten später hat er angerufen, um einen grauen Honda-Van zu melden. Der Fahrer ist Japaner, aber die andern drei sind Ausländer. Er glaubt, es sind Russen.«

»Warum?«

»Weil sie sehr groß sind und sich auf eine Art kleiden, die er mit dem Kombinat verbindet. Sie sind noch dort.«

»Woher weißt du das?«

»Wenn sie wegfahren, muß er mich anrufen. Er will ja sein neues Telefon haben.«

»Kann ich hier porten? Ich muß sofort mit der Air Magellan sprechen, um meine Reservierung zu ändern. *Ich will nach Hause.*« Und Maryalices Päckchen in diesen Abfalleimer werfen, den sie hinter Gomi Boy sah.

»Du darfst nicht porten«, sagte Masahiko. »Du darfst die Cashcard nicht benutzen. Wenn du das tust, werden sie dich finden.«

»Aber was soll ich denn *sonst* machen?« fragte sie,

überrascht von ihrer Stimme, die völlig fremd klang. »Ich will einfach nur nach *Hause!*«

»Zeig mir die Karte«, sagte Gomi Boy. Sie steckte in ihrem Parka, bei ihrem Paß und ihrem Rückflugticket. Sie nahm sie heraus und gab sie ihm. Er öffnete eine Tasche an seiner Arbeitshose und holte ein kleines, rechteckiges Gerät heraus, das offenbar von vielen Schichten ausgefransten silbernen Klebebands zusammengehalten wurde. Er zog Chias Karte durch einen Schlitz und spähte in einen Sehspalt mit einem Lesegerät wie dem an einem Faxpiepser. »Sie ist nicht übertragbar, und man bekommt kein Bargeld damit. Außerdem ist sie sehr leicht aufzuspüren.«

»Meine Freundin ist ziemlich sicher, daß sie die Nummer sowieso haben«, sagte Chia und dachte an Zona.

Gomi Boy begann, mit der Kante der Cashcard auf den Rand seiner Pocari-Sweat-Dose zu tippen. »Es gibt einen Ort, wo du sie benutzen könntest, ohne aufgespürt zu werden«, sagte er. Tipp tipp. »Wo Masahiko in die Ummauerte Stadt gehen könnte.« Tipp tipp. »Wo du nach Hause telefonieren könntest.«

»Und wo ist das?«

»In einem Liebeshotel.« Tipp. »Weißt du, was das ist?«

»Nein«, sagte Chia.

Tipp.

23 Willkommen im Western World

Als sie aus dem pinkfarbenen Mosaikschlund des Le Chicle in den einsetzenden Regen hinaustreten, sah Laney, daß der auf Stelzen gehende New-Logic-Jünger immer noch an seinem Platz stand. Wegen der hereinbrechenden Dunkelheit war seine animierte Sandwich-Tafel erleuchtet. Als Blackwell Arleigh die Tür einer Mini-Limousine aufhielt, warf Laney einen Blick zurück auf die über den Schirm laufenden Zahlen und fragte sich, um wieviel das Gesamtgewicht des menschlichen Nervengewebes auf der Erde während ihres Aufenthalts in der Bar zugenommen hatte.

Laney stieg nach ihr ein, und ihm fielen erneut die katalanischen Sonnen auf, drei an der Zahl, die an der Innenseite ihrer Wade abwärts kleiner wurden. Blackwell ließ die Tür hinter ihnen mit einem dumpfen Laut ins Schloß fallen, öffnete dann die Vordertür auf der Seite, wo eigentlich der Fahrer hätte sitzen sollen, und schien sich in den Wagen zu ergießen, eine Bewegung, die an das Fließen einer Quecksilberkugel und zugleich an das Quellen mehrerer hundert Pfund flüssigen Betons erinnerte. Der Wagen schaukelte und schwankte, als die Stoßdämpfer sich auf sein Gewicht einstellten.

Laney sah, daß die Krempe von Blackwells schwarz gewachstem Hut hinten tief herunterhing, aber nicht tief genug, um ein Kreuzmuster feiner roten Striemen zu verbergen, die sein Genick schmückten.

Nach dem Hinterkopf zu urteilen, hätte es derselbe Fahrer sein können, der sie nach Akihabara gebracht hatte. Er fädelte sich in den Verkehr ein, den man im Rückspiegel sah. Es regnete jetzt in Strömen; der Regen bildete Pfützen, zog gespiegeltes Neonlicht aus der Senkrechten und warf es in krakeligen Linien auf Bürgersteig und Straßenpflaster.

Arleigh McCrae hatte Parfüm aufgelegt, und es weckte in Laney den Wunsch, Blackwell wäre nicht da, sie wären auf dem Weg zu irgendeinem anderen Ort als ihrem jetzigen Ziel, in einer anderen Stadt, und ein Großteil der letzten sieben Monate von Laneys Leben hätte sich gar nicht ereignet oder wäre anders verlaufen, vielleicht sogar bis zurück zu DatAmerica und den Franzosen, aber als es komplizierter wurde, begann es, ihn zu deprimieren.

»Ich weiß nicht recht, ob es Ihnen da gefallen wird«, sagte sie.

»Wieso?«

»Sie scheinen mir nicht der Typ dafür zu sein.«

»Warum nicht?«

»Kann sein, daß ich mich irre. Vielen gefällt es. Ich glaube, wenn Sie's als sehr ausgeklügelten Scherz auffassen …«

»Was ist es?«

»Ein Club. Ein Restaurant. Ein *environment.* Wenn wir ohne Blackwell kämen, würden sie uns wahrscheinlich gar nicht reinlassen. Oder auch nur zugeben, daß es da ist.«

Laney erinnerte sich an das Japanische Restaurant in Brentwood, in das ihn Kathy Torrance mitgenommen hatte. Nicht Japanisch, was Besitzer und Personal anging. Sein Thema war ein imaginäres osteuropäisches Land. Es war mit Volkskunst aus diesem Land dekoriert, und jeder, der dort arbeitete, trug die landestypische Kluft oder jedenfalls eine Art metallisch grauer Gefängniskleidung und klobige schwarze Schuhe. Die dort beschäftigten Männer hatten alle ausrasierte Schläfen, die Frauen dicke doppelte Zöpfe, aufgerollt wie Käseräder. Laneys Vorspeise hatte aus allerlei kleinen Würstchen – den kleinsten, die er je gesehen hatte – mit einer Art eingelegtem Weißkohl dazu bestanden, und es hatte nicht so geschmeckt, als käme es aus einem bestimmten Land, aber vielleicht war das ja gerade der Sinn der Sache gewesen. Und dann waren sie in ihre Wohnung zurückgekehrt, die wie eine Luxusversion des Käfigs bei Slitscan eingerichtet war. Und das hatte auch nicht hingehauen, und manchmal fragte er sich, ob das ihre Wut noch gesteigert hatte, als er zu *Außer Kontrolle* übergelaufen war.

»Laney?«

»'tschuldigung … Und Rez mag diesen Laden?«

Zwischen Wäldern schwarzer Regenschirme hindurch, die darauf warteten, eine Kreuzung überqueren zu können.

»Ich glaube, er grübelt da einfach gern vor sich hin«, sagte sie. Das Western World nahm die beiden obersten Stockwerke eines Bürogebäudes ein, das bei dem Erdbeben nicht ganz unbeschädigt geblieben war. Yamasaki hätte vielleicht gesagt, daß es eine Reaktion auf das Trauma und den anschließenden Wiederaufbau darstellte. In den Tagen (manchen zufolge Stunden) unmittelbar nach der Katastrophe war in den ehemaligen Büroräumen einer Firma, die Anteile an Golfclub-Mitgliedschaften vermakelt hatte, eine improvisierte Bar mit Disko entstanden. Das Gebäude war als einsturzgefährdet eingestuft und von Arbeitern des Katastrophenschutzes im Erdgeschoß versiegelt worden, aber man konnte nach wie vor durch die zerstörten Tiefgeschosse hineingelangen. Jeder, der bereit war, elf leicht rissige Betontreppen hinaufzusteigen, stieß auf das Western World, eine bizarr atypische (aber, wie manche sagten, auf geheimnisvolle Weise bedeutsame) Antwort auf die Erschütterung, die damals, vor so kurzer Zeit, achtundsechzigtausend der sechsunddreißig Millionen Einwohner der Region getötet hatte. Ein belgischer Journalist, der sich große Mühe gegeben hatte, die Szene zu beschreiben, hatte gesagt, es ähnele einer Kreuzung zwischen einer permanenten Massen-Totenwache, einer unaufhörlichen Schulabschlußfeier von mindestens einem Dutzend Subkulturen, von denen vor der Katastrophe nie jemand gehört hatte, den Schwarzmarkt-Cafes im besetzten Paris und Goyas Vorstellung von einer Tanzparty (vorausgesetzt, Goya wäre Japaner gewesen und hätte Freebase-Methamphetamin geraucht, was zusammen mit Strömen von Alkohol die vom frühen Western World favorisierte Droge gewesen war). Dem Belgier zufolge war es, als ob die Stadt in ihren Krämpfen und ihrem Kummer spontan und zwangsläufig dieses verborgene Taschenuniversum der Seele hervorgebracht habe, dessen wenige unzerbrochene Fenster mit schwarzer, wasserfester Kautschukfarbe übertüncht waren. Von der zerstörten Stadt sollte nichts zu sehen sein. Als drum herum der Wiederaufbau begann, war es bereits ein wichtiger Punkt in Tokios psychischer Geschichte geworden, ein offenes Geheimnis, eine städtische Legende.

Aber jetzt, erklärte Arleigh, während sie die erste dieser elf Treppen emporstiegen, sei es ganz eindeutig ein kommerzielles Unternehmen. Das beschädigte, ansonsten leerstehende Haus verdanke seine fortdauernde Existenz dem nicht lizensierten Penthouse-Club. Falls er tatsächlich noch immer nicht lizensiert sei; sie habe da ihre Zweifel. »Hier lassen sie die Zügel nicht so schleifen«, sagte sie auf dem Weg nach oben, »nicht bei solchen Sachen. Jeder weiß, daß das Western World hier ist. Ich glaube, es gibt da eine stille Übereinkunft, sie den Laden so betreiben zu lassen, als ob er immer noch nicht lizensiert wäre. Dafür sind die Leute nämlich bereit, Geld auszugeben.«

»Wem gehört das Haus?« Laney beobachtete, wie Blackwell vor ihnen die Treppen hinaufschwebte. In den mattschwarzen Ärmeln des Viehtreibermantels wirkten seine Arme wie Rinderseiten in Trauerkleidung. Die Treppenhausbeleuchtung bestand aus unregelmäßigen, schwach biolumineszenten Kabelschlaufen.

»Angeblich einer der beiden Gruppen, die sich nicht so recht einigen können, wem unser Hotel gehört.«

»Der Mafia?«

»Ihrem hiesigen Gegenstück. Aber sie entsprechen einander nur ansatzweise. Vor dem Erdbeben war Immobilienbesitz hier barock; jetzt ist er eher okkult.«

Als sie an einer der leuchtenden Schlaufen vorbeikamen, schaute Laney nach unten und bemerkte auf den Trittflächen der Stufen hart gewordene Rinnsale einer Substanz, die grünlichem Bernstein ähnelte.

»Da ist so ein Zeug auf den Stufen«, sagte er.

»Urin«, erwiderte Arleigh.

»Urin?«

»Verfestigter, biologisch neutraler Urin.«

Laney nahm die nächsten paar Stufen schweigend. Seine Waden begannen zu schmerzen. Urin?

»Nach dem Erdbeben haben die sanitären Anlagen nicht mehr funktioniert«, sagte sie. »Sie konnten die Toiletten nicht benutzen. Da haben die Leute einfach ins Treppenhaus gemacht. Muß ziemlich schrecklich gewesen sein, nach allem, was man so hört, obwohl manche wehmütig daran zurückdenken.«

»Er ist fest?«

»Hier gibt's ein Produkt, ein Pulver, sieht wie Tütensuppe aus. Irgend so ein Enzym. Wird hauptsächlich von Müttern mit kleinen Kindern gekauft. Das Kind muß mal, man kommt nicht mehr rechtzeitig zum Klo, und es pinkelt in einen Pappbecher oder einen leeren Saftkarton. Man gibt den Inhalt eines handlichen, brieftaschengroßen Tütchens von diesem Zeug dazu, und schwupp, schon ist es fest. Neutral, geruchlos, absolut hygienisch. Man wirft's in den Abfalleimer, und es wandert auf den Müll.«

Sie kamen an einer weiteren Lichtschlaufe vorbei, und Laney sah, daß von den Rändern einer Stufe winzige Stalaktiten herunterhingen. »Die haben dieses Zeug benutzt …«

»Massenweise. Andauernd. Zuletzt mußten sie's absägen …«

»Und jetzt …«

»Natürlich nicht mehr. Aber die Grotte haben sie so gelassen.«

Eine weitere Treppe. Eine weitere Schlaufe, die geisterhaftes Unterwasserlicht spendete.

»Was haben sie mit den Stücken gemacht?« fragte er.

»Das möchte ich lieber nicht wissen.«

Völlig erledigt und mit schmerzenden Knöcheln kam Laney aus der Grotte heraus und betrat einen undefinierbaren Raum mit schwarzen Wänden, dessen charakteristische Merkmale das blaue Licht und die senkrechten Streben vergoldeter Träger waren. Nach den chemisch gefrorenen Pissefresken war das Western World eine Enttäuschung. Ein leergeräumter Büroblock, hergerichtet mit nicht zueinander passenden Sofas und unscheinbaren Tresen. Mitten im Vordergrund ragte etwas auf. Er schaute erstaunt hin. Ein Panzer. Amerikanisch, dachte er, und alt.

»Wie haben sie den denn hier raufgekriegt?« fragte er Arleigh, die gerade jemandem ihren schwarzen Mantel gab. Und wieso war der Boden nicht durchgebrochen?

»Ist aus Harz«, sagte sie. »Eine Membranskulptur. Stereolithographie. Typisch Otaku: Sie bringen das Ding stückweise rauf und kleben es zusammen.«

Blackwell hatte seinen Viehtreibermantel abgegeben und ein Kleidungsstück enthüllt, das einer Anzugjacke ähnelte, aber aus einem leicht angelaufenen Aluminiumgewebe zu bestehen schien. Was für ein Stoff es auch war, die Menge hätte für eine Doppelbettdecke gereicht. Er durchquerte das Labyrinth aus Sofas und niedrigen Tischen mit der gleichen mühelosen Entschlossenheit, und Laney und Arleigh wurden in seinem Schlepptau mitgezogen.

»Das ist ein Sherman-Panzer«, sagte Laney in Erinnerung an eine CD-ROM in Gainesville über die Geschichte der Panzerfahrzeuge. Arleigh schien ihn nicht gehört zu haben. Aber wahrscheinlich hatte sie auch nie mit CD-ROMs gespielt. Die Zeit in einem staatlichen Waisenhaus brachte es so mit sich, daß man mit überholten Medienplattformen vertraut wurde.

Wenn Arleigh recht hatte und das Western World als eine Art Touristenattraktion aufrechterhalten wurde, dann hätte Laney gern gewußt, wie das Publikum in der Anfangszeit wohl ausgesehen hatte, als die Bürgersteige drunten zwei Meter tief unter Glasscherben begraben gewesen waren.

Die Leute auf den Sofas, die sich jetzt über die niedrigen Tische beugten, auf denen ihre Drinks standen, schienen sich von allen anderen Menschenansammlungen zu unterscheiden, die er in Tokio bisher gesehen hatte. Ihnen haftete etwas eindeutig Tranceartiges an, und längerer Blickkontakt wäre in einigen Fällen vielleicht interessant, in anderen aber wohl gefährlich gewesen. Er hatte den deutlichen Eindruck, daß sich die Gesamtmasse des menschlichen Nervengewebes in dem Raum bei näherer Untersuchung als mit dem einen oder anderen Färbemittel belastet erwiesen hätte. Oder war das vielleicht eine spezielle Auswahl von Leuten mit einer bestimmten Kombination von starrer Miene und stechendem Blick?

»Laney«, sagte Blackwell, ließ eine Hand auf Laneys Schulter sinken und drehte ihn in den Blick zweier länglicher grüner Augen, »das ist Rez. Rez, Colin Laney. Er arbeitet mit Arleigh zusammen.«

»Willkommen im Western World«, lächelnd, und dann glitten die Augen an ihm vorbei zu Arleigh. »'n Abend, Miz McCrae.«

In diesem Moment bemerkte Laney etwas, was er von seinen Begegnungen mit Promis bei Slitscan kannte: dieses binäre Geflacker im Kopf zwischen Abbild und Realität, zwischen dem vermittelten Gesicht und dem Gesicht vor einem. Er hatte bemerkt, wie sich dieses Hin und Her immer mehr zu beschleunigen schien, bis die beiden irgendwie verschmolzen und die daraus resultierende Mischung das neue Bild von der Person wurde. (Jemand bei Slitscan hatte ihm mal erklärt, es sei klinisch erwiesen, daß ein bestimmter Bereich im Gehirn für die Prominentenerkennung zuständig sei, aber er war sich nicht sicher gewesen, ob das ein Witz gewesen war oder nicht.)

Dabei hatte es sich um zahme Prominente gehandelt, um diejenigen, die Kathy schon in der Mache gehabt hatte. Sie waren im Haus (aber niemals im Käfig) gewesen, um – aufgrund welcher bereits bestehenden Vereinbarungen auch immer – bestimmte Aspekte ihres öffentlichen Lebens in Skriptform fassen zu lassen. Aber Rez war nicht zahm, und er war auf seine Weise ein ganz anderes Kaliber, obwohl Laney über seine spätere Karriere nur im Bilde gewesen war, weil Kathy ihn so gehaßt hatte.

Rez hatte jetzt einen Arm um Arleigh gelegt, zeigte mit dem anderen in das relative Dunkel hinter dem Sherman-Panzer und sagte etwas, was Laney nicht hören konnte.

»Mr. Laney, guten Abend.« Es war Yamasaki, in einem grünkarierten Sakko, das irgendwie komisch auf seinen schmalen Schultern saß. Er zwinkerte heftig.

»Yamasaki.«

»Sie haben Rez kennengelernt, ja? Gut, sehr gut. Ein Tisch ist gedeckt, für das Essen.« Yamasaki steckte zwei Finger in den übergroßen, geknöpften Kragen seines billig wirkenden weißen Frackhemds und zog, als wäre er viel zu eng. »Ich habe gehört, erste Versuche zur Identifikation von Knotenpunkten waren nicht von Erfolg gekrönt.« Er schluckte.

»Ich kann nichts Persönliches in etwas orten, was wie der Datenbestand eines Unternehmens strukturiert ist. Er ist einfach nicht *da*.«

Rez bewegte sich in Richtung dessen, was jenseits des Panzers sein mochte.

»Kommen Sie«, sagte Yamasaki und senkte dann die Stimme. »Etwas Außergewöhnliches. Sie ist hier. Sie ißt heute mit Rez zu Abend. Rei Toei.«

Die Idoru.

24 Hotel Di

Und nun hockte sie mit Masahiko und Gomi Boy in diesem winzigen Taxi, Masahiko vorn, auf dem Platz, wo eigentlich der Fahrer hätte sitzen sollen, Gomi Boy neben ihr auf dem Rücksitz. Gomi Boys Arbeitshose hatte so viele Taschen mit so vielen Dingen darin, daß es ihm schwerfiel, eine halbwegs bequeme Position zu finden. Chia hatte noch nie in einem so kleinen Wagen gesessen, erst recht nicht in einem so kleinen Taxi. Masahiko hatte die Knie fast bis an die Brust hochgezogen. Der Fahrer trug weiße Baumwollhandschuhe und eine Mütze, wie sie Taxifahrer in Filmen aus den vierziger Jahren des zwanzigsten Jahrhunderts trugen. Sämtliche Kopfstützen hatten kleine Bezüge aus gestärkter weißer Spitze, die mit speziellen Klemmen befestigt waren.

Vermutlich war das Taxi so klein, weil Gomi Boy bar bezahlen würde, und er hatte klar zum Ausdruck gebracht, daß er nicht viel Bargeld hatte.

Irgendwie waren sie aus dem Regen in diese verrückte, eindrucksvolle, aber altmodisch wirkende mehrstöckige Schnellstraße hinaufgefahren, deren stählerne Knochen von Kevlar-Verbänden verunstaltet waren, und rasten nun an den mittleren Etagen hoher Gebäude vorbei – vielleicht wieder dieses Shinjuku, weil sie durch eine Lücke dort einen kurzen Blick auf das Blechspielzeug-Gebäude zu erhaschen glaubte, aber von fern und aus einer anderen Richtung –, und hier, hinter einem Fenster wie alle anderen, so schnell wieder weg, daß sie nicht sicher war, ihn wirklich gesehen zu haben, ein nackter Mann mit übereinandergeschlagenen Beinen an einem Büroschreibtisch, den Mund bis zum Anschlag aufgerissen, wie in einem stummen Schrei.

Dann fielen ihr allmählich auch andere Gebäude hinter den Regenwänden auf, die selbst nach hiesigen Maßstäben übertrieben beleuchtet waren, wie Nissan-County-Attraktionen in einem TV-Werbespot, isolierte Themenpark-Elemente, die aus einer Schicht eher gesichtsloser, unbeleuchteter Bauten ohne besondere Kennzeichen aufragten. An jedem dieser hellen Gebäude prangte ein turmhohes Schild: HOTEL KING MIDAS mit blinkender Krone und Szepter, FREEDOM SHOWER BANFF mit blaugrünen Bergen, die einen Wasserfall aus goldenem Licht umrahmten. Mindestens sechs weitere in rascher Folge, dann sagte Gomi Boy etwas auf Japanisch. Der glänzende schwarze Mützenschirm des Fahrers wippte zur Antwort auf und ab.

Sie wurden langsamer und bogen auf eine Ausfahrt ein. In der Krümmung der Ausfahrt sah sie in dem plötzlichen, häßlichstumpfen Lichtschein der Natriumdampflampen eine regennasse Kreuzung im Nichts, ohne irgendwelche Autos in Sicht, wo sich blasses, grobes Gras naß und unordentlich einen kurzen, steilen Hang hinaufzog. Ein absolut anonymer Ort, der ebensogut in den Außenbezirken von Seattle oder einer x-beliebigen anderen Stadt hätte liegen können, und das Heimweh verschlug ihr den Atem.

Gomi Boy warf ihr einen raschen Seitenblick zu. Er war damit beschäftigt, etwas aus einer anderen Tasche zu graben, die offenbar *in* seiner Hose war. Von einer Stelle ein gutes Stück unterhalb seines Schritts förderte er ein brieftaschengroßes Bündel Papiergeld zutage, das von einem breiten schwarzen Gummiband zusammengehalten wurde. Im aufscheinenden und wieder verlöschenden Licht einer weiteren Straßenlampe sah Chia, wie er das Band löste und drei Scheine abzählte.

Sie waren größer als amerikanisches Geld, und auf einem sah sie das tröstlich vertraute Logo eines Unternehmens, dessen Namen sie schon von Kindesbeinen an kannte. Er stopfte die drei Scheine in den Ärmel seines Sweaters und machte sich daran, den Rest wieder dort unterzubringen, wo immer er es auch aufbewahren mochte.

»Gleich da«, sagte er, zog die Hand zurück und machte seine Hosenträger wieder fest.

»Gleich wo?«

Sie bogen rechts ab und hielten an. Überall um sie herum fiel ein seltsames weißes, märchenhaftes Licht zusammen mit dem Regen auf ölfleckigen Beton, der säuberlich mit zwei großen weißen Pfeilen bemalt war, die nebeneinander in entgegengesetzte Richtungen zeigten. Der eine, der in ihre Fahrtrichtung wies, war auf eine quadratische Öffnung in einer nichtssagenden, weißgetünchten Betonmauer gerichtet. Zwölf Zentimeter breite Bänder aus glänzendem, pinkfarbenem Plastik hingen von ihrem oberen Rand zum Beton unten herab, verbargen, was dahinter lag, und erinnerten Chia an Papierschlangen auf einem Schulfest. Gomi Boy gab dem Fahrer die drei Scheine. Er blieb geduldig sitzen und wartete aufs Wechselgeld.

Chia bekam Krämpfe in den Beinen und streckte die Hand nach dem Türgriff aus, aber Masahiko langte rasch von vorn herüber und hielt sie auf. »Fahrer muß aufmachen«, sagte er. »Wenn du aufmachst, geht Mechanismus kaputt, sehr teuer.« Der Fahrer gab Gomi Boy heraus. Chia dachte, Gomi Boy würde ihm ein Trinkgeld geben, aber das tat er nicht. Der Fahrer langte nach unten und machte dort etwas außerhalb ihres Blickfelds, und die Tür neben Chia ging auf.

Sie stieg in den Regen aus, zog ihre Tasche hinter sich her und schaute zur Quelle des weißen Lichtscheins hinauf: ein Haus wie eine Hochzeitstorte, an dem in weißer Neonschreibschrift HOTEL DI stand, umrandet von klaren, blinkenden Glühbirnen. Masahiko, der jetzt neben ihr stand, schob sie zu den pinkfarbenen Bändern hinüber. Sie hörte das Taxi hinter ihr abfahren. »Komm.« Gomi Boy verschwand mit dem buntkarierten Beutel durch die nassen Bänder.

Hinein in eine nahezu leere Garage, in der zwei kleine Wagen standen, ein grauer und ein dunkelgrüner, deren Nummernschilder von Rechtecken aus glattem schwarzem Plastik verdeckt wurden. Eine Glastür glitt beiseite, als Gomi Boy darauf zuging.

Eine körperlose Stimme sagte etwas auf Japanisch. Gomi Boy antwortete. »Gib ihm deine Karte«, sagte Masahiko. Chia nahm die Karte heraus und gab sie Gomi Boy, der der Stimme eine Reihe von Fragen zu stellen schien. Chia schaute sich um. Blasse Blautöne, Pink, Hellgrau. Ein sehr kleiner Raum, dem es gelang, wie ein Hotelfoyer zu wirken, ohne eine Sitzgelegenheit zu bieten. Bilder liefen in regelmäßiger Folge über Wandbildschirme: das Innere sehr sonderbar aussehender Zimmer. Die Stimme beantwortete Gomi Boys Fragen.

»Er verlangt Zimmer mit optimalen Portmöglichkeiten«, sagte Masahiko leise.

Gomi Boy und die Stimme schienen zu einer Übereinkunft zu gelangen. Er steckte Chias Karte über einem Gebilde ein, das wie ein kleiner pinkfarbener Springbrunnen aussah. Die Stimme dankte ihm. Eine schmale Luke öffnete sich, und ein Schlüssel rutschte in die pinkfarbene Schale herab. Gomi Boy nahm ihn und gab ihn Masahiko. Chias Karte kam aus dem Schlitz; Gomi Boy zog sie heraus und reichte sie Chia. Er gab Masahiko den karierten Beutel, drehte sich um und ging hinaus. Die Glastür öffnete sich zischend für ihn.

»Kommt er nicht mit?«

»Zimmer nur für zwei Personen erlaubt. Er hat woanders zu tun. Komm.« Masahiko zeigte auf einen Fahrstuhl, der sich öffnete, als sie näherkamen.

»Was, hast du gesagt, ist das für ein Hotel?« Chia stieg in den Fahrstuhl. Er trat hinter ihr ein, und die Tür schloß sich.

Er räusperte sich. »Liebeshotel«, sagte er.

»Was ist das?« Sie fuhren nach oben.

»Privatzimmer. Für Sex. Stundenweise.«

»Oh«, sagte Chia, als würde das alles erklären. Der Fahrstuhl blieb stehen, und die Tür ging auf. Er stieg aus, und sie folgte ihm durch einen schmalen Flur, der von Lichtbändern in Knöchelhöhe erhellt wurde. Vor einer Tür blieb er stehen und steckte den Schlüssel hinein, den sie bekommen hatten. Als er die Tür aufmachte, ging innen das Licht an.

»Warst du schon mal in so einem?« fragte sie und merkte, wie sie rot wurde. Sie hatte es nicht so gemeint.

»Nein«, sagte er. Er machte die Tür hinter ihr zu und untersuchte die Schlösser. Er drückte auf zwei Knöpfe. »Aber Leute, die hierher kommen, möchten manchmal porten. Es gibt Service, mit dem man sich Tarnadresse zuweisen lassen kann, dadurch man ist sehr schwer aufzuspüren. Auch zum Telefonieren, sehr sicher.«

Chia schaute zu dem runden, pinkfarbenen, pelzigen Bett hinüber. Es schien mit einem Zeug bezogen zu sein, aus dem man Stofftiere machte. Der Teppichboden war zottig und schneeweiß, und die Kombination erinnerte sie an besonders eklig aussehende Schokoküchlein mit Cremefüllung namens Ring-Dings.

Das reißende Geräusch kam von Klettverschlüssen. Sie drehte sich um und sah, wie Masahiko seine Nylongamaschen abnahm. Er zog seine schwarzen Arbeitsschuhe aus (durch eine seiner dünnen grauen Socken blickte eine Zehe) und schlüpfte in weiße Papiersandalen. Chia schaute auf ihre eigenen nassen Schuhe auf dem weißen Flor hinunter und beschloß, lieber das gleiche zu tun. »Warum sieht's hier eigentlich so komisch aus?« fragte sie und kniete sich hin, um die Schnürsenkel aufzumachen.

Masahiko zuckte die Achseln. Chia bemerkte, daß das aufgenähte internationale Biorisiko-Symbol auf dem karierten Beutel fast genau die gleiche Farbe hatte wie der Pelz auf dem Bett.

Durch eine offene Tür erspähte sie einen Raum, bei dem es sich offensichtlich um das Badezimmer handelte. Sie schleppte ihre Tasche hinein und machte die Tür hinter sich zu. Die Wände waren mit etwas Schwarzem und Glänzendem bezogen, und der Boden war wie ein Schachbrett schwarzweiß gefliest. Eine komplizierte Stimmungsbeleuchtung ging an, und sie war von unaufdringlichem Vogelgezwitscher umgeben. Dieses Badezimmer war fast genauso groß wie das Schlafzimmer, mit einer Badewanne wie ein schwarzer Miniatur-Swimmingpool und etwas anderem, was Chia erst mit der Zeit als Toilette identifizierte. Sie erinnerte sich an die in Eddies Büro, stellte die Tasche ab und näherte sich dem Ding mit äußerster Vorsicht. Es war schwarz und verchromt und hatte Arme und eine Rückenlehne, wie ein Sessel beim Friseur. Auf einem kleinen Bildschirm daneben war ein aktives Display mit ein paar englischen Brocken zwischen all dem Japanisch. Chia sah, wie ›(A) GENUSS‹ und ›(B) SUPERGENUSS‹ über den Schirm liefen. »Mh-mh«, sagte sie.

Nachdem sie die Brille und die ominöse schwarze Schüssel eingehend untersucht hatte, ließ sie die Hose herunter, positionierte sich strategisch günstig über der Toilette, ging vorsichtig in die Hocke und urinierte, ohne sich hinzusetzen. Das sollte jemand anderer spülen, entschied sie, während sie sich die Hände im Waschbecken wusch, aber dann hörte sie, wie die Spülung von alleine losging.

Neben dem Becken lag eine glänzende pinkfarbene Papiertüte, auf der in verschnörkelter weißer Schrift ›TEEN TEEN TOILETRY BAG‹ stand. Ein Kulturbeutel? Er war oben mit einem silbernen Steckbügel verschlossen.

Chia nahm den Bügel ab und schaute hinein. Allerlei kleine Kosmetikaproben und mindestens ein Dutzend verschiedene Kondome, alle so verpackt, daß sie mehr oder weniger wie Bonbons aussahen.

Links von dem Spiegel über dem Becken war ein glänzendes schwarzes Schränkchen, das einzige in dem Raum, was auf altmodische Weise japanisch aussah. Sie machte es auf; im Innern ging ein Licht an und zeigte ihr drei Glasborde, auf denen in Plastik eingeschweißte Kunststoffmodelle von Männerschwänzen in unterschiedlichen Größen und seltsamen Farben aufgereiht waren. Andere Gegenstände sagten ihr überhaupt nichts: Kugeln mit lauter Knubbeln, ein Ding, das wie ein Schnuller aussah, kleine Schläuche mit langen, gummiartigen Haaren. Mittendrin stand eine kleine, schwarzhaarige Puppe in einem hübschen Kimono aus hellem Papier und goldenem Stoff. Doch als Chia sie in die Hand zu nehmen versuchte, lösten sich die Perücke und der Kimono in einem Stück und enthüllten eine weitere plastikverschweißte Nachbildung, diesmal mit fein gezeichneten Augen und einem Mund wie Amors Bogen. Als sie die Perücke und den Kimono wieder draufsetzen wollte, fiel das Ding hin und stieß alles andere auf dem Bord um, so daß sie das Schränkchen schloß. Dann wusch sie sich noch mal die Hände.

Im Ring-Ding-Zimmer verkabelte Masahiko gerade seinen Computer mit einer schwarzen Konsole auf einem Bord voller Unterhaltungsgeräte. Chia stellte ihre Tasche aufs Bett. Zwei leise Glockenschläge ertönten, und dann begann sich die Oberfläche des Bettes zu kräuseln, träge, osmotische Wellen liefen von allen Seiten auf die Tasche zu, die sich leicht hob und senkte …

»Igitt«, sagte sie und zog die Tasche vom Bett, das erneut einen Glockenton von sich gab und seine Bewegung allmählich einstellte.

Masahiko schaute in ihre Richtung, widmete sich dann jedoch wieder den Geräten auf dem Bord.

Chia stellte fest, daß das Zimmer ein Fenster hatte; es war jedoch hinter einem Paravent verborgen. Sie fummelte an den Klemmen, die den Wandschirm hielten, bis sie die richtige gefunden hatte und ihn auf verborgenen Schienen beiseiteschieben konnte. Das Fenster ging auf einen mit Stacheldraht umzäunten Parkplatz neben einem niedrigen Gebäude mit Wellplastikwänden hinaus. Dort standen drei Lastwagen, die ersten Fahrzeuge in Japan, die sie sah, die nicht neu oder besonders sauber waren. Eine nasse graue Katze kam unter einem Lastwagen hervor und sprang unter einen anderen. Es regnete noch immer.

»Gut«, hörte sie Masahiko offenkundig zufrieden sagen. »Wir gehen in die Ummauerte Stadt.«

25 Die Idoru

Wie meinen Sie das, sie ist ›hier‹?« fragte Laney Yamasaki, als sie hinten um den Sherman-Panzer herumgingen. Trockene Lehmklumpen hingen an den Segmenten seiner massiven stählernen Raupenketten.

»Mr. Kuwayama ist hier«, flüsterte Yamasaki. »Er vertritt sie ...«

Laney sah einen niedrigen Tisch, an dem bereits mehrere Personen saßen.

Zwei Männer. Eine Frau. Die Frau mußte Rei Toei sein.

Wenn er überhaupt damit gerechnet hätte, sie hier anzutreffen, dann als eine erstklassige Synthese der Gesichter von Japans letzten drei Dutzend weiblichen Medienstars. So war es in Hollywood üblich, und im Fall von Software-Agenten – sogenannten *Eigenheads* mit algorithmisch aus einem menschlichen Durchschnittswert erwiesener Popularität abgeleiteten Zügen – war die Formel tendenziell noch rigider.

Sie war nichts dergleichen.

Ihr schwarzes Haar, grob geschnitten und glänzend, streifte weiße, bloße Schultern, als sie den Kopf drehte. Sie hatte keine Augenbrauen, und ihre Lider und Wimpern schienen mit etwas Weißem bestäubt zu sein, so daß ihre dunklen Pupillen in einem scharfen Kontrast dazu standen.

Und nun schaute sie ihm in die Augen.

Er schien eine Linie zu überschreiten. In der schieren

Struktur ihres Gesichts, in den geometrischen Proportionen der darunterliegenden Knochen lagen kodierte Geschichten von dynastischem Kampf, Entbehrung und schrecklichen Wanderungen. Er sah steile Bergwiesen mit steinernen Grabmalen, deren Stürze mit feinem Schnee bedeckt waren. Eine Reihe zotteliger Packponys, deren Atem vor Kälte weiß war, folgte einem Pfad am Rand einer Schlucht. Die Windungen des Flusses unten waren Pinselstriche aus fernem Silber. Eiserne Pferdeglocken klirrten in der blauen Abenddämmerung.

Laney erschauerte. Ein Geschmack von verrottetem Metall in seinem Mund.

Die Idoru, Botschafterin eines imaginären Landes, schaute ihm in die Augen.

»Da wären wir.« Arleigh neben ihm, die Hand an seinem Ellbogen. Sie zeigte auf zwei Plätze am Tisch. »Alles in Ordnung?« fragte sie leise. »Ziehen Sie sich die Schuhe aus.«

Laney sah Blackwell an, der die Idoru anstarrte. Sein Gesicht zeigte so etwas wie Schmerz, aber der Ausdruck verschwand, weggesaugt hinter die Maske seiner Narben.

Laney tat wie geheißen, hockte sich hin und zog seine Schuhe aus. Er bewegte sich, als wäre er betrunken oder als träumte er, obwohl er wußte, daß keins von beidem der Fall war, und die Idoru lächelte, von innen heraus leuchtend.

»Laney?«

Der Tisch war über einer Mulde im Fußboden aufgestellt. Laney setzte sich, rückte die Beine unter dem Tisch zurecht und umfaßte sein Kissen mit beiden Händen. »Was?«

»Alles in Ordnung?«

»In Ordnung?«

»Sie haben ausgesehen, als wären Sie … blind.«

Jetzt nahm Rez seinen Platz am Kopfende des Tisches ein, die Idoru zu seiner Rechten, jemand anders – Laney sah, daß es Lo war, der Gitarrist – zu seiner Linken. Neben der Idoru saß ein würdiger älterer Herr mit randloser Brille, dessen graue Haare aus der glatten Stirn nach hinten gekämmt waren. Er trug einen sehr schlichten, sehr teuer aussehenden Anzug aus einem glanzlosen schwarzen Material und ein weißes Hemd mit hohem Kragen, das kompliziert geknöpft war. Als dieser Mann sich zu Rei Toei umwandte und mit ihr sprach, sah Laney ganz deutlich, wie sich ihr leuchtendes Gesicht einen Moment lang in den beinahe kreisrunden Gläsern spiegelte.

Arleigh sog scharf die Luft ein. Sie hatte es ebenfalls gesehen.

Ein Hologramm. Etwas Generiertes, Animiertes, Projiziertes. Er spürte, wie sich sein Griff um die Ränder des Kissens ein wenig lockerte.

Aber dann erinnerte er sich an die Steingräber, den Fluß, die Ponys mit ihren eisernen Glocken.

Knoten.

Laney hatte Gerrard Delouvrier, den geduldigsten der tennisspielenden Franzosen von TIDAL, einmal gefragt, wieso gerade er, Laney, als erster (und, wie es sich ergab, einziger) Empfänger der eigenartigen Fähigkeit ausgewählt worden sei, die sie ihm zu verleihen suchten. Er habe sich nicht darum beworben, sagte er, und es spreche nichts dafür, daß die Position überhaupt ausgeschrieben worden sei. Er habe sich für eine Ausbildung im Kundendienst beworben, erklärte er Delouvrier.

Delouvrier mit seinen kurzen, vorzeitig ergrauten Haaren und der Sonnenbankbräune lehnte sich in seinem Drehkippstuhl an der Workstation zurück und streckte die Beine aus. Er schien seine Wildlederschuhe mit den Kreppsohlen zu betrachten. Dann schaute er aus dem Fenster, auf rechteckige, beige Gebäude, eine anonyme Gartenlandschaft, Februarschnee. »Verstehen

Sie nicht? Daß wir Ihnen nichts beibringen? Wir beobachten. Wir wollen lernen von Ihnen.«

Sie waren in einem DatAmerica-Forschungspark in Iowa. Es gab einen Hallen-Court für Delouvrier und seine Kollegen, aber sie beschwerten sich pausenlos über dessen Belag.

»Aber wieso ich?«

Delouvriers Augen sahen müde aus. »Wir wollen nett sein zu die Waisen? Wir sind ein unerwartete Wärme im Innern von DatAmerica?« Er rieb sich die Augen. »Nein. Ihnen ist etwas angetan worden, Laney. Vielleicht wollen wir das auf unsere Weise wiedergutmachen. Ist das das Wort, ›wiedergutmachen‹?«

»Nein«, sagte Laney.

»Zweifeln Sie nicht an Ihrem Glück. Sie sind hier bei uns, machen wichtige Arbeit. Es ist Winter in diese Iowa, stimmt, aber die Arbeit geht weiter.« Er sah Laney jetzt an. »Sie sind unser einziger Beweis«, sagte er.

»Wofür?«

Delouvrier schloß die Augen. »Es gab einen Mann, einen Blinden, der Echo-Ortung beherrschte. Schnalzt mit der Zunge, verstehen Sie?« Er demonstrierte es mit geschlossenen Augen. »Wie eine Fledermaus. Phantastisch.« Er machte die Augen auf »Er konnte sein unmittelbares Umgebung sehr detailliert wahrnehmen. Im Verkehr Fahrrad fahren. Immer mit diese *tik, tik*. Er hatte diese Fähigkeit, sie war absolut echt. Und er konnte es nicht erklären, es keinem anderen beibringen …« Er schlang seine langen Finger ineinander und knackte mit den Knöcheln. »Wir können nur hoffen, daß es bei Ihnen nicht so ist.«

Denk nicht an eine violette Kuh. Oder war es eine braune? Laney wußte es nicht mehr. Schau der Idoru nicht ins Gesicht. Sie ist kein Fleisch; sie ist Information. Sie ist die Spitze eines Eisbergs, nein, einer Antarktis von Informationen. Ein Blick in ihr Gesicht, und es würde von neuem losgehen: Sie war eine unvorstellbare Informationsmenge. Sie löste die nodale Sicht auf eine noch nie dagewesene Weise aus, nämlich in Form einer Erzählung.

Er konnte ihre Hände anschauen. Zusehen, wie sie aß.

Das Essen war üppig, viele kleine Gänge, die jeweils auf rechteckigen Tellern serviert wurden. Jedesmal, wenn ein Teller vor Rei Toei hingestellt wurde – und immer in das Feld ihrer Projektionsquelle hinein –, wurde er im selben Moment von einer makellosen Kopie überdeckt, Holo-Essen auf einem Holo-Teller.

Selbst die Bewegung ihrer Stäbchen rief ein peripheres Flimmern nodaler Vision hervor. Weil die Stäbchen ebenfalls Information waren, wenn auch nicht annähernd so dicht wie ihre Gesichtszüge, ihr Blick. Jedesmal, wenn ein ›leerer‹ Teller weggeräumt wurde, erschien wieder das unberührte Gericht.

Aber wenn das Flackern begann, konzentrierte Laney sich auf sein eigenes Essen, seine Ungeschicklichkeit mit den Stäbchen, die Unterhaltung am Tisch. Kuwayama, der Mann mit der randlosen Brille, antwortete gerade auf eine Frage von Rez, die Laney nicht mitbekommen hatte. »... das Produkt eines Systems hochentwickelter Konstruktionen, die wir ›Wunschmaschinen‹ nennen.« Rez' grüne Augen, strahlend und aufmerksam. »Nicht im wörtlichen Sinn«, fuhr Kuwayama fort, »aber stellen Sie sich bitte *Aggregate subjektiven Begehrens* vor. Man kam zu dem Schluß, daß dieses modulare System im Idealfall ein architektonisches Gebilde artikulierter Sehnsucht darstellen würde ...« Die Stimme des Mannes war wunderschön moduliert, und sein Englisch hatte einen Akzent, den Laney nicht zuordnen konnte.

Dann lächelte Rez, und sein Blick wanderte zum Gesicht der Idoru. Der von Laney auch, ganz automatisch.

Er fiel durch ihre Augen. Schaute zu einer hoch anfragenden Steilwand hinauf, die vollständig aus kleinen, rechteckigen, vertikal und horizontal gegeneinander versetzten Balkonen zu bestehen schien. Orangefarbener Sonnenuntergang in einem gekippten Fenster mit Stahlrahmen. Ölteppichfarben zerflossen am Himmel.

Er schloß die Augen, schaute nach unten, machte sie wieder auf. Ein neuer Teller, noch mehr zu essen.

»Sie gehen ja völlig in Ihrem Essen auf«, sagte Arleigh.

Eine konzentrierte Anstrengung mit den Stäbchen, und es gelang ihm, etwas zu fassen zu bekommen und sich zu Gemüte zu führen, was einem Würfel kalten Chutney-Omeletts mit einer Kantenlänge von zweieinhalb Zentimetern ähnelte. »Schmeckt prima. Aber dieser Fugu kann mir gestohlen bleiben. Dieser Kugelfisch mit den Nervengiften. Schon mal davon gehört?«

»Davon hatten Sie schon 'nen Nachschlag«, sagte sie. »Erinnern Sie sich an den großen Teller mit rohem Fisch, der wie die Blütenblätter einer Chrysantheme arrangiert war?«

»Sie machen Witze«, sagte Laney.

»So ein leicht taubes Gefühl auf Lippen und Zunge? Das war er.«

Laney fuhr sich mit der Zunge über die Lippen. War es ein Witz? Yamasaki, der links von ihm saß, beugte sich zu ihm heran. »Vielleicht gibt es eine Möglichkeit, Ihr Problem mit Rez' Daten zu umgehen. Wissen Sie über globale Fan-Aktivität von Lo/Rez Bescheid?«

»Worüber?«

»Viele Fans. Sie berichten darüber, wenn sie Rez, Lo oder andere beteiligte Musiker sehen. Es gibt viele nebensächliche Details.«

Laney wußte von seinem filmischen Bildungspensum dieses Tages her, daß Lo/Rez theoretisch ein Duo waren, daß es jedoch immer zumindest zwei weitere

›Mitglieder‹ gab, für gewöhnlich noch mehr. Und Rez war von Anfang an hart geblieben, was seine Abneigung gegen Schlagzeugmaschinen betraf; der gegenwärtige Drummer, ›Blind‹ Willy Jude, der Yamasaki gegenübersaß, war seit Jahren dabei. Er hatte seine riesige schwarze Brille während des Essens in die Richtung der Idoru gedreht; jetzt schien er Laneys Blick zu spüren. Die schwarzen Gläser – Videogeräte – schwangen herum. »Mann«, sagte Jude, »Rez sitzt da und macht 'ner großen Thermoskanne aus Aluminium schöne Augen.«

»Kannst du sie nicht sehen?«

»Holos sind schwer, Mann«, sagte der Drummer und berührte seine Brille mit einer Fingerspitze. »Wenn ich mit meinen Kindern ins Nissan County fahr, ruf ich vorher an, damit sie die 'n bißchen frisieren. Dann kann ich sie sehn. Aber diese Lady da ist auf 'ner komischen Frequenz oder so. Ich seh nur den Projektor und dieses Dingsda, diese Ektoplastik oder so, weißte? So 'n Leuchten.«

Der Mann, der zwischen Jude und Mr. Kuwayama saß – sein Name war Osaki –, nickte entschuldigend in Judes Richtung. »Wir bedauern das sehr. Wir bedauern zutiefst. Eine leichte Justierung wäre nötig, aber das ist momentan nicht möglich.«

»Hey«, sagte Jude, »ist doch kein Beinbruch. Ich hab sie ja schon gesehn. Mit den Dingern krieg ich die ganzen Musikkanäle rein. Das eine da, in dem sie 'ne mongolische Prinzessin oder so oben in den Bergen ist ...«

Laney fiel ein Stäbchen aus der Hand.

»Die neueste Single«, sagte Osaki.

»Yeah«, sagte Jude, »das ist echt gut. Wo sie die goldene Maske aufhat? Gut, der Scheiß.« Er steckte sich ein Stück Maki in den Mund und kaute.

26 Hak Nam

Chia und Masahiko saßen einander auf dem weißen Teppich gegenüber. Der einzige Stuhl im Zimmer war ein zerbrechlich aussehendes Ding mit dünnen, gezwirbelten Metallbeinen und einer herzförmigen Sitzfläche, die mit pinkfarbenem Kunststoff mit Metalliceffekt bezogen war. Keiner von ihnen wollte auf dem Bett sitzen. Chia hatte ihren Sandbenders auf den Knien und fummelte die Finger gerade in ihre Fingersets. Masahikos Computer stand vor ihm auf dem Teppich; er hatte die Bedienungsfläche wieder drangemacht und ein sehr kompaktes Paar Fingersets aus der Rückseite des Würfels genommen, zusammen mit zwei kleinen, schwarzen, ovalen Schalen an dünnen Glasfaserkabeln. Ein weiteres Kabel lief von seinem Computer zu einer kleinen offenen Luke an der Rückseite des Sandbenders.

»Okay«, sagte Chia und zog das letzte Fingerset zurecht, »auf geht's. Ich muß jemanden zu fassen kriegen …«

»Ja«, sagte er. Er nahm eine schwarze Schale in jede Hand und legte sie sich auf die Augen. Als er sie losließ, blieben sie haften. Es sah unbequem aus.

Chia zog ihre Brille über die Augen herunter. »Was muß ich …«

Etwas im Herzen der Dinge bewegte sich gleichzeitig in unmöglich miteinander zu vereinbarende Richtungen. Es war nicht einmal so, als würde sie porten. Ein Software-Konflikt? Ein vager Eindruck von Licht, das durch flatternde Fetzen schien.

Und dann das Ding vor ihr: ein Gebäude, eine Biomasse oder eine Felswand, die dort in unzähligen, planlosen Schichten aufragte, an denen nichts eben oder regelmäßig war. Ein angelagertes Flickwerk willkürlich angeordneter, schmaler Balkone, Tausende kleiner Fenster, die blanke, silberne Nebelrechtecke zurückwarfen. Es erstreckte sich in beiden Richtungen bis an den Rand ihres Blickfelds, und auf dem hohen, unebenen Kamm dieser zerklüfteten Fassade ein schwarzer Pelz verbogener Rohre, Antennen, die unter dem Rankenbewuchs von Kabeln durchhingen. Und jenseits dieser krakeligen Grenze ein Himmel, über den Farben flossen wie Benzin auf Wasser.

»Hak Nam«, sagte er neben ihr.

»Was ist das?«

»›Stadt der Dunkelheit‹. Zwischen den Mauern der Welt.«

Ihr fiel das Tuch ein, das sie in seinem Zimmer hinter der Küche gesehen hatte, die verworrene Karte von etwas Chaotischem und Komprimiertem, winzige, unregelmäßige Segmente in Rot, Schwarz und Gelb. Und dann bewegten sie sich vorwärts, auf eine schmale Öffnung zu. »Das ist eine MUD, stimmt's?« Etwas wie eine größere, dauerhafte Version des Sites, den die Ortsgruppe Tokio für das Treffen errichtet hatte, oder des tropischen Regenwalds, den Zona und Kelsey aufgebaut hatten. Aber MUDs waren zum Spielen gedacht; man erschuf sich Charaktere und spielte zum Spaß irgendwelche Rollen. Kleine Kinder taten das, einsame Menschen auch.

»Nein«, sagte er, »kein Spiel.« Sie waren jetzt im Innern und beschleunigten zügig, und die widerwärtige Dichte des Dings war ein fortwährender visueller Einschlag, ein optisches Trommelfeuer. »Tai Chang Street.« Bekritzelte Wände, die von darüberlaufenden Botschaften wimmelten, spektrale Türen, die wie Karten in einem gemischten Spiel vorüberzogen.

Und sie waren nicht allein; es waren noch andere dort, geisterhafte Figuren, die an ihnen vorbeischossen, und ein Gefühl, als wären überall Augen …

Fraktaler Schmutz, Bitfäule, irgendwelche in irren Winkeln herabstürzende, leicht flackernde Linien wie ein Zeltdach über ihrer Flugbahn. »Alms House Backstreet.« Eine scharfe Kurve. Noch eine. Dann ging es durch ein Labyrinth gewundener Treppen nach oben, wobei sie immer weiter beschleunigten, und Chia holte tief Luft und schloß die Augen. Die Explosionen eines retinalen Feuerwerks, aber der Druck war gewichen.

Als sie die Augen öffnete, waren sie in einer wesentlich saubereren, aber keineswegs größeren Version seines Zimmers hinter der Küche des Restaurants. Keine leeren Ramen-Schüsseln, keine Kleiderhaufen. Er saß neben ihr auf dem Schlafbord, den Blick auf die sich verändernden Muster auf der Bedienungsfläche seines Computers gerichtet. Ihr Sandbenders stand gleich daneben auf der Arbeitsplatte. Das Texture-Mapping war rudimentär, alles war ein bißchen zu glatt und zu glänzend. Sie sah ihn an, neugierig darauf, wie er sich präsentieren würde. Ein ziemlich primitiver Scan-Job, vielleicht ein Jahr alt: Seine Haare waren kürzer. Er trug den gleichen schwarzen Kittel.

An der Wand hinter den Computern hing eine animierte Version des bedruckten Tuchs. Die roten, schwarzen und gelben Elemente pulsierten leicht. Eine hellgrüne Linie beschrieb einen Weg vom äußeren Rand nach innen; wo sie endete, strahlten hellgrüne, konzentrische Ringe von einem bestimmten gelben Quadrat aus. Sie schaute ihn wieder an, aber er starrte immer noch auf die Bedienungsfläche.

Ein Klingeln ertönte. Chia warf einen Blick zu der mit einem besonders unecht wirkenden Holzmaserungseffekt gerenderten Tür und sah ein kleines weißes Rechteck darunter durchgleiten. Und weiter, direkt auf sie zu, über den Boden, bis es unter dem

Schlafbord verschwand. Sie schaute noch rechtzeitig nach unten, um zu sehen, wie es genau im gleichen Tempo am Rand der gestreiften Matratze hochstieg und oben anhielt, als es in der idealen Leseposition war. Der Schrifttyp war derselbe oder ein ziemlich ähnlicher wie beim Whiskey Clone. Der Text lautete »Ku Klux Klan Kollectibles«, dann kamen ein paar Buchstaben und Zahlen, die nicht wie eine ihr bekannte Adresse aussahen.

Ein weiteres Klingeln. Sie schaute rechtzeitig zur Tür, um einen grauen, verschwommenen Fleck darunter hervorsausen zu sehen. Flach, wirbelnd, schnell. Und schon war er auf dem weißen Rechteck, ein Gebilde wie der Schatten eines Krebses oder einer Spinne, zweidimensional und vielbeinig. Er verschluckte es und schoß zur Tür.

»Ich habe Verpflichtung für die Ummauerte Stadt erfüllt«, sagte Masahiko und wandte sich von der Bedienungsfläche ab.

»Was waren das für Dinger?« fragte Chia ihn.

»Welche Dinger?«

»Wie eine Visitenkarte. Ist unter der Tür durchgekrochen. Dann noch ein Ding, wie ein grauer Ausschneidekrebs, der es gefressen hat.«

»Werbung«, entschied er, »und ein Subprogramm, das sie kritisiert hat.«

»Es hat sie nicht kritisiert; es hat sie gefressen.«

»Vielleicht hat die Person, die es geschrieben hat, etwas gegen Werbung. Wie viele. Oder gegen den Werbetreibenden. Politische, ästhetische, persönliche Gründe, kann alles sein.«

Chia ließ den Blick über die Reproduktion seines winzigen Zimmers schweifen. »Warum hast du keinen größeren Site?« Und sofort der besorgte Gedanke, es könnte daran liegen, daß er Japaner war; vielleicht waren sie einfach daran gewöhnt. Trotzdem, es war so ungefähr der kleinste virtuelle Raum, in dem sie je gewesen war, soweit sie sich erinnern konnte, und es war ja nicht so, daß ein größerer mehr gekostet hätte, außer wenn man wie Zona war und ein ganzes Land für sich haben wollte.

»Beim Konzept der Ummauerten Stadt geht es um die Größe. Sehr wichtig. Größe *ist* Platz, ja? Dreiunddreißigtausend Menschen haben Original bewohnt. Zwei komma sieben Hektar. Immerhin vierzehn Etagen.«

Chia verstand nur Bahnhof. »Ich muß porten, okay?«

»Natürlich«, sagte er und machte eine Geste zu ihrem Sandbenders.

Sie war auf den Effekt mit den zwei Richtungen zugleich vorbereitet, aber er blieb aus. Die digitalisierten Fische schwammen im gläsernen Couchtisch herum. Sie schaute aus dem Fenster auf die Buntstiftbäume und fragte sich, wo der Mumphalumphagus sein mochte. Sie hatte ihn schon eine Weile nicht mehr gesehen. Er war ein großer pinkfarbener Dinosaurier mit dusseligen Wimpern, den ihr Vater für sie gemacht hatte, als sie noch klein gewesen war.

Sie schaute auf dem Tisch nach Post, aber es war nichts Neues da.

Sie konnte von hier aus anrufen. Ihre Mutter. Klar.

– Hi, ich bin in Tokio. In einem ›Liebeshotel‹. Irgendwer ist hinter mir her, weil mir jemand was in die Tasche getan hat. Also, äh, was soll ich deiner Meinung nach tun?

Sie versuchte statt dessen, zu Kelseys Adresse zu porten, mußte sich jedoch mit dem nämlichen Marmorvorzimmer und der Stimme – nicht der von Kelsey – begnügen, die ihr erklärte, Kelsey van Troyer sei im Augenblick nicht zu Hause. Chia ging raus, ohne eine Nachricht zu hinterlassen. Die nächste Adresse, die sie ausprobierte, war die von Zona, aber Zonas Provider war nicht am Netz. Das kam in Mexiko häufig vor, besonders in Mexico City, wo Zona wohnte. Sie beschloß, es an Zonas Geheimort zu versuchen, weil der sich in einem Mainframe in Arizona befand, der nie abgeschaltet war. Sie wußte, daß Zona es nicht mochte, wenn man dort einfach so auftauchte, weil sie nicht wollte, daß die Firma, die den ursprünglichen Website angelegt und ihn dann vergessen hatte, entdeckte, daß Zona reingegangen war und dort ihr eigenes Land aufgebaut hatte.

Sie fragte den Sandbenders, wo sie jetzt am Port war. In Helsinki, lautete die Antwort. Zumindest funktionierte also diese Port-Umleitung im Hotel.

Bei Zona war es wie immer kurz vor Einbruch der Abenddämmerung. Chia suchte den Boden eines trockenen Swimmingpools nach Zonas Eidechsen ab, sah sie jedoch nicht. Normalerweise waren sie dort und warteten auf einen, aber diesmal nicht. »Zona?«

Chia schaute nach oben und fragte sich, ob sie diese unheimlichen Kondor-Dinger sehen würde, die Zona hielt. Der Himmel war schön, aber leer. Ursprünglich war dieser Himmel der wichtigste Teil dieses Ortes gewesen, und man hatte dafür keine Kosten gescheut. Richtiger Himmel: tief und sauber und mit einer absonderlichen mexikanischen Tönung wie blasses Türkis. Sie waren mit Leuten hierher gekommen, um ihnen Flugzeuge – Firmenjets – zu verkaufen, als die Jets noch in der Entwurfsphase waren. Es hatte eine weiße Betonpiste gegeben, aber Zona hatte sie zu einem Canyon gefaltet und ihr neue Oberflächen verpaßt. Das ganze Lokalkolorit war Zonas Werk: die Lagerfeuer, die kaputten Pools und die Mauerreste. Sie hatte Landschaftsdateien importiert, vielleicht sogar reale Sachen, die sie irgendwoher aus Mexiko kannte. »Zona?«

Etwas rappelte oben auf dem nächsten Kamm, wie Kieselsteine auf einem Blech.

– Schon gut. Eine der Eidechsen. Sie ist jetzt einfach nicht da.

Ein Zweig brach. Näher.

– Hör auf mit dem Mist, Zona.

Aber sie ging raus.

Die digitalisierten Fische schwammen hin und her.

Das war äußerst unheimlich gewesen, obwohl sie nicht genau wußte, warum. Irgendwie war es noch immer unheimlich. Sie schaute zur Tür ihres Zimmers und ertappte sich bei dem Gedanken, was sie wohl vorfinden würde, wenn sie dorthin zeigte. Das Bett, ihr Lo/Rez-Skyline-Poster, den Lo-Agenten, der sie auf seine geistlose, freundliche Art begrüßte. Aber wenn sie was anderes vorfand? Etwas, was auf sie wartete. Ihr war, als hörte sie noch immer dieses Rappeln oben am Hang. Und wenn sie zur Drahtgittertür mit dem Zimmer ihrer Mutter dahinter ging? Wenn sie die Tür aufmachte und das Zimmer ihrer Mutter tatsächlich da war, wenn dort jedoch nicht ihre Mutter, sondern was anderes auf sie wartete?

Sie machte sich ja bloß selbst verrückt. Sie schaute auf ihren Stapel Lo/Rez-Alben neben der bunt bedruckten Lunchbox, ihr virtuelles Venedig daneben. Selbst ihr Music Master würde ihr jetzt das Gefühl geben, jemanden um sich zu haben. Sie öffnete es, sah zu, wie die Piazza gleich einem unglaublich komplizierten Hochklappbuch aus Papier im Schnellvorlauf dekomprimierte, wie die Fassaden und Kolonnaden in der Hintergrundbeleuchtung der Stunde vor der Dämmerung eines Wintermorgens um sie herum aus dem Boden schossen.

Sie wandte sich vom Wasser ab, wo die Vorderteile schwarzer Gondeln wie Zeichen in einem verlorengegangenen Notensystem auf und ab wippten, hob den Finger und schoß vorwärts, ins Labyrinth hinein, und dachte dabei, daß dieser Ort auf seine Weise ebenso seltsam gewesen war wie Masahikos Ummauerte Stadt, und überhaupt, was hatte es mit all dem eigentlich auf sich?

Und erst, als sie die dritte Brücke überquerte, bemerkte sie, daß er nicht da war.

– He.

Sie hielt an. In einem Schaufenster waren Karnevalsmasken zu sehen, die echten, alten. Schwarzes Leder mit Penisnase, leere Augenlöcher. Ein Spiegel, über den vergilbtes Crêpe drapiert war.

Sie checkte den Sandbenders, um sich zu vergewissern, daß sie ihn nicht abgeschaltet hatte. Nein.

Chia schloß die Augen und zählte bis drei. Zwang sich, den Teppichboden im Hotel Di zu spüren, auf dem sie saß. Öffnete die Augen.

Die schmale venezianische Straße mit dem abschüssigen, stufenförmig angelegten Kopfsteinpflaster öffnete sich am jenseitigen Ende zu einem kleinen Platz oder einer Piazza mit einem Brunnen in der Mitte, neben dem eine unbekannte Gestalt stand.

Chia riß sich die Brille herunter, ohne sich erst noch die Mühe zu machen, Venedig zu schließen.

Masahiko saß ihr im Schneidersitz gegenüber. Die schwarzen Schalen hatten sich auf seinen Augen festgesaugt. Seine Lippen bewegten sich stumm, und die Hände auf seinen Knien zeichneten in den schwarzen Fingersets winzige Muster in die Luft.

Maryalice saß auf dem pelzigen, pinkfarbenen Bett, eine nicht angezündete Zigarette im Mund. Sie hatte eine kleine, eckige, graue Pistole in der Hand, und Chia sah, wie das frisch aufgetragene Rot ihrer Nägel mit dem perlmuttfarbenen Plastik des Griffs kontrastierte.

»Ist wieder losgegangen«, sagte Maryalice mit der Zigarette im Mund. Sie drückte auf den Abzug, woraufhin an der Mündung plötzlich eine kleine goldene Flamme entstand, und zündete sich damit die Zigarette an. »Tokio. Ich sag's dir. Immer das gleiche.«

27 *So was richtig Körperliches*

Laney stand an einem Pissoir aus schwarzem Gummi auf dem Männerklo, als er den Russen bemerkte, der sich im Spiegel die Haare kämmte.

Zumindest sah es wie schwarzes Gummi aus, mit irgendwie weichen Rändern. Die sanitären Anlagen funktionierten offenbar wieder, aber er fragte sich, was sie sagen würden, wenn man darum bat, seinen eigenen Beitrag zur Grotte leisten zu dürfen. Auf dem Herweg war ihm die trübe, grüne, durchscheinende Platte eines Tresens aufgefallen, die von unten beleuchtet war, und er hatte gehofft, daß sie nicht aus dem bestand, was sie im Treppenhaus abgesägt hatten.

Das Abendessen war vorüber, und er hatte wahrscheinlich zuviel Sake dazu getrunken. Er, Arleigh und Yamasaki hatten Rez bei seinem Zusammentreffen mit dieser neuen Version der Idoru beobachtet, die Willy Jude als große silberne Thermoskanne gesehen hatte. Und Blackwell würde sich daran gewöhnen müssen, denn Laney vermutete, daß der Bodyguard keinen blassen Schimmer davon gehabt hatte, daß sie dabei sein würde, bevor er hereingekommen war und Rez es ihm gesagt hatte.

Arleigh hatte sich die meiste Zeit mit Lo unterhalten, hauptsächlich über Immobilien. Über seine verschiedenen Besitztümer in aller Welt. Laney hatte sich angehört, wie Yamasaki seine Idee vom Zugriff auf dieses Teenager-Fanclub-Material weitergesponnen hatte, und vielleicht war da ja wirklich was dran, aber sie würden es ausprobieren müssen, um es rauszufinden. Blackwell hatte keine zwei Worte gesagt, hatte Lager statt Sake getrunken und sein Essen in sich hineingeschlungen, als wollte er irgendwas stopfen, eine Sicherheitslücke, die man beseitigen konnte, wenn man sie methodisch mit genug Sashimi füllte. Der Australier war ein As mit den Stäbchen; wahrscheinlich konnte er einem auf fünfzig Schritt Entfernung eins ins Auge werfen. Aber die Hauptattraktion waren Rez und die Idoru gewesen, in einem geringeren Maße auch Kuwayama, der lange Gespräche mit beiden geführt hatte. Den anderen, Osaki, schienen sie für den Fall mitgebracht zu haben, daß jemand die Batterien in der silbernen Thermoskanne auswechseln mußte. Und Willy Jude war durchaus liebenswürdig, aber auf so inhaltslose Weise wie möglich.

Da Techniker angeblich eine leicht zugängliche Quelle für jede Form von Klatsch in einem Unternehmen sind, hatte Laney ein paar Versuche in diese Richtung gestartet, aber Osaki hatte nicht mehr gesagt, als unbedingt sein mußte. Und da Laney Rei Toei nicht direkt ansehen konnte, ohne in den nodalen Modus überzugehen, hatte er sich mit den gerade verfügbaren optischen Eindrücken begnügen müssen, während er den Gesprächen am Tisch zuhörte. Arleigh eignete sich ganz gut dafür. Irgendwas an ihrer Kinnpartie gefiel ihm besonders, und er sah sie sich immer wieder an.

Laney zog den Reißverschluß hoch, ging sich die Hände waschen – das Waschbecken bestand aus dem gleichen, weich wirkenden schwarzen Zeug – und bemerkte, daß der Russe sich noch immer die Haare kämmte. Laney wußte natürlich nicht, ob der Mann wirklich Russe war oder nicht, aber wegen der schwarzen Springerstiefel aus Glanzleder mit den kontrastierenden weißen Nähten, der Hose mit dem schwarzen Seidenstreifen an der Seite und der weißen Smokingjacke aus Leder hielt er ihn für einen. Ein Russe oder irgendwas in der Richtung, aber mit einem eindeutigen Kombinat-Touch, diesem mutierten Kommie-Mafioso-Ding.

Der Russe kämmte sich die Haare mit einer innigen Konzentration, die Laney an eine Fliege erinnerte, die sich mit den Vorderbeinen putzte. Er war sehr groß und hatte einen sehr großen Kopf, vor allem in der Vertikalen, von den Augenbrauen aufwärts, wo er sich zum Scheitel hin leicht zu verjüngen schien. Trotz all der Aufmerksamkeit, die er dem Kämmen schenkte, besaß der Mann eigentlich nicht viele Haare, jedenfalls nicht oben auf dem Kopf, und Laney hatte gedacht, solche Gestalten hätten allesamt Implantate. Rydell hatte ihm erzählt, daß es in Tokio von diesen Kombinat-Typen wimmelte. Rydell hatte einen Dokumentarfilm darüber gesehen, über ihre extreme, surrealistische Brutalität, deretwegen sich niemand mit ihnen anlegen wollte. Dann hatte Rydell mit einer Geschichte von zwei Russen angefangen, irgendwelchen Cops in San Francisco, mit denen er aneinandergeraten war, aber Laney hatte einen Termin mit Rice Daniels und einer Maskenbildnerin gehabt und nicht mehr erfahren, wie sie ausgegangen war.

Laney vergewisserte sich, daß ihm keine Essensreste mehr zwischen den Zähnen steckten.

Als er hinausging, kämmte der Russe sich immer noch.

Er sah Yamasaki, der zwinkerte und ein ratloses Gesicht machte. »Da hinten ist es«, sagte er.

»Was?«

»Für kleine Mädchen.«

»›Kleine Mädchen‹?«

»Das Klo. Die Toilette.«

»Aber ich habe Sie gesucht.«

»Und gefunden.«

»Mir ist beim Essen aufgefallen, daß Sie vermieden haben, die Idoru direkt anzusehen.«

»Stimmt.«

»Ich vermute, Informationsdichte reicht aus, um nodale Wahrnehmung zu gestatten …«

»Sie haben's erfaßt.«

Yamasaki nickte. »Ah. Aber bei einem ihrer Videos oder selbst bei ›Live‹-Auftritt wäre das nicht der Fall.«

»Wieso nicht?« Laney hatte sich auf den Rückweg zum Tisch gemacht.

»Bandbreite«, sagte Yamasaki. »Die heutige Version hier ist Prototyp mit hoher Bandbreite.«

»Kriegen wir 'ne Entschädigung als Beta-Tester?«

»Können Sie die Natur von nodaler Wahrnehmung beschreiben, bitte?«

»Wie Erinnerungen«, sagte Laney, »oder Filmausschnitte. Aber der Drummer hat was gesagt, was mich auf den Gedanken gebracht hat, ich würde bloß ihr letztes Video sehen.«

Etwas stieß Laney von hinten beiseite, und er fiel über den nächsten Tisch und zerbrach dabei ein Glas. Er spürte, wie das Glas unter ihm zersplitterte, und starrte eine Sekunde lang direkt nach unten, in den straffen grauen Latexschoß einer Frau, die explosiv aufschrie, bevor der Tisch nachgab. Etwas, wahrscheinlich ihr Knie, traf ihn hart an der Schläfe.

Es gelang ihm, sich auf die Knie hochzurappeln. Er hielt sich den Kopf und erinnerte sich unwillkürlich an ein Experiment, das sie im Physikunterricht in Gainesville gemacht hatten. Oberflächenspannung. Man streute Pfeffer aufs Wasser in einem Glas. Brachte die Spitze einer Nadel dicht an den Pfefferfilm. Und sah ihn wie etwas Lebendiges vor der Nadel zurückzucken. Und nun sah er mit dröhnendem Schädel, wie das gleiche hier passierte, nur daß es statt Pfeffer die Gäste im Western World waren, und er wußte, daß die Nadel auf Rez' Tisch gerichtet sein mußte.

Der Rücken einer weißen Smokingjacke aus Leder … Aber dann sah er, wie der Sherman-Panzer von den

Schultern der zurückweichenden Menge aus seiner Verankerung gerissen wurde und auf ihn zuwirbelte, riesig und gewichtslos, und das Licht erlosch.

Die Menge hatte ohnehin geschrien, aber die Dunkelheit ließ die allgemeine Stimmlage derart ansteigen, daß Laney sich die Ohren zuhielt. Das hieß, er versuchte es, denn jemand stolperte in ihn hinein, und er fiel nach hinten, rollte sich dabei instinktiv und fest zu einer fötalen Kugel zusammen und klammerte die Hände übers Genick.

»Hey«, sagte eine Stimme ganz dicht an seinem Ohr, »komm hoch. Sonst tretense auf dich drauf.« Es war Willy Jude. »Ich kann sehen.« Eine Hand um sein Handgelenk. »Hab Infrarot.«

Laney ließ sich von dem Drummer hochziehen. »Was ist los? Was geht hier vor?«

»Keine Ahnung, aber komm jetzt. Wird noch schlimmer werden …« Wie aufs Stichwort hin schnitt ein schrecklicher, schriller, purer animalischer Schmerzensschrei durch den wilden Lärm der Menge. »Blackwell hat einen erwischt«, sagte Willy Jude, und Laney spürte, wie die Hand des Drummers seinen Gürtel packte. Er stolperte, als er mitgeschleift wurde. Jemand lief in ihn hinein, rief etwas auf Japanisch. Danach behielt er die Hände oben, versuchte, sein Gesicht zu schützen, und ließ sich von dem Drummer ziehen.

Auf einmal waren sie in einer Einbuchtung oder einer Nische, in der es relativ ruhig war. »Wo sind wir?« fragte Laney.

»Hier lang …« Etwas schlug Laney gegen die Schienbeine. »Barhocker«, sagte Willy Jude, »'tschuldigung.« Glas barst unter Laneys Schuhen.

Ein Bogen grünlichen Lichts, ein halber kursiver Buchstabe, der in der Dunkelheit hing. Noch ein paar Schritte, dann sah er die Grotte. Willy Jude ließ seinen Gürtel los. »Hier kannste sehen, oder? Dieses biolumineszente Zeugs?«

»Ja«, sagte Laney, »danke.«

»Nimmt meine Brille nicht auf. Ich krieg Infrarot von warmen Körpern, aber die Stufen kann ich nicht sehen. Führ mich runter.« Er nahm Laneys Hand. Sie gingen zusammen die Treppe hinunter. Ein Trio schwarzgekleideter Japaner schoß an ihnen vorbei, ließ einen hochhackigen Pumps auf der überkrusteten Treppe zurück und verschwand um den Treppenabsatz. Laney stieß den Schuh aus Willy Judes Weg und ging weiter.

Als sie auf dem Absatz um die Ecke bogen, war Arleigh dort, eine grüne Sektflasche über die Schulter erhoben. In ihrem Mundwinkel war ein Blutfleck, dunkler als ihr Lippenstift. Als sie Laney sah, ließ sie die Flasche sinken. »Wo haben Sie denn gesteckt?« fragte sie.

»Auf dem Lokus«, sagte Laney.

»Sie haben die Show verpaßt.«

»Was ist passiert?«

»Verdammt«, sagte sie, »mein Mantel ist noch oben.«

»Los, los, weiter«, drängte Willy Jude.

Weitere Treppen, weitere Absätze, auf die wenigen Wände der Grotte folgte Beton. Immer wieder kamen Menschen heruntergerannt, an ihnen vorbei, einzeln und in Pulks, nahmen die Treppen zu schnell. Laney rieb sich die Rippen an der Stelle, wo er aufs Glas gefallen war. Es tat weh, aber irgendwie hatte er sich nicht geschnitten.

»Die haben wie welche vom Kombinat ausgesehen«, sagte Arleigh. »Große, häßliche Typen, mieses Outfit. Ich konnte nicht erkennen, ob sie's auf Rez oder auf die Idoru abgesehen hatten. Als hätten sie gedacht, sie könnten einfach so reinmarschieren und das Ding abziehen.«

»Was abziehen?«

»Keine Ahnung«, sagte sie. »Kuwayama hatte mindestens ein Dutzend seiner eigenen Security-Leute an den beiden nächsten Tischen. Und Blackwell betet wahrscheinlich jede Nacht, bevor er ins Bett geht, um so eine Szene. Er hat in sein Jackett gelangt, und das Licht ist ausgegangen.«

»Er hat's ausgemacht«, sagte Willy Jude. »So 'ne Art Fernbedienung. Er kann im Dunkeln besser sehn als ich mit diesen Infrarotdingern. Keine Ahnung, wieso, aber er kann's.«

»Wie sind Sie rausgekommen?« fragte Laney Arleigh.

»Taschenlampe. In meiner Handtasche.«

»Laney-san ...«

Laney schaute sich um und sah Yamasaki. Ein Ärmel seines grünkarierten Jacketts war an der Schulter abgerissen, und in der Brille fehlte ein Glas. Arleigh hatte ein Telefon aus ihrer Handtasche geholt und versuchte leise fluchend, es in Betrieb zu setzen.

Yamasaki holte sie auf dem nächsten Absatz ein. Zu viert gingen sie weiter hinunter. Laney hielt noch immer die Hand des blinden Drummers.

Als sie auf die Straße hinauskamen, waren die mürrischen Türsteher des Western World nirgends zu sehen. Ein einzelner Polizist mit einem Regenschutz aus Plastik über seiner Mütze sprach leise und hektisch in ein Mikrophon, das vorn an seinen Regenumhang geklemmt war. Dabei marschierte er in engen Kreisen und fuchtelte dramatisch mit einem weißen Stock vor sich hin. Allerlei fremdartige Sirenen näherten sich von allen Seiten dem Western World, und Laney glaubte, einen Hubschrauber zu hören.

Willy Jude ließ Laneys Hand los und justierte seine Videobrille auf den Lichtpegel der Straße. »Wo 's mein Wagen?«

Arleigh ließ ihr Telefon sinken, das jetzt anscheinend funktionierte. »Komm lieber mit uns, Willy. Irgend so 'n Einsatzkommando ist hierher unterwegs ...«

»Geht doch nichts über so was richtig Körperliches«,

sagte Rez, und Laney drehte sich um und sah den Sänger aus dem Western World kommen, wobei er sich etwas Weißes von seinem dunklen Jackett wischte. »Zuviel Zeit im Virtuellen, da vergessen wir das, nicht? Du bist Leyner?« Er streckte die Hand aus.

»Laney«, sagte Laney, als Arleighs dunkelgrüner Van neben ihnen hielt.

28 *Eine Frage der Finanzierung*

Maryalice zog eine gerundete Schublade auf, die ins Kopfteil des pinkfarbenen Bettes eingebaut war. Sie trug ein schwarzes Kostüm mit großen roten Paillettenrosen im Stil von Ashleigh Modine Carter an den Revers. Sie nahm eine kleine blaue Glasschale heraus und balancierte sie auf dem Knie. »Ich find Läden wie den hier zum Kotzen«, sagte sie. »Es gibt viele Möglichkeiten, Sex als häßlich hinzustellen, aber es ist schon schwer, ihn so lächerlich erscheinen zu lassen.« Sie klopfte das graue Ende ihrer Zigarette in die blaue Untertasse. »Wie alt bist du eigentlich?«

»Vierzehn«, sagte Chia.

»So ziemlich, was ich ihnen gesagt hab. Du bist wirklich vierzehn, fünfzehn, und du hast es nie im Leben auf mich abgesehen gehabt. Ich hatte's auf dich abgesehen, stimmt's? Ich hab das eingefädelt. Ich hab dir was untergejubelt. Aber sie glauben mir nicht. Sie sagen, du bist eine ausgebuhte Kleine und ich bin einfach blöd, und daß dich dieser Rez nach SeaTac geschickt hat, um an das Zeug ranzukommen. Sie sagen, das mit dir ist 'ne abgekartete Sache, und ich bin verrückt, wenn ich glaube, daß ein Kind so was nicht draufhätte.« Sie sog mit zusammengekniffenen Augen an der Zigarette. »Wo ist es?« Sie schaute auf Chias Tasche hinunter, die offen auf dem weißen Teppich stand. »Da drin?«

»Ich wollte es nicht stehlen. Ich wußte nicht, daß es drin war.«

»Das weiß ich«, sagte Maryalice. »Was ich ihnen

gesagt hab. Ich wollte es mir im Club von dir zurückholen.«

»Ich versteh das alles nicht«, sagte Chia, »es macht mir einfach nur angst.«

»Manchmal bring ich Eddie was mit. Was für die Partys im Club. Es ist illegal, aber so illegal nun auch wieder nicht, weißt du? Eigentlich keine harten Sachen. Aber diesmal hat er noch was nebenbei laufen gehabt, mit den Russen, und das hat mir nicht gefallen. Das macht mir nämlich angst, dieses Zeug. Als ob's lebendig wäre.«

»Was für ein Zeug?«

»Diese Nanotechnik. Assembler, so heißen die.«

Chia schaute in ihre Tasche. »Das Ding in meiner Tasche ist ein Nanotech-Assembler?«

»Eher so 'ne Art Vorstufe. So was wie 'n Ei, oder 'ne kleine Fabrik. Man steckt das Ding in 'ne andere Maschine, die sie programmiert, und sie fangen an, sich selber aus allem herzustellen, was gerade zur Hand ist. Und wenn genug davon da sind, fangen sie an, alles zu bauen, was sie eben bauen sollen. Es gibt so 'ne Art Gesetz dagegen, dieses Zeug ans Kombinat zu verkaufen, also wollen sie's unbedingt haben. Und Eddie hat 'ne Möglichkeit ausbaldowert, wie man's hinkriegen kann. Ich hab mich im SeaTac-Hyatt mit zwei so unheimlichen Deutschen getroffen. Die waren von irgendwo eingeflogen, vielleicht aus Afrika, hab ich mir gedacht.« Sie zerdrückte das brennende Ende der Zigarette in der kleinen blauen Schale, wodurch der Gestank noch schlimmer wurde. »Sie wollten es mir nicht geben, weil sie Eddie erwartet hatten. 'ne Menge Hin und Her am Telefon. Schließlich haben sie's doch getan. Ich sollte es zu dem andern Zeug in den Koffer tun, aber es hat mich nervös gemacht. Ich hätte am liebsten was dagegen eingenommen.« Sie sah sich in dem Zimmer um und stellte die blaue Schale mit der zerdrückten Zigarette auf einen viereckigen schwarzen

Beistelltisch. Irgendein Handgriff, und die Vorderseite ging auf. Es war ein Kühlschrank voller kleiner Flaschen. Maryalice bückte sich und spähte hinein. Das pistolenförmige Feuerzeug rutschte von dem rosafarbenen Bett. »Kein Tequila«, sagte sie. »Jetzt sag mir mal, warum jemand einen Wodka ›Komm zurück Lachs‹ nennt ...« Sie nahm ein quadratisches Fläschchen mit einem Fisch an der Seite heraus. »Aber die Japaner, die tun's.« Sie schaute auf das Feuerzeug hinunter. »So wie ein Russe 'nen Zigarettenanzünder macht, der wie 'ne Pistole aussieht.«

Chia sah, daß Maryalice ihre Haarteile nicht mehr drinhatte. »Als sie auf SeaTac die DNA-Proben genommen haben«, sagte Chia, »da haben Sie die Spitze Ihrer Haarteile reingesteckt ...«

Maryalice zerbrach das Siegel der kleinen Flasche, öffnete sie, leerte sie mit einem Schluck und schüttelte sich. »Die sind alle aus meinen eigenen Haaren«, sagte sie. »Hab sie mir rauswachsen lassen, als ich so 'ne Art Gesundheitsdiät gemacht habe, verstehst du? Mit diesen Haarproben schnappen sie Leute, die sich 'n bißchen was Gutes getan haben. Manchmal hält sich das Zeug lange in den Haaren.« Maryalice stellte die leere Flasche neben die blaue Schale. »Was macht er?« Sie zeigte auf Masahiko.

»Er portet«, sagte Chia, weil ihr keine Möglichkeit einfiel, auf die Schnelle die Ummauerte Stadt zu erklären.

»Das seh ich. Ihr seid hergekommen, weil man sich in so 'nem Laden 'ne Tarnadresse zulegen kann, stimmt's?«

»Aber Sie haben uns trotzdem gefunden.«

»Ich hab gute Beziehungen zu einem Taxiunternehmen. Ich dachte, es wäre 'nen Versuch wert. Aber die Russen werden da auch dran denken, wenn sie's nicht schon getan haben.«

»Aber wie sind Sie reingekommen? Es war doch alles zu.«

»Ich kenn mich mit solchen Läden aus, Schätzchen. Und zwar nur allzu gut.«

Masahiko nahm die schwarzen Schalen ab, die seine Augen bedeckten, sah Maryalice, schaute auf die Schalen hinunter und blickte dann wieder zu Chia auf.

»Maryalice«, sagte Chia.

Gomi Boy präsentierte sich wie eine lebensgroße Anime seiner selbst, riesige Augen und ein noch größerer Haarwust. »Wer hat den Wodka getrunken?« fragte er.

»Maryalice«, sagte Chia.

»Wer ist Maryalice?«

»Sie ist in dem Zimmer im Hotel«, sagte Chia.

»Das entsprach zwanzig Minuten am Port«, sagte Gomi Boy. »Wie kann jemand in eurem Zimmer im Hotel Di sein?«

»Das ist kompliziert«, sagte Chia. Sie waren wieder in Masahikos Zimmer in der Ummauerten Stadt. Sie hatten sich einfach dorthin zurückgeklickt, ohne die rasende Reise durchs Labyrinth wie beim ersten Mal. Vorbei an einem Icon, das sie daran erinnerte, daß sie ihr Venedig offengelassen hatte, aber da war es schon zu spät. Vielleicht kam man schnell wieder rein, wenn man erst mal hier drin war. Aber Masahiko sagte, sie müßten rasch hin, es gebe Probleme. Maryalice hatte gesagt, sie habe nichts dagegen, aber Chia gefiel es überhaupt nicht, daß sie bei ihnen im Zimmer war, während sie porteten.

»Deine Cashcard reicht noch für sechsundzwanzig Minuten Zimmerzeit«, sagte Gomi Boy. »Wenn deine Freundin nicht wieder an die Mini-Bar geht. Hast du ein Konto in Seattle?«

»Nein«, sagte Chia, »nur meine Mutter …«

»Das haben wir uns schon angesehen«, sagte Masahiko. »Der Kredit deiner Mutter würde Zimmermiete plus Port-Gebühren nicht decken. Dein Vater …«

»Mein *Vater?*«

»... hat ein Spesenkonto bei seinem Arbeitgeber in Singapur, einer Handelsbank ...«

»Woher wißt ihr das?«

Gomi Boy zuckte die Achseln. »Die Ummauerte Stadt. Wir finden Sachen raus. Hier gibt's Leute, die so einiges wissen.«

»Ihr könnt das Konto meines Vaters nicht anzapfen«, sagte Chia. »Das ist für seinen Job.«

»Noch fünfundzwanzig Minuten«, sagte Masahiko.

Chia zog ihre Brille herunter. Maryalice holte gerade eine weitere Miniflasche aus dem kleinen Kühlschrank. »Nicht aufmachen!«

Maryalice gab ein kleines, schuldbewußtes Quietschen von sich und ließ die Flasche fallen. »Vielleicht bloß ein paar Reiscracker«, sagte sie.

»Nichts«, sagte Chia. »Es ist zu teuer! Uns geht das Geld aus!«

»Oh«, sagte Maryalice blinzelnd. »Okay. Ich hab aber auch keins. Eddie hat meine Karten gesperrt, soviel steht fest, und wenn ich bloß einmal eine einstecke, weiß er genau, wo ich bin.«

Masahiko sprach mit Chia, ohne die Augenschalen abzunehmen. »Leitung zu Spesenkonto deines Vaters steht ...«

Maryalice lächelte. »Das hört man gern, nicht?«

Chia zog ihre Fingersets ab. »Sie müssen es denen bringen«, sagte sie zu Maryalice, »das Nano-Ding. Ich geb's Ihnen jetzt, Sie bringen es hin, geben es denen und sagen ihnen, daß alles ein Versehen war.« Sie rutschte auf Händen und Knien zu ihrer offenen Tasche auf dem Fußboden rüber. Wühlte nach dem Ding, fand es, hielt es Maryalice in den Resten der blaugelben Tüte aus dem SeaTac-Dutyfree hin. Mit dem dunkelgrauen Kunststoff und den Reihen kleiner Löcher sah es wie ein deformierter Designer-Pfefferstreuer aus. »Nehmen Sie's. Erklären Sie's denen. Sagen Sie ihnen, es war bloß ein Versehen.«

Maryalice wich zurück. »Steck's wieder in die Tasche, okay?« Sie schluckte. »Weißt du, das Problem ist nicht, ob es ein Versehen war oder nicht. Das Problem ist, daß sie uns jetzt trotzdem umbringen werden, weil wir Bescheid wissen. Und Eddie, der wird sie nicht dran hindern. Der hat gar keine andere Wahl. Und außerdem hat er irgendwie auch gründlich die Nase voll von mir, das undankbare, schmierige, blöde kleine Arschloch …« Maryalice schüttelte traurig den Kopf. »Das ist so ziemlich das Aus für unsere Beziehung, wenn du mich fragst.«

»Wir haben Zugriff auf Konto«, verkündete Masahiko. »Bitte komm jetzt zu uns. Du hast noch mehr Besuch.«

29 Ihre schlechte Seite

Arleighs Van roch nach langkettigen Monomeren und warmer Elektronik. Die Rücksitze waren ausgebaut worden, um Platz für die Ansammlung schwarzer Konsolen zu schaffen, die miteinander verkabelt und mit knirschenden Knäueln Luftpolsterfolie festgeklemmt waren.

Rez saß vorn neben dem Fahrer, dem japanischen Kalifornier mit dem Pferdeschwanz aus Akihabara. Laney hockte auf einer Konsole zwischen Arleigh und Yamasaki, Willy Jude und der rothaarige Techniker hinter ihnen. Laney taten die Rippen an der Stelle weh, wo er auf den Tisch geknallt war, und es schien schlimmer zu werden. Er hatte entdeckt, daß der Schaft seiner linken Socke klebrig von Blut war, aber er wußte nicht genau, woher es kam, nicht mal, ob es sein eigenes war.

Arleigh hatte ihr Telefon am Ohr. »Option acht«, sagte sie, anscheinend zum Fahrer, der das Touchpad neben der Karte am Armaturenbrett berührte. Laney sah Segmente des Gitternetzes von Tokio über den Bildschirm huschen. »Wir nehmen Rez mit zu uns.«

»Bringt mich zum Imperial«, sagte Rez.

»Blackwells Anweisungen«, entgegnete Arleigh.

»Laß mich mit ihm reden.« Er langte nach hinten, um sich das Telefon geben zu lassen.

Sie bogen nach links ab, in eine breitere Straße. Ihre Scheinwerfer erfaßten eine kleine Gruppe, die sich mit eiligen Schritten vom Western World entfernte. Sie versuchten sich alle den Anschein zu geben, als wären sie ganz zufällig hier, auf einem flotten Spaziergang. Die Gegend war gesichtslos, typisch großstädtisch und, abgesehen von den schuldbewußt wirkenden Fußgängern, völlig menschenleer.

»Keithy«, sagte Rez, »ich will ins Hotel zurück.« Der grellweiße Morgenstern eines Polizeihubschraubers fegte über sie hinweg, kohlschwarze Schatten sausten über Beton. Rez horchte ins Telefon. Sie kamen an einem Nudelwagen vorbei, der die ganze Nacht hindurch geöffnet hatte; durch vergilbte Plastikvorhänge konnte man schemenhaft das Innere sehen. Bilder flackerten über einen kleinen Bildschirm hinter dem Tresen. Arleigh stieß Laney am Knie an und zeigte an Rez' Schulter vorbei. Ein Trio weißer, gepanzerter Wagen schoß mit blinkendem Blaulicht auf rechteckigen Geschütztürmen über die herannahende Kreuzung und verschwand geräuschlos. Rez drehte sich um und gab ihr das Telefon zurück. »Keithy ist voll auf seinem Paranoia-Trip. Er will, daß ich in euer Hotel mitkomme und da auf ihn warte.«

Arleigh nahm das Telefon. »Weiß er, worum es da vorhin ging?«

»Autogrammjäger?« Rez machte Anstalten, sich wieder nach vorn zu drehen.

»Was ist aus der Idoru geworden?« fragte Laney.

Rez starrte ihn an. »Wenn du diese neue Plattform kidnappen würdest – und ich fand sie toll –, was hättest du dann real in der Hand?«

»Ich weiß nicht.«

»Reis einzige Realität ist das Reich fortschreitender serieller Erschaffung«, sagte Rez. »Das ist von vorn bis hinten ein *Prozeß* und unendlich viel mehr als die Summe ihrer diversen Ichs. Die Plattformen versinken eine nach der anderen unter ihr, während sie immer dichter und komplexer wird …« Im Lichtschein vorbeiziehender Ladenfronten schien ein verträumter Ausdruck in die länglichen grünen Augen zu treten, dann wandte der Sänger sich ab.

Laney sah zu, wie Arleigh den Schnitt an ihrem Mundwinkel mit einem Papiertaschentuch abtupfte.

»Laney-san«, Yamasaki, ein Flüstern. Er legte ihm etwas in die Hand. Einen Datenhelm mit Kabeln dran. »Wir haben globale Datenbasis der Fan-Aktivität ...«

Ihm taten die Rippen weh. Ob sein Bein blutete? »Später, okay?«

Arleighs Suite war mindestens doppelt so groß wie Laneys Zimmer. Sie verfügte über einen eigenen, winzigen Aufenthaltsraum, der mit vergoldeten Glastüren von Schlafzimmer und Bad abgeteilt war. Die vier Stühle im Aufenthaltsraum hatten sehr hohe, sehr schmale Rückenlehnen, die sich alle zu einer Ausgabe des Koboldhuts aus sandgestrahltem Stahl verjüngten. Auf einem dieser erstaunlich unbequemen Stühle hockte Laney vornüber gebeugt und umklammerte seine geprellten Rippen. Er hatte ziemliche Schmerzen. Wie sich herausgestellt hatte, war das Blut in seiner Socke sein eigenes; es stammte von einer abgeschürften Stelle an seinem linken Schienbein, auf die er ein Mikropor-Pflaster aus dem professionell aussehenden Verbandskasten in Arleighs Badezimmer geklebt hatte. Er bezweifelte, daß der auch etwas für seine Rippen enthielt, fragte sich aber, ob ein elastischer Verband vielleicht helfen würde.

Yamasaki saß auf dem Stuhl zu seiner Rechten und steckte mit glänzenden goldenen Sicherheitsnadeln aus einem Koboldhut-Behelfsnähzeug den Ärmel seines karierten Jacketts wieder fest. Laney sah zum ersten Mal in seinem Leben, daß jemand das Behelfsnähzeug eines Hotelzimmers tatsächlich zu irgendwas benutzte. Yamasaki hatte seine kaputte Brille abgenommen, hielt sich das Jackett dicht vor die Augen und werkelte dran herum. Dadurch wirkte er älter und irgendwie gelassener. Der rothaarige Techniker, der Shannon hieß, saß kerzengerade rechts von Yamasaki und las ein Werbeexemplar eines Modemagazins.

Rez lümmelte sich auf dem Bett in der maximal verfügbaren Anzahl von Kissen, und Willy Jude saß an dessen Fußende und surfte mit seinen Videogeräten durch die Kanäle. Die Panik im Western World war anscheinend noch nicht in die Nachrichten vorgedrungen, obwohl der Drummer behauptete, auf einem der Szene-Kanäle eine versteckte Andeutung aufgeschnappt zu haben.

Arleigh stand am Fenster und drückte einen Eiswürfel in einem weißen Waschlappen an ihre geschwollene Lippe.

»Hat er was gesagt, wann er hier auftauchen würde?« Rez, vom Bett aus.

»Nein«, sagte Arleigh, »aber er hat deutlich zum Ausdruck gebracht, daß du warten sollst.«

Rez seufzte.

»Laß die Leute auf dich aufpassen, Rez«, sagte Willy Jude. »Dafür werden sie ja bezahlt.«

Laney war ganz selbstverständlich davon ausgegangen, daß sie alle zusammen mit Rez auf Blackwell warten sollten. Jetzt beschloß er, den Versuch zu unternehmen, auf sein eigenes Zimmer zu gehen. Sie konnten schließlich nichts weiter tun, als ihn aufzuhalten …

Blackwell machte die Tür vom Flur aus auf und steckte dabei etwas Schwarzes ein, bei dem es sich eindeutig nicht um einen gewöhnlichen Zimmerschlüssel handelte. Auf seiner rechten Wange war ein blasses Mikropor-X, dessen längster Arm bis zu seiner Kinnspitze ging.

»Abend, Keithy«, sagte Rez.

»Du darfst wirklich nicht einfach so abhauen«, sagte der Bodyguard. »Diese Russen sind 'ne knallharte Truppe. Geben sich richtig Mühe, die Jungs. Wär nicht gut, wenn die dich in die Finger kriegen würden, Rez. Überhaupt nicht gut. Würde dir nicht gefallen.«

»Kuwayama und die Plattform?«

»Eins muß ich dir sagen, Rez.« Blackwell blieb am

Fußende des Bettes stehen. »Ich hab dich mit Weibern rumziehen sehen, denen ich nicht im Dunkeln begegnen möchte, aber die waren wenigstens menschlich. Verstehst du, was ich meine?«

»Ja, Keithy«, sagte der Sänger. »Ich weiß, wie du zu ihr stehst. Aber du kommst auch noch dahinter. Das ist nun mal der Lauf der Dinge, Keithy. Der neuen Dinge. Der neuen Welt.«

»Davon versteh ich nichts. Mein alter Herr war Maler und Hafenarbeiter; ich hab nur 'nen Pflichtverteidiger gekriegt. Hat ihm das Herz gebrochen, daß ich so 'n Krimineller geworden bin. Ist gestorben, bevor du mich ausm B-Block rausgeholt hast. Wär schön gewesen, wenn er noch gesehen hätte, wie ich Verantwortung übernehme, Rez. Für dich. Für deine Sicherheit. Aber jetzt weiß ich nicht mehr so recht. Kann sein, daß es ihn nicht besonders beeindrucken würde. Vielleicht würde er sagen, daß ich bloß auf 'nen Schwachkopf und aufgeblasenen Wichtigtuer aufpasse.«

Rez kam vom Bett herunter, wobei er Laney mit seiner Schnelligkeit und der Anmut des Showmanns überraschte, und stand dann vor Blackwell, die Hände auf den gewaltigen Schultern. »Aber du glaubst das nicht, stimmt's, Keithy? In Pentridge hast du's nicht geglaubt. Nicht, als du gekommen bist, um mich rauszuholen. Und auch nicht, als ich zurückgekommen bin, um dich rauszuholen.«

Blackwells Augen glänzten. Er wollte gerade etwas sagen, aber auf einmal stand Yamasaki blinzelnd auf und schlüpfte in sein grünkariertes Sakko. Er verrenkte sich den Hals, spähte kurzsichtig auf die Nadeln, mit denen er es geflickt hatte, und schien dann zu merken, daß ihn jeder in der Suite ansah. Er hustete nervös und setzte sich wieder hin.

Ein Schweigen folgte. Blackwell brach es. »Ich hab mich 'n bißchen danebenbenommen, Rozzer«, sagte er.

Rez klopfte dem Bodyguard auf die Schulter und

ließ ihn los. »Ist der Streß. Ich weiß.« Rez lächelte. »Kuwayama? Die Plattform?«

»Der hatte seine eigene Truppe da.«

»Und unsere ungeladenen Gäste?«

»Das ist 'n bißchen merkwürdig«, sagte Blackwell. »Kombinat, Rez. Sie sagen, wir hätten was gestohlen, was ihnen gehört. Das ist jedenfalls alles, was der eine wußte, den ich befragt habe.«

Rez machte ein verdutztes Gesicht, aber was immer ihm gerade durch den Kopf ging, er schien es sofort wieder zu verdrängen. »Bring mich ins Hotel zurück«, sagte er.

Blackwell warf einen Blick auf seine riesige stählerne Armbanduhr. »Das kämmen wir grade durch. In zwanzig Minuten ruf ich bei denen mal an.«

Laney ergriff die Gelegenheit, stand auf und ging an Blackwell vorbei zur Tür. »Ich werd 'ne heiße Dusche nehmen«, erklärte er. »Hab mir da oben die Rippen angeknackst.« Niemand sagte etwas. »Rufen Sie mich an, wenn Sie mich brauchen.« Dann machte er die Tür auf, ging hinaus, schloß sie hinter sich und hinkte in die Richtung, wo der Fahrstuhl war, wie er hoffte.

Richtig getippt. In der Kabine lehnte er sich an die verspiegelte Wand und drückte auf den Knopf für seine Etage.

Der Fahrstuhl sagte etwas auf Japanisch, in beruhigendem Ton.

Die Tür ging zu. Er schloß die Augen.

Er machte die Augen wieder auf, als die Tür aufging. Stieg aus, ging erst in die falsche und dann in die richtige Richtung. Suchte nach seiner Brieftasche, in die er den Schlüssel gesteckt hatte. Noch da. Bad und heiße Dusche wurden zu eher theoretischen Begriffen, als er sich dem Zimmer näherte. Schlafen. Das war es. Ausziehen, hinlegen und weg sein.

Er zog den Schlüssel durch den Schlitz. Nichts. Noch mal. Klick.

Kathy Torrance saß auf der Bettkante. Sie lächelte ihn an. Zeigte auf die sich bewegenden Figuren auf dem Bildschirm. Eine davon war Laney, nackt, mit einer größeren Erektion, als er seines Wissens jemals gehabt hatte. Das Mädchen kam ihm vage bekannt vor, aber wer sie auch sein mochte, er konnte sich nicht erinnern, das mit ihr gemacht zu haben.

»Steh da nicht so rum«, sagte Kathy. »Das mußt du sehen.«

»Das bin ich nicht«, sagte Laney.

»Ich weiß«, sagte sie entzückt. »Er ist *viel* zu groß. Und ich würde *liebend* gern sehen, wie du das zu beweisen versuchst.«

30 Der Etrusker

Chia zog die Fingersets wieder über, setzte sich die Brille auf und ließ sich von Masahiko in sein Zimmer mitnehmen. Der gleiche unmittelbare Übergang, das flackernde Icon des virtuellen Venedig … Gomi Boy war da, und noch jemand, obwohl sie ihn anfangs nicht sehen konnte. Nur dieses Becherglas auf der Arbeitsplatte, das vorher nicht dagewesen war, in höherer Auflösung gerendert als der übrige Raum: schmutzig, am Rand abgesplittert, mit einer Kruste am Boden.

»Diese Frau«, begann Gomi Boy, aber jemand hustete. Ein seltsames, trockenes Rasseln.

»Du bist *wirklich* eine interessante junge Frau«, sagte eine Stimme, wie Chia sie bisher noch nie gehört hatte, ein unheimliches, in die Länge gezogenes Kratzen, das aus einer Sammlung leiser, trockener, willkürlicher Geräusche zusammengebastelt sein mochte. So bestand der lange Vokal eines Wortes vielleicht aus Drähten im Wind, das Klicken eines Konsonanten aus dem Rascheln eines welken Blattes an einem Fenster. »*Junge* Frau«, wiederholte die Stimme, und dann kam etwas Unbeschreibliches, das wohl ein Lachen sein sollte.

»Das ist der Etrusker«, sagte Masahiko. »Der Etrusker hat sich für uns Zugriff auf das Spesenkonto deines Vaters verschafft. Er ist äußerst geschickt.«

Eine Sekunde lang war dort etwas. Wie ein Schädel. Über dem schmutzigen Glas. Mit einem verzerrten, bockigen Mund. »Das war gar nichts, wirklich …«

Sie sagte sich, daß es nur eine Präsentation war. Wie

bei Zona, die man nie ganz scharf sehen konnte. Das hier war genauso, nur extremer. Und in den Audioteil war viel Arbeit investiert worden. Aber es gefiel ihr nicht.

»Hast du mich hergebracht, damit ich ihn kennenlerne?« fragte sie Masahiko.

»O nein«, sagte der Etrusker, das *O* ein polyphoner Choral, »ich wollte dich nur mal sehen, meine Liebe.« Wieder der Laut, der wie ein Lachen klang.

»Die Frau«, sagte Gomi Boy. »Hattest du dich im Hotel Di mit ihr verabredet?«

»Nein«, sagte Chia, »sie hat die Taxis überprüft. Du bist also doch nicht so schlau, wie du denkst.«

»Gut gesagt.« Das *gut* der Klang eines einzelnen Kieselsteins, der in einen trockenen Marmorbrunnen fiel. Chia konzentrierte sich auf das Glas. Ein riesiger Tausendfüßler lag zusammengerollt auf dessen Boden, ein Ding von der Farbe einer toten Kutikula. Sie sah, daß er winzige, pinkfarbene Hände hatte …

Das Glas war weg.

»Tut mir leid«, sagte Masahiko. »Er wollte dich nur kennenlernen.«

»Wer ist die Frau im Hotel Di?« Gomi Boys Anime-Augen waren hell und lebhaft, aber sein Ton war hart.

»Maryalice«, sagte Chia. »Ihr Freund gehört zu diesen Russen. Das Ding, hinter dem sie her sind, ist in meiner Tasche.«

»Was für ein Ding?«

»Maryalice sagt, es ist ein Nano-Assembler.«

»Unwahrscheinlich«, meinte Gomi Boy.

»Sag das den Russen.«

»Aber du hast Schmuggelware? In dem Zimmer?«

»Ich hab was, was sie haben wollen.«

Gomi Boy verzog das Gesicht und verschwand.

»Wo ist er hin?«

»Das ändert die Lage«, sagte Masahiko. »Du hast uns nicht gesagt, daß du Schmuggelware hast.«

»Ihr habt mich ja nicht gefragt! Ihr habt nicht gefragt, weshalb sie mich suchen …«

Masahiko zuckte die Achseln, so ruhig wie immer. »Wir waren nicht sicher, ob ihr Interesse dir galt. Das Kombinat wäre sehr erpicht auf die Fähigkeiten von jemandem wie zum Beispiel dem Etrusker. Viele wissen von Hak Nam, aber nur wenige wissen, wie man hineinkommt. Wir haben reagiert, um die Unversehrtheit der Stadt zu bewahren.«

»Aber dein Computer ist im Hotelzimmer. Sie können einfach reinkommen und ihn sich holen.«

»Das spielt keine Rolle mehr«, sagte er. »Ich bin nicht mehr am Verarbeitungsprozeß beteiligt. Meine Pflichten werden von anderen übernommen. Gomi Boy kümmert sich jetzt um seine Sicherheit draußen, verstehst du? Auf den Besitz von Schmuggelware stehen harte Strafen. Er ist besonders gefährdet, weil er mit gebrauchten Geräten handelt.«

»Ich glaube, ihr braucht euch im Moment keine Sorgen wegen der Polizei zu machen. Ich glaube, wir sollten die Polizei holen. Maryalice sagt, diese Russen bringen uns um, wenn sie uns finden.«

»Die Polizei zu holen wäre keine gute Idee. Der Etrusker hat sich Zugriff auf das Konto deines Vaters in Singapur verschafft. Das ist ein Verbrechen.«

»Ich möchte lieber verhaftet als umgebracht werden.«

Masahiko dachte darüber nach. »Komm mit«, sagte er. »Dein Besuch wartet.«

»Nicht der Tausendfüßler«, entgegnete Chia. »Besten Dank.«

»Nein«, sagte er, »nicht der Etrusker. Komm.«

Und schon hatten sie sein Zimmer verlassen und rasten im Schnellvorlauf durch das Labyrinth von Hak Nam, gebogene Treppen hinauf und Korridore entlang, und die fremdartige, kompakte Welt sauste flimmernd an ihnen vorbei … »Was *ist* das hier? Ein gemeinsamer

Site, stimmt's? Aber worüber macht ihr euch solche Sorgen? Warum ist das alles geheim?«

»Die Ummauerte Stadt gehört zum Netz, ist aber nicht drin. Hier gibt es keine Gesetze, sondern nur Vereinbarungen.«

»Man kann nicht im Netz sein und *nicht* im Netz sein«, sagte Chia, als sie eine letzte Treppe hinaufschossen.

»Verteilte Verarbeitung«, sagte er. »Interstitiell. Angefangen hat es mit einer gemeinsamen Killerdatei ...«

»Zona!« Dort jenseits dieser unebenen, von merkwürdigen Dingen überwucherten Dachlandschaft.

»Nichts anfassen. Einige sind Fallen. Ich komme zu dir.« Zona, die sich auf ihre quecksilbrige, fragmentarische Weise präsentierte, bewegte sich vorwärts.

Rechts von Chia lag so etwas wie ein alter Wagen schief in einem Haufen willkürlich zusammengewürfelter Texturen; eine Art Weihnachtsbaum wuchs aus seiner heilen Windschutzscheibe. Dahinter ...

Sie nahm an, daß die Dächer der Ummauerten Stadt ihre Müllhalde waren, aber die Dinge, die dort herumlagen, waren wie Traumobjekte, von ihren Schöpfern weggeworfene, digitalisierte Phantasien, deren Wirrwarr der Formen und Texturen dem Auge Rätsel aufgab; der Versuch, sie zu sichten und zu enträtseln, löste eine Art Schwindelgefühl aus. Manche bewegten sich.

Dann fiel ihr eine Bewegung hoch oben am Benzinhimmel ins Auge. Zonas Vogel-Dinger?

»Ich bin in deinem Site gewesen«, sagte Chia. »Du warst nicht da. Irgendwas ...«

»Ich weiß. Hast du's gesehen?« Als Zona an dem Weihnachtsbaum vorbeikam, zeigten sich in dessen rundem, silbernem Zierat schwarze Augenhöhlen; sämtliche Paare drehten sich, um ihr zu folgen.

»Nein. Ich dachte, ich hätte es gehört.«

»Ich weiß nicht, was es ist.« Zonas Präsentation war noch quecksilbriger und sprunghafter als sonst. »Ich bin hergekommen, um mir Rat zu holen. Sie haben mir erzählt, du seist in meinem Site gewesen und seist jetzt hier ...«

»Du kennst diesen Ort?«

»Jemand von hier hat mir geholfen, meinen Site anzulegen. Es ist unmöglich, ohne Einladung herzukommen, verstehst du? Mein Name steht auf einer Liste. Aber ohne Begleitung darf ich nicht nach unten, in die Stadt selbst.«

»Zona, ich bin in solchen Schwierigkeiten! Wir verstecken uns in so einem gräßlichen Hotel, und Maryalice ist da ...«

»Dieses Miststück, das dich zu ihrem Packesel gemacht hat, ja? Sie ist wo?«

»In dem Zimmer in diesem Hotel. Sie hat gesagt, sie hat sich von ihrem Freund getrennt, und das Nano-Ding gehört ihm ...«

»Das was?«

»Sie sagt, es ist so was wie 'n Nano-Assembler.«

Zona Rosas Züge wurden scharf, als ihre schweren Augenbrauen nach oben zuckten. »Nanotechnologie?«

»Das ist in deiner Tasche?« erkundigte sich Masahiko.

»In Plastik eingewickelt.«

»Einen Moment.« Er verschwand.

»Wer ist das?« fragte Zona.

»Masahiko. Mitsukos Bruder. Er wohnt hier.«

»Wo ist er hingegangen?«

»Ins Hotel zurück, wo wir am Port sind.«

»Du steckst vielleicht in einer Scheiße – ganz schön abgedreht«, sagte Zona.

»Bitte hilf mir, Zona! Ich glaub, ich komm nie wieder nach Hause!«

Masahiko tauchte wieder auf. Er hatte das Ding in der Hand, aber ohne die Dutyfree-Tüte. »Ich hab's gescannt«, erklärte er. »Sofortige Identifikation als primäres biomolekulares Rodelvan-Erp-Programmiermodul

C-Schrägstrich-7A. Das ist ein Labor-Prototyp. Wir sind außerstande, seinen exakten legalen Status zu ermitteln, aber das Produktionsmodell, C-Schrägstrich-9E, ist Nanotechnologie der Klasse 1 und nach internationalem Gesetz verboten. Nach Japanischem Gesetz hat eine Verurteilung wegen illegalen Besitzes von Klasse-1-Geräten automatisch eine lebenslange Haftstrafe zur Folge.«

»Lebenslänglich?« sagte Chia.

»Das gleiche gilt für thermonukleare Geräte, Giftgas und biologische Waffen«, sagte er entschuldigend und hielt das gescannte Objekt hoch, damit Zona es betrachten konnte.

Zona sah es sich an. »Hol mich der Henker«, sagte sie. Aus ihrem Ton sprach düsterer Respekt.

31 *Wie es läuft*

Siehst du, wie es läuft, Laney? ›Es fällt alles auf einen zurück?‹ ›Man kann weglaufen, aber verstecken kann man sich nicht?‹ Kennst du diese Redensarten, Laney? Verstehst du, wie es kommt, daß manche Dinge zu Klischees werden, weil sie nämlich an gewisse Wahrheiten rühren, Laney? So sag doch was, Laney.«

Die Arme um die Rippen geschlungen, ließ Laney sich in einen der winzigen Sessel sinken. Er fand es widerlich, was er da auf dem Bildschirm alles machte, aber er merkte, daß er den Blick nicht abwenden konnte. Er wußte, daß der Mann dort nicht er war. Sie hatten sein Gesicht auf jemand anderen gelegt. Aber es war sein Gesicht. Er erinnerte sich daran, was jemand vor langer Zeit einmal über Spiegel gesagt hatte, daß sie irgendwie unnatürlich und gefährlich seien.

»Das ist dieser Kerl«, sagte er, »dieser Hillman. Von dem Tag, an dem wir uns kennengelernt haben. Mein Vorstellungsgespräch. Er war Porno-Komparse.«

»Findest du nicht, daß er schrecklich grob zu ihr ist?«

»Wer ist sie, Kathy?«

»Denk mal zurück. Wenn du dich an Clinton Hillman erinnern kannst, Laney …«

Laney schüttelte den Kopf.

»Denk an Schauspieler, Laney. Oder denk an Alison Shires …«

»Seine Tochter«, sagte Laney. Gar kein Zweifel.

»Also, ich finde ganz entschieden, das ist zu grob. Das grenzt ja schon an Vergewaltigung, Laney. An

Notzucht. Ich glaube, wir hätten gute Chancen, mit einer Anklage wegen Notzucht durchzukommen.«

»Warum macht sie das bloß mit? Wie habt ihr sie dazu gebracht?« Er wandte sich vom Bildschirm zu Kathy. »Ich meine, falls er sie nicht tatsächlich vergewaltigt.«

»Hören wir uns mal den Ton dazu an, Laney. Mal sehen, was du da sagst. Wirft ein Licht auf das Motiv …«

»Nicht«, sagte er. »Ich will es nicht hören.«

»Du redest die ganze Zeit über ihren Vater, Laney. Ich meine, eine fixe Idee ist ja gut und schön, aber auf diese Weise pausenlos über ihn herzuziehen, während du ihr das Ding dermaßen brutal in den Rachen steckst …«

Er wäre beinahe hingefallen, als er aus dem Sessel hochkam. Er konnte die Bedienungselemente nicht finden. Drähte hinten dran. Er riß die ersten drei raus, die er finden konnte. Der dritte war es.

»Geht das aufs Konto von Lo/Rez, Laney? Sex and Drugs and Rock'n'Roll? Eigentlich müßtest du die Dinger doch aus dem Fenster werfen, oder?«

»Was soll das alles, Kathy? Willst du's mir nicht endlich sagen?«

Sie lächelte ihn an. Genau das Lächeln, an das er sich von seinem Vorstellungsgespräch her erinnerte. »Darf ich dich Colin nennen?«

»Kathy: Leck mich.«

Sie lachte. »Kann sein, daß wir zum Ausgangspunkt zurückgekehrt sind, Laney.«

»Wieso?«

»Betrachte das hier als Vorstellungsgespräch.«

»Ich hab schon 'nen Job.«

»Wir bieten dir noch einen an, Laney. Den kannst du nebenher machen.«

Laney schleppte sich zum Sessel zurück. Ließ sich so langsam wie möglich hineinsinken. Und schnappte vor Schmerz nach Luft.

»Was ist?«

»Rippen. Verletzt.« Er fand eine halbwegs bequeme Sitzposition.

»Bist du in eine Schlägerei geraten? Ist das Blut?«

Sie wußte also nicht, wo er vorhin gewesen war. Und das bedeutete, daß sie ihn hier nicht beobachtet hatten. »Ich war in 'nem Club.«

»Wir sind hier in Tokio, Laney. Hier gibt's keine Schlägereien in Clubs.«

»War sie das wirklich? Seine Tochter?«

»Na klar. Und sie wird überglücklich sein, wenn sie bei Slitscan darüber sprechen kann, Laney. Zu sadistischen Spielchen verführt von einem Kerl, der sich an sie rangemacht hat und von ihrem berühmten, liebevollen Vater besessen ist. Welcher übrigens Vernunft angenommen hat. Er arbeitet jetzt mit uns zusammen.«

»Warum? Weshalb tut sie das? Weil er's ihr befohlen hat?«

»Weil«, sagte Kathy mit einem Blick, aus dem die Sorge sprach, er könnte möglicherweise auch einen Gehirnschaden davongetragen haben, »sie ebenfalls eine aufstrebende Schauspielerin ist, Laney.« Sie sah ihn hoffnungsvoll an, als würde sein Denkapparat vielleicht plötzlich zu arbeiten beginnen. »Der große Durchbruch.«

»Das soll ihr großer Durchbruch sein?«

»Ein Durchbruch ist ein Durchbruch«, sagte Kathy Torrance. »Und weißt du was? Ich versuche, statt dessen *dir* einen zu verschaffen. Jetzt, in diesem Moment. Ich gebe mir wirklich alle Mühe. Und es wäre nicht der erste, nicht wahr?«

Das Telefon klingelte. »Geh lieber mal ran«, sagte sie und hielt ihm die weiße Zedernholzplatte hin.

»Ja?«

»Datenbasis Fan-Aktivitäten.« Es war Yamasaki. »Sie müssen jetzt darauf zugreifen.«

»Wo sind Sie?«

»In Hotelgarage. Mit Van.«

»Hören Sie, ich bin im Moment nicht so gut beieinander. Hat das nicht noch 'n bißchen Zeit?«

»Zeit?« Yamasakis Stimme klang entsetzt.

Laney sah Kathy Torrance an. Sie trug etwas Schwarzes, das so gerade ihr Tattoo verdeckte. Ihre Haare waren jetzt kürzer. »Ich komme runter, sobald ich kann. Halten Sie mir den Zugang offen.« Er legte auf, bevor Yamasaki etwas erwidern konnte.

»Worum ging es?«

»Shiatsu.«

»Du lügst.«

»Was willst du, Kathy? Worum geht es dir?«

»Um ihn. Ich will ihn. Ich will einen Zugang. Ich will wissen, was er vorhat. Ich will wissen, was er sich dabei denkt, ein Stück Japanische Software zu vögeln.«

»Zu heiraten«, sagte Laney.

Ihr Lächeln erlosch. »Verbesser mich nicht, Laney.«

»Du willst, daß ich ihn ausspioniere.«

»Daß du Recherchen anstellst.«

»Quatsch.«

»Wie du meinst.«

»Und wenn ich was rausfinde, was du brauchen kannst, dann würdest du von mir verlangen, ihm eine Falle zu stellen.«

Das Lächeln kehrte zurück. »Machen wir nicht den zweiten Schritt vor dem ersten.«

»Und was kriege ich?«

»Ein Leben. Ein Leben, in dem du nicht als besessener Killer gebrandmarkt bist, der sich an die attraktive Tochter des Objekts seiner Besessenheit rangemacht hat. Ein Leben, in dem nicht öffentlich bekannt ist, daß du durch eine Reihe katastrophaler pharmazeutischer Experimente unwiderruflich und auf gräßliche Weise umgepolt worden bist. Ist das nichts?«

»Und was ist mit ihr? Der Tochter? Hat sie das mit diesem Hillman alles umsonst gemacht?«

»Liegt ganz bei dir, Laney. Arbeite für uns, verschaff mir, was ich haben will, und sie hat richtiges Scheiß-Pech.«

»So einfach ist das? Und dabei würde sie mitmachen? Nach dem, was sie alles tun mußte?«

»Wenn sie sich nur die geringsten Hoffnungen machen will, irgendwann doch noch mal berühmt zu werden … ja.«

Laney sah sie an. »Das bin ich nicht. Das ist ein Morph. Wenn ich das beweisen könnte, dann könnte ich euch verklagen.«

»Wirklich? Das könntest du dir leisten? So was dauert Jahre. Und selbst dann würdest du vielleicht nicht gewinnen. Wir haben einen Haufen Kohle und gute Leute, die wir auf solche Probleme ansetzen. Machen wir ständig.« Die Türglocke ertönte. »Das wird für mich sein.« Sie stand auf, ging zur Tür und aktivierte den Sicherheitsbildschirm. Laney sah ein Stück von einem Männergesicht. Sie machte die Tür auf. Es war Rice Daniels, ohne seine Sonnenbrille. »Rice ist jetzt bei uns, Laney«, sagte sie. »Er war eine großartige Hilfe, was deinen Hintergrund betrifft.«

»Hat's nicht geklappt mit *Außer Kontrolle?*« fragte Laney Daniels.

Daniels zeigte ihm eine Menge sehr weißer Zähne. »Ich bin sicher, wir könnten zusammenarbeiten, Laney. Sie sind doch hoffentlich nicht nachtragend wegen dem, was passiert ist.«

»Nachtragend«, sagte Laney.

Kathy kam zurück und gab Laney eine leere weiße Karte mit einer mit Bleistift daraufgeschriebenen Nummer. »Ruf mich an. Bis neun Uhr morgen früh. Sprich's aufs Band. Ja oder nein.«

»Du läßt mir eine Wahl?«

»So macht es mehr Spaß. Ich möchte, daß du drüber

nachdenkst.« Sie langte nach unten und schnipste gegen den Kragen von Laneys Hemd. »Stichlänge«, sagte sie. Drehte sich um und ging hinaus. Daniels zog die Tür hinter ihnen zu.

Laney saß da und starrte auf die geschlossene Tür, bis das Telefon klingelte.

Es war Yamasaki.

32 Der ungebetene Gast

Wir müssen *angreifen*«, sagte Zona Rosa und betonte es mit einem raschen Wechsel zum aztekischen Totenkopf-Modus. Sie waren jetzt mit Masahiko und Gomi Boy in Masahikos Zimmer in der Ummauerten Stadt, fern von dem hypnotischen, chaotischen Durcheinander der Dachlandschaft.

»Angreifen?« Gomi Boys riesige Glupschaugen leuchteten wie immer, aber seine Stimme verriet seine innere Anspannung. »Wen willst du denn angreifen?«

»Wir werden einen Weg finden, den Kampf zum Feind zu tragen«, sagte Zona Rosa gewichtig. »Passivität ist Tod.«

Ein Gebilde, das für Chia wie ein leuchtend orangefarbener Untersetzer aussah, kam unter Masahikos Tür hindurch und glitt über den Boden, aber das Schattending verschlang es, bevor sie einen genaueren Blick darauf werfen konnte.

»*Du* bist in Mexico City«, sagte Gomi Boy zu Zona Rosa. »*Du* bist von all dem nicht gefährdet, weder physisch noch in juristischer Hinsicht!«

»Physisch?« sagte Zona Rosa und wechselte abrupt zu einer wütenden Version ihrer vorherigen Präsentation zurück. »Du willst es *physisch*, du Mistkerl? Ich mach dich kalt, verdammt, und zwar physisch! Du denkst, das kann ich nicht? Glaubst du, ich leb auf dem Mars oder so? Ich flieg mit Aeronaves direkt zu euch rüber, mitsamt meinen Girls, und wenn wir dich finden, schneiden wir dir deine japanischen Eier ab!

Meinst du, das kann ich nicht?« Das Schnappmesser mit den Sägezähnen und dem Drachengriff stand vibrierend vor Gomi Boys Gesicht.

»Bitte, Zona«, flehte Chia, »bis jetzt hat er mir nur geholfen! Tu's nicht!«

Zona schnaubte. Die Klinge wurde wieder zurückgezogen und verschwand. »Komm mir bloß nicht dumm«, sagte sie zu Gomi Boy. »Meine Freundin steckt in der Scheiße, und ich hab irgend so ein blödes Geisterding in meinem Site ...«

»In der Software meines Sandbenders ist es auch drin«, sagte Chia. »Ich hab's in Venedig gesehen.«

»Du hast es *gesehen?*« Die fragmentierten Bilder wechselten schneller.

»Ich hab *irgend*was gesehen ...«

»Was? *Was* hast du gesehen?«

»Jemanden. Am Brunnen am Ende der Straße. Vielleicht eine Frau. Ich hatte Angst und bin rausgegangen. Ich hab mein Venedig offengelassen ...«

»Zeig's mir«, sagte Zona. »In meinem Site hab ich's nicht sehen können. Meine Eidechsen konnten es auch nicht sehen, aber sie waren ganz aufgeregt. Die Vögel sind tiefer geflogen, konnten aber nichts finden. Zeig mir dieses Ding!«

»Aber Zona ...«

»Sofort!« sagte Zona. »Es gehört zu dieser Scheiße, in der du steckst. Ganz bestimmt.«

»Mein Gott.« Zona starrte zum Markusdom hinauf. »Wer hat das denn geschrieben?«

»Das ist eine Stadt in Italien«, sagte Chia. »War früher mal ein Land. Sie haben das Bankwesen erfunden. Das ist der Markusdom. Es gibt ein Modul, in dem man sich ansehen kann, was sie Ostern machen, wenn der Patriarch die ganzen Knochen und Sachen rausbringt, die in Gold gefaßt sind. So Teile von Heiligen.«

Zona Rosa bekreuzigte sich. »Wie in Mexiko ... ist

das da, wo das Wasser bis an die Türschwellen steht und die Straßen Wasser sind?«

»Ich glaube, zum großen Teil ist es jetzt *unter* Wasser«, sagte Chia.

»Warum ist es dunkel?«

»Hab ich so eingestellt …« Chia wandte den Blick ab und spähte suchend ins Dunkel unter Bogengängen. »Die Ummauerte Stadt, Zona, was *ist* das?«

»Angeblich war's am Anfang eine gemeinsame Killerdatei. Weißt du, was eine Killerdatei ist?«

»Nein.«

»Ist ein alter Ausdruck. Ein Mittel, um zu vermeiden, daß man irgendwelche Botschaften kriegt. Wenn man eine Killerdatei dranhängen hatte, war es so, als ob diese Botschaften nie existiert hätten. Sie sind einfach nicht angekommen. Das war damals, als das Netz noch neu war, verstehst du?«

Chia wußte, daß es zum Zeitpunkt der Geburt ihrer Mutter überhaupt kein Netz gegeben hatte, oder fast keins, aber, wie ihre Lehrer in der Schule gern betonten, das war kaum vorstellbar. »Wie konnte da eine Stadt draus werden? Und warum ist alles so eng zusammengequetscht?«

»Irgendwer hatte die Idee, die Killerdatei umzukrempeln. In Wirklichkeit ist es nicht so gewesen, weißt du, aber so wird die Geschichte nun mal erzählt: daß die Leute, die Hak Nam gegründet haben, sauer waren, weil das Netz sehr frei gewesen war, man konnte tun, was man wollte, aber dann hatten die Regierungen und die Unternehmen andere Vorstellungen davon, was man tun durfte und was nicht. Also haben diese Leute rausgekriegt, wie man was aufribbeln konnte. Einen kleinen Ort, ein Stück, wie Stoff. Sie haben eine Art Killerdatei aus *allem* gemacht, aus allem, was sie nicht mochten, und das haben sie umgekrempelt«, Zonas Hände bewegten sich wie die einer Geisterbeschwörerin, »und zur andern Seite durchgedrückt …«

»Zur andern Seite *wovon?*«

»So haben sie's doch gar nicht gemacht«, sagte Zona ungeduldig, »das ist nur die *Geschichte.* Wie sie's gemacht haben, weiß ich nicht. Aber das ist die Geschichte, wie sie sie erzählen. Sie sind da hingegangen, um den Gesetzen zu entkommen. Um keine Gesetze zu haben, wie damals, als das Netz neu war.«

»Aber warum haben sie ihr dieses Aussehen gegeben?«

»Das weiß ich«, sagte Zona. »Die Frau, dir mir geholfen hat, mein Land aufzubauen, die hat's mir erzählt. Da gab's einen Ort in der Nähe von einem Flughafen, Kaulun, als Hongkong noch nicht chinesisch war, aber sie hatten vor langer Zeit einen Fehler gemacht, und dieser Ort – sehr klein, viele Menschen –, der gehörte noch zu China. Also gab's dort kein Gesetz. Ein gesetzloser Ort. Immer mehr Menschen kamen hin; sie haben immer höher gebaut. Keine Vorschriften, einfach nur Bauen, nur Leute, die da wohnten. Die Polizei ist da nicht hin. Drogen und Huren und Spiele. Aber auch Menschen, die da lebten. Fabriken, Restaurants. Eine Stadt. Keine Gesetze.«

»Gibt's die noch?«

»Nein«, sagte Zona, »sie haben sie abgerissen, bevor alles wieder chinesisch wurde. Haben alles zubetoniert und einen Parkplatz draus gemacht. Aber diese Leute, die angeblich ein Loch ins Netz gemacht hatten, die haben die Daten gefunden. Ihre Geschichte. Karten. Bilder. Sie haben sie wiederaufgebaut.«

»Weshalb?«

»Frag mich nicht. Frag sie. Die sind alle verrückt.« Zona ließ den Blick über die Piazza schweifen. »Mir wird's hier irgendwie kalt ...« Chia erwog, die Sonne aufgehen zu lassen, aber dann zeigte Zona in eine Richtung. »Wer ist das?«

Chia sah, wie ihr Music Master oder etwas, was so aussah, aus dem Dunkel der steinernen Bogengänge, wo die Cafés waren, auf sie zugeschlendert kam. Ein wallender dunkler Herrenmantel gab den Blick auf ein Futter in der Farbe polierten Bleis frei.

»Ich hab einen Software-Agenten, der so aussieht«, sagte Chia, »aber der sollte eigentlich nicht da sein, solange ich keine Brücke überquere. Und als ich vorhin hier war, konnte ich ihn nicht finden.«

»Das ist nicht die Person, die du gesehen hast?«

»Nein«, sagte Chia.

Eine Aura baute sich um Zona herum auf, und Zona wuchs, während die Auflösung der stacheligen Lichtwolke höher wurde. Sich verlagernde, einander überlappende Ebenen, wie Gespenster aus zerbrochenem Glas. Schillernde Insekten, die darin herumwirbelten.

Während die Gestalt in dem Herrenmantel über das Steinmosaik der Piazza auf sie zukam, löste sich der Schnee hinter ihr auf; sie hinterließ Fußabdrücke.

Zonas Aura wurde zusehends bedrohlicher; eine Gewitterwolke aus flackernder Dunkelheit bildete sich über den geborstenen Lichtflächen. Ein Geräusch ertönte, das Chia an eine dieser mit blauem Licht lockenden elektrischen Fliegenfallen erinnerte, in der gerade ein besonders saftiges Exemplar britzelnd zu Asche verbrannt wurde, und dann durchschnitten ganz in der Nähe riesige Schwingen die Luft: Zonas kolumbianische Kondore, Dinge aus den Datenhäfen. Und weg waren sie. Zona spie einen spanischen Wortstrom aus, der das Übersetzungsprogramm überforderte, einen langen, wohltönenden Fluch.

Vor Chias Augen verschwanden die Häuserfassaden um den riesigen Platz hinter der herannahenden Gestalt ihres Music Masters komplett hinter Schneevorhängen.

Zonas Messer schien jetzt groß wie eine Kettensäge zu sein. Die gezahnte Klinge kräuselte sich, als wäre sie lebendig. Die goldenen Drachen vom Plastikgriff jagten ihre Doppelschwänze mit den feurigen Mähnen durch winzige Wolken chinesischer Verzierungen um ihre braune Faust. »Dir werd ich's *zeigen*«, sagte Zona, und ließ sich jedes Wort auf der Zunge zergehen.

Chia sah, wie die Welt aus Schnee, die ihr Venedig verschluckt hatte, sich abrupt zusammenzog und an der Linie der Fußabdrücke entlang schrumpfte, und die Züge des Music Masters verwandelten sich in die von Rei Toei, der Idoru.

»Das hast du schon getan«, sagte die Idoru.

33 *Topologie*

Arleigh wartete am Fahrstuhl im fünften und untersten Geschoß der Tiefgarage des Hotels auf ihn. Sie hatte sich wieder die Arbeitskluft angezogen, in der er sie zum ersten Mal gesehen hatte. Trotz des Mikropor-Pflasters auf ihrer geschwollenen Lippe wirkte sie in ihren Jeans und der Bomberjacke aus Nylon hellwach und kompetent, zwei Dinge, die Laney nie wieder zu sein glaubte.

»Sie sehen ja fürchterlich aus«, sagte sie.

Die Decke war sehr niedrig und von einem graubraunen, wolligen, flockigen Zeug bedeckt, das die Geräusche dämpfte. Daran waren biolumineszente Kabelstränge festgetackert, und die stehende Luft war vom zuckrigen Geruch der Auspuffgase des Benzin-Alkohol-Gemischs geschwängert. Kleine japanische Wagen standen in makellos sauberen Reihen und glitzerten wie bunte, feuchte Bonbons. »Yamasaki fand anscheinend, es sei dringend«, sagte Laney.

»Wenn Sie's jetzt nicht machen«, sagte sie, »wissen wir nicht, wie lange es dauert, bis wir alles wieder so hinkriegen.«

»Na, dann machen wir's halt.«

»Sie sehen aus, als könnten Sie nicht mal laufen.«

Er setzte sich schwankend in Bewegung, wie um es ihr zu zeigen. »Wo ist Rez?«

»Blackwell hat ihn in sein Hotel zurückgebracht. Das Suchteam hat nichts gefunden. Hier lang.« Sie führte ihn an einer Reihe aseptisch sauberer Kühlergrills und Stoßstangen vorbei. Er sah den grünen Van, der mit der Schnauze zur Wand geparkt war. Die Heckklappe und die Türen standen offen. Er war mit orangefarbenen Kunststoffabsperrungen eingezäunt und von schwarzen Modulen umgeben. Shannon, der rothaarige Techniker, fummelte an einem schwarzroten Würfel herum, der mitten auf einem Klapptisch aus Plastik stand.

»Was ist das?« fragte Laney.

»Espresso«, sagte er mit der Hand im Gehäuse, »aber ich glaube, die Dichtung hat sich verzogen.«

»Setzen Sie sich dahin, Laney«, sagte Arleigh und zeigte auf den Beifahrersitz des Vans. »Der läßt sich zurückklappen.«

Laney kletterte auf den Sitz. »Lieber nicht«, sagte er. »Könnte sein, daß Sie mich dann nicht mehr wachkriegen.«

Yamasaki tauchte über Arleighs Schulter auf und zwinkerte. »Sie werden wie zuvor Zugriff auf die Lo/Rez-Daten haben, Laney-san, aber gleichzeitig auch auf Fan-Aktivitäts-Basis. Tiefenschärfe. Dimensionalität. Fan-Aktivitäts-Daten liefern den Grad an Personalisierung, den Sie benötigen. Parallaxe, ja?«

Arleigh gab Laney den Datenhelm. »Schauen Sie mal rein«, sagte sie. »Wenn's nicht hinhaut, zur Hölle damit.« Yamasaki zuckte zusammen. »So oder so, hinterher holen wir Ihnen den Hotelarzt.«

Laney lehnte den Nacken an die Kopfstütze des Sitzes und setzte den Datenhelm auf.

Nichts. Er schloß die Augen. Hörte, wie der Datenhelm eingeschaltet wurde. Machte die Augen auf und sah die gleichen Datenfassaden, die er schon in Akihabara gesehen hatte. Charakterlos. Institutionell in ihrer Regelmäßigkeit.

»Hier kommt der Fanclub«, hörte er Arleigh sagen, und die sterilen Fassaden waren auf einmal durchsichtig, und dahinter zeigten sich vernetzte Tiefenstrukturen aus Postings und Kommentaren von verblüffend organischer Komplexität.

»Irgendwas ...« setzte er an, aber dann war er wieder in der Wohnung mit den großen Kachelöfen in Stockholm. Aber diesmal war es ein Ort, nicht nur eine Million säuberlich abgelegter Faktenbröckchen. Schemenhafte Flammen tanzten hinter den Muskovitscheiben der reich verzierten Eisentür des Ofens.

Kerzenlicht. Die Fußböden bestanden aus Holzdielen, alle so breit wie Laneys Schultern, mit alten Teppichen in weichen Farbtönen darauf. Etwas lenkte seinen Blick in den nächsten Raum, vorbei an einem Ledersofa, auf dem noch mehr und kleinere Teppiche ausgebreitet waren, und zeigte ihm das schwarze Fenster hinter den offenen Gardinen, wo sehr große, prächtig geformte Schneeflocken bedächtig und schwer an den vereisten Scheiben vorbeifielen.

»Kriegen Sie was?« Arleigh. Irgendwo weit weg.

Er antwortete nicht, sondern sah zu, wie sein Blick zurückschwenkte. Um durch einen zentralen Flur mit einem hohen, ovalen Spiegel gesteuert zu werden, in dem er sich nicht sah, als er daran vorbeikam. Er dachte an CD-ROMS, die er im Waisenhaus erkundet hatte: Spukschlösser, auf monströse Weise verseuchte, aufgegebene Raumfahrzeuge im Orbit ... Hier anklicken. Da anklicken. Und irgendwie hatte er immer das Gefühl gehabt, daß er nie das zentrale Wunder fand, jenes Etwas, dessentwegen sich die Jagd gelohnt hätte. Weil es nicht da war, hatte er schließlich entschieden; es war nie so recht dagewesen, und so hatte er das Interesse an diesen Spielen verloren.

Aber das zentrale Wunder hier – Klick aufs Schlafzimmer – war Rei Toei. Am oberen Rand eines weißen Meeres auf weiße Kissen gestützt, der Kopf und die bekleideten Schultern sichtbar über zarter Spitze und dem Schimmer feiner Baumwolle.

»Du warst heute abend unser Gast«, sagte sie. »Ich konnte nicht mit dir sprechen. Das tut mir leid. Es hat ein schlimmes Ende genommen, und du bist verletzt worden.«

Er sah sie an, wartete auf die Bergtäler und die Glocken, aber sie erwiderte nur seinen Blick, nichts kam, und ihm fiel wieder ein, was Yamasaki über die Bandbreite gesagt hatte.

Ein schmerzhafter Stich in seiner Seite. »Woher weißt du das? Daß ich verletzt worden bin?«

»Aus dem vorläufigen Bericht des Lo/Rez-Sicherheitsteams. Techniker Paul Shannon stellt fest, daß du offenbar verletzt wurdest.«

»Warum bist du hier?« (»Laney«, hörte er Arleigh sagen, »alles in Ordnung mit Ihnen?«)

»Ich habe sie gefunden«, sagte sie. »Ist sie nicht wundervoll? Aber seit dem Abschluß der Renovierungsarbeiten war er nicht mehr hier. Also ist er eigentlich noch nie hier gewesen. Aber du warst schon einmal hier, nicht wahr? Ich glaube, so habe ich sie gefunden.« Sie lächelte. Sie war sehr schön hier, wie sie so in all diesem Weiß schwebte. Im Western World hatte er sie nicht richtig ansehen können.

»Ich hab schon mal drauf zugegriffen«, sagte er, »aber es war anders als jetzt.«

»Aber dann ist es … rund geworden, nicht? Es wurde weitaus besser. Weil eine Handwerkerin aus dem Team, das die Öfen wieder zusammenbaute, alles genau festgehalten hat, als es fertig war. Nur für sich selbst, für ihr Freunde, aber du siehst, was es bewirkt hat. Es war in den Daten des Fanclubs.« Entzückt betrachtete sie eine Kerze mit horizontalen, cremefarbenen und indigoblauen Bändern, die in einem Kerzenhalter aus poliertem Messing brannte. Ein Buch und eine Orange lagen neben ihr auf dem Nachttisch. »Hier fühle ich mich ihm sehr, sehr nah.«

»Ich würde mich ihm näher fühlen, wenn du mich wieder nach draußen versetzen würdest.«

»Auf die Straße? Es schneit. Und ich weiß nicht genau, ob die Straße da ist.«

»In das allgemeine Datenkonstrukt. Bitte. Damit ich meine Arbeit machen kann ...«

»Oh«, sagte sie und lächelte ihn an, und er starrte in die verworrenen Tiefen der Datenfassaden.

»Laney?« sagte Arleigh und berührte ihn an der Schulter, »mit wem sprechen Sie?«

»Mit der Idoru«, antwortete Laney.

»In nodaler Manifestation?« Yamasaki.

»Nein. Sie war in den Daten, keine Ahnung, wieso. Sie war in einem Modell seiner Wohnung in Stockholm. Hat gesagt, sie sei dort hingekommen, weil ich schon mal dagewesen sei. Dann hab ich sie gebeten, mich wieder hierhin zu versetzen ...«

»Wohin?« fragte Arleigh.

»Wo ich was sehen kann«, sagte Laney und starrte in Schluchten mit verschlungenem Bewuchs, dicht übersät mit Verästelungen, die ihn an Arleighs Realtree 7.2 erinnerten, aber irgendwie organisch waren; jedes Segment war dick mit Kommentaren überzogen. »Yamasaki hatte recht. Das Fanzeug scheint's zu bringen.«

Er hörte, wie ihn Gerrard Delouvrier damals in den TIDAL-Labors bedrängt hatte, sich *nicht* zu konzentrieren. *Was Sie tun, es ist entgegengesetzt zu die Konzentration, aber wir werden lernen, es zu* lenken.

Treiben. Durch Deltas ehemaliger Freundinnen, graduell abgestufte Bestätigungen solcher Freundschaften, private Sichtungen von Rez oder Lo mit irgendeiner Frau an irgendeinem öffentlichen Ort, jeder Bericht erhellt von der Bedeutung, die das Ereignis für die Person hatte, die es gepostet hatte. Dies war für Laney der eigenartigste Aspekt dieser Daten, die Perspektive, in der die beiden anfragten. Menschlich in jedem Detail, doch dann auch wieder nicht. Alles wahrscheinlich äußerst präzise, geradezu fanatisch genau, aber immer um die hohle Bewehrung der Prominenz herum zusammengestellt. Hier konnte er Prominenz sehen, nicht als ursprüngliche Substanz, wie Kathy sie sich vorstellte, sondern als eine paradoxe Eigenschaft, die der Substanz der Welt innewohnte. Er sah, daß die von den Fans der Band angehäufte Datenmenge viel umfangreicher war als alles, was die Band selbst je hervorgebracht hatte. Und ihre eigentliche Kunst, die Musik und die Videos, war nur ein winziger Bruchteil davon.

»Aber das hier gefällt mir am besten«, hörte Laney die Idoru sagen, und dann sah er Rez eine niedrige Bühne in irgendeinem vollen Club betreten; überall psychedelische koreanische Pinktöne, hypergesättigte Farben wie Comicversionen vom Fleisch tropischer Melonen. »Es geht um das, was wir empfinden.« Rez hob ein Mikrophon und begann, von neuen Seinsweisen zu sprechen, von etwas, was er »die alchimistische Heirat« nannte.

Und irgendwo war Arleighs Hand auf seinem Arm, und ihre Stimme klang angespannt. »Laney? Tut mir leid. Wir brauchen Sie jetzt hier bei uns. Mr. Kuwayama ist hier.«

34 Casino

Chia schaute zwischen den staubigen Jalousieleisten hindurch auf die Straße hinaus, wo es regnete. Das war das Werk der Idoru gewesen. Chia hatte es in Venedig noch nie regnen lassen, aber sie fand es gar nicht so schlecht. Es schien zu passen. Es war wie in Seattle.

Die Idoru sagte, diese Wohnung sei ein Casino. Chia hatte welche im Fernsehen gesehen, aber die hatten keinerlei Ähnlichkeit mit dem hier gehabt. Es bestand aus ein paar kleinen Zimmern mit abblätternden Putzwänden und großen alten Möbeln mit goldenen Löwenfüßen. Alles mit Fraktalen ausgearbeitet, so daß man es beinahe riechen konnte. Es hätte staubig gerochen, dachte sie, und auch nach Parfüm. Chia hatte erst wenige dieser Module betreten, das Innere ihres Venedig, weil sie alle irgendwie unheimlich waren. Sie vermittelten ihr nicht das Gefühl, das sie auf den Straßen hatte.

Zonas Kopf auf dem Tisch mit den Löwenfüßen gab so ein britzelndes Geräusch von sich. Sie hatte sich darauf reduziert, Zona: auf diese blaue Neon-Miniatur ihres Aztekenschädels, etwa von der Größe eines kleinen Apfels. Weil Chia ihr gesagt hatte, sie solle die Klappe halten und das Messer wegstecken. Und nun war sie stocksauer und vielleicht auch beleidigt, aber Chia hatte sich nicht anders zu helfen gewußt. Chia hatte hören wollen, was die Idoru zu sagen hatte, und Zonas Ich-bin-gefährlich-Theater störte sie dabei gründlich. Und es war ja auch bloß pures Theater, weil man einander nicht wirklich was tun konnte, wenn man geportet war. Nicht körperlich jedenfalls. Und es war immer schon ein Problem mit Zona gewesen. Dieses ganze aufgeblasene Donnerwolken-Macho-Ding. Kelsey und die anderen pflegten sich darüber lustig zu machen, aber Zona konnte verbal so fies werden, daß sie es nur hinter ihrem Rücken taten. Chia hatte nie gewußt, was sie davon halten sollte; es war, als ob Zonas Persönlichkeit nicht so recht bei sich war, wenn sie so eine Show abzog.

Jetzt redete Zona nicht, sondern gab nur hin und wieder das britzelnde Geräusch von sich, um Chia daran zu erinnern, daß sie noch anwesend und nach wie vor sauer war.

Aber die Idoru sprach. Sie erklärte Chia die alte venezianische Bedeutung des Wortes *casino*. Das war kein riesiger Laden in einer Fußgängerzone, in den die Leute gingen, um zu spielen und sich Shows anzusehen, sondern es klang eher wie das, was Masahiko über die Liebeshotels gesagt hatte. Nämlich, daß die Leute Häuser hatten, in denen sie wohnten, aber in diese Casinos gingen, diese geheimen kleinen Wohnungen, die überall in der Stadt versteckt waren, um mit anderen zusammenzusein. Allzu gemütlich hatten sie es da aber nicht gehabt, nach dieser hier zu schließen, obwohl die Idoru immer noch mehr Kerzen anzündete. Die Idoru sagte, sie liebe Kerzen.

Die Idoru hatte jetzt die Frisur des Music Masters; damit sah sie aus wie ein Mädchen, das so tut, als wäre es ein Junge. Sein Mantel schien ihr auch zu gefallen, denn sie drehte sich immer wieder auf ihrem Absatz – seinem Absatz –, um den Saum nach außen zu kehren. »Ich habe so viele neue Orte gesehen«, sagte sie und lächelte Chia an, »so viele verschiedene Menschen und Dinge.«

– Ich auch, aber …

»Er hat mir gesagt, daß es so sein würde, aber ich

hatte wirklich keine Ahnung.« Eine Drehung. »Jetzt, wo ich all das gesehen habe, bin ich so viel *mehr* … Ist es für dich auch so, wenn du reist?«

Der Totenkopf sandte einen blauen Lichtimpuls aus und machte ein Geräusch wie ein kurzer, scharfer Furz. »Zona!« zischte Chia. Dann sagte sie hastig zu der Idoru: »Ich bin noch nicht viel gereist, und bis jetzt gefällt's mir nicht, glaube ich. Aber eigentlich sind wir nur hergekommen, um rauszufinden, was du bist, weil wir's nicht wußten; du bist nämlich in meiner Software und vielleicht auch in Zonas Site, und das stört sie, weil der eigentlich geheim sein soll.«

»Das Land mit dem schönen Himmel?«

»Ja«, sagte Chia, »du solltest da eigentlich gar nicht reinkommen, außer wenn sie dich einlädt.«

»Das wußte ich nicht. Es tut mir leid.« Die Idoru machte ein trauriges Gesicht. »Ich dachte, ich könnte überallhin – außer dorthin, wo du herkommst.«

»Nach Seattle?«

»Ins Bienenhaus der Träume«, sagte die Idoru. »Fenster, die sich gegen den Himmel häufen. Ich kann die Bilder sehen, aber es gibt keinen Weg dorthin. Ich weiß, daß ihr von dort kommt, aber dieses *Dort* … ist nicht da!«

»Die Ummauerte Stadt?« Es mußte so sein, denn von dort waren Zona und sie vorhin gekommen. »Wir sind bloß durchgeportet. Zona ist in Mexico City, und ich bin hier im Hotel, okay? Und wir müssen jetzt wirklich zurück, weil ich nicht weiß, was da vor sich geht …«

Der blaue Schädel dehnte sich aus und wurde wieder zonamäßig, grimmig und mürrisch. »Das erste vernünftige Wort, das ich von dir höre. Warum redest du mit diesem Ding? Sie ist nichts, bloß eine teurere Version deines Spielzeugs, das sie gestohlen und übernommen hat. Jetzt, wo ich sie gesehen habe, kann ich nur finden, daß Rez verrückt ist und einer jämmerlichen Täuschung unterliegt …«

»Aber er ist nicht verrückt«, widersprach die Idoru, »so empfinden wir beide nun einmal. Er hat mir erklärt, daß wir auf Unverständnis stoßen werden, jedenfalls zu Anfang, und daß es Widerstand und Feindseligkeit geben wird. Aber wir wollen niemandem etwas Böses, und er glaubt, daß unserer Vereinigung am Ende nur Gutes entspringen kann.«

»Du synthetisches Miststück«, sagte Zona, »glaubst du, wir merken nicht, was du tust? Du bist nicht real! Du bist so wenig real wie diese Imitation einer versunkenen Stadt! Du bist ein künstliches Etwas und willst ihm alles Reale aussaugen!« Chia sah, wie sich die Gewitterwolke und die Aura aufzubauen begannen. »Dieses Mädchen hat den Ozean überquert, um dir auf die Schliche zu kommen, und jetzt ist ihr Leben in Gefahr, und sie ist zu dumm, um zu begreifen, daß du der Grund dafür bist!«

Die Idoru sah Chia an. »Dein Leben?«

Chia mußte schlucken. »Kann sein«, sagte sie. »Ich weiß nicht. Ich hab Angst.«

Und die Idoru lief wie eine namenlose Farbe aus Chias Music Master heraus und war weg. Der Music Master stand mit unergründlicher Miene im Schein der zwanzig Kerzen. »Verzeihung«, sagte er, »aber worüber haben wir gerade gesprochen?«

»Über gar nichts«, sagte Chia, und dann wurde ihr die Datenbrille abgenommen, der Music Master, das Zimmer in Venedig und Zona verschwanden mit ihr, und an zwei Fingern der Hand, die die Brille hielt, steckten goldene Ringe, und jeder Ring war durch ein eigenes feines Kettchen mit dem massiven Armband einer goldenen Uhr verbunden. Blasse Augen schauten in ihre.

Eddie lächelte.

Chia holte Luft, um zu schreien, und eine andere Hand – nicht die von Eddie, sondern groß und weiß, mit einem Geruch nach metallischem Parfüm – legte sich ihr über Mund und Nase. Und eine Hand auf ihrer Schulter drückte sie nieder, als Eddie zurücktrat und die Brille auf den weißen Teppich fallen ließ.

Eddie hielt ihren Blick fest, hob einen Finger an die Lippen, lächelte und machte »scht«. Dann trat er beiseite und wandte sich ab, so daß Chia Masahiko auf dem Fußboden sitzen sah. Er hatte die schwarzen Schalen über den Augen, und seine Finger bewegten sich in den Fingersets.

Eddie zog etwas Schwarzes aus seiner Tasche und war mit zwei lautlosen, übertriebenen Schritten bei Masahiko. Er machte etwas an dem schwarzen Ding und bückte sich damit. Sie sah, wie es Masahikos Hals berührte.

Masahikos Muskeln schienen sich alle zugleich zusammenzukrampfen, seine Beine streckten sich und warfen ihn zur Seite, und er blieb zuckend und mit offenem Mund auf dem weißen Teppich liegen. Eine der schwarzen Schalen war abgegangen. Die andere bedeckte noch sein rechtes Auge.

Eddie drehte sich wieder um und sah sie an.

»Wo ist es?« fragte er.

35 Der Prüfstand der Zukunft

Shannon reichte Laney einen hohen Schaumstoffbecher mit einem Zentimeter Kaffee darin, sehr heiß und sehr schwarz. Hinter ihm, jenseits der orangefarbenen Absperrungen, stand ein langer weißer Landrover mit integrierten Überrollbügeln und grün getönten Fenstern. Dort wartete Kuwayama. Er trug einen dunkelgrauen Anzug, und seine randlose Brille funkelte im grünlichen Licht des Kabels an der Decke. Ein schwarzgekleideter Chauffeur stand neben ihm.

»Was will er?« erkundigte Laney sich bei Arleigh und probierte Shannons Espresso. Er hinterließ einen körnigen Film auf seiner Zunge.

»Wissen wir nicht«, sagte Arleigh. »Aber anscheinend hat Rez ihm verraten, wo er uns finden kann.«

»Rez?«

»Das hat er gesagt.«

Yamasaki erschien neben Laney. Seine Brille war entweder repariert oder ausgewechselt worden, aber zwei der Nadeln, die den Ärmel seines grünen Jacketts hielten, hatten sich gelöst. »Mr. Kuwayama ist in gewissem Sinn Rei Toeis Schöpfer. Er ist Gründer und Vorstandsvorsitzender von Famous Aspect, ihrem Unternehmen. Er war Initiator ihres Projekts. Er bittet darum, mit Ihnen sprechen zu dürfen.«

»Ich dachte, Sie könnten es gar nicht erwarten, daß ich mir die kombinierten Daten ansehe.«

»Ja, das stimmt«, sagte Yamasaki, »aber ich denke, Sie sollten jetzt mit Kuwayama sprechen, bitte.«

Laney folgte ihm zwischen den schwarzen Modulen und den Absperrungen hindurch und sah zu, wie die beiden Verbeugungen austauschten. »Das ist Mr. Colin Laney«, sagte Yamasaki, »unser Spezialrechercheur.« Dann, zu Laney: »Michio Kuwayama, Vorstandsvorsitzender von Famous Aspect.«

Niemand hätte vermutet, daß Kuwayama noch vor so kurzer Zeit im Western World gewesen war, umbrodelt von einer schreienden Menge. Wie war er herausgekommen, fragte sich Laney, und mußte die Idoru nicht wie ein Weihnachtsbaum geleuchtet haben? Blut war in Laneys Schuh gelaufen; zwischen seinen Zehen war es klebrig. Um wieviel hatte das Gesamtgewicht des menschlichen Nervengewebes auf der Erde zugenommen, seit er und Arleigh die Kaugummi-Bar verlassen hatten? Ihm war, als wäre ihm selbst neues gewachsen. Ein ganz und gar unangenehmes Gefühl. »Tut mir leid«, sagte er, »ich habe keine Karte.«

»Das macht nichts«, sagte Kuwayama in seinem akkuraten Englisch mit dem merkwürdigen Akzent. Er gab Laney die Hand. »Ich weiß, daß Sie sehr beschäftigt sind. Wir wissen es zu schätzen, daß Sie sich die Zeit für diese Zusammenkunft mit uns nehmen.« Der Plural veranlaßte Laney, einen Blick auf den Chauffeur zu werfen, der ähnliche Schuhe trug wie Rydell im Chateau, biegsam aussehende, schwarze Schnürstiefel mit gummiartigen Sohlen samt Sohlenschützern, aber es hatte nicht den Anschein, als wäre der Chauffeur die andere Hälfte dieses ›Wir‹. »Nun«, sagte Kuwayama zu Yamasaki, »wenn Sie uns entschuldigen wollen …« Yamasaki verbeugte sich rasch und ging zum Van zurück, wo Arleigh, die so tat, als machte sie sich an der Espressomaschine zu schaffen, sie aus den Augenwinkeln beobachtete. Der Chauffeur hielt Laney die hintere Tür des Landrovers auf, und er stieg ein. Kuwayama stieg von der anderen Seite ein. Als die Tür sich hinter ihm schloß, waren sie allein.

Ein Ding, das wie eine große silberne Thermoskanne aussah, war mit gepolsterten Schraubzwingen in einem Gestell zwischen den beiden Sitzen befestigt.

»Yamasaki sagt, Sie hätten während des Essens Probleme mit der Bandbreite gehabt«, sagte Kuwayama.

»Das stimmt.«

»Wir haben die Bandbreite justiert …« Und die Idoru erschien zwischen ihnen. Sie lächelte. Laney sah, daß die Illusion sogar einen Sitzplatz für sie lieferte, indem sie die beiden Schalensitze, auf denen er und Kuwayama saßen, mit einem dritten verschmolz.

»Haben Sie gefunden, wonach Sie suchten, als Sie sich in Stockholm von mir getrennt haben, Mr. Laney?«

Er blickte ihr in die Augen. Was für eine Computerleistung brauchte man, um so etwas zu erschaffen, etwas, was einem in die Augen sah? Er erinnerte sich an Formulierungen aus Kuwayamas Gespräch mit Rez: Wunschmaschinen, Aggregate subjektiven Begehrens, ein architektonisches Gebilde artikulierter Sehnsucht … »Ich war gerade dabei«, sagte er.

»Und weshalb konnten Sie mich während unseres Essens nicht anschauen, Mr. Laney? Was haben Sie gesehen?«

»Schnee«, sagte Laney und merkte zu seiner Überraschung, daß er errötete. »Berge … Aber ich glaube, das war nur ein Video, das Sie gemacht haben.«

»Wir ›machen‹ Reis Videos nicht«, sagte Kuwayama, »nicht im üblichen Sinn. Sie entspringen unmittelbar ihrer fortschreitenden Welterfahrung. Es sind ihre Träume, wenn Sie so wollen.«

»Sie träumen auch, nicht wahr, Mr. Laney?« sagte die Idoru. »Das ist Ihr Talent. Yamasaki sagt, es sei, als sähe man Gesichter in den Wolken, nur daß die Gesichter wirklich vorhanden sind. Ich kann die Wolkengesichter nicht sehen, aber Kuwayama-san meint, daß ich eines Tages dazu imstande sein werde. Es ist eine Frage der Plektik.«

Yamasaki sagt? »Ich versteh's nicht«, sagte Laney, »ich kann's einfach nur tun.«

»Ein außergewöhnliches Talent«, sagte Kuwayama. »Wir haben großes Glück. Und wir haben auch Glück mit Mr. Yamasaki, der zwar für Mr. Blackwell arbeitet, aber dennoch unvoreingenommen ist.«

»Mr. Blackwell ist nicht sonderlich begeistert über Rez und ...« Er nickte zu ihr hin. »Mr. Blackwell wäre vielleicht nicht glücklich darüber, daß ich mit Ihnen spreche.«

»Blackwell liebt Rez auf seine Weise«, sagte sie. »Er macht sich Sorgen. Aber er begreift nicht, daß unsere Vereinigung bereits stattgefunden hat. Unsere ›Ehe‹ wird ein allmählicher, langer Prozeß sein. Wir möchten schlicht und einfach zusammenwachsen. Wenn Blackwell und die anderen einsehen, daß unsere Vereinigung für uns beide das Beste ist, wird alles gut sein. Und Sie können das für uns bewerkstelligen, Mr. Laney.«

»Ich?«

»Yamasaki hat uns erklärt, was Sie mit den Daten aus dem Archiv der Lo/Rez-Fans versuchen wollen«, sagte Kuwayama. »Aber diese Daten enthalten nichts oder nur sehr wenig über Rei. Wir schlagen vor, eine dritte Informationsebene hinzuzunehmen: Wir werden Rei dazu addieren, und das Muster, das dann zutage tritt, wird ein Porträt ihrer Vereinigung sein.«

Aber du bist selber bloß Information, dachte Laney, während er sie ansah. Ein Unmenge Information, die durch Gott weiß wie viele Maschinen läuft. Doch die dunklen Augen erwiderten seinen Blick, und in ihnen stand etwas, was beinahe wie Hoffnung aussah. »Werden Sie es tun, Mr. Laney? Werden Sie uns helfen?«

»Hören Sie«, sagte Laney, »ich arbeite hier nur. Ich werde es tun, wenn Yamasaki mir die Anweisung dazu gibt. Wenn er die Verantwortung übernimmt. Aber ich möchte, daß Sie mir was erklären, okay?«

»Was wollen Sie wissen?« fragte Kuwayama.

»Worum *geht* es hier überhaupt?« Die Frage überraschte Laney, der nicht so recht gewußt hatte, was er eigentlich fragen wollte.

Kuwayamas sanfte Augen betrachteten ihn durch die randlosen Brillengläser. »Um die Zukunft, Mr. Laney.«

»Die Zukunft?«

»Wissen Sie, daß unser Wort für ›Natur‹ eine relativ neue Schöpfung ist? Es ist kaum hundert Jahre alt. Wir haben nie eine pessimistische Einstellung zur Technologie entwickelt, Mr. Laney. Sie ist ein Aspekt des Natürlichen, der Einheit aller Dinge. Durch unsere Anstrengungen perfektioniert sich diese Einheit selbst.« Kuwayama lächelte. »Und die populäre Kultur«, sagte er, »ist der Prüfstand unserer Zukunft.«

Arleigh machte besseren Espresso als Shannon. Laney, der hinten in dem grünen Van auf Schnipseln aufplatzender Luftpolsterfolie hockte, beobachtete Yamasaki über den Rand eines Schaumstoffbechers mit einer frischen doppelten Portion hinweg. »Was denken Sie sich eigentlich dabei, Yamasaki? Wollen Sie, daß wir beide hinterher kleinere Schuhe tragen, oder was? Blackwell hat Spaß daran, Leuten die Hände auf Tische zu nageln, und da machen Sie irgendwelche Geschäfte mit der Idoru und deren Boß?« Laney hatte darauf bestanden, daß sie hier hinten einstiegen, um sich ungestört mit ihm unterhalten zu können. Yamasaki hockte ihm zwinkernd gegenüber.

»Ich bin nicht derjenige, der Geschäfte macht«, sagte Yamasaki. »Rez und Rei Toei sind jetzt nahezu ununterbrochen in Kontakt, und dank kürzlich vorgenommener Verbesserungen hat sie einen Grad von Freiheit. Rez hat sie in all die Daten hineingelassen, auf die Sie anfangs zuzugreifen versucht haben. Das hat er getan, ohne Blackwell davon in Kenntnis zu setzen.« Er zuckte die Achseln. »Jetzt hat sie auch Zugang zu Fandaten. Und was sie vorschlagen, könnte uns durchaus erlauben, die Sache zu Ende zu bringen. Blackwell ist mehr denn je davon überzeugt, daß es eine Verschwörung gibt. Der Überfall im Nightclub …«

»Bei dem es worum ging?«

»Ich weiß es nicht. Um einen Entführungsversuch? Vielleicht wollten sie Rez etwas antun? Oder die Peripherie der Idoru entwenden? Er ist jedenfalls mit erstaunlicher Ungeschicklichkeit ausgeführt worden, aber Blackwell sagt, das ist Merkmal des Kombinats … Ist ›Merkmal‹ das richtige Wort?«

»Keine Ahnung«, sagte Laney. »›Kennzeichen‹?«

»Sie glauben doch nicht, daß Blackwell uns die Zehen abschneidet, wenn wir das tun?«

»Nein. Wir sind bei einer Lo/Rez-Briefkastenfirma angestellt …«

»Paragon-Asia?«

»… aber Blackwell bei der Lo/Rez-Handelsgesellschaft. Wenn Rez uns etwas befiehlt, dann müssen wir es tun.«

»Auch wenn Blackwell meint, daß es Rez' Sicherheit gefährdet?«

Yamasaki zuckte die Achseln. An seiner Schulter vorbei sah Laney durch das Heckfenster des Vans, wie Shannon das graue Modul vor sich herschob, das sie hinten aus Kuwayamas Landrover ausgeladen hatten. Es war doppelt so groß wie die schwarzen, die Arleigh benutzte.

Er sah zu, wie Shannon es an den orangefarbenen Absperrungen vorbeischob.

36 Maryalice

Nix brüllen, bitte«, sagte derjenige, der sie festhielt, und nahm dann die Hand von ihrem Mund.

»Wo ist es?« Eddies blasse Augen.

»Da«, sagte Chia und zeigte hin. Sie konnte den ausgefransten, blaugelben Plastikrand aus ihrer offenen Tasche ragen sehen. Dann sah sie, daß Maryalice zusammengerollt auf dem pinkfarbenen Bett schlief; sie trug noch ihre hochhackigen Schuhe und hatte das Gesicht in ein Kissen gekuschelt. Das Oberteil des kleinen Kühlschranks war von leeren Minifläschchen bedeckt.

Eddie zog einen schwarzgoldenen Kuli aus seiner Jacke und ging zu der Tasche. Er beugte sich über sie, benutzte den Stift als Sonde und schob das Plastik beiseite, um etwas sehen zu können. »Da ist es«, sagte er.

»Ist da?« Die andere Hand hielt noch immer Chias Schulter nieder, so daß sie auf dem Teppich sitzenblieb.

»Das hier ist es«, sagte Eddie.

»Sitzenbleiben.« Die Hand wich von ihrer Schulter, und der Mann, der hinter ihr gekniet haben mußte, stand auf, ging zu Eddie hinüber und schaute in Chias Tasche. Er war größer und trug einen hellbraunen Anzug und schicke Cowboystiefel. Ein grobknochiges Gesicht, blondere Haare als Eddie, ein rötliches, sichelförmiges Muttermal hoch oben an seinem rechten Wangenknochen. »Woher du willst so genau wissen?«

»Herrgott noch mal, Jewgeni …«

Der Mann in dem hellbraunen Anzug richtete sich auf, sah Maryalice an und bückte sich, um ihr das Kissen vom Gesicht zu ziehen. »Wieso deine Frau schläft auf Bett in diese Zimmer, Eddie?«

Eddie sah, daß es Maryalice war. »Scheiße«, sagte er.

»Du sagst uns, Mädchen und deine Frau, ist ›zufällig‹. Du sagst uns, sie treffen in Flugzeug, ist reiner *Zufall.* Ist *Zufall,* deine Frau ist hier? Wir nicht *mögen* Zufall.«

Eddie schaute von Maryalice zu dem Mann – er mußte Russe sein – und dann zu Chia. »Was, zum *Teufel,* macht dieses Miststück hier?« Als könnte es nur Chias Schuld sein.

»Sie hat uns gefunden«, sagte Chia. »Sie hat gesagt, sie kennt jemand von dem Taxiunternehmen.«

»Nein«, sagte der Russe, »*wir* kennen jemand von Taxiunternehmen. Ist zuviel Zufall.«

»Wir haben es, okay?« sagte Eddie. »Warum willst du die Dinge komplizieren?«

Der Russe rieb sich die Wange, als könnte er das Muttermal abrubbeln. »Bitte überlegen«, sagte er, »wir dir geben Isotop. Willst du wissen, ist Isotop, kannst du testen. Du gibst uns das.« Er stieß Chias Tasche mit der scharfen Spitze seines Cowboystiefels an. »Woher wir sollen wissen?«

»Jewgeni«, sagte Eddie sehr ruhig, »dir muß doch klar sein, daß solche Geschäfte eine gewisse Vertrauensbasis voraussetzen.«

Der Russe dachte darüber nach. »Nein«, sagte er, »Basis nicht gut. Unsere Leute verfolgen diese Mädchen zu große Rockerband, riesige Unternehmensstruktur. Für was arbeitet sie, Eddie? Heute abend wir schicken Leute, mit ihnen zu reden, fallen sie über uns her wie Scheiß-Wölfe. Vermisse ich immer noch einen Mann.«

»Ich arbeite nicht für Lo/Rez!« rief Chia. »Ich bin bloß im Club! Maryalice hat mir dieses Ding in die Tasche gesteckt, als ich im Flugzeug geschlafen hab!«

Masahiko stöhnte, seufzte und schien wieder wegzutreten. Eddie hatte noch immer die Betäubungspistole in der Hand. »Na, noch 'ne Ladung gefällig?« fragte er Masahiko hypernervös und wütend.

»Eddie«, sagte Maryalice vom Bett her, »du undankbares Stück Scheiße …« Sie setzte sich mit ihrem Feuerzeug in beiden Händen am Bettrand auf und richtete es direkt auf Eddie.

Eddie erstarrte. Man konnte sehen, wie ihn etwas durchlief und ihn erstarren ließ.

»Prima Basis«, sagte der Russe.

»Du lieber Himmel, Maryalice«, sagte Eddie, »wo hast du denn das Ding her? Hast du 'ne Ahnung, wie illegal das hier ist?«

»Von 'nem kleinen Russen«, sagte sie. »Austrittslöcher so groß wie 'ne Grapefruit …« Maryalice klang eigentlich nicht betrunken, aber etwas an dem Ausdruck in ihren geröteten Augen sagte Chia, daß sie es war. Auf eine höchst furchterregende Weise. »Glaubst du, du kannst die Menschen einfach so benutzen, Eddie? Sie benutzen und wegwerfen?« Sie zog sich mit der Spitze eines Schuhs den anderen aus, dann mit dem Zeh den ersten Schuh. Sie stand in ihren Strümpfen auf und schwankte dabei nur ein kleines bißchen, aber das pistolenförmige Feuerzeug blieb von ihrer Schulter aus kerzengerade nach vorn gerichtet, wie es die Cops im Fernsehen machten.

Eddie hatte noch immer die Betäubungspistole in der Hand. »Sag ihm, er soll das schwarze Ding wegwerfen, Maryalice!« drängte Chia.

»Fallenlassen«, sagte Maryalice, und es schien ihr Spaß zu machen, etwas zu sagen, was sie ihr ganzes Leben lang Leute im Fernsehen hatte sagen hören; jetzt konnte sie es endlich mal selber sagen, und zwar im Ernst. Eddie ließ es fallen. »Jetzt stoß es weg.«

Das ist die andere Hälfte des Spruchs, dachte Chia.

Die Betäubungspistole landete ein paar Zentimeter von Chias Knie entfernt, neben ihrer Brille, die verkehrt herum auf dem Teppich lag und immer noch mit ihrem Sandbenders verbunden war. Sie konnte die beiden flachen Rechtecke auf den opaken Linsenflächen sehen, bei denen es sich um simple Videoteile handelte; wenn Zona in Chias System-Software ging und sie aktivierte, würde sie eine Weitwinkelaufnahme von Maryalices Strümpfen, Eddies Schuhen, den Cowboystiefeln des Russen und vielleicht Masahikos Schläfe zu sehen kriegen.

»Du Scheißkerl«, sagte Maryalice, »du undankbarer. Los, ins Badezimmer.« Sie kam herum, so daß das Feuerzeug auf Eddie und den Russen zeigte, aber mit der offenen Badezimmertür hinter ihnen.

»Ich weiß, du bist sauer ...«

»Scheißkerl. Scheiße gehört ins Klo, Eddie. Ab ins Badezimmer.«

Eddie trat einen Schritt zurück, die Hände zu einer Geste erhoben, die seiner Ansicht nach wahrscheinlich wie ein Appell an Vernunft und klares Denken aussah. Der Russe trat ebenfalls einen Schritt zurück.

»Sieben verdammte Jahre«, sagte Maryalice. »Sieben. Du warst ein Scheiß-Niemand, als ich dich kennengelernt hab. Gott, du und dein großkotziges Geschwätz vom Aufstieg in die besseren Kreise. Du machst mich krank. Wer hat die Scheiß-Miete bezahlt? Und das Essen? Wer hat dir deine beschissenen Klamotten gekauft, du eitles Stück Scheiße? Du und dein Aufstieg in die besseren Kreise und dein Image und daß du ein kleineres Scheiß-Telefon haben mußt als dieser und jener, und zwar nur deshalb, Honey, weil du ganz sicher keinen größeren Schwanz hast!« Maryalices Hände zitterten jetzt, aber gerade nur soviel, daß das Feuerzeug noch gefährlicher wirkte.

»Maryalice«, sagte Eddie, »du weißt, ich bin mir im klaren, was du alles für mich getan hast, was du zu meiner Karriere beigetragen hast. Das vergesse ich nie, Baby, glaub mir, keine Sekunde, und das ist alles ein

Mißverständnis, Baby, nur 'ne holprige Stelle auf der Straße des Lebens, und wenn du bloß diese verdammte Knarre weglegen und 'n schönes Glas trinken würdest wie ein zivilisierter Mensch …«

»Halt dein beschissenes Maul!« schrie Maryalice aus vollem Halse, und die Worte gingen alle ineinander über.

Eddies Mund klappte zu wie bei einer Marionette.

»Sieben verdammte Jahre«, sagte Maryalice, und es klang wie eine kindliche Beschwörungsformel, »sieben verdammte Jahre, und zwei davon hier, Eddie, und dann diese ewige beschissene Hin- und Herfliegerei für dich, Eddie. Und immer so *hell* hier …« Tränen kamen und verschmierten Maryalices Make-up. »Überall. Ich konnte nicht schlafen wegen dem ganzen Licht, wie ein Nebel über der Stadt … Los, ins Badezimmer.« Maryalice trat einen Schritt vor, Eddie und der Russe traten einen zurück.

Chia streckte die Hand aus und hob die Betäubungspistole auf. Sie wußte nicht genau, warum. Das Ding hatte an einem Ende zwei stumpfe Chromzähne und an einer Kante einen roten, geriffelten Knopf. Sie war überrascht, wie wenig es wog. Sie dachte an die Apparate, die die Jungs an ihrer Schule aus diesen Einwegkameras gemacht hatten.

»Und es findet mich immer, dieses Licht«, sagte Maryalice. »Immer. Ganz egal, was ich trinke, was ich sonst noch nehme. Es findet mich und weckt mich auf. Es ist wie Pulver, es weht unter der Tür durch. Man kann nichts dagegen machen. Geht einem in die Augen. Und dieses helle Licht, das von oben runterkommt …« Eddie war schon halb durch die Tür, der Russe hinter ihm ganz im Badezimmer drin, und das gefiel Chia nicht, weil sie die Hände des Russen nicht sehen konnte. Sie hörte, wie das dezente Vogelgezwitscher losging, als das Badezimmer den Russen wahrnahm. »Und du hast mich da hingebracht, Eddie. In dieses Shinjuku. Du hast mich da hingebracht, wo dieses Licht an mich rangekommen ist, und ich konnte nicht weg.« Und dann zog Maryalice den Abzug durch.

Eddie schrie, ein merkwürdiger, schriller Laut, der von den schwarzweißen Fliesen widerhallte. Er mußte das Klicken des Feuerzeugs übertönt haben, das nicht einmal eine Flamme hervorgebracht hatte.

Maryalice geriet nicht in Panik.

Sie zielte weiter auf ihn und zog den Abzug in aller Ruhe ein zweites Mal durch.

Diesmal kam eine Flamme, aber Eddie wischte das Feuerzeug mit einem Wutgeheul beiseite, packte Maryalice am Hals und fing an, sie mit der Faust ins Gesicht zu schlagen. Das Geheul wurde zu einem »Miststück! Miststück! Miststück!«, synchron mit jedem Schlag.

Und da kam Chia von dort hoch, wo sie so lange gesessen hatte, ohne wirklich darüber nachzudenken, daß ihr die Beine eingeschlafen waren und den Dienst versagten, wie sie merkte, so daß sie ihren Sprung erst in eine und dann in eine zweite Rolle verwandeln mußte, ehe sie die Chromspitzen der Betäubungspistole an Eddies Knöchel halten und auf den roten Knopf drücken konnte.

Sie war sich nicht sicher, ob sie an einem Knöchel oder durch seine Socke hindurch funktionieren würde. Aber das tat sie. Vielleicht, weil Eddie sehr dünne Socken trug.

Aber sie erwischte auch Maryalice, so daß sie gemeinsam zusammenzuzucken schienen und einander in die Arme sanken.

Und der dunkle Fleck, der in diesem Moment an Chia vorbeiflog, war Masahiko, der die Tür vor dem Russen zuzog, den Türknauf mit beiden Händen packte und hochsprang, einen Fuß im Papierpantoffel gegen die Wand, den anderen gegen die Tür stemmte und dort hängenblieb. »Lauf«, sagte er und spannte

Arme und Beine an. Dann rutschten seine Hände von dem runden Chromknauf ab, und er landete auf dem Hintern.

Chia sah, wie der Knauf sich zu drehen begann.

Sie setzte die Zähne der Betäubungspistole an den Türknauf und drückte auf den Knopf. Und ließ nicht mehr los.

37 Arbeitseinsatz

Laney saß wieder vorn auf dem Beifahrersitz des Van, hatte den Datenhelm auf dem Schoß und wartete darauf, daß Arleigh Kuwayamas graues Modul anschloß. Er schaute durch die Windschutzscheibe auf die Betonwand. Die Seite tat ihm jetzt nicht mehr so weh, aber nach der Zusammenkunft mit Kuwayama und der Idoru und dem Gespräch unter vier Augen mit Yamasaki im Van war seine Verwirrung größer denn je. Wenn Rez und Rei Toei ihre Entscheidungen gemeinsam trafen und Yamasaki beschlossen hatte, sich auf ihre Seite zu schlagen, was hieß das dann für ihn? Er glaubte kaum, daß Blackwell eines Tages mit der Erkenntnis aufwachen würde, was für eine wunderbare Idee die Verbindung von Rez und Rei war. Soweit es Blackwell betraf, versuchte Rez nach wie vor nur, einen Software-Agenten zu heiraten – was immer das letztlich bedeuten mochte.

Aber Laney wußte jetzt, daß die Idoru komplexer und mächtiger war als jede synthetische Hollywood-Schauspielerin. Erst recht, wenn Kuwayama die Wahrheit sagte und die Videos ihre ›Träume‹ waren. Laneys Wissen über künstliche Intelligenz stammte von seiner Arbeit an einer Slitscan-Episode, die das unglückliche Privatleben eines führenden Forschers auf diesem Gebiet dokumentiert hatte, aber er wußte, daß es offenbar noch nie gelungen war, echte KI zu erschaffen, und daß aktuelle Versuche angeblich in ganz andere Richtungen gingen, als Software zu kreieren, die gut darin war, schöne junge Frauen zu spielen.

Falls es irgendwann echte KI geben sollte, so die These, dann würde sie sich höchstwahrscheinlich auf eine Weise entwickeln, die zuallerletzt etwas mit der Vorspiegelung zu tun hatte, sie wäre menschlich. Laney erinnerte sich an eine Aufzeichnung eines Vortrags, in dem der Wissenschaftler, um den es in der Slitscan-Episode gegangen war, die Ansicht geäußert hatte, die KI könnte zufällig erschaffen werden, und die Menschen würden sie anfangs vielleicht gar nicht als solche erkennen.

Arleigh machte die Tür auf der Fahrerseite auf und stieg ein. »Tut mir leid, daß es so lange dauert«, sagte sie.

»Darauf wart ihr ja nicht vorbereitet«, sagte Laney.

»Es liegt nicht an der Software, sondern an der Muffe eines Glasfaserkabels. Einem Kabelende. Sie haben ein anderes Ringmaß, das auch die Franzosen benutzen.« Sie schloß die Hände oben ums Lenkrad und legte das Kinn drauf. »Da gehen wir nun locker mit solchen riesigen Informationsmengen um, aber wir haben nicht das richtige Kabel, um sie durchzuleiten.«

»Kriegt ihr's denn hin?«

»Shannon hat eins in seinem Zimmer. Wahrscheinlich an einem Pornogerät, aber das wird er nicht zugeben.« Sie sah ihn von der Seite an. »Shannon hat einen Freund im Sicherheitsteam. Sein Freund sagt, daß Blackwell einen der Männer ›befragt‹ hat, die heute abend versucht haben, sich Rez zu schnappen.«

»Auf den hatten sie's also abgesehen? Auf Rez?«

»Scheint so. Sie sind vom Kombinat, und sie behaupten, Rez hätte sich was angeeignet, was ihnen gehört.«

»Und was soll er sich angeeignet haben?«

»Das wußte er nicht.« Sie schloß die Augen.

»Was meinen Sie, was mit ihm passiert ist? Mit dem, den Blackwell befragt hat?«

»Weiß ich nicht.« Sie öffnete die Augen und richtete

sich auf »Und irgendwie glaub ich auch nicht, daß wir's erfahren werden.«

»Kann er das? Leute foltern und umbringen?«

Sie sah Laney an. »Na ja«, sagte sie schließlich, »es verschafft ihm einen gewissen Vorteil, wenn er uns glauben macht, daß er's könnte. Fakt ist, daß er so was in seinem früheren Beruf getan hat. Wissen Sie, was mir an Blackwell am meisten angst macht?«

»Was?«

»Manchmal ertappe ich mich dabei, daß ich mich an ihn gewöhne.«

Shannon klopfte an die Tür neben ihr. Hielt ein Stück Kabel hoch.

»Wir wären dann soweit«, sagte sie zu Laney, öffnete die Tür und rutschte vom Fahrersitz.

Laney schaute durch die getönte Windschutzscheibe auf die Betonwand und erinnerte sich daran, wie er mit Shaquille und Kenny, zwei anderen aus dem Waisenhaus, die Treppe draußen vor dem Stadtgericht in Gainesville gesäubert hatte. Shaquille hatte zusammen mit Laney am Arzneimitteltestprogramm teilgenommen, aber Kenny war in eine andere Einrichtung in der Nähe von Denver verlegt worden. Laney hatte keine Ahnung, was aus den beiden geworden war, aber es war Shaquille gewesen, der Laney erklärt hatte, daß man einen Geschmack wie von verrottetem Metall – Aluminium oder so – im Mund hatte, wenn das echte Zeug in der Spritze drin war. Pla-*zee*-bo, hatte Shaquille gesagt, schmeckt nach *nix.* Und das stimmte. Man merkte es sofort.

Sie alle drei hatten dort Arbeitseinsätze gemacht, fünf- oder sechsmal, und die Opfergaben aufgesammelt, die manche Leute vor ihrem Gerichtstermin hinlegten. Diese Opfergaben galten als gesundheitsgefährdend und wurden meist gut versteckt, und man fand sie oft am Geruch oder am Summen der Fliegen. Normalerweise waren es mit farbigem Garn zusammengebundene Hühnerteile. Einmal auch der Kopf einer Ziege, wie Shaquille meinte. Er sagte, die Leute, die das Zeug dort hinlegten, seien Drogenhändler, und sie täten es, weil es ihre Religion sei. Laney und die anderen trugen blaßgrüne Latexhandschuhe mit orangefarbenen Fingerhütchen aus Kevlar, von denen man Hitze-Ausschlag bekam. Sie steckten die Opfergaben in einen weißen Eimer mit Klappdeckel und abblätternden Biorisiko-Aufklebern. Shaquille hatte behauptet, die Namen einiger Götter zu kennen, denen diese Sachen geopfert wurden, aber Laney war nicht drauf reingefallen. Die Namen, die Shaquille sich ausgedacht hatte, O'Gunn und Sam Eddy, waren offensichtlich reine Phantasienamen, und selbst Shaquille, der gerade eine weiße Kugel aus Hühnerfedern in den Eimer warf, hatte gesagt, der eine oder andere zusätzliche Anwalt wäre wahrscheinlich eine bessere Investition. »Aber das machen sie, während sie warten. Um auf Nummer sicher zu gehen.« Laney hatte diesen Job Arbeitseinsätzen in Fast-food-Läden vorgezogen, obwohl es bedeutete, daß sie bei der Rückkehr nach Drogen durchsucht wurden.

Er hatte Yamasaki und Blackwell erzählt, er habe gewußt, daß Alison Shires versuchen würde, Selbstmord zu begehen, und jetzt mußten sie denken, daß er in die Zukunft sehen konnte. Aber er wußte, daß das nicht stimmte. Das wäre so, als würden die von den Dealern bei der Gerichtstreppe versteckten Hühnerteile etwas daran ändern, was passieren würde. Was in der Zukunft geschah, ergab sich aus dem, was jetzt geschah. Laney wußte, daß er es nicht vorhersagen konnte, und etwas an seiner Erfahrung mit den Knotenpunkten ließ ihn vermuten, daß niemand es konnte. Die Knotenpunkte schienen sich zu bilden, wenn möglicherweise eine Veränderung bevorstand. Dann sah er einen Ort, an dem die Veränderung höchstwahrscheinlich eintreten würde, falls etwas sie auslöste. Vielleicht etwas so

Unbedeutendes wie Alison Shires' Kauf der Klingen für einen Kartonöffner. Doch wenn es in dieser Nacht ein Erdbeben gegeben hätte und ihre Wohnung auf die Fountain Avenue hinuntergestürzt wäre … Oder wenn sie die Klingenpackung verloren hätte … Wenn sie hingegen diese Wednesday Night Special mit ihrer Kreditkarte gekauft hätte, was nicht gegangen wäre, weil sie illegal war und bar bezahlt werden mußte, dann wäre für jeden klar ersichtlich gewesen, was sie womöglich vorhatte.

Arleigh machte die Beifahrertür auf. »Alles in Ordnung?«

»Ja«, sagte Laney und nahm den Datenhelm zur Hand.

»Bestimmt?«

»Dann wollen wir mal.« Er sah den Helm an.

»Liegt ganz bei Ihnen.« Sie legte ihm die Hand auf den Arm. »Hinterher holen wir Ihnen einen Arzt, okay?«

»Danke«, sagte Laney und setzte den Helm auf, und der Geschmack strömte in seinen Mund …

Die durchscheinenden, auf komplizierte Weise vom Archiv der Fanbasis der Band durchdrungenen Lo/Rez-Daten wimmelten von neuen Texturen, die sich, als er sich auf die Oberflächen konzentrierte, auflösten zu …

Shaquille in seinem Pullover aus dem staatlichen Kleiderfundus, wie er Laney den Ziegenkopf zeigte. Er war abgehäutet worden, und man hatte Nägel hineingetrieben, und Shaquille hatte den Kiefer aufgestemmt, um ihnen zu zeigen, daß die fehlende Zunge durch ein braunes, blutgetränktes Stück Papier ersetzt worden war, auf dem etwas geschrieben stand. Das sei vermutlich der Name des Staatsanwalts, hatte Shaquille erklärt.

Laney schloß die Augen, aber das Bild wollte nicht weichen.

Er schlug sie auf und sah die Idoru. Pelz umrahmte ihr Gesicht. Sie blickte ihn an. Sie trug eine bestickte Mütze mit Pelzbesatz und Ohrenklappen, und Schnee wirbelte um sie herum, aber dann wurde sie flach, schrumpfte in die Texture-Maps, die sich durchs Datenriff hinabzogen, und er ließ sich fallen, ließ sich mitziehen und spürte, wie er den Kern, das Zentrum passierte und auf der anderen Seite wieder herauskam.

»Warte …« sagte er und hatte das Gefühl, daß er seine Stimme erst nach einiger Verzögerung hörte.

»Perspektive«, sagte die Idoru, »Yamasakis Parallaxe.« Etwas schien ihn umzudrehen, so daß er direkt auf die Daten schaute, aber aus einem neuen Winkel und aus großer Distanz. Und überall drum herum war … nichts.

Aber durch die Daten, die wie eine unendlich komplexere Version von Arleighs Realtree aussahen, liefen zwei halbwegs parallele, bewehrte Stränge. Rez und die Idoru. Sie waren an der Zeitachse entlang plastisch geformt; jener von Rez begann am fernen Ende als etwas ganz Kleines, die ersten Spuren seiner Karriere. Und wuchs in seinem Verlauf zu etwas Geflochtenem mit vielen Strängen … Doch dann begann er wieder kleiner zu werden, wie Laney sah, und die Stränge lösten sich … Und das war vermutlich der Punkt, dachte er, an dem der Sänger das zu werden begann, was Kathy haßte, eine Person, die Prominenzraum einnahm, weil sie einfach prominent war, weil sie einen gewissen Grad an Bedeutung besaß …

Die Daten der Idoru begannen irgendwo danach. Anfangs waren sie etwas Glattes und Durchdachtes, dem es jedoch an Komplexität mangelte. Aber er sah, daß sie an den Stellen, wo sie am dichtesten zu Rez' Daten abgeschwenkt waren, eine Art Komplexität angenommen hatten. Oder auch Zufälligkeit, dachte er. Das menschliche Element. So lernte sie.

Und diese bewehrten Stränge, diese Skulpturen in

der Zeit waren beide nodal und wurden noch nodaler, je mehr sie sich der Gegenwart näherten, der Stelle, wo sie sich miteinander verflochten …

Er stand neben der Idoru an dem Strand, den er auf der Aufnahme des Fernglases im Schlafzimmer des Gästehauses in Irland gesehen hatte. Bräunlich-grünes, von Schaumkronen getüpfeltes Meer, ein steifer Wind, der sich in den Ohrenklappen ihrer Mütze fing. Er spürte diesen Wind nicht, aber er hörte ihn; er war jetzt so laut, daß er Schwierigkeiten hatte, sie zu verstehen. »Kannst du sie sehen?« rief sie.

»Was denn?«

»Die Wolkengesichter! Die Knotenpunkte! Ich sehe nichts! Du mußt sie mir zeigen!«

Und weg war sie, und das Meer mit ihr, und Laney starrte wieder in die Daten, in denen sich die digitalisierten Geschichten von Rez und Rei auf der Schwelle zu etwas anderem vermischten. Ob die Kartonöffnerklinge wohl aus Alison Shires' Knotenpunkt hervorgetreten wäre, wenn er sich in Los Angeles angestrengt hätte?

Er strengte sich an.

Er schaute auf eine verschwommene, unbestimmbare weiße Ebene hinaus. Kein Schnee. Und sah ein riesiges Paar reich verzierter Cowboystiefel, braun in braun, vor einem Hintergrund aus grellem Pink vorbeigehen, der wie eine Steilwand aufragte. Dann war das Bild verschwunden, und Laney sah statt dessen ein rotierendes dreidimensionales Objekt, aber er hatte keine Ahnung, was das sein sollte. Ohne jeden Hinweis auf seine Größe sah es in etwa wie ein Bus aus Los Angeles aus, dem man die Räder abmontiert hatte.

»Suite 17«, sagte die Idoru. »Hotel Di.«

»Die? Wie ›stirb‹?« Der Bus verschwand und nahm die Stiefel anscheinend mit.

»Was ist ein ›Liebeshotel‹?«

»Was?«

»Ein Liebeshotel.«

»Wohin man geht, um Liebe zu machen – glaube ich …«

»Was ist ein ›primäres biomolekulares Rodel-van-Erp-Programmiermodul C-Schrägstrich-7A‹?«

»Keine Ahnung«, sagte Laney.

»Aber du hast es mir gerade gezeigt! Es ist unsere Vereinigung, unser Schnittpunkt, von dem aus sich alles übrige entfalten muß!«

»Moment«, sagte Laney, »Moment, du hast da noch was; das überlappt sich irgendwie …« Seine Seite schmerzte von der Anstrengung, aber in der Ferne waren Hügel, verdrehte Bäume, die niedrige Dachlinie eines Holzhauses …

Aber die Idoru war verschwunden, und das Haus, das von innen heraus zerfressen wurde, sank schimmernd in sich zusammen. Und dann ein kurzer, flüchtiger Eindruck von etwas hoch Aufragendem, von nicht zueinander passenden Fenstern und einem sich verzerrenden, moirierten Himmel.

Dann nahm Arleigh ihm den Datenhelm ab. »Hören Sie auf zu schreien«, sagte sie. Yamasaki war neben ihr. »Hören Sie auf, Laney.«

Er holte lange und zittrig Luft, stützte die flachen Hände auf die gepolsterte Abdeckung des Armaturenbretts und schloß die Augen. Er spürte Arleighs Hand an seinem Hals.

»Wir müssen hin«, sagte er.

»Wohin?«

»Suite 17 … Wir kommen zu spät zur Hochzeit …«

38 Star

Als die Betäubungspistole aufhörte, das britzelnde Geräusch zu machen, ließ Chia sie fallen. Der Türknauf drehte sich nicht. Kein Laut aus dem Badezimmer, nur die leisen, aufgezeichneten Schreie tropischer Vögel. Sie wirbelte herum. Masahiko versuchte gerade, seinen Computer in den karierten Beutel zu stecken. Sie war mit einem Satz bei ihrem Sandbenders, an dem noch immer ihre Datenbrille baumelte, ergriff ihn und drehte sich zu dem pinkfarbenen Bett um. Ihre Tasche stand daneben auf dem Fußboden, und die blaugelbe SeaTac-Plastiktüte ragte daraus hervor. Sie zog sie mitsamt dem Ding darin heraus und warf sie aufs Bett. Sie bückte sich, um ihren Sandbenders in die Tasche zu stopfen, warf jedoch einen Blick zur Badezimmertür zurück, als sie etwas zu hören glaubte.

Der Türknauf drehte sich wieder.

Der Russe machte die Tür auf. Als er den Knauf losließ, sah sie, daß seine Hand in etwas steckte, was wie eine leuchtend pinkfarbene Handpuppe aussah. Eins der Sexspielzeuge aus dem schwarzen Schränkchen. Er benutzte es als Isolierung. Er zog es von den Fingern und warf es über die Schulter nach hinten. Das Gezwitscher verklang, als er aus dem Badezimmer trat.

Masahiko, der gerade versucht hatte, einen seiner schwarzen Schuhe anzuziehen, sah den Russen ebenfalls an. Am anderen Fuß hatte er noch den Papierpantoffel.

»Ihr geht?« sagte der Russe.

»Es liegt auf dem Bett«, sagte Chia. »Wir hatten nichts damit zu tun.«

Der Russe bemerkte die Betäubungspistole auf dem Teppich neben seiner Stiefelspitze. Er hob den Stiefel und trat mit dem Absatz drauf. Chia hörte, wie das Plastikgehäuse zerbrach. »Artemi, meine Freund aus Nowokusnetzkaja, sich hat gemacht große Demütigung damit.« Er stupste die Stücke der Betäubungspistole mit der Stiefelspitze an. »Trägt sehr enge Jeans, Artemi, Leder, ist Mode. Steckt es in Vordertasche, drückt Abzug, Zufall. Artemi schokkiert seine Männlichkeit.« Der Russe zeigte Chia seine großen, unregelmäßigen Zähne. »Wir noch lachen trotzdem, ja?«

»*Bitte*«, sagte Chia, »wir wollen einfach nur *weg*.«

Der Russe ging an Eddie und Maryalice vorbei, die ineinander verschlungen auf dem Fußboden lagen. »Bist du Zufall wie Artemi zu seine Männlichkeit, ja? Bist du nur aus Versehung geraten an diese Besitzer von feine Nachtclub.« Er zeigte auf den bewußtlosen Eddie. »Der ist Schmuggler und andere Sachen, sehr kompliziert, aber *du*, du bist nur Zufall?«

»Genau«, sagte Chia.

»Du bist von Lo/Rez.« Es klang wie *Lor-ess*. Er trat näher an Chia heran und schaute in die Tasche hinunter. »Du weißt, was das ist.«

»Nein«, log Chia, »ich hab keine Ahnung.«

Der Russe sah sie an. »Wir nicht mögen Zufall, nie. Nicht er*lauben* Zufall.« Dann kamen seine Hände hoch, und sie sah, daß die Rückseite des dritten Gelenks jedes Fingers mit pinkfarbenen Punkten von der Größe der Oberseite eines Bleistift-Radiergummis übersät war. Solche Punkte hatte sie schon in ihrer letzten Schule gesehen; sie bedeuteten, daß kürzlich ein Tattoo weggelasert worden war.

Sie hob den Blick zu seinem Gesicht. Er sah aus wie jemand, der im Begriff war, etwas zu tun, was er vielleicht nicht tun wollte, aber wußte, daß er es tun mußte.

Doch dann sah sie, wie sein Blick an ihr vorbeiging; seine Augen wurden schmal, und sie drehte sich um und sah gerade noch, wie die Tür zum Flur nach innen aufschwang. Ein Mann, breiter als die Türöffnung, schien ins Zimmer zu fließen. Er hatte ein großes X aus fleischfarbenem Pflaster auf einer Wange und trug ein Jackett von der Farbe stumpfen Metalls. Chia sah eine riesige, narbige Hand in sein Jackett gleiten; in der anderen hatte er etwas Schwarzes, das in ein Stück mit einem Magnetstreifen auslief.

»Yob tvoyu mat«, sagte der Russe, weiche Silben der Überraschung.

Die Hand des Fremden kam mit etwas heraus, was Chia für eine sehr große, verchromte Schere hielt, bis es sich mit einer Reihe scharfer Klicklaute und anscheinend von selbst zu einem glitzernden, skelettartigen Beil entfaltete, dessen tödlich aussehende Schneide schnabelförmig gekrümmt war, während sich die Spitze dahinter wie ein Eispickel verjüngte.

»Meine *Mutter?*« Die Stimme des Fremden klang irgendwie belustigt. »Hast du gesagt, meine *Mutter?*« Sein Gesicht glänzte von Narbengewebe. Weitere Narben liefen kreuz und quer über seinen rasierten, stoppeligen Schädel.

»Ah, nein«, sagte der Russe und hob die Hände, so daß man die Handflächen sah, »nur Sprechwendung.«

Ein weiterer Mann kam um den mit dem Beil herum ins Zimmer. Er hatte dunkles Haar und trug einen weiten schwarzen Anzug. Das Band eines Monokelgeräts lief ihm über die Stirn, das Gerät selbst bedeckte sein rechtes Auge. Das Auge, das sie sehen konnte, war groß, strahlend und grün, aber es dauerte trotzdem einen Moment, bis sie ihn erkannte.

Dann setzte sie sich unwillkürlich auf das pinkfarbene Bett.

»Wo ist es?« fragte dieser Mann, der wie Rez aussah. (Nur daß er irgendwie dicker wirkte und keine hohlen Wangen hatte.)

Weder der Russe noch der Mann mit dem Beil antwortete. Der Mann mit dem Beil machte mit dem Absatz die Tür hinter sich zu.

Das grüne Auge und das Videomonokel sahen Chia an. »Weißt du, wo es ist?« .

»Was?«

»Das biomechanische Rodelmodul, oder wie das Ding heißt ...« Er hielt inne, legte die Hand an den Stöpsel in seinem rechten Ohr und hörte zu. »Verzeihung: das ›primäre biomolekulare Rodel-van-Erp-Programmiermodul C-Schrägstrich-7A‹. *Ich liebe dich.*«

Chia starrte ihn mit großen Augen an.

»Rei Toei«, erklärte er und faßte sich an das Stirnband, und sie wußte, daß er es sein mußte.

»Hier ist es. In der Tüte da.«

Er griff in die blaugelbe Plastiktüte, holte das Ding heraus und drehte es hin und her. »Das hier? Das ist unsere Zukunft, das Medium unserer Ehe?«

»Entschuldigen, bitte«, sagte der Russe, »aber mußt du wissen, das gehört mir.« Es klang, als täte es ihm aufrichtig leid.

Rez blickte auf. Er hielt das Nanotech-Gerät lässig in der Hand. »Es ist deins?« Rez legte den Kopf schief, wie ein Vogel, neugierig. »Wo hast du's her?«

Der Russe räusperte sich. »Ein Tausch. Mit diese Gentleman auf Boden.«

Rez sah Eddie und Maryalice. »Sind sie tot?«

»Stromschlag, ja? Ist meistens nicht tödlich. Deine Mädchen auf Bett.«

Rez sah Chia an. »Wer bist du?«

»Chia Pet McKenzie«, sagte sie automatisch. »Ich bin aus Seattle. Ich ... ich bin in deinem Fanclub.« Sie merkte, daß ihr Gesicht brannte.

Die Braue über dem grünen Auge hob sich. Er

schien zuzuhören. »Oh«, sagte er und hielt inne. »Das hat sie getan? Wirklich? Ist ja toll.« Er lächelte Chia an. »Rei sagt, du hast eine zentrale Rolle bei der ganzen Sache gespielt, und wir haben dir viel zu verdanken.«

Chia schluckte. »Im Ernst?«

Aber Rez hatte sich schon an den Russen gewandt. »Wir müssen das haben.« Er hob das Nanotech-Gerät. »Wir werden jetzt verhandeln. Nenn mir deinen Preis.«

»Rozzer«, mahnte der Mann an der Tür, »das kannst du nicht machen. Dieser Mistkerl ist vom Kombinat.«

Chia sah, wie sich das grüne Auge schloß, als würde Rez bewußt um Beherrschung ringen. Als er es wieder öffnete, sagte er: »Aber sie sind die *Regierung*, stimmt's, Blackwell? Wir haben auch früher schon mit Regierungen *verhandelt*.«

»Nur mit *legalen*«, erwiderte der Narbige, aber jetzt schwang Besorgnis in seiner Stimme.

Der Russe schien es ebenfalls zu hören. Er ließ langsam die Hände sinken.

»Was *wolltet* ihr denn damit?« fragte ihn Rez.

Der Russe schaute auf das Ding in Rez' Händen hinunter, als dächte er nach, dann hob er die Augen. Ein Muskel zuckte in seiner Wange. Er schien zu einem Entschluß zu kommen. »Wir entwickeln ehrgeizige Projekt für öffentliche Bauten«, sagte er.

»O Gott«, sagte Maryalice auf dem Teppich so heiser, daß Chia die Quelle zuerst nicht ausmachen konnte, »die müssen da irgendwas reingetan haben. Garantiert. Ich schwör's bei *Gott*.« Und dann übergab sie sich.

39 Unterwegs

Yamasaki verlor das Gleichgewicht, als der Van die schmale Rampe der Hotelausfahrt hinaufschoß. Laney, der Arleighs Telefon an den Stadtplan am Armaturenbrett hielt und die Nummer des Hotel Di wählte, hörte ihn auf die geschredderte Luftpolsterfolie krachen. Das Display piepte, als Laney die Nummer zu Ende gewählt hatte; Gittersegmente liefen über den Bildschirm. »Alles in Ordnung, Yamasaki?«

»Danke, ja.« Yamasaki rappelte sich wieder auf die Knie und reckte den Hals, damit er um die Kopfstütze von Laneys Sitz herumschauen konnte. »Haben Sie das Hotel lokalisiert?«

»Schnellstraße«, sagte Arleigh mit einem Blick auf das Display, als sie nach rechts auf eine Auffahrt einbogen. »Drücken Sie Tempostufe drei. Danke. Geben Sie her.« Sie nahm das Telefon. »McCrae. Ja. Priorität? Leck mich, Alex. Verbind mich mit ihm.« Sie lauschte. »Di? Wie D und I? Scheiße. Danke.« Sie legte auf.

»Was ist?« fragte Laney, als sie auf die Schnellstraße einbogen. Die riesige, blanke Stirn eines gewaltigen Sattelschleppers kam hinter ihnen heran und rauschte dann an ihnen vorbei. Am Rand von Laneys Blickfeld blitzte ein Flickwerk aus rostfreiem Stahl auf. Der Van schaukelte, als der große Truck vorbeizog.

»Ich hab versucht, Rez an den Apparat zu kriegen. Alex sagt, er hat das Hotel verlassen, zusammen mit Blackwell. Mit demselben Ziel wie wir.«

»Wann?«

»Ungefähr zur gleichen Zeit, als Sie unter dem Helm Ihren Schreikrampf gekriegt haben«, sagte Arleigh. Sie schaute grimmig drein. »Tut mir leid«, sagte sie.

Drunten in der Garage hatte Laney eine Viertelstunde mit ihr diskutieren müssen, bevor sie sich damit einverstanden erklärt hatte. Sie hatte immer wieder gesagt, er solle zu einem Arzt gehen. Sie hatte gesagt, sie sei Technikerin, weder Rechercheurin noch Mitglied des Sicherheitsteams, und es sei ihre erste Pflicht, bei den Daten, den Modulen zu bleiben, denn wenn diese irgendwem in die Hände fallen würden, dann besäße der Betreffende nahezu die gesamten Unterlagen über die Unternehmensstruktur der Lo/Rez-Personengesellschaft, außerdem die Bücher und alles, was Kuwayama ihnen mit dem grauen Modul anvertraut hatte. Sie hatte erst nachgegeben, als Yamasaki geschworen hatte, die volle Verantwortung für alles zu übernehmen, und nachdem Shannon und der Mann mit dem Pferdeschwanz versprochen hatten, die Module nicht aus den Augen zu lassen. Nicht mal, hatte Arleigh gesagt, um zu pissen. »Stellt euch dazu an die Wand, verdammt«, hatte sie gesagt, »und holt euch ein halbes Dutzend von Blackwells Jungs runter, damit sie euch Gesellschaft leisten.«

»Er weiß Bescheid«, sagte Laney. »Sie hat ihm gesagt, daß es da ist.«

»Was ist da, Laney-san?« fragte Yamasaki um die Kopfstütze herum.

»Keine Ahnung. Was es auch ist, sie glauben, daß es ihre Hochzeit und ihre Ehe vereinfachen wird.«

»Glauben Sie das auch?« fragte Arleigh, während sie an einer Reihe bunter kleiner Wagen vorbeifuhr.

»Es ist sicherlich dazu imstande«, sagte Laney, als etwas unter Arleighs Sitz laut und beharrlich zu scheppern begann, »aber ich glaube nicht, daß es deshalb auch zwangsläufig so kommen muß. Was zum Teufel ist *das?*«

»Ich überschreite die Geschwindigkeitsbegrenzung«, sagte sie. »Jedes Fahrzeug in Japan muß laut Gesetz mit so einem Gerät ausgerüstet sein. Wenn man zu schnell fährt, macht es Krach.«

Laney wandte sich an Yamasaki. »Stimmt das?«

»Natürlich«, sagte Yamasaki über das stetige Gescheppper hinweg.

»Und die Leute bauen es nicht einfach aus?«

»Nein.« Yamasaki schaute verwirrt drein. »Warum sollten sie?«

Arleighs Telefon klingelte. »McCrae. Willy?« Sie hörte schweigend zu. Dann merkte Laney, wie der Van leicht schwankte. Er wurde langsamer, bis das Scheppern plötzlich aufhörte. Sie ließ das Telefon sinken.

»Was ist los?« fragte Laney.

»Willy Jude«, sagte sie. »Er … er hatte gerade einen der Szene-Kanäle eingeschaltet. Sie haben gesagt, Rez ist tot. Sie haben gesagt, er wäre gestorben. In einem Liebeshotel.«

40 Das Geschäft

Als niemand Anstalten machte, Maryalice zu helfen, erhob sich Chia vom Bett und zwängte sich an dem Russen vorbei ins Badezimmer, wobei sie das dezente Gezwitscher auslöste. Das schwarze Schränkchen stand offen, das Licht darin brannte, und auf dem schwarzweißen Fliesenboden lagen neonbunte Penisdinger herum. Sie nahm ein schwarzes Handtuch und einen schwarzen Waschlappen von einem beheizten, verchromten Gestell, feuchtete den Waschlappen im schwarzweißen Becken an und ging zu Maryalice zurück. Sie faltete das Handtuch, legte es über das Erbrochene auf dem weißen Teppich und gab Maryalice den Waschlappen.

Niemand sagte etwas, keiner versuchte, sie aufzuhalten. Masahiko hatte sich wieder auf den Teppich gesetzt, seinen Computer zwischen den Füßen. Der Narbige, der den meisten Raum in dem Zimmer einzunehmen schien, hatte sein Beil gesenkt. Es lag an einem Schenkel, der umfangreicher war als Chias Hüften, und die Spitze ragte neben seinem Knie nach außen.

Maryalice, die es mittlerweile geschafft hatte, sich aufzusetzen, wischte sich den Mund mit dem Lappen ab und büßte dabei auch den größten Teil ihres Lippenstifts ein. Als Chia sich aufrichtete, drehte ihr ein Dufthauch vom Kölnischwasser des Russen den Magen um.

»Du bist Immobilienmakler, sagst du?« Rez hatte noch immer das Nanotech-Gerät in der Hand.

»Du stellst viele Fragen«, erwiderte der Russe. In

diesem Moment stöhnte Eddie, und der Russe versetzte ihm einen Tritt. »*Basis*«, sagte der Russe.

»Ein öffentliches Bauprojekt?« Rez hob eine Augenbraue. »Eine Anlage zur Wasserfiltrierung oder so?«

Der Russe hielt den Blick auf das Beil des Riesen gerichtet. »In Tallin«, sagte er, »wir bauen bald exklusive Super-Einkaufszentrum, reiche Vororte mit Mauern darum, dazu pharmazeutische Manufaktura von Weltklasse. Ungerechterweise man verweigert uns meiste hochentwickelte Produktionsmittel, aber wünschen wir hundert Prozent moderne Operation.«

»Rez«, sagte der Mann mit dem Beil, »gib's auf. Der Loddel da und seine Kumpane brauchen das Ding, um in Estland 'ne Drogenfabrik hochzuziehen. Wird Zeit, daß ich dich ins Hotel zurückbringe.«

»Aber hätten sie nicht mehr Interesse an ... Immobilien in Tokio?«

Die Augen des Riesen traten hervor, die Narben auf seiner Stirn röteten sich. Einer der oberen Arme des Mikropor-X hatte sich gelöst und gab den Blick auf einen tiefen Kratzer frei. »Was ist das denn für'n Quatsch? Ihr *habt* hier überhaupt keine Immobilien!«

»Famous Aspect«, sagte Rez. »Reis Managementfirma. Die investieren für sie.«

»Du redest von Tausch von Nanotechnik gegen Immobilien in Tokio?« Der Russe sah Rez an.

»Genau«, sagte Rez.

»*Was* für Immobilien?«

»Unerschlossenes, mit Müll aufgeschüttetes Land in der Bucht. Eine Insel. Eine von zweien. Das Zeug stammt von einem der Orte im alten ›giftigen Halstuch‹, aber das ist nach dem Erdbeben gründlich saubergemacht worden.«

»Augenblick mal«, sagte Maryalice vom Fußboden aus, »ich kenne dich. Du warst in dieser Band, der mit dem mageren Chinesen, dem Gitarristen, der die Hüte getragen hat. Ich kenne dich. Du warst mal 'n *Star*.«

Rez starrte sie an.

»Ich finde, ist nicht gut, hier über Geschäfte zu sprechen«, sagte der Russe und rieb sich sein Muttermal. »Aber bin ich Starkow, Jewgeni.« Er streckte die Hand aus, und Chia bemerkte erneut die Lasernarben. Rez schüttelte sie.

Chia glaubte, den Riesen stöhnen zu hören.

»Ich hab ihn ein paarmal in *Dayton* gesehen«, sagte Maryalice, als würde das irgendwas beweisen.

Der Riese zog mit der freien Hand ein kleines Telefon aus der Tasche, spähte mit zusammengekniffenen Augen auf das Display und legte es an sein linkes Ohr. Welches ihm fehlte, wie Chia jetzt sah. Er hörte zu. »Danke«, sagte er und ließ das Telefon sinken. Er ging zum Fenster, das Chia hinter dem Paravent entdeckt hatte, blieb dort stehen und schaute hinaus. »Sieh dir das mal an, Rozzer«, sagte er.

Rez ging zu ihm. Sie sah, wie er sein Monokel berührte. »Was machen die, Keithy? Was ist da los?«

»Das ist deine Beerdigung«, sagte der Riese.

41 Kerzenschein und Tränen

Bürofenster flogen dicht hinter den Stützpfeilern der Schnellstraße mit ihren Erdbebenbandagen vorüber. Höhere Gebäude wichen einer niedrigeren Stadtlandschaft, dann etwas Helles in mittlerer Entfernung: HOTEL KING MIDAS. Der Stadtplan am Armaturenbrett begann zu piepen.

»Dritte Ausfahrt rechts«, sagte Laney, der den Cursor im Auge behielt. Er spürte, wie sie Gas gab, und hörte, wie sich die Geschwindigkeitsbegrenzungswarnung einschaltete. Ein weiteres glitzerndes Schild: FREEDOM SHOWER BANFF.

»Laney-san«, fragte Yamasaki um die Kopfstütze herum, »haben Sie irgendeinen Hinweis auf Rez' Tod oder anderes Unglück aufgeschnappt?«

»Nein, aber das könnte ich auch nur dann, wenn den Daten ein gewisser Vorsatz zu entnehmen wäre. Unfälle oder Handlungen von jemand, der nicht drin vertreten ist …« Das Scheppern hörte auf, als sie sich der auf dem Plan angezeigten Ausfahrt näherten und langsamer wurden. »Aber ich hab ihre Daten als miteinander verschmelzende Ströme gesehen, und der Kern, um den herum sie verschmolzen sind, schien dort zu sein, wohin wir jetzt fahren.«

Arleigh bog auf die Ausfahrt ein. Als sie auf der Rampe eine Kurve nahmen, sah Laney drei junge Mädchen mit schlammverklumpten Schuhen einen steilen Hang hinabsteigen, der mit einer Art blassem, grobem Gras bepflanzt war. Eine von ihnen schien eine

Schuluniform zu tragen: Kniestrümpfe und einen kurzen, karierten Rock. Im grellen Natriumdampflicht der Kreuzung sahen sie unwirklich aus, aber dann hielt Arleigh den Van an, und Laney drehte sich um und sah, daß die Straße vor ihnen von einer stummen, reglosen Menschenmenge völlig verstopft war.

»Großer Gott«, sagte Arleigh. »Die Fans.«

Falls es auch Jungen in der Menge gab, so sah Laney sie nicht. Es war ein flaches Meer glänzender schwarzer Haare; alle Mädchen standen mit dem Gesicht zu dem weißen Gebäude, das sich dort erhob und dessen weißes, strahlend hell erleuchtetes Schild von etwas umrahmt war, was eine Krone darstellen sollte: HOTEL DI. Arleigh ließ ihr Fenster herunter, und Laney hörte das ferne Geheul von Sirenen.

»Da kommen wir nie durch«, sagte Laney. Die meisten Mädchen hielten eine einzelne Kerze, und der vereinte Lichtschein tanzte über die tränennassen Gesichter. Sie waren so jung, diese Mädchen: Kinder. Das hatte Kathy Torrance an Lo/Rez besonders gehaßt, daß sich ihre Fanbasis über die Jahre hinweg durch einen ständigen Zustrom pubertierender Rekruten erneuert hatte – Mädchen, die sich in der endlosen Gegenwart des Netzes in Rez verliebten, wo er immer noch der Zwanzigjährige seiner ersten Hits sein konnte.

»Geben Sie mir das schwarze Kästchen rüber«, sagte Arleigh, und Laney hörte Yamasaki durch die Luftpolsterfolie krabbeln. Ein flaches, rechteckiges Etui erschien zwischen den Sitzen. Laney nahm es an sich. »Machen Sie's auf«, sagte sie. Laney zog den Reißverschluß auf und brachte etwas Flaches und Graues mit dem Lo/Rez-Logo auf einem länglichen Aufkleber zum Vorschein. Arleigh nahm das Ding aus dem Etui, stellte es aufs Armaturenbrett und fuhr mit dem Finger auf der Suche nach einem Schalter am Rand entlang. LO/REZ erschien in großen, grünen Leuchtbuchstaben in Spiegelschrift auf der Windschutzscheibe. **TOURBEGLEITUNG**. Die Sternchen begannen zu blinken.

Arleigh ließ den Van ein paar Zentimeter nach vorn rollen. Die Mädchen unmittelbar vor ihnen drehten sich um, sahen die Windschutzscheibe und traten beiseite. Stumm, langsam, Meter für Meter teilte sich die Menge, um dem Van Platz zu machen.

Laney schaute über die schwarzen, in der Mitte gescheitelten Köpfe der trauernden Fans hinweg und sah den Russen aus dem Western World, der noch immer seine weiße Smokingjacke aus Leder trug, gegen die Menge ankämpfen. Die Köpfe der Mädchen reichten ihm kaum bis zur Taille, und er sah aus, als würde er durch schwarze Haare und Kerzenlicht waten. Aus seiner Miene sprach Verwirrung, beinahe Entsetzen, doch als er Laney am Fenster des grünen Van sah, verzog er das Gesicht, änderte seinen Kurs und hielt direkt auf sie zu.

42 Abreise

Chia schaute hinaus und sah, daß es aufgehört hatte zu regnen. Der Parkplatz jenseits des Stacheldrahtzauns war voller kleiner, regloser Gestalten mit Kerzen in den Händen. Ein paar von ihnen standen oben auf den Lastwagen, die dort geparkt waren, weitere anscheinend auf dem Dach des niedrigen Gebäudes dahinter. Mädchen. Japanische Mädchen. Alle schienen sie zum Hotel Di herüberzustarren.

Der Riese erzählte Rez gerade, jemand habe bekanntgegeben, er sei gestorben, sei tot in diesem Hotel aufgefunden worden, und es sei draußen im Netz und werde behandelt, als wäre es wirklich passiert.

Der Russe hatte inzwischen selbst ein Telefon hervorgeholt und sprach auf Russisch mit jemandem. »Mr. Lor-ess«, sagte er und ließ das Telefon sinken, »wir hören Polizei kommt. Diese Nanotechnik streng verboten, ist ernste Problem.«

»Gut«, sagte Rez. »Wir haben einen Wagen in der Garage.«

Jemand stieß Chia am Ellbogen an. Es war Masahiko, der ihr die Tasche gab. Er hatte ihren Sandbenders hineingesteckt und den Reißverschluß zugezogen; sie merkte es am Gewicht. Seinen Computer hatte er in dem karierten Beutel. »Zieh jetzt deine Schuhe an«, sagte er. Die seinen hatte er bereits an.

Eddie lag zusammengerollt auf dem Teppich; so lag er da, seit der Russe ihm den Tritt versetzt hatte. Nun machte der Russe wieder einen Schritt auf ihn zu, und

Chia sah, wie Maryalice, die neben Eddie auf dem Teppich saß, sich duckte.

»Bist du glücklicher Mann«, sagte der Russe zu Eddie. »Wir uns halten an Abmachung. Isotop wird geliefert. Aber wollen wir keine weitere Geschäfte mit dir.«

Ein Klicken ertönte, dann noch eins, und Chia beobachtete, wie der Riese, dem das linke Ohr fehlte, zügig und ohne hinzusehen sein Beil zusammenklappte. »Das Ding da in deiner Hand ist ein Schwerverbrechen, Rozzer. Der Besuch deines Fanclubs bringt uns die Polizei auf den Hals. Besser, wenn ich das Ding an mich nehme.«

Rez sah den Riesen an. »Ich trag's selbst, Keithy.«

Chia glaubte, eine plötzliche Traurigkeit in den Augen des Riesen zu sehen. »Na schön«, sagte er. »Wird Zeit, daß wir von hier verschwinden.« Er steckte die zusammengelegte Waffe in sein Jackett. »Also kommt, ihr beiden.« Er bedeutete Chia und Masahiko, zur Tür zu gehen. Rez folgte Masahiko, dicht hinter Rez kam der Russe, aber Chia sah, daß der Zimmerschlüssel auf dem kleinen Kühlschrank lag. Sie lief hin und nahm ihn. Dann blieb sie stehen und schaute auf Maryalice hinunter.

Maryalices Mund sah ohne den Lippenstift alt und traurig aus. Es war ein Mund, der eine Menge abgekriegt haben mußte, dachte Chia. »Komm mit uns«, sagte sie.

Maryalice sah sie an.

»Schnell«, sagte Chia. »Die Polizei kommt.«

»Ich kann nicht«, sagte Maryalice. »Ich muß mich um Eddie kümmern.«

»Sag deinem Eddie«, Blackwell war mit zwei Schritten bei Chia, »wenn er irgendwas von dem hier ausplaudert, kommt ihn jemand holen und verpaßt ihm 'ne kleinere Schuhgröße.«

Maryalice schien ihn jedoch nicht zu hören, oder

wenn doch, dann schaute sie nicht auf, und der Riese zog Chia aus dem Zimmer und machte die Tür zu, und dann folgte Chia dem Rücken des hellbraunen Anzugs des Russen, dessen schicke Cowboystiefel von den in Knöchelhöhe angebrachten Lichtstreifen beleuchtet wurden, durch den schmalen Flur.

Rez stieg mit Masahiko und dem Russen in den Fahrstuhl, als der Riese ihn an der Schulter packte. »Du bleibst bei mir«, sagte er und schob Chia in den Fahrstuhl.

Masahiko drückte auf den Knopf »Hast du Fahrzeug?« wandte sich der Russe an Masahiko.

»Nein«, sagte Masahiko.

Der Russe grunzte. Chia spürte, wie ihr von seinem Kölnischwasser schlecht wurde. Die Tür öffnete sich zu dem kleinen Foyer. Der Russe schob sich an Chia vorbei und sah sich um. Chia und Masahiko folgten ihm. Die Fahrstuhltür schloß sich. »Kommt«, sagte der Russe, »Fahrzeug suchen.« Sie folgten ihm durch die Glasschiebetür in die Garage, wo Eddies Graceland mindestens die Hälfte des verfügbaren Raums einzunehmen schien. Daneben stand eine silbergraue japanische Limousine, und Chia fragte sich, ob es die von Rez war. Jemand hatte schwarze Plastikrechtecke über die Nummernschilder beider Wagen gesteckt.

Sie hörte, wie die Glastür erneut mit einem Zischen aufging, drehte sich um und sah Rez herauskommen. Er hatte sich das Nanotech-Gerät wie einen Football unter den Arm geklemmt. Der Riese war hinter ihm.

Dann platzte ein wirklich wütender Mann in einem glänzenden weißen Smoking durch die pinkfarbenen Plastikstreifen herein, die vor der Einfahrt hingen. Er hatte einen kleineren Mann am Jackettkragen gepackt, und der kleinere Mann versuchte, sich zu befreien. Dann sah der kleinere Mann sie dort stehen und rief »Blackwell!«, und es gelang ihm tatsächlich, aus seinem Jackett zu schlüpfen, aber der Mann in dem weißen Smoking streckte die andere Hand aus und packte ihn am Gürtel.

Der Russe brüllte jetzt auf Russisch, und der Mann im weißen Smoking schien ihn zum ersten Mal wahrzunehmen. Er ließ den Gürtel des anderen Mannes los.

»Wir haben den Van hier«, sagte der andere Mann.

Der Riese mit dem fehlenden Ohr trat ganz dicht an den Mann im weißen Smoking heran, funkelte ihn an und nahm das Jackett des anderen Mannes. »Okay, Rozzer«, sagte er, an Rez gewandt, »du weißt ja, wie's läuft. Alter Hut. Genau wie damals, als wir aus dem Haus in St. Kilda mit den verdammten Fernsehfuzzis aus Melbourne davor raus sind, okay?« Er legte Rez das Jackett über Kopf und Schultern und klopfte ihm ermutigend auf den Oberarm. Er ging zu den pinkfarbenen Streifen hinüber, zog einen beiseite und schaute hinaus. »Du dicke Scheiße«, sagte er. »Na schön, ihr alle. Wir bewegen uns schnell, bleiben dicht zusammen, Rez in der Mitte, und ab in den Van. Ich zähle bis drei.«

43 Frühstück beim Zehenabschneider

Sie essen ja gar nichts«, sagte Blackwell, nachdem er seine zweite Portion Eier mit Würstchen verputzt hatte. Er hatte den Speiseraum auf einer der Manageretagen des Koboldhuts in Beschlag genommen und darauf bestanden, daß Laney ihm Gesellschaft leistete. Der Blick ähnelte dem in Laneys Zimmer sechs Stockwerke tiefer, und die fernen Brüstungen der Neubauten funkelten in der Sonne.

»Wer hat das Gerücht von Rez' Tod verbreitet, Blackwell? Die Idoru?«

»Die? Wie kommen Sie darauf?« Er wischte seinen Teller mit dem Rand eines dreieckigen Stücks Toast sauber.

»Weiß ich nicht«, erwiderte Laney, »aber sie macht wohl gern so Sachen. Und die sind nicht unbedingt immer leicht zu verstehen.«

»Sie war's nicht«, sagte Blackwell. »Wir gehen der Sache grade nach. Sieht so aus, als ob ein Fan aus Mexiko ausgerastet wäre; die Kleine hat 'ne ziemlich drastische Software-Waffe, die sie aus dem konvertierten Website eines Unternehmens in den Staaten hatte, gegen den zentralen Treffpunkt des Tokioter Clubs eingesetzt und ein Bulletin rausgegeben. Hat jeden Fan in Tokio aufgerufen, sich sofort auf die Beine zu machen und zu diesem Liebeshotel zu kommen.« Er steckte sich den Toast in den Mund, schluckte und wischte sich die Lippen mit einer dicken weißen Serviette ab.

»Aber Rez war *dort*«, sagte Laney.

Blackwell zuckte die Achseln. »Wir untersuchen das. Im Moment haben wir mehr als genug zu tun. Müssen klarmachen, daß Lo/Rez nichts mit dieser Todesente zu tun haben, und ihr Publikum beruhigen. Anwälte aus London und New York fliegen gerade rüber, um mit Starkow und seinen Leuten zu sprechen. Mit Reis Leuten auch«, setzte er hinzu. »Wird ganz schön was los sein.«

»Wer waren diese Kinder«, fragte Laney, »der kleine Rotschopf und der japanische Hippie?«

»Rez sagt, die sind in Ordnung. Wir haben sie hier im Hotel. Arleigh klärt das grade.«

»Wo ist das Nanotech-Gerät?«

»Das haben Sie nicht gesagt. Also sagen Sie's nicht noch mal. Die offizielle Wahrheit über die Ereignisse dieser Nacht wird grade formuliert, und das wird ganz bestimmt nicht dazugehören. Hab ich mich klar ausgedrückt?«

Laney nickte. Er schaute wieder zu den Neubauten hinaus. Entweder hatte sich der Einfallswinkel des Lichts geändert, oder diese Brüstung hatte sich ein kleines Stück verschoben. Er sah Blackwell an. »Bilde ich mir das ein, oder hat sich Ihre Einstellung zu der ganzen Sache irgendwie geändert? Ich dachte, Sie wären entschieden gegen die Verbindung von Rez und der Idoru.«

Blackwell seufzte. »War ich auch. Aber jetzt sieht's so aus, als wär das Thema gegessen, oder? De facto ist es eine echte Beziehung. Wahrscheinlich bin ich altmodisch, aber ich hatte gehofft, er würde irgendwann so 'n halbwegs normales Leben führen. Mit einer, die ihm das Rohr poliert und seine Socken aufsammelt, dazu ein oder zwei Kinder. Aber da wird wohl nichts draus, wie?«

»Wahrscheinlich nicht.«

»In dem Fall«, sagte Blackwell, »hab ich zwei Möglichkeiten. Entweder überlaß ich den dummen Kerl sich selbst, oder ich bleibe und mach meinen Job und versuche, mich anzupassen, ganz gleich, was draus wird. Wie dem auch sei, Laney, letzten Endes werd ich mich dran erinnern, wo ich wäre, wenn er nicht hinter die Mauern von Pentridge gekommen wäre, um dieses Solokonzert zu geben. Essen Sie das nicht?« Mit einem Blick auf die Rühreier, die auf Laneys Teller kalt wurden.

»Mein Job ist erledigt«, sagte Laney. »Es ist nicht so gelaufen, wie Sie sich's vorgestellt haben, aber ich hab meine Arbeit getan. Sind wir uns da einig?«

»Keine Frage.«

»Dann geh ich jetzt mal. Zahlen Sie mich aus, und ich verschwinde noch heute.«

Blackwell sah ihn mit neuem Interesse an. »So schnell, hm? Wozu die Eile? Fühlen Sie sich nicht wohl bei uns?«

»Doch«, sagte Laney, »es ist bloß für alle Seiten besser so.«

»Yama sieht das anders. Rez auch. Ganz zu schweigen von Ihrer Andersartigkeit, die zweifellos ebenfalls eine Meinung zu diesem Thema äußern wird. Ich würde sagen, Sie sind drauf und dran, der Hofprophet zu werden, Laney. Außer natürlich, dieses ganze Geschäft mit dem Kombinat erweist sich als totaler Schlag ins Wasser und es stellt sich raus, daß Sie sich diesen nodalen Unfug bloß ausgedacht haben – was ich für mein Teil eigentlich ganz lustig finden würde. Aber nein, Ihre Dienste sind jetzt sehr begehrt, man könnte sogar sagen, sie werden dringend benötigt, und keiner von uns wäre im Augenblick froh über Ihren Abgang.«

»Ich muß«, sagte Laney. »Ich werde erpreßt.«

Das brachte Blackwells Lider auf Halbmast. Er beugte sich ein wenig vor. Der pinkfarbene Wurm aus Narbengewebe in seiner Augenbraue wand sich. »Ach, wirklich?« sagte er leise, als hätte Laney ihm gerade eine ungewöhnliche sexuelle Verwirrung gestanden. »Und darf ich fragen, von wem?«

»Slitscan. Kathy Torrance. Ist irgendwie was Persönliches für sie.«

»Erzählen Sie. Erzählen Sie mir alles darüber. Machen Sie schon.«

Und Laney tat es, einschließlich der 5-SB-Experimente und deren Aufzeichnungen, aus denen hervorging, daß sich die Teilnehmer irgendwann in Killer verwandeln würden, die Prominenten auflauerten. »Ich wollte das vorher nicht zur Sprache bringen«, sagte Laney, »weil ich Angst hatte, Sie könnten denken, ich wäre gefährdet. Daß ich vielleicht so werden würde.«

»Nicht, daß ich keine Erfahrung mit diesem Typus hätte«, sagte Blackwell. »Wir haben im Moment einen jungen Mann hier in Tokio, den Autor sämtlicher Songs, die Lo/Rez je geschrieben haben, ganz zu schweigen von Blue Ahmeds komplettem Material für Chrome Koran. Und der ist Sprengstoffexperte. Man muß gut auf ihn aufpassen. Aber wir haben die Möglichkeit dazu, wissen Sie. Also, Laney, falls Sie uns gegenüber zum Werwolf werden sollten, wäre der sicherste Platz für Sie genau *hier,* im wachen Herzen unseres Sicherheitsapparats.«

Laney dachte darüber nach. Es klang beinahe vernünftig. »Aber Sie würden mich nicht um sich haben wollen, wenn Slitscan dieses Material ausstrahlt. Ich würde mich selber nicht um mich haben wollen. Ich hab keine Angehörigen, niemand, der drunter leiden würde, aber ich werde trotzdem damit leben müssen.«

»Und wie wollen Sie das anstellen?«

»Ich geh irgendwohin, wo sich die Leute diesen Dreck nicht anschauen.«

»Gut«, sagte Blackwell, »wenn Sie dieses Märchenland finden, komme ich sofort mit. Wir leben von Früchten und Nüssen und halten Zwiesprache mit allem, was noch übrig ist von der verdammten Natur. Aber vorher, Laney, werde ich erst mal ein Wörtchen mit Ihrer Kathy Torrance reden. Ich werde ihr gewisse Dinge erklären. Nichts Kompliziertes. Einfache, *simple* Dinge zum Thema Ursache und Wirkung. Und sie wird *niemals* zulassen, daß Slitscan dieses Material mit Ihrem Doppelgänger ausstrahlt.«

»Blackwell«, sagte Laney, »sie kann mich nicht *leiden*, sie hat ein Motiv für ihre Rache, aber sie will, sie muß Rez vernichten. Sie ist eine sehr mächtige Frau in einer sehr mächtigen, weltumspannenden Organisation. Eine schlichte Gewaltandrohung von Ihnen wird sie nicht aufhalten. Dadurch schaukelt sich die Sache nur auf; sie wird zu *ihren* Sicherheitsleuten gehen ...«

»Nein«, sagte Blackwell, »wird sie nicht, weil das eine Verletzung der sehr *persönlichen* Beziehung wäre, die ich in unserem Gespräch hergestellt haben werde. Das ist hier das Schlüsselwort, Laney: persönlich. Von Angesicht zu Angesicht. Wir werden uns nicht als Vertreter unserer jeweiligen gesichtslosen Unternehmen treffen, wenn wir diese tiefe, bedeutungsvolle und verdammt unvergeßliche Vier-Augen-Episode ins Buch unseres Lebens ritzen. Keineswegs. Es ist ein ganz und gar privates Rendezvous für Ihre Kathy und mich, und es könnte sich durchaus erweisen, daß es intimer, ja, ich hoffe sogar, erleuchtender ist als jedes andere, das sie bisher gehabt hat. Weil ich nämlich eine neue Gewißheit in ihr Leben bringen werde, und wir alle brauchen Gewißheiten. Sie tragen dazu bei, den Charakter zu formen. Und ich werde dafür sorgen, daß Ihre Kathy hinterher so fest, wie nur irgend möglich davon überzeugt ist, daß sie *sterben* wird, wenn sie mir in die Quere kommt – aber erst, nachdem sie dazu gebracht worden ist, sich den Tod von ganzem Herzen zu wünschen.« Und Blackwells Lächeln, mit dem er Laney sodann in den vollen Genuß des Anblicks seiner Zahnprothese kommen ließ, war grausig. »Also, wie genau sollten Sie mit ihr in Kontakt treten, um ihr Ihre Entscheidung mitzuteilen?«

Laney suchte seine Brieftasche und holte die leere Karte mit der mit Bleistift draufgeschriebenen Nummer hervor. Blackwell nahm sie an sich. »Danke.« Er stand auf »Eine Schande, ein gutes Frühstück so zu vergeuden. Rufen Sie von Ihrem Zimmer aus den Hoteldoktor an und lassen Sie sich verarzten. Schlafen Sie sich aus. Ich regle das schon.« Er steckte die Karte in die Brusttasche seines Aluminiumjacketts.

Und als Blackwell den Raum verließ, sah Laney mitten auf dem blankgeputzten Teller des Bodyguards einen anderthalbzolligen, verzinkten Nagel auf dem breitem, flachem Kopf stehen.

Laneys Rippen, ein häßliches Patchwork aus Gelb, Schwarz und Blau, waren mit diversen kühlen Flüssigkeiten besprüht und fest mit Mikropor bandagiert. Er nahm das Schlafmittel, das der Arzt ihm gegeben hatte, duschte ausgiebig, ging ins Bett und suggerierte dem Licht gerade, sich selbst auszuschalten, als ein Fax abgegeben wurde.

Es war adressiert an C. LANEY, GAST:

DER GESCHÄFTSFÜHRER HAT MIR MEINE PAPIERE GEGEBEN. ›VERBRÜDERUNG MIT GÄSTEN‹. JEDENFALLS BIN ICH JETZT WACHMANN HIER IM LUCKY DRAGON, ES IST MITTERNACHT, SIE KÖNNEN MICH PER FAX UND E-MAIL ERREICHEN, TELEFON NUR GESCHÄFTLICH, ABER DIE LEUTE SIND IN ORDNUNG. HOFFE, SIE SIND IN ORDNUNG. FÜHLE MICH VERANTWORTLICH. HOFFE, ES GEFÄLLT IHNEN IN JAPAN, WIE AUCH IMMER.

RYDELL

»Gute Nacht«, sagte Laney, legte das Fax auf das Nachttischmodul und fiel auf der Stelle in einen sehr tiefen Schlaf.

Er schlief, bis Arleigh aus dem Foyer anrief und ihm vorschlug, sich auf ein Glas zu treffen. Neun Uhr abends, der blauen Uhr in der Ecke des Modulbildschirms zufolge. Laney zog sich frische, gebügelte Unterwäsche und sein anderes blaues malaysisches Button-down an. Er stellte fest, daß der weiße Ledersmoking ein paar Nähte an seinem Jackett zerrissen hatte, aber andererseits hatte der Oberrusse, Starkow, den Mann nicht mit in den Van gelassen, also waren sie quitt, fand Laney.

Als er das Foyer durchquerte, traf er auf einen verzweifelt dreinblickenden Rice Daniels, der vor lauter Nervosität zu der schwarzen Kopfklammer aus seiner Zeit bei *Außer Kontrolle* zurückgekehrt war. »Laney! Herr im Himmel! Haben Sie Kathy gesehen?«

»Nein. Ich hab geschlafen.«

Daniels führte einen seltsamen kleinen, besorgten Tanz auf, bei dem er sich auf die Zehenspitzen seiner braunen Kalbslederslipper erhob. »Hören Sie, das ist wirklich höchst sonderbar, aber ich *schwöre* – ich glaube, sie ist *entführt* worden.«

»Haben Sie die Polizei geholt?«

»Haben wir, haben wir, aber es ist alles total abstrus, all diese Formulare, die sie auf ihren Notebooks durchsickern lassen, und was für eine *Blutgruppe* sie hatte … Sie wissen nicht zufällig über ihr Blut Bescheid, oder, Laney?«

»Es ist dünn«, sagte Laney, »irgendwie strohfarben.«

Aber Daniels schien ihn nicht zu hören. Er packte Laney an der Schulter und zeigte ihm die Zähne; sein aufgesperrter Mund sollte Freundschaft ausdrücken. »Ich hab echte Hochachtung vor Ihnen, Mann. Weil Sie überhaupt nicht nachtragend sind.«

Laney sah Arleigh, die ihm von Eingang zur Lounge aus zuwinkte. Sie trug etwas Kurzes und Schwarzes.

»Machen Sie's gut, Rice.« Er schüttelte die kalte Hand des Mannes. »Die taucht schon wieder auf. Ganz bestimmt.«

Und dann ging er lächelnd auf Arleigh zu und sah, daß sie sein Lächeln erwiderte.

44 La Purissima

Chia lag auf dem Bett und sah fern. Dabei fühlte sie sich normaler. Auf diese Weise war es wie eine Droge. Sie erinnerte sich, wieviel ihre Mutter ferngesehen hatte, nachdem ihr Vater weggegangen war.

Aber das hier war das japanische Fernsehen, in dem Mädchen wie Mitsuko, nur ein bißchen jünger, in Matrosenkostümen riesige Holzkreisel auf einem langen Tisch drehten. Das hatten sie wirklich drauf. Die Dinger fielen nie um. Es war ein Wettkampf. Die Konsole konnte übersetzen, aber es war noch entspannender, wenn man den Kommentar nicht verstand. Das Entspannendste waren die Großaufnahmen der rotierenden Kreisel.

Bei der NHK-Berichterstattung über die Todesente im Netz und die Kerzenwache beim Hotel Di hatte sie die Übersetzung allerdings eingeschaltet gehabt, um alles zu verstehen.

Sie hatte gesehen, wie eine äußerst wohltuend pummelige Hiromi Ogawa abstritt, sie wüßte, wer den Site ihrer Ortsgruppe zerstört und dann aus dessen Ruinen heraus zu der Trauerwache aufgerufen hatte. Hiromi hatte Wert auf die Feststellung gelegt, daß es kein Mitglied des Clubs gewesen sei, weder lokal noch international. Chia wußte, daß Hiromi log, weil es Zona gewesen sein mußte, aber die Lo/Rez-Leute würden ihr vorschreiben, was sie zu sagen hatte. Arleigh hatte Chia erklärt, das Ganze sei von einem stillgelegten Website aus gestartet worden, der einem Luft- und Raumfahrtunternehmen in Arizona gehöre. Was bedeutete, daß Zona ihr Land hatte auffliegen lassen, denn jetzt würde sie nicht mehr dorthin zurückkehren können. (Obwohl Arleigh nett zu sein schien, hatte Chia ihr nichts von Zona erzählt.)

Und sie hatte die Hubschrauberaufnahmen der Wache und der verdutzten Einsatzkommandos der Polizei gesehen, die schätzungsweise zweieinhalbtausend weinenden Mädchen gegenübergestanden hatten. Es hatte nur wenige Verletzte gegeben, alles ziemlich geringfügige Blessuren, bis auf ein Mädchen, das eine Autobahnböschung hinuntergerutscht war und sich beide Knöchel gebrochen hatte. Das eigentliche Problem hatte darin bestanden, die Mädchen von dort wegzuschaffen, weil viele von ihnen zu fünft oder sechst in einem Taxi hingefahren waren und nun nicht wieder nach Hause kamen. Einige hatten auch das Auto ihrer Eltern genommen, es dann in ihrer Eile, zu der Wache zu gelangen, einfach irgendwo stehenlassen und damit ein weiteres Durcheinander erzeugt. Es hatte ein paar Dutzend Festnahmen gegeben, meistens wegen Hausfriedensbruchs.

Und sie hatte die Aufzeichnung von Rez' Botschaft gesehen, in der er den Leuten versicherte, er sei am Leben, es gehe ihm gut und er bedaure die ganze Sache, mit der er natürlich nichts zu tun habe. Das Monokelgerät trug er dabei nicht, aber er hatte denselben schwarzen Anzug und das T-Shirt an. Er sah jedoch dünner aus; jemand hatte das Bild frisiert. Anfangs hatte er grinsend gewitzelt, er sei nie im Hotel Di gewesen und habe überhaupt noch nie ein Liebeshotel aufgesucht, aber jetzt sollte er's vielleicht mal tun. Dann war er ernst geworden und hatte gesagt, wie leid es ihm tue, daß Leute aufgrund eines unverantwortlichen Streichs Unannehmlichkeiten hätten und sogar verletzt worden seien. Und er hatte dem Ganzen die Krone aufgesetzt, indem er lächelnd erklärt hatte, das alles sei ungeheuer bewegend für ihn gewesen, denn wie oft komme man schon dazu, seiner eigenen Beerdigung beizuwohnen?

Und sie hatte die Besitzer und Manager des Hotel Di gesehen, die ihr Bedauern zum Ausdruck brachten. Es sei ihnen schleierhaft, sagten sie, wie das alles habe passieren können. Chia gewann den Eindruck, daß es hier zum guten Ton gehörte, sein Bedauern zu äußern, aber die Besitzer des Di hatten in ihrer Erklärung auch noch untergebracht, daß es kein Personal in ihrem Hotel gebe, damit die Gäste noch weniger gestört würden. Arleigh hatte das gesehen und gemeint, das sei die Werbung für sie gewesen, und sie wette, der Laden sei für die nächsten zwei Monate ausgebucht. Er war jetzt berühmt.

Alles in allem schien die Berichterstattung das Ganze wie ein Thema für die Sauregurkenzeit zu behandeln, eine Sache, die ernsthafte Kreise hätte ziehen können, wenn die Polizei nicht so umsichtig und geschickt gehandelt hätte, wie sie es zu guter Letzt getan hatte, indem sie Elektrobusse aus den Vororten herangeholt hatte, um die Mädchen zu Sammelstellen im ganzen Stadtgebiet zu fahren.

Arleigh war aus San Francisco, arbeitete für Lo/Rez und kannte Rez persönlich, und sie war es auch gewesen, die den Van durch die Menge nach draußen gesteuert hatte. Und dann hatte sie einen Polizeihubschrauber abgehängt, indem sie auf dieser Schnellstraße etwas völlig Verrücktes gemacht hatte, nämlich eine Wendung um 180 Grad direkt über den Betonmittelstreifen hinweg.

Sie hatte Chia und Masahiko zu diesem Hotel gefahren und in den aneinandergrenzenden Zimmern mit den sonderbaren Eckwinkeln untergebracht, wo jeder von ihnen über ein eigenes Bad verfügte. Sie hatte sie alle beide gebeten, dort zu bleiben und nicht zu porten oder das Telefon zu benutzen, ohne es ihr zu sagen, außer um den Zimmerservice anzurufen, und dann war sie gegangen.

Chia hatte zuallererst einmal eine Dusche genommen. Es war die beste Dusche ihres Lebens gewesen, und sie fühlte sich, als würde sie diese Klamotten nie wieder anziehen wollen, solange sie lebte. Sie wollte sie nicht mal ansehen müssen. Sie fand einen Plastikbeutel für die Sachen, die gewaschen werden sollten, stopfte sie dort hinein und steckte ihn dann in den Abfalleimer im Badezimmer. Dann schlüpfte sie in saubere Sachen aus ihrer Tasche – sie waren alle zerknittert, aber es fühlte sich großartig an – und fönte sich die Haare mit dem in die Badezimmerwand eingebauten Apparat trocken. Das Klo sprach nicht, und es hatte nur drei Tasten, deren Bedeutung man rauskriegen mußte.

Danach legte sie sich aufs Bett und nickte ein, schlief aber nicht lange.

Arleigh schaute immer wieder herein, um sich zu vergewissern, daß es Chia gut ging, und um ihr Neuigkeiten mitzuteilen, so daß Chia das Gefühl hatte dazuzugehören – wozu auch immer. Arleigh sagte, Rez sei jetzt wieder in seinem Hotel, er werde aber später kommen, um einige Zeit mit ihr zu verbringen und ihr für alles zu danken, was sie getan hatte.

Das löste bei Chia merkwürdige Gefühle aus. Jetzt, wo sie ihn in Fleisch und Blut gesehen hatte, war das ihren diversen früheren Wahrnehmungen gegenüber in den Vordergrund getreten, und ihre Empfindungen in bezug auf ihn waren irgendwie komisch. Verworren. Als hätte das alles ihn für sie in der Echtzeit angepflockt, und sie dachte immer wieder an ihre Mutter, die gemosert hatte, daß Lo und Rez beinahe so alt seien wie sie.

Und dann war da noch etwas. Es entsprang dem, was sie gesehen hatte, als sie hinten in dem Van zwischen dem kleinen Japaner mit dem herunterhängenden Jackettärmel und Masahiko gekauert hatte: Sie hatte aus dem Fenster geschaut und die Gesichter gesehen, als der Van im Schrittempo wegfuhr. Keins dieser Mädchen hatte gewußt, daß Rez dort drin hockte, unter einem Jackett, aber sie hatten es vielleicht irgendwie gespürt. Und etwas in Chia hatte ihr gesagt, daß sie nie wieder so sein würde. Daß sie sich nie wieder so wohl fühlen würde wie in dem Bewußtsein, ein Gesicht in dieser Menge zu sein. Weil sie jetzt wußte, daß es Zimmer gab, die sie nie sahen, von denen sie nicht mal träumten, Zimmer, in denen verrückte oder auch nur *langweilige* Dinge geschahen, und dort kamen die Stars her. Und derlei Dinge bereiteten ihr jetzt Kopfzerbrechen bei dem Gedanken daran, daß Rez sie besuchen kommen würde. Und daß er wirklich so alt war wie ihre Mutter.

Und all das führte zu der Überlegung, was sie den anderen in Seattle erzählen sollte. Wie konnten sie es verstehen? Zona, glaubte sie, würde es verstehen. Sie hätte wirklich gern mit Zona gesprochen, aber Arleigh hatte gesagt, sie solle jetzt lieber nicht porten.

Der am längsten laufende Kreisel begann zu torkeln, und sie schnitten von ihm auf die Augen des Mädchens, das ihn gedreht hatte.

Masahiko machte die Verbindungstür zwischen ihren Zimmern auf.

Der Kreisel schwankte ein letztes Mal und fiel um. Das Mädchen schlug die Hände vor den Mund, und der Schmerz der Niederlage erfüllte ihre Augen.

»Du mußt jetzt mit mir in die Ummauerte Stadt kommen«, sagte Masahiko.

Chia schaltete den Fernseher mit der manuellen Fernbedienung aus. »Arleigh hat uns gebeten, nicht an den Port zu gehen.«

»Sie weiß Bescheid«, sagte Masahiko. »Ich war ganzen Tag dort.« Er trug noch die gleichen Sachen, aber alles war gereinigt und gebügelt worden. Die Beine seiner ausgebeulten schwarzen Hose sahen seltsam aus mit den Bügelfalten. »Und am Telefon mit meinem Vater.«

»Ist er sauer auf dich, weil diese Gumi-Typen da waren?«

»Arleigh McCrae hat Starkow gebeten, jemanden zu unserem Gumi-Repräsentanten zu schicken, um mit ihm zu sprechen. Sie haben sich bei meinem Vater entschuldigt. Aber Mitsuko ist in der Nähe des Hotel Di festgenommen worden. Das hat ihn beschämt und ihm Schwierigkeit gemacht.«

»Festgenommen?«

»Hausfriedensbruch. Sie hat sich an der Wache beteiligt. Ist auf einen Zaun geklettert und hat dabei Alarm ausgelöst. Ist erst wieder rausgekommen, als die Polizei da war.«

»Geht es ihr gut?«

»Mein Vater hat dafür gesorgt, daß sie freigelassen wird. Aber er ist nicht erfreut.«

»Ich hab das Gefühl, als wär das meine Schuld«, sagte Chia.

Er zuckte die Achseln und ging wieder nach nebenan.

Chia stand auf. Ihr Sandbenders stand neben der Tasche auf dem Gepäckständer, mit ihrer Brille und den Fingersets darauf. Sie nahm ihn mit ins andere Zimmer.

Es war ein einziges Durcheinander. Irgendwie hatte er es geschafft, es in sein Zimmer zu Hause zu verwandeln. Die Laken auf dem Bett waren verknäuelt. Durch die offene Badezimmertür sah sie zusammengeknüllte Handtücher auf dem Fliesenboden und eine ausgelaufene Shampooflasche auf der Ablage neben dem Waschbecken. Er hatte seinen Computer auf dem Schreibtisch aufgebaut; seine Schülermütze lag daneben. Überall standen offene Espresso-Minidosen herum, und sie sah mindestens drei Tabletts des Zimmerservice mit halb leeren Ramen-Porzellanschüsseln.

»Hat jemand dort Zona gesehen?« fragte sie und

schob ein Kissen und eine aufgeschlagene Illustrierte am Fußende des Bettes beiseite. Sie setzte sich mit ihrem Sandbenders auf dem Schoß hin und begann, sich die Fingersets überzustreifen.

Sie hatte den Eindruck, daß er sie seltsam ansah, dann sagte er: »Ich glaube nicht.«

»Bring mich so rein wie beim ersten Mal«, sagte sie. »Ich will's noch mal sehen.«

Hak Nam. Tai Chang Street. Die Wände wimmelten von sich verlagernden Botschaften in den Schriftzeichen sämtlicher Schriftsprachen. Eingänge schossen vorbei, jeder ein Hinweis auf eine eigene, geheime Welt. Und diesmal nahm sie die zahllosen Geister, die sie beobachteten, noch deutlicher wahr. So mußten sich die Menschen hier präsentieren, wenn man nicht in direkter Verbindung mit ihnen stand. Eine Stadt voller schattenhafter Geister. Diesmal nahm Masahiko jedoch einen anderen Weg, und sie stiegen nicht das verschlungene Treppenlabyrinth hinauf, sondern schlängelten sich auf einer Ebene hinein, die in der ursprünglichen Stadt das Erdgeschoß gewesen wäre, und Chia erinnerte sich an das schwarze Loch, die rechteckige Leerstelle auf dem bedruckten Tuch in seinem Zimmer im Restaurant, die er ihr gezeigt hatte.

»Ich muß dich jetzt alleinlassen«, sagte er, als sie aus dem Irrgarten in diese Leere hineinschossen. »Sie möchten ungestört sein.«

Er war fort, und zuerst dachte Chia, dort wäre überhaupt nichts, nur ein ganz schwaches gräuliches Licht, das von irgendwo hoch oben herabfiel. Als sie nach oben schaute, löste es sich in ein riesiges, fernes Oberlicht sehr hoch über ihr auf, das mit einem Kompost fremdartiger, ausrangierter Gebilde bestreut war. Sie erinnerte sich an die Dächer der Stadt und die abgelegten Dinge dort oben.

»Es ist seltsam, nicht wahr?« Die Idoru stand in bestickten Gewändern vor ihr, deren winzige, helle Muster von innen erleuchtet wurden und sich bewegten. »Hohl und düster. Aber er hat darauf bestanden, daß wir uns hier mit dir treffen.«

»Wer hat darauf bestanden? Weißt du, wo Zona ist?«

Und vor der Idoru stand ein kleiner Tisch oder ein vierbeiniger Ständer. Er war sehr alt, und seine geschnitzten Drachenbeine waren dick mit abblätternder, blaßgrüner Farbe bedeckt. Mitten darauf stand ein einzelnes staubiges Glas mit etwas Zusammengerolltem darin. Jemand hustete.

»Dies ist das Herz von Hak Nam«, sagte der Etrusker mit der gleichen knarrenden Stimme, die aus unzähligen Samples von trockenen, alten Geräuschen zusammengesetzt war. »Traditionell ein Ort für ernsthafte Gespräche.«

»Deine Freundin ist fort«, sagte die Idoru. »Ich wollte es dir selbst sagen. Der da«, sie zeigte auf das Glas, »erzählt dir gern Einzelheiten, von denen ich nichts verstehe.«

»Aber sie haben doch nur ihren Website geschlossen«, sagte Chia. »Sie ist in Mexico City, bei ihrer Gang.«

»Sie ist nirgends«, sagte der Etrusker.

»Als euer Kontakt unterbrochen wurde«, sagte die Idoru, »indem man dich aus diesem Zimmer in Venedig entführte, ist deine Freundin in deine System-Software gegangen und hat die Videogeräte in deiner Brille aktiviert. Was sie dort gesehen hat, war für sie ein Indiz, daß du in großer Gefahr warst. Und ich glaube, das warst du auch. Dann muß sie einen Plan gefaßt haben. Bei der Rückkehr in ihr geheimes Land hat sie ihren Site mit dem der Ortsgruppe Tokio des Lo/Rez-Vereins gekoppelt. Sie hat Ogawa, der Präsidentin der Gruppe, befohlen, eine Nachricht zu posten, die Rez' Tod im Hotel Di bekanntgab. Sie hat sie mit einer Waffe bedroht, die den Site der Ortsgruppe Tokio zerstören würde …«

»Das Messer«, sagte Chia. »Das war real?«

»Und *extrem* illegal«, sagte der Etrusker.

»Als Ogawa sich geweigert hat«, sagte die Idoru, »hat deine Freundin ihre Waffe benutzt.«

»Ein schweres Verbrechen«, sagte der Etrusker, »nach den Gesetzen aller beteiligten Länder.«

»Dann hat sie ihre Nachricht durch die Überreste von Ogawas Website gepostet«, sagte die Idoru. »Sie wirkte offiziell, und sie hatte den Effekt, daß das Hotel Di binnen kurzem von einem Meer potentieller Zeugen umzingelt war.«

»Was immer die nächste Stufe ihres Plans gewesen sein mag«, sagte der Etrusker, »sie hatte ihre Anwesenheit in ihrem Website offenbart. Die ursprünglichen Besitzer haben sie bemerkt. Sie hat ihren Site verlassen. Sie haben sie verfolgt. Sie war gezwungen, ihre Persona auszurangieren.«

»Was für eine Persona?« Chia verspürte ein flaues Gefühl im Magen.

»Zona Rosa«, sagte der Etrusker, »war die Persona von Mercedes Purissima Vargas-Gutierrez. Sie ist sechsundzwanzig Jahre alt und das Opfer eines Umweltsyndroms, das im Bundesdistrikt von Mexiko sehr häufig auftritt.« Seine Stimme war jetzt wie Regen auf einem dünnen Metalldach. »Ihr Vater ist ein äußerst erfolgreicher Strafverteidiger.«

»Dann kann ich sie finden«, sagte Chia.

»Aber das würde sie nicht wollen«, sagte die Idoru. »Mercedes Purissima ist infolge des Syndroms schwerstens mißgestaltet und hat ihr physisches Ich während der letzten fünf Jahre nahezu vollständig verleugnet.«

Chia saß da und weinte. Masahiko nahm die schwarzen Schalen von den Augen und kam zum Bett herüber.

»Zona ist weg«, schluchzte sie.

»Ich weiß«, sagte er. Er setzte sich neben sie. »Du hast mir die Geschichte der Sandbenders noch nicht zu Ende erzählt«, sagte er. »Es war sehr interessante Geschichte.«

Also fing sie an, sie ihm zu erzählen.

45 Glück

Laney«, hörte er sie mit schlaftrunkener Stimme sagen, »was machst du?«

Die beleuchtete Oberfläche des Zederntelefons. »Ich ruf im Lucky Dragon auf dem Sunset an.«

»Wo?«

»So ein Laden. Durchgehend geöffnet.«

»Laney, es ist drei Uhr früh ...«

»Muß mich bei Rydell bedanken, ihm sagen, daß es mit dem Job geklappt hat ...«

Sie stöhnte und rollte sich herum, zog sich das Kissen über den Kopf.

Durchs Fenster konnte er den durchsichtigen Bernstein sehen, die dicht beieinanderstehenden Kliffs der Neubauten, in denen sich die Lichter der Stadt spiegelten.

46 *Märchen vom Wiederaufbau*

Chia träumte von einem Strand, der von zerkleinerten Elektronikteilen übersät war; krebsartige Gebilde, deren Beine gestreift waren wie antike Widerstände, hasteten flach am Boden dahin. Die Bucht von Tokio, in den Nebel aus einem alten Film gehüllt, ein fahlgraues Tuch, das für kurze Zeit herannahende Schrecknisse verbergen sollte: Meeresungeheuer oder eine fremde Armada.

Hak Nam erhob sich vor ihr, als sie darauf zuwatete, rückte jedoch, einer Traumlogik folgend, nicht näher. Der Sog des zurückströmenden Wassers an ihren Knöcheln. Die Ummauerte Stadt wächst. Wird gezüchtet. Aus dem Material des Strandes, aus den Trümmern und dem Strandgut der Welt vor der Veränderung. Unermeßliche Tonnen, die im Lauf des großen Wiederaufbaus von Schuten und Kranwagen hier abgeladen worden sind. Die winzigen Rodel-van-Erp-Tierchen wimmeln darin herum, heben die mit Eisen vergitterten Balkone, die Schlafzimmer sind, in die Höhe. Unzählige planlos eingesetzte Fenster werfen leere silberne Rechtecke in den Nebel. Ein Gebilde willkürlichen, menschlich geprägten Wachstums, monströs und grandios, das hier rekonstruiert, zurückübersetzt wird aus seiner letzten Inkarnation als Reich konsensueller Phantasie.

Das Infrarotstottern des Weckers. Sonnenhelles Halogen beleuchtet das bedruckte Tuch mit dem Rechteck in der Mitte, das eine Leere darstellt, eine unbekannte Adresse: die legendäre Killerdatei. Chia erweckt die Espressomatic mit ihrer Fernbedienung zum Leben, rollt sich in der Dunkelheit der Steppdecke noch mal zusammen und wartet auf das lauter werdende Zischen des Schaums. Frühmorgens begibt sie sich jetzt meistens in die Stadt und hört sich den Klatsch in einem beliebten Frisiersalon in der Sai Shing Road an. Der Etrusker ist manchmal da, zusammen mit Klaus und dem Hahn und den anderen Geistern, mit denen er rumhängt, und sie dulden sie. Sie ist stolz darauf, weil sie in Masahikos Anwesenheit keinen Piep sagen. Sind sie alt, steinalt, oder tun sie nur so? Wie auch immer, sie wissen meistens zuerst über irgendwelche Dinge Bescheid, und das hat sie zu schätzen gelernt. Und der Etrusker hat angedeutet, daß etwas frei sei, etwas sehr Kleines, aber mit einem Fenster. Mit Blick auf eine Straße, die früher die Lung Chun Road gewesen wäre.

Er mag sie, der Etrusker. Das ist merkwürdig. Angeblich mag er niemanden so recht, aber er hat das mit dem Kredit ihres Vaters geregelt, obwohl sie vergessen hatte, den Schlüssel abzugeben. (Sie bewahrt den Schlüssel zur Suite 17 in einem Schminktäschchen aus moirierter Seide auf, das sie auf dem JAL-Rückflug bekommen hat: Er ist aus weißem Kunststoff und ähnelt von der Form her einem altmodischen mechanischen Schlüssel mit einem Magnetstreifen am langen Teil, während das flache Stück wie die Krone einer Prinzessin aussieht. Manchmal holt sie ihn heraus und schaut ihn sich an, aber er sieht nur wie ein billiges weißes Stück Plastik aus.)

Der Etrusker und die anderen bespitzeln ständig das Projekt. So nennen sie es. Von ihnen weiß Chia, daß die Insel der Idoru noch nicht fertig ist. Sie ist da, aber sie ist nicht stabil; das müssen sie noch hinkriegen, bevor sie mit dem Bauen anfangen, selbst mit Nanotechnik, falls es ein weiteres Erdbeben gibt. Sie fragt sich, was die Russen mit ihrer anfangen werden, und manchmal fragt sie sich, was aus Maryalice, Eddie und Calvin geworden ist, dem Typ im Whiskey Clone, der ihr geholfen hat, von dort zu fliehen – nur weil er fand, daß er es tun sollte. Aber es kommt ihr vor, als wäre das lange her, ein Ereignis aus der Zeit zwischen der Ummauerten Stadt und der Schule.

Vermutlich weiß ihre Mutter inzwischen, daß sie nicht bei Hester gewesen ist, aber sie hat nie ein Wort darüber verloren, hat nur zweimal mit ihr über Verhütungsmittel und sicheren Sex geredet. Und eigentlich war sie ja auch nicht viel länger als achtundvierzig Stunden drüben, ohne die Flugzeit, weil Rez es nicht geschafft hatte, zu ihr rüberzukommen und sich bei ihr zu bedanken, und Arleigh hatte gesagt, daß es alles in allem besser wäre, wenn sie nach Hause flöge, bevor jemand anfinge, Fragen zu stellen, aber sie würden sie erster Klasse mit Japan Airlines rüberschicken. Also hatte Arleigh sie an diesem Abend nach Narita rausgefahren, aber nicht in ihrem grünen Van, weil der Totalschaden hatte, wie sie sagte. Und Chia hatte sich immer noch so mies gefühlt wegen Zona und war sich so blöd vorgekommen, weil sie das Gefühl hatte, ihre Freundin wäre tot, dabei hatte sie nicht mal wirklich existiert, und dann war da auch noch dieses andere Mädchen in Mexico City, das schreckliche Probleme hatte, und so brach sie schließlich in Tränen aus und erzählte Arleigh alles.

Und Arleigh sagte, sie solle einfach abwarten. Weil dieses Mädchen in Mexico City mehr als irgend etwas sonst das Bedürfnis habe, jemand anderes zu sein. Und es mache nichts, daß sie nicht Zona gewesen sei, weil sie Zona erfunden habe, und das sei genauso real. Wart nur ab, sagte Arleigh; es werde schon jemand anders auftauchen, jemand Neues, und es werde ihnen vorkommen, als wären sie alte Bekannte. Und Chia hatte neben Arleigh in ihrem schnellen kleinen Wagen gesessen und darüber nachgedacht.

– Aber ich könnte ihr nie sagen, daß ich es weiß?

– Das würde alles kaputtmachen.

Als sie am Flughafen angekommen waren, checkte Arleigh sie bei JAL ein, trieb jemanden auf, der sie in die Lounge brachte (die eine Art Kreuzung zwischen einer Bar und einem richtig schicken Büro war), und gab ihr eine Tasche mit einer Lo/Rez-Tourneejacke für Roadies drin. Die Ärmel waren aus transparentem Reyon, und das sichtbare Futter darunter sah wie flüssiges Quecksilber aus. Arleigh meinte, sie sei wirklich müllig, aber vielleicht habe sie einen Freund, dem sie gefallen würde. Sie stammte von ihrer Kombinat-Tour, und auf dem Rücken waren sämtliche Tourneedaten in drei verschiedenen Sprachen eingestickt.

Sie hatte sie noch nie getragen und sie bisher auch niemandem gezeigt. Sie hing in ihrem Schrank, unter einem Plastiküberzug aus der chemischen Reinigung. In letzter Zeit war sie in der Ortsgruppe nicht mehr so besonders aktiv gewesen. (Kelsey war ganz ausgetreten.) Chia glaubte nicht, daß auch nur ein Mitglied der Ortsgruppe schnallen würde, was passiert war, wenn sie es ihnen zu erzählen versuchte, und dann waren da ja auch all die Sachen, die sie ihnen ohnehin nicht erzählen konnte.

Aber in erster Linie war es die Stadt, die ihre Zeit beanspruchte, weil Rez und Rei dort waren, Schatten unter den anderen Schatten, aber man konnte sie trotzdem erkennen. Sie arbeiteten an ihrem Projekt.

Es gab dort viele, denen die Idee nicht gefiel, aber auch etliche, die sie gut fanden. Der Etrusker zum Beispiel. Er sagte, es sei das Verrückteste, seit sie jene erste Killerdatei umgekrempelt hätten.

Manchmal fragte sich Chia, ob sie alle das wirklich ernst meinten, weil es ihr einfach unmöglich erschien, daß jemand das überhaupt schaffen konnte. Dieses Ding auf einer Insel in der Bucht von Tokio zu erbauen.

Aber die Idoru sagte, dort wollten sie leben, wo sie doch jetzt verheiratet seien. Also würden sie's tun.

Und wenn sie's tun, dachte Chia und hörte das Zischen der Espressomatic, dann geh ich da hin.

Dank

Der japanische Regisseur Sogho Ishii zeigte mir Ryuji Miyamotos Fotos von der Ummauerten Stadt von Kaulun. Ishii-san hatte die Idee, daß wir dort einen Science Fiction-Film drehen sollten. Daraus wurde nichts, aber die Ummauerte Stadt ließ mich nicht mehr los, obwohl ich nicht mehr über sie wußte, als ich Miyamotos faszinierenden Bildern entnehmen konnte, die schließlich den größten Teil des Materials für die Brücke in meinem Roman ›Virtuelles Licht‹ lieferten.

Der Architekt Ken Vineberg lenkte meine Aufmerksamkeit auf einen Artikel über die Ummauerte Stadt in der Zeitschrift ›Architectural Review‹, wo ich zum ersten Mal etwas über ›City of Darkness‹ las, die hervorragende Dokumentation von Greg Girard und Ian Lambrot (Watermark, London, 1993; deutsche Ausgabe: Edition Axel Menges, 1993). John Jarrold in London war so freundlich, mir ein Exemplar zu besorgen.

Alles, was ich über die Zehenabschneiderei weiß, verdanke ich den Memoiren von Mark Brandon ›Chopper‹ Read (›Chopper From The Inside‹, Sly Ink, Australia, 1991). Read ist weitaus unheimlicher als Blackwell und hat noch weniger Ohren.

Karl Taro Greenfilds ›Speed Tribes‹ (HarperCollins, New York, 1994) gab meinen Phantasien von Laneys Jetlag reiche Nahrung.

Stephen P. (›Plausibility‹) Brown begleitete die fortschreitende Arbeit an dem Roman viele Monate lang und kommentierte sie täglich – manchmal sogar noch öfter – mit liebenswürdiger Nachsicht, während ich ihm ein chaotisches Durcheinander unzusammenhängender Fragmente faxte, die er irgendwie als ›Fortschritt‹ interpretieren sollte. Ohne seine beständige Ermutigung und offenbar grenzenlose Geduld wäre dieses Buch niemals fertig geworden.

Meine Verleger auf beiden Seiten des Atlantiks legten ebenfalls große Geduld an den Tag, und ich danke ihnen.

Von

WILLIAM GIBSON

sind im

WILHELM HEYNE VERLAG

erschienen:

Cyberspace · 06/8214

Die Differenzmaschine (mit Bruce Sterling) · 06/4860

Die Neuromancer-Trilogie · 06/8202

Virtuelles Licht · 06/6435

Idoru · 06/6436

Futurematic · 06/6437

HEYNE

Christopher Priest

Die Amok-Schleife

06/6387

Zu Beginn ist es noch ein Spiel mit virtueller Realität, doch dann verfängt sich eine junge Frau in der »Amok-Schleife«, einem bizarren Computer-Labyrinth, aus dem es kein Entkommen zu geben scheint.

Atemberaubend konstruiert und meisterhaft erzählt – ein SF-Thriller im Stile von William Gibson und Bruce Sterling.

HEYNE-TASCHENBÜCHER